Johannes Paesler (Hrsg.)
Badisch-kriminelle Weihnacht

AF125870

Wellhöfer Verlag
Ulrich Wellhöfer
Weinbergstraße 26
68259 Mannheim
Tel. 0621/7188167

info@wellhoefer-verlag.de
www.wellhoefer-verlag.de

Titelgestaltung: Uwe Schnieders, Fa. Pixelhall, Malsch
Satz: Wellhöfer Verlag, Mannheim

ISBN 978-3-95428-228-9

Johannes Paesler (Hrsg.)

Badisch-kriminelle Weihnacht

Inhalt

Rezepte

Und strolcht so finster durch die Stadt

Konstanz

Larissa schleppte ihre Einkäufe ins Wohnzimmer, Timos Salon. Festlich gedeckt erwartete sie der Esstisch. Aus dem Durchgang zur Küche, wo Moritz mit seinen Kochtöpfen hantierte, duftete es nach Fisch und Weißwein. Sie lächelte. Bald würde sie Zartwürziges, durchzogen von Feinsäuerlichem, schmecken. Sie wollten am vierten Adventssamstag ordentlich feiern, bevor sie an Heiligabend ihre Ursprungsfamilien heimsuchten. Bestimmt waren sie die einzige Single-WG in Konstanz, deren Bewohner an ihren Doktorarbeiten tüftelten und die ein ganzes Haus für sich hatte.

Timo stand strümpfig auf einem Stuhl und war dabei, eine Lichterkette um den Weihnachtsbaum zu legen. Der Ständer, ein uraltes Ding, wackelte ein bisschen, passte er nicht richtig auf.

Larissa frohlockte: »Von drauß vom Markte komm ich her. In Konstanz weihnachtet es gar sehr.«

»Siehst eher aus wie das Christkind.«

»Eine Schlaufe von deiner Beleuchtung hängt durch, fast bis zum Boden.«

»Oh je«, griente Timo.

Larissa stellte ihre Einkäufe ab und ließ sich auf das Sofa fallen. Durchs Fenster konnte sie diffuses Dunkelblau erkennen. Der Bodensee nebelte seit dem Morgen die ganze Stadt ein und schluckte die Abendbeleuchtung am Ufer.

Das Sofa war noch von Timos Großtante. Die hatte Timo Haus und Garten vererbt. Das Sofa war so ausgeleiert, dass die Armlehnen Falten schlugen. Wie Speckröllchen bedeckten sie die Ritzen.

»Hm«, überlegte Timo, die verschlungene Lichterkette betrachtend, »ich könnte eine Physikerin brauchen, die mir die Statik neu berechnet. Du hast doch so ein gutes Augenmaß.«

»Keine Zeit.« Larissa packte einen Modelllaster aus und testete die Fernsteuerung. Ihr Neffe würde sich wahnsinnig freuen. Der Kipplaster besaß Vierradantrieb. Sie jagte ihn über das Parkett, unter den Stuhlbeinen durch. Er umrundete den Weihnachtsbaum und fuhr rückwärts in die Lücke zwischen Baum und Sofa. Sirrend klappte die Kippe hoch.

Moritz, in Schürze, lugte aus dem Durchgang. »Aha«, sagte er zu Larissa, »mein Cognac ist da.«

Larissa ließ alles stehen und liegen und brachte ihm die Flasche. Aus der Küche riefen sie: »Timo, alter Gesell, komm und spute dich schnell.«

Timo folgte sofort. Flugs landeten Kretzerfilets, Kartoffeln und Salat auf der adventlichen Tafel.

Moritz Augen leuchteten. »Gleich schlagen wir zu.«

»Und schlemmen«, strahlte Larissa.

Nachher würden sie sich aufs Sofa fläzen. Dafür hatte es Timo extra in einem Schritt Abstand zum Tisch hingestellt.

Moritz musterte den Weihnachtsbaum. »Deine Lichterkette schleift fast am Boden.«

»Ich weiß.«

Es klingelte. »Erwartet Ihr heute noch Besuch?«, fragte Larissa.

Mit einem »Nö« stakste Moritz zurück in die Küche.

Timo stellte seine selbst gebackene Zwetschgenwähe auf den Tisch. »Wird doch nicht der Weihnachtsmann sein?«

Larissa ging zur Tür. Draußen stand ein Herr im Anzug. Seine Schläfen waren ergraut. Eine Seidenkrawatte hing verrutscht an seinem Hals. In seinem aschfahlen Gesicht saß seine Nase wie ein rosa Kartöffelchen. Das Tweed seiner Hose zeigte grünliche und schwärzliche Flecken an Knien und Aufschlägen. Er musste den halben Tag durchs Gelände gelaufen und dabei ab und zu am Boden gekrochen sein. Sein Aktenkoffer wies Schrammen auf.

»Kann ich Ihnen helfen?«

»Ich bedaure unendlich, zu stören. Ein Unfall hat mich ereilt. Meinem Handy ist das nicht bekommen. Ich müsste dringend zu Hause anrufen.«

»Sie sind doch nicht verletzt?«

Er verneinte und Larissa führte ihn herein. Timo und er wünschten sich gegenseitig guten Abend.

Der Mann schüttelte sich. »Huh, ist das ungemütlich draußen. Ich möchte mich entschuldigen für die Unannehmlichkeiten, die ich bereite.«

Moritz kam mit dem Weißwein aus der Küche. »Tag«, grüßte er.

»Eine Dame mit zwei Herren, welch berückende Konstellation«, stellte der Mann fest.

»Mit wem haben wir denn das außerordentliche Vergnügen?«, ahmte Larissa ihn nach.

»Wenn ich mich vorstellen darf: Dr. Peer-Niklas vom Wittenberge. Rechtsanwalt und Anlageberater.« Er warf Timo einen hastigen Blick zu. »Was finden Sie so komisch, junger Mann?«

Larissa gelang es, tiefernst zu erwidern: »Festliche Anlässe erheitern ihn stets.«

Vom Wittenberge schnupperte. Seine Miene nahm einen wehklagenden Ausdruck an. »Sind alle da?«, wollte er wissen.

Larissa stutzte. Das war aber jetzt kein Kasperletheater?

Timo klatschte in die Hände. »Jawohl.«

»Erwarten Sie heute noch jemanden?«

»Sind Sie vom Amt?«, entgegnete Larissa belustigt.

»Alle haben sich ordnungsgemäß abgemeldet«, erklärte Moritz. »Heute feiern wir unsere Dreisamkeit.«

»Sie beabsichtigen, in vollkommen ungestörtem Rahmen eine Feier zu veranstalten, wie ich annehme?«

»Genau, mein Herr.« Moritz konnte nur mühsam ein Grinsen unterdrücken. »Weder sind Telefonate anberaumt noch welche zu erwarten.«

Vom Wittenberge erzählte, er sei gegen einen Baum geprallt. Von Schwindel erfasst, habe er seinen Wagen verlassen, die Orientierung verloren, sei stundenlang in einem Waldstück, dann in ihm unbekannt erscheinenden Stadtteilen umhergeirrt. Nicht wissend, ob er sich in Wollmatingen, Fürstenberg oder Petershausen befunden habe. Versonnen stierte er auf den Tisch. »Ich hoffe, keine allzu großen Umstände zu machen. Könnte ich Ihr Telefon benutzen?«

Zögernd kramte Timo sein Smartphone hervor. Vom Wittenberge schnappte danach.

»Dürfte ich Ihre Toilette aufsuchen?«

»Gewiss«, hörte sich Larissa sagen. »Im Flur erste Tür links.«

Eilig verschwand er im Bad und entführte das Handy.

Die drei standen um den Tisch herum, das Essen auf den Warmhalteplatten, der Weißwein im Kühler. Das Aroma nach Kretzer und Lorbeer zog ihnen auffordernd in die Nasen. Sie rätselten, was sie von dem Mann halten sollten.

Timo werweißte: »Ob er grade mein gekidnapptes Handy im Klobecken versenkt?«

»Tja wenn einer vom Witzberg kommt, musst du auf so was gefasst sein«, meinte Moritz.

Larissa hatte es satt, aufs Essen zu warten. »Was treibt unser Nikolaus, oder vielmehr unser Knecht Ruprecht, nur so lang da?«

Moritz hingegen amüsierte die Szene: »Wir holen die Polizei, wenn dieser Wittenzwerg sich im Klo verbarrikadiert.«

Plötzlich stand der so Bezeichnete in der Tür. »Mein Name lautet Dr. Peer-Niklas vom Wittenberge«, sagte er finster.

Er griff in seine Jackentasche und zückte eine Pistole.

Larissa wich zurück. Ihre Kehle zog sich zusammen.

Moritz hob abwehrend die Hände.

Timos Stimme hörte sich rau an. »Hey Mann, was wollen Sie?«

Vom Wittenberge ließ sich das nicht zweimal fragen. Larissa und Moritz mussten sich aufs Sofa setzen. Timo durfte die Rollläden schließen. Dann befahl er ihm, die Gardinenkordeln herunterzureißen und seine Freunde zu fesseln, indem er eine Hand von Larissa und eine von Moritz aneinander band. Ihre Hände neben den Armlehnen, musste er, wie in Schlingen von Lassos, fixieren. Diese Kordeln auf Armeslänge belassend, zurrte er deren Enden an den vorderen Sofafüßen fest. Sodass sie aufrecht sitzen konnten und ihre Hände auf der Sitzfläche ruhten.

»Tut mir leid«, flüsterte Timo, strich Larissa übers Haar und drückte Moritz die Schulter.

»Genug geschmust«, blaffte vom Wittenberge und überprüfte, ob die Kordeln auch stramm saßen.

Er hieß Timo auf dem Stuhl Platz nehmen, der nahe am Weihnachtsbaum stand. Dort konnte er eine Doppelschlaufe in eine Kordel drehen, mit der ihm vom Wittenberge die Arme auf dem Rücken fesselte. Das Ende der Kordel verknotete er an einem der Stuhlbeine.

Moritz presste hervor: »Sie können unsere Kohle kriegen.«

Larissa hasste, wie weinerlich sie klang. »Das Auto steht vor dem Haus.«

»Später.«

Vom Wittenberge setzte sich. Er wedelte mit der Pistole. »Schreien Sie nicht. Bewegen Sie sich nur, insofern ihre Fesseln es erlauben. Andernfalls sehe ich mich gezwungen, weitere Maßnahmen einzuleiten.« Die Waffe platzierte er in Griffweite auf der Tischdecke.

»Sie können kaum ermessen, wie sehr es mir widerstrebt, Sie auf diese Weise disziplinieren zu müssen. Aufs Schmerzlichste haben Sie versäumt, Ihren Gast entsprechend allgemeingültiger Etikette zu behandeln. Seit Stunden laufe ich in Konstanz umher. Lediglich zum Frühstück habe ich etwas zu mir genommen.«

Er schenkte sich ein. »Trockener Weißburgunder aus Meersburg. Erstklassige Lage. Sie haben Geschmack.« Prüfend hielt er das Glas gegen das Licht, nahm einen Schluck und schlürfte.

Timo klappte den Mund einen Spalt auf. Larissa und Moritz sahen einander verblüfft an.

Vom Wittenberge hievte Salatblätter auf den Beilagenteller. Er hob den Deckel von der Schüssel: »Ah, was haben wir denn da? Und wie das duftet.«

Er legte sich ein Kretzerstück und Kartoffeln auf einen Teller und goss Sauce darüber. »Dieses zarte Weiß, dieses gesprenkelt Knusprige. Wunderbare Fischfilets. An welche Spezies erinnert mich das nur?«

Moritz bewegte die Lippen.

»Nein, verraten Sie nichts«, schmunzelte vom Wittenberge. »Lassen Sie mich tippen. Ist das Barsch?«

Moritz blickte verdattert von Larissa zu Timo.

»Nun?«, fragte vom Wittenberge und deutete auf seine Waffe.

Moritz stammelte, »Barsch, Barsch ist das, das ist Kretzer vom Bodensee.«

»Nicht etwa Egli?«

»So heißt das in der Schweiz. In Baden sagt man Kretzer dazu.«

Vom Wittenberge nickte einvernehmlich und schob sich einen Bissen in den Mund. Genüsslich zermalmte er ihn, während die drei ihn fassungslos angafften. Vom Wittenberge kippte das halbe Glas Weißburgunder hinunter. »Mm, ausgezeichnet mundet dieses Weinchen. Feinfruchtig, mit einer Nuance von Walnuss. Rundet exquisit die Fischfilets – pardon – die Kretzerfilets ab. Wie die auf der Zunge zergehen.«

Larissa blickte hilfesuchend um sich. Aber der Christbaum, die Möbel oder der Spielzeuglaster konnten sie nicht erlösen.

Timo legte einen Moment den Kopf in den Nacken und blinzelte zur Decke.

»Leider können Sie mir keine Gesellschaft beim Speisen selbst leisten. Sicher haben Sie hierfür Verständnis. Momentan befinde ich mich in einer akuten Zwangslage. Allerdings können wir etwas plaudern.«

Keiner erwiderte ein Wort.

»Nun?«, fragte er und hob kurz die Pistole, bevor er wieder nach dem Messer griff. »Wie wäre es mit einer Konversation zu Ihrer Lebenslage?«

»Meinen Sie unsere Fesseln?« Moritz machte wieder einen gefassten Eindruck.

Der Mann lachte: »Ja, ja, das Leben legt uns manche Fessel auf, nicht wahr? Nein, welche berufliche Laufbahn verfolgen Sie?«

Larissa berichtete ihm stockend von ihrer Dissertation. »Der Quantensprung im Fall seiner Parameter« regte vom Wittenberge an, von seinem eigenen Doktorat zu schwadronieren. Wie fabelhaft er sich bei seiner Promotion in Jurisprudenz geschlagen habe.

Timo musste ihm seine Arbeit in Sportwissenschaft erklären. »Schleuderkräfte in Wechselwirkung: Die akrobatische Körperbeherrschung« ließ vom Wittenberge andächtig lauschen, während er hingebungsvoll kaute. Er revanchierte sich, schwärmte vom Sitz seines Adelsgeschlechtes im Osten, erzählte, wie es ihn ins Badische am Bodensee verschlagen hatte. Zwischendurch machte er kleine Pausen, legte sich nach, schenkte sich ein, verschlang weitere Bissen oder trank aus dem Weinglas.

Verzweifelt betrachteten die drei abwechselnd ihre Fesseln, das noch auf dem Tisch vorhandene Essen und den widerwärtigen Gast.

Der knurrte: »Beinahe zwei Jahre habe ich unser Konstanzer Geschäft geführt. Heute habe ich es aufgegeben. Endgültig. Auch meinen Partner. Der Neid hat ihn zerfressen. Arglistig hat er mich getäuscht. Dabei habe ich ihm die wertvollsten Anlagen vermittelt. Mir zu unterstellen, ich sei nicht, der ich bin. Was versteht dieser kleine Assessor von Urkunden und Kapitalflüssen? Angezeigt hat er mich. Ordnungskräfte hat er mir auf den Hals gehetzt. Ein ungeheuerlicher Vorgang, das. Solch ein boshafter Mensch war er.«

»War?«, entfuhr es Larissa.

Vom Wittenberges Lider bildeten Schlitze. »Keiner, der mir Wertschätzung verweigert, kommt davon.«

Nur noch die Hälfte des Kretzers lag in der Schüssel und auf seinem Teller. »Und nun zu unserem Meisterkoch, womit beschäftigen Sie sich, wenn Sie nicht derart köstliche Gerichte zaubern?«

Moritz sah aus, als wollte er ihm an die Gurgel springen, blieb aber ruhig. Sobald er das Thema seiner Dissertation in Soziologie, »Risikoverhalten im Zusammenhang von Sicherheit und Kriminalität« nannte, prustete vom Wittenberge los. »Sicher sind Sie ja nun angebracht, auf Ihrem Sofa.«

Er zog über das ungerechte Justizsystem her, während er Happen für Happen verputzte. In Zukunft werde er anderswo sein Glück finden. »Zuerst setze ich mich mit dem von Ihnen zur Verfügung gestellten Wagen über das Emmishofer Tor nach Kreuzlingen ab. Von da ist es lediglich ein Stündchen zum Flughafen Zürich. Dankenswerterweise habe ich, vorhin auf der Toilette, per Handy meinen Flug nach Sao Paulo gebucht.«

Er leckte sich die Lippen. »Ganz deliziös. Was haben Sie denn da beigefügt?«

Moritz stierte den Fremden mit zusammengezogenen Brauen an. Der richtete die Pistole auf ihn.

In abgehackten Sätzen schilderte Moritz, wie er die pochierten Kretzerfilets in Weißweinsauce zubereitet hatte. Mit lauter »Mms«, »wie raffiniert«, und »jetzt sagen Sie bloß« quittierte vom Wittenberge das Rezept. Endlich war er fertig, der Fisch bis auf ein paar Reste vertilgt. Moritz standen Tränen in den Augen.

Vom Wittenberge tupfte sich mit der Serviette den Mund ab. »Keine Bange, in Kürze werden Sie keine Sorgen mehr haben.«

Timo warf Larissa einen alarmierten Blick zu.

Mit gezierten Handbewegungen lud sich vom Wittenberge ein Stück Zwetschgenwähe auf einen sauberen Teller.

Timos Miene versteinerte sich. »Sie lassen uns am Leben, wenn Sie Geld und unser Auto bekommen?«

»Sie haben mein Wort.«

Das stellte Larissa keineswegs zufrieden. »Wie können wir wissen, dass es stimmt?«

»Bezichtigen Sie mich der Unwahrheit? Na, Sie schütteln den Kopf. Die Wahrheit ist doch dehnbar wie ein Gummi. Vertrauen Sie mir getrost. Vielleicht haben

Sie ja Glück. Schließlich steht Weihnachten vor der Tür. Und man weiß nie, wer oder was hereingeschneit kommt.«

Verzückt über seinen eigenen Scherz, spitzte er die Lippen. »Vor dem Kaffeetrinken und Kuchenverzehren besteht Gelegenheit zu singen.« Er lehnte sich zurück und streckte wohlig die Beine von sich. »Unser Pärchen darf ein Lied vortragen. Ich denke da an Stille Nacht.« Er strich sich den Bauch. »Oder wie wäre es mit Fröhliche Weihnacht überall? Damit auch Sie ein wenig in Stimmung kommen.«

Moritz schnellte, sich vom Sofa schubsend, vor und kickte nach ihm, in einem irrwitzigen Versuch, ihn vom Stuhl zu schleudern. Er streifte ihn kaum, riss jedoch Larissa mit vom Sofa. Vom Wittenberge sprang auf und ergriff seine Pistole. Es knallte. Das Parkett splitterte, keinen Zentimeter neben Moritz. Er zuckte zusammen. Larissa heulte auf.

»Glauben Sie, ich halte eine Spielzeugpistole in Händen? Das nächste Mal treffe ich woandershin. Schauen Sie nur, was Sie mit der kleinen Lady gemacht haben. Und stören Sie mich nicht weiter dergestalt beim Dessert.«

Sie brauchten eine Weile, um sich zurück aufs Sofa zu stemmen.

Vom Wittenberge drehte sich zum Büffet, auf dem die Kaffeemaschine stand. »Sie sind aber auch mit allem ausgerüstet«, rief er anerkennend. Er holte sich eine der bereitstehenden Tassen. Gluckernd und fauchend füllte sie sich mit Kaffee. Er setzte sich wieder und betastete das Porzellan: »Oh, noch heiß. Ich nehme ihn gerne schwarz zu mir.«

Larissa spürte, wie Moritz zitterte. Oder war sie es selbst, die bebte? Was war gefährlicher? Riskieren, ob der Typ abhaute, ohne sie zu töten? Oder erneut wagen, sich zu befreien? Vermutlich hatte er seinen Compagnon umgelegt. Lebenslänglich blieb lebenslänglich. Sei es für einen oder für vier Morde. Was konnten sie tun? Angsterfüllt fummelte sie in der Sofaritze herum. Sie ertastete die Fernsteuerung, die sich unter der Falte kuschelte. Damit müsste sich doch etwas anfangen lassen. Sie könnte eine Kettenreaktion auslösen, doch das konnte sie nicht allein bewerkstelligen.

Beim Bergsteigen verständigten sie sich untereinander mit Kurzrufen und Gesten. Gemeinsam waren sie schon im Bodensee getaucht. Unter Wasser hatten sie gelernt, sich durch Zeichen und Blicke zu verständigen.

Larissa winkte Timo mit den Augen, sah zur Sofalehne, dann zum Modell-LKW, schließlich zum Weihnachtsbaum, an dem die Schlaufe der Lichterkette dicht über dem Boden hing.

Timo schaute sie an, als hätte sie den Verstand verloren.

Vom Wittenberge sagte: »Verdrehen Sie nicht so die Augen, meine Liebe. Das bekommt ihrer hübschen Ausstrahlung nicht.«

Larissa probierte es mit einer leichten Kopfbewegung zum Christbaum. Wieder folgte Timo ihren Blicken. Auf einmal ging ein Leuchten über sein Gesicht. Er nickte kaum merklich.

»Nicht wahr, Sie geben mir recht? Ihre kleine Freundin sollte sich damenhafter benehmen.«

Auf einmal musste Timo dringend aufs Klo. Vom Wittenberge weigerte sich. Zunächst. Erst als Timo drohte, er müsse in die Hose pissen, erhob sich ihr Bewacher vom Stuhl. Während er Timo die Fesseln abnahm, beteuerte er, wie leicht sich ein Schuss lösen konnte. Den Pistolenlauf an Timos Hinterkopf, bewegten sie sich zur Toilette.

Moritz zischelte: »Sag mal, was habt Ihr einander da dauernd gemorst?«

Larissa beugte ihren Kopf zu seinem, bis sie sich beinahe berührten. Sie raunte, Timo habe endlich begriffen, dass er aufs Klo müsste.

»Ich will den LKW anfahren. Die Funksteuerung liegt unter der Lehne.«

»Du willst spielen? Jetzt?«, fragte Moritz ungläubig.

Larissa konnte ihm nicht mehr antworten. Timo und vom Wittenberge erschienen in der Tür. Angestrengt fingerte sie in der Sofaritze, um die Fernsteuerung in eine günstige Position zu schieben.

»Sie tun uns nichts an«, ächzte sie.

»Das habe ich bereits versichert. Da brauchen Sie nicht stöhnen.«

Larissa fing an zu schwitzen. Bevor sie den Stuhl erreichten, brachte sie hervor: »Welche Garantie haben wir denn?«

»Im Leben gibt es keine letztendlich gültige Sicherheit.« Er stieß Timo auf die Sitzfläche. Gleich würde er die Kordel um Timos Handgelenke legen.

Sie klickte Schalter und Hebel. Der LKW raste los. Vom Wittenberge fuhr herum. An der hochgeklappten Kippe verfing sich das durchhängende Teil der Lichterkette. Der fallende Weihnachtsbaum peitschte ihm die Fichtennadeln ins Gesicht, während Timo ihn von hinten packte und ihm ein Bein stellte. Überrascht schrie vom Wittenberge auf. Mitsamt Baum krachten sie zu Boden. Glaskugeln splitterten. Beim Aufprall schlug Timo ihm die Pistole aus der Hand.

Schnaufend wälzten sie sich zwischen Ästen, Strohsternen und Glöckchen auf dem Parkett. Timos Arm verhedderte sich in der Lichterkette. Seinen anderen quetschte sein Gegner gegen den Stamm. Vom Wittenberge schaffte es, nach der Pistole zu fassen. Er rappelte sich auf, grätschte sich über Timo und lachte grimmig. Er befahl ihm, sich hinzuknien und erneut eine Doppelschlaufe in die Kordel zu knoten. Kaum hatte er Timo wieder am Stuhl gefesselt, drückte er ihm den Lauf an die Stirn. »So ein böser Junge. Das will bestraft werden.«

Timo kniff die Lider zusammen. Larissa sog laut die Luft ein. »Bitte«, jammerte Moritz.

Vom Wittenberge bleckte die Zähne. »Hören Sie? Unser Pärchen fürchtet sich.«

Er feixte: »So schnell schießen die Preußen nicht«, und zog sich von Timo zurück. »Ihnen lasse ich eine Spezialbehandlung angedeihen.«

Panisch starrte ihn Timo an.

Er langte nach der Tasse. »Ob der Kaffee inzwischen wohltemperiert ist?« Er schüttete ihn über Timos Hose, sodass ein bräunlicher Fleck diese im Schritt verunstaltete. Timo entblößte die Zähne seines Unterkiefers.

»Noch zu heiß?«, höhnte vom Wittenberge. Er holte sich frischen Kaffee und setzte sich wieder.

»Ihre Situation haben Sie durch solche Sperenzchen keinesfalls verbessert.« Er zielte auf einen nach dem anderen. »Sie dachten, Sie können mich hereinlegen.«

Schallend lachte er, spießte mit der Gabel ein großes Stück Zwetschgenwähe auf und schob es in den Mund. Unter Kauen und Wiehern stieß er hervor: »Dabei haben ... Sie ... sich selbst ... ausgetrickst. Haben ...«

Plötzlich zuckte er zurück, öffnete den Mund und riss die Augen auf. Sein Atem pfiff. Er lief rot an. Die Pistole noch in der Hand, winkte er heftig hin und her, jemand möge ihm auf den Rücken klopfen.

»Husten Sie, Sie müssen husten«, rief Larissa.

Sein Körper ruckte ein paarmal. Er röchelte. Seine Hauttönung fing an, sich in Violett zu verwandeln. Langsam beugte er sich vor, die Ellbogen angewinkelt, die Unterarme zwischen Tischplatte und Rumpf klemmend. Seine Finger krampften sich zusammen. Auch am Abzug.

Der Schuss war gut zu hören. Blut spritzte aus seinem Hals. Sein Gesicht platschte auf den Teller. Helles Rot sickerte über die Zwetschgenwähe und füllte den Teller. Bis es auf die weiße Tischdecke troff.

Einen Moment wagte keiner sich zu rühren. Schließlich hauchte Larissa: »Ist er tot?«

»Was denn sonst?«, entgegnete Timo.

Weitere Schrecksekunden verstrichen und Moritz staunte: »Mensch, hast du die Zwetschgen schlampig entsteint!«

Pochierte Kretzerfilets in Weißweinsauce

Für 4 Personen

8 Filets vom Bodenseekretzer
(Kretzer, Egli, Barsch)

1/8 l badischer Weißwein (trocken)
1/8 l Sahne
etwas Butter
1 Lorbeerblatt
Salz
Pfeffer aus der Mühle
Zitrone
1 Zwiebel
Senf
Cognac

Eine Kasserolle mit Butter einfetten und mit fein ge-
hackten Zwiebeln bestreuen. Die Kretzerfilets mit Salz,
Pfeffer und Zitronensaft würzen und hineinlegen. Den
Weißwein darübergießen, das Lorbeerblatt hinzufügen.
Im Backrohr oder auf der Herdplatte circa fünf Minu-
ten bei 90 Grad ziehen lassen (nicht kochen). Filets wie-
der herausnehmen und warm halten.

Den Fischsud durch ein Sieb passieren, die Sahne beige-
ben und aufkochen. Eine Messerspitze Senf verfeinert
die Sauce. Mit etwas kalter Butter abbinden und mit
Salz, Pfeffer und Cognac abschmecken. Über die Kret-
zerfilets geben.

Als Beilage reicht man Salzkartoffeln und Salate der
Saison.

Der Mann, der von unten herauf lächelte

Freiburg

Wir waren damals dem Tod so nahe, ganz anders als jetzt. Wir waren damals dem Mord so nahe. Klaus, das wundert dich jetzt, dieser Satz. Aber ich weiß, dass er wahr ist.

Weißt du noch, was passiert ist, an einem dieser Tage, an dem es mittags nur noch Erbsen gab? Es war das vierte Erbsenmittagessen, ich weiß es noch genau, ein Sonntag, der zweite Advent. Wie froh waren wir vor einer Woche über diesen Sack Erbsen gewesen! Ich versuchte mich auch an diesem Mittag an mein Glücksgefühl zu erinnern, versuchte es zu konservieren, aber das funktionierte nicht mehr. »Der Hunger treibt's rein, Greta!«, tröstete mich Tante Heide. Dabei hatte sie den Sack selbst organisiert, mit Hilfe des Nachbarn gegenüber, weil sie schon damals kaum noch laufen konnte. Angeblich stammte er aus einem ausgebombten Haus in Opfingen. Das war Tante Heides Version für Mutter und dich. Mir hatte sie wieder einmal die Wahrheit gesagt, natürlich unter dem Siegel der Verschwiegenheit. Der Sack stammte aus einem geschlossenen Raum, war gestohlen. Immer erzählten mir die Erwachsenen alles. Und meistens durfte ich es nicht weitererzählen. Auch Mutter hat das so gemacht, ja, das weißt du nicht, Klaus, wenn es um Vater ging und darum, was er im Krieg gemacht hat. Sie ist ihre Angst, ihre Schuld bei mir losgeworden. Und manchmal gefiel mir das sehr, eine Geheimnisträgerin zu sein! Aber es erschöpfte mich auch.

Du warst noch klein, erst sieben, aber ich schon elf und deshalb anders verantwortlich. Ich weiß noch gut, dass mich in diesen Monaten immer wieder eine eigenartige Vorstellung überfiel: Ich überlegte, wie es wäre, sich nicht mehr gerade halten zu können. Ich stellte mir vor, gebeugt zu gehen wie eine alte Frau. Ich kam von diesem inneren Bild nicht mehr los, oft für Stunden. Aber natürlich ging ich in Wirklichkeit weiter aufrecht.

Klaus, du hast es sicher nicht vergessen, wie wir damals wohnten. Zu fünft haben wir im Wohnzimmer gehaust, hatten zwar die halbwegs funktionierende Küche, aber nur ein WC mit Waschbecken, kein Bad. Der Rest des Hauses war von fremden Menschen besetzt. An das Ehepaar mit der Wehrmachtspistole im zweiten Stock haben wir uns oft mit Grauen erinnert, weil sie immer wieder blindwütig herumballerten, vor allem die Frau, wenn sie nicht Trümmer räumen musste. Gleich nach der Schule, die ein Witz war, gab es das traurige Mittagessen, dann brach ich so schnell wie möglich auf. Ich lief durch die verwüsteten Straßen der Wiehre, durchkletterte die Ruinen der Innenstadt, umkreiste das Münster. Beim ersten Schneefall wanderte ich durch Herdern hindurch noch weiter in den Norden. Oder in den Osten, bei eisigen Temperaturen, manchmal bis nach Kappel, immer auf der Suche nach Verwertbarem. Feuerholz brachte ich heim, in Vaters großem Rucksack, einen Holzkreisel für das Baby, den wir dann doch eintauschten, einen Winterrock für Mutter. Einmal grub ich die gefütterten, guten Lederhandschuhe aus, die wir abwechselnd trugen, ja, du auch, aber dir waren sie viel zu groß. Manchmal fand ich auch nur Eicheln für den Kaffeeersatz.

Du seist zu klein für solche Touren, bestimmte die Mutter, und ich war froh darüber, ehrlich gesagt, auch wenn du dich sehr geärgert hast! So lief ich meistens allein. Nur zwei, dreimal tat ich mich mit älteren Kindern aus meiner Straße zusammen. Aber mit ihnen dauerte alles länger, und ich fand, dass ich für Gesellschaft keine Zeit hatte.

An diesem vierten Erbsentag schlief Tante Heide nach dem Essen wie immer im Ohrensessel ein. Mutter und ich spülten die Teller. Dann legte sie das Baby in ihr Bett, seinen Protest ignorierend. Ja, wir nannten Hermann damals nur »das Baby«, obwohl er schon über zwei Jahre alt war, aber natürlich wussten alle, nach wem er benannt war. Mutter deckte also das Baby zu, so gut es sich zudecken ließ, drückte ihm Vaters dicksten Stempel in die Händchen und kniete sich schnell vor die gute Kommode. Dort holte sie etwas aus der untersten Schublade und forderte mich leise auf, ihr in die Küche zu folgen. Tante Heide schnarchte weiter. Aber du hast sofort von deiner Schiefertafel hochgeschaut. Du hast gemerkt, dass etwas im Gange war.

Neben dem Herd stehend erklärte Mutter mir, Onkel Hans habe etwas für uns organisiert.

»Aber wir müssen es selbst abholen. In Hinterzarten, bei einem alten Bauer. Hans hat ihm oft die Schweine und Kühe behandelt, und dieser Mann hat ein paar Schinken vor den Franzosen verstecken können. Verstehst du? Geräucherten Schinken! Und Speck ... Dann können wir Weihnachten feiern!«

Natürlich warst du uns gefolgt. Du standst hinter der spaltbreit geöffneten Küchentüre, und als Mutter »Schinken« sagte und »Speck«, musstest du unwillkürlich aufseufzen, weißt du noch? Mutter schien das nicht zu stören, sie lächelte sogar. Und auch mir schoss das Wasser im Mund zusammen!

»Er heißt Winterhalder. Wir geben ihm die Taschenuhr dafür. Onkel Hans hat ihn darüber informiert, wie wertvoll sie ist. Sie ist sehr wertvoll, Greta. Echt Silber, sehr vornehm und sehr alt.«

Erst jetzt legte sie ihre knochige Hand auf die Platte neben dem Herd und öffnete sie. Ein dunkelblaues Samtsäckchen erschien, das mit einem schwarzen Band verschnürt war. Sie löste es und zog eine kaum handtellergroße Silberuhr heraus. Ihre römischen Ziffern waren so hübsch geschwungen! Ich wagte kaum, sie anzufassen, weil sie so fein gearbeitet war.

»Ich kann nicht weg, das Baby braucht mich und Tante Heide auch. Aber du bist alt genug, Greta. Du fährst gleich morgen früh mit dem ersten Zug, fünf Uhr zehn. Nicht dass er es sich anders überlegt. Du fährst bis Höllsteig, weiter kommt man noch nicht, von dort muss man zu Fuß nach Hinterzarten. Onkel Hans hat dir alles aufgezeichnet.«

Am neuen Bahnhof Wiehre war schon früh am Morgen viel los. Damals fuhren täglich nur drei Züge Richtung Höllsteig, von wo aus man weiter bis an den Bodensee reiste, denn dort gab es noch Bauern, die genug hatten, um abzugeben. Du erinnerst dich vielleicht an die Erzählungen unseres Nachbarn Friedrich, der immer wieder an den Bodensee aufbrach? Die gesprengten Eisenbahnbrücken waren teilweise noch nicht repariert, und diese Reisen dauerten eine halbe Ewigkeit. Ich war froh, dass mein Ausflug nur bis Hinterzarten führen sollte. Mit Rucksäcken, Körben und Taschen drängten vor allem Frauen jeden Alters Richtung Gleise. Dazwischen ein paar Männer, hohläugige Kriegsheimkehrer, zu denen ich Abstand hielt, weil sie so verstört wirkten. Auch ein paar Kinder in meinem Alter liefen nervös herum. Als die Dampflok einfuhr, stürzte sich alles durch die Rußschwaden auf die Waggons, die schon vom Hauptbahnhof her besetzt waren. Ich schlüpfte zwischen einer

Gruppe Frauen hindurch und ergatterte einen Stehplatz im Abteil, direkt am Fenster. Das erinnerte mich an die Ausflüge in den verschneiten Schwarzwald, die wir früher gemacht hatten. Damals trug Vater den Rucksack, den ich jetzt vom Rücken nahm und vorsichtig zwischen meine Füße stellte. Damals waren Wurst- und Käsebrote, Obst und Apfelsaft darin. Heute hatte Mutter mir einen Kanten hartes Brot und eine Flasche Wasser eingepackt. Ich war trotzdem glücklich.

Rechts neben mir stand ein vielleicht Zwanzigjähriger, der eigentlich aussah wie alle anderen, dünn, abgerissen, mit braunen, kurz geschorenen Haaren, aber immerhin frisch rasiert und gewaschen – das roch ich gleich. Der Zug setzte sich fauchend in Bewegung, und durch den Lärm der schwatzenden Frauen hindurch zeigte er mir, dass man die kalten Öfen unter dem Fenster als Sitzgelegenheit nutzen konnte. Er setzte sich auf seiner Seite und lächelte mich dann von unten herauf vorsichtig an. Dazu zeigte er auf das zweite Öfchen, dann auf mich, dann wieder auf das Öfchen. Ich lächelte zurück und setzte mich.

Zwischen den wollbestrumpften Beinen der Frauen kamen wir ins Gespräch. Er fragte, ob ich auch an den Bodensee wolle, und ich dachte an die Ermahnungen der Mutter und sagte deshalb nur, dass ich nicht so weit müsse. Nur bis Höllsteig.

»Da gibt es aber unter Garantie nichts zu holen!«, sagte er und deutete mit dem Kinn auf meinen schlaffen Rucksack.

»Für mich schon!«, antwortete ich.

Er senkte den Kopf, lächelte mich wieder so von unten herauf an und sagte mir seinen Namen: Peter. Als ich ihm meinen verriet, lauschte er, wiederholte ihn langsam und sagte nicht dazu: »Wie die Garbo!« Das gefiel mir.

Dann erzählte er von seinen Touren. Von einer Herbstwanderung durch das Löffeltal, durch teilweise vermintes Gelände, nach Hinterzarten. Von der komplizierten Weiterfahrt bis nach Radolfzell. Vom abermaligen, langen Fußweg in die Dörfer, wo man ihm Lagerobst gab, aber auch gutes Brot, Mehl, Eier. Sogar Speck habe er neulich nach Freiburg gebracht und dort für ein Vielfaches wieder getauscht. Da konnte ich nicht anders, ich musste ihm sagen, dass ich heute auch welchen holen würde. Aber nicht für den Schwarzmarkt. Für uns, zum Essen! Für Weihnachten!

»Ist es die Möglichkeit!«, rief er, »Potzblitz!«, und packte mich so freudig an der Schulter, rüttelte mich sogar, dass ich in Lachen ausbrach. »Bist du sicher, Mädel! Großartig!«

Ich strahlte ihn stolz an. Um nicht noch mehr verraten zu müssen, fragte ich ihn, wo er herkomme, und er erzählte von seinem Haus, in dem überhaupt nur noch der Kniestock und das Erdgeschoss vorhanden seien. Nicht weit vom Hauptbahnhof, das sei sehr praktisch, in vielfacher Hinsicht. Offenbar hauste er dort ganz allein in einer zusammengeflickten Wohnung, eine fünfköpfige Familie in einer weiteren. Ich traute mich nicht, nach seiner eigenen Familie zu fragen, denn wenn er sie nicht erwähnte, gab es sie wohl nicht mehr. Dafür wollte er jetzt umso genauer wissen, wie ich mit meiner Familie lebte, und ich sah keinen Grund, ihm nicht ein bisschen zu erzählen. Ach was, in Wirklichkeit vergaß ich alles um mich herum. Die diskutierenden Frauen in zerbeulten Männerschuhen, in Sommerschuhen, in rissigen Winterstiefeln, das alles sah und hörte ich nicht mehr, Klaus, ich weiß nicht, ob du das verstehst! Auch dass ich eigentlich aus dem Fenster schauen und den Blick in den winterlichen Schwarzwald genießen wollte, kam mir nicht mehr in den Sinn. Peter hörte so genau zu. Er erzählte auch selbst so spannend und vertraute mir doch keine furchtbaren Dinge an, die ich nicht weitersagen durfte. Und an meinem erbärmlichen Leben schien er wirklich interessiert zu sein. Nachdenklich befühlte er seinen Rucksack, der einträchtig neben meinem stand, lächelte mich sacht von unten an und fragte immer wieder nach. Ich war froh, dass wir so viel Zeit hatten. Die Fahrt würde mindestens siebzig Minuten dauern, hatte mir die Mutter gesagt. Auch von Onkel Hans, der als Tierarzt viele Schwarzwaldbauern kannte, erzählte ich ihm schließlich. Und von dem alten Mann, der einen seiner letzten Schinken aus der Erdmiete für uns reserviert hatte.

»Ihr habt ein Riesenglück, Greta! Aber den kriegt ihr nicht für ein paar Silberlöffel, das kannst du mir nicht erzählen ...«

Nein, gab ich zu, keine Silberlöffel. Eher eine Taschenuhr. Aus Familienbesitz.

Da empfahl er mir, gut auf sie aufzupassen.

»Hast du sie im Rucksack gut nach innen gepackt? Sonst zieht sie dir jemand im Gedränge einfach raus!« Er deutete auf die Aufsatztasche meines Rucksacks. Ich nickte, fühlte sicherheitshalber nach – natürlich war das Samtsäckchen noch da. Alles in Ordnung.

Obwohl am Bahnhof Hirschsprung niemand ein- und aussteigen wollte, hatten wir einen längeren Aufenthalt. Die Frauen murrten, aber mir wurde die Zeit nicht lang. Wir sprachen ausführlich über all die Köstlichkeiten, die man mit echtem Speck herstellen konnte. Ich schwärmte davon, wie Mutter uns noch in den ersten Kriegsjahren Speckeier gebraten hatte, mit zwei ganzen Eiern, zwei Scheiben Speck pro Person, die dünn geschnitten und knusprig ausgebraten wurden. Dazu gab es krosse Zwiebelringe und Schnittlauch aus dem Garten.

»Und eine große, dicke Scheibe Brot für jeden!«, rief Peter begeistert.

»Gutes, festes Brot! Und keine Erbsen!«

»Wer redet von Erbsen? Auf keinen Fall Erbsen!«

Irgendwann fuhr der Zug ächzend wieder an. Ich spürte auf meinem Sitz, wie er die engen Kurven Richtung Posthalde hinaufkletterte. Plötzlich wurde es dunkel, wir fuhren durch einen Tunnel, es wurde hell und bald hielten wir wieder an.

»Posthalde!« rief es draußen. Peter stand auf und fragte die Frauen höflich, ob er das Fenster öffnen dürfe. Doch niemand kümmerte sich um ihn, weil man damit beschäftigt war, Platz für hereindrängende Fahrgäste zu schaffen. Also zog Peter das Fenster einfach auf, so weit es ging. Erst drang der Rußgeruch zu uns herein, dann die Kälte. Ich stand ebenfalls auf, streckte auf meiner Seite vorsichtig den Kopf aus dem Fenster, sah Richtung Lok und versuchte, dort einen Blick auf die steilen, weißen Berghänge zu erhaschen. Wir fuhren schon wieder an. Da spürte ich hinter mir einen Stoß, und eine Frau schrie. Ich fuhr herum. Peter hockte draußen, auf dem Bahnsteig! Was machte er da? Fassungslos sah ich zu, wie er taumelnd hochkam und, ohne sich umzudrehen, entgegen der Fahrtrichtung den Bahnsteig entlangspurtete, seinen Rucksack auf dem Rücken, vor sich etwas umklammernd, bis er aus meinem Blickfeld verschwand.

Ich begriff nichts.

Der Zug hatte volle Fahrt aufgenommen. Die Frau, die geschrien hatte, stand jetzt neben mir. Sie strich sich benommen über den faltigen Hals, der wohl einen Tritt oder Stoß abbekommen hatte, und fluchte Peter hinterher. Dann fasste sie mich am Ellenbogen.

»Er hat deinen Rucksack!«

Ich sah an mir hinunter. Ganz langsam stieg mir das Blut in den Kopf, während im Abteil allgemeine Aufregung herrschte. Ich suchte noch ein bisschen herum. Aber es war klar, dass die Frau recht hatte.

»Was war drin?«, fragte sie mitleidig. Ich schluckte nur und schüttelte den Kopf.

In Höllsteig mussten alle hinaus. Willenlos ließ ich mich treiben, Klaus, noch heute überfällt mich die Lähmung, wenn ich daran denke. Warum hatte er das getan ... Jetzt musste ich ihn doch anzeigen! Warum hatte er mir das angetan? Gab es hier überhaupt Polizei? In diesen Tagen, in denen so viel gegen Gesetze verstoßen wurde, würde sich für mich und unsere Taschenuhr kein Mensch interessieren. Für mich sowieso nicht. Niemand interessierte sich für mich. Auch Peter hatte sich nicht wirklich für mich interessiert.

Auf einer dünn beschneiten Holzbank hinter dem Bahnhof fiel ich in mich zusammen. Ich dachte, wenn ich einfach eine Weile hier sitzen bliebe, würde ich vielleicht festfrieren. Das hätte mir gefallen. Ich wollte einen elenden Tod sterben.

Ich erinnere mich an Schneefall, sonst nichts. Irgendwann muss mich die Kälte doch wieder hochgetrieben haben, die Straße entlang, bergab. Oder doch, ich erinnere mich an ein Automobil, das mich später überholte, sogar mit Licht. Es fuhr langsamer, hielt aber nicht an. Es war mir lieber so.

Dann weiß ich wieder, wie ich vor unserem Haus stand, zitternd vor Erschöpfung hielt ich mich am eisernen Handlauf der Treppe fest. Dort stand ich noch Minuten, bevor ich den Schlüssel aus der Manteltasche zog. Ich schlich Richtung Küche, wo du mir entgegenliefst, hinter dir die Mutter, und ich weiß es noch wie heute, wie du stopptest und hilfesuchend zu Mutter schautest.

»Wo ist der Rucksack?«, fragte sie.

Ich hatte mir vorgenommen, nicht zu weinen, weil ich fand, dass ich kein Mitleid verdient hatte. Das ist mir gelungen. Du wirst dich vielleicht erinnern, wie Tante Heide schimpfte, »vollkommen hirnverbrannt« schimpfte sie, nicht nur mit mir, auch mit Mutter, die nichts mehr sagte, einfach stumm blieb, nachdem ich so kurz wie möglich erklärt hatte, was passiert war. Mutter setzte sich wie eine Maschine in Bewegung, kochte uns allen Tee, und ich bekam wieder Erbsen vorgesetzt, die ich trotz des Hungers kaum herunterbekam. Dann fragte ich sie kleinlaut, ob ich meine Matratze ausnahmsweise schon vor der Nacht ausbreiten dürfe. Es war ja noch mitten am Nachmittag, und meine Matratze lag natürlich noch unter Mutters Bett. Sie wurde immer erst kurz vor dem Zubettgehen hervorgeholt, weil sie sonst im Weg lag. Aber ich war so unendlich müde.

Mutter nickte. Sie machte mir sogar eine warme Bettflasche. Nur mit mir gesprochen hat sie nicht mehr.

Gleich am nächsten Tag nach der Schule zog es mich zu der Holzbaracke hinterm Hauptbahnhof, vor der sich die Schwarzhändler trafen. Ich wusste erst selbst nicht, warum ich diese Richtung einschlug. Dann kam ich auf die Idee, dass es vielleicht eine Chance gab, dort die Taschenuhr wiederzufinden. Oder ihren Dieb. Oder beide. Eine Weile trieb ich mich zwischen den vor sich hin murmelnden Gestalten herum und beobachtete, wie Zigarettenpackungen, Kerzen, Werkzeug und undefinierbare, in Zeitungspapier gewickelte Päckchen aus Taschen gezogen wurden und wieder darin verschwanden. Da wurde mir klar, dass ich nun jeden Tag hierherkommen wollte. Und dass ich mich bewaffnen wollte.

Erst dachte ich an unser Brotmesser. Aber sein Fehlen wäre schnell aufgefallen. Dann fiel mir die Pistole des Ehepaars ein. Nachmittags mussten sie beide Schutt und Trümmer räumen, und ich hatte, als ich ihnen mit den Kohlen half, beobachtet, wo sie ihre Waffe aufbewahrten. Wenn ich es geschickt plante, konnte ich sie mir für ein paar Stunden ausleihen, ohne dass es auffiel.

Nachmittags zog ich den Mantel an wie immer, tat, als würde ich das Haus verlassen, und schlich stattdessen die zwei Treppen hinauf. Natürlich wusste ich, dass sich die Wohnungstür des Ehepaars nicht wirklich verschließen ließ. Man musste nur den Knauf drehen.

Als ich die Türe sehr langsam öffnete, roch es nach Butter. Woher hatten sie Butter! Fast vergaß ich, wozu ich hier war, lief in das kleine Zimmer, das sie als Küche nutzten, schaute in die Eiskiste, fand keine Butter, stellte mich vor den Brotsack. Und kämpfte mit mir. Schließlich öffnete ich ihn und krümelte ein winziges Stückchen vom Brot ab. Das würde nicht auffallen, hoffte ich, und legte es wie ein Bonbon auf meine Zunge. Dann lief ich in das größere, finstere Zimmer, das ihr Wohn- und Schlafzimmer war, und fischte hinter dem Kohlekasten die Pistole heraus. Es war eine Walther PPK. Sie war ganz leicht und ihr Lauf glänzte silbern. Mein Vater hatte die gleiche in etwas größer, und ich hatte einmal zugesehen, als er Mutter erklärte, wie man sie lud und entsicherte. Wirklich fand ich nach einer Weile den Knopf wieder, mit dem man das Magazin herausbekam. Es war mit vier Patronen geladen. Auch an den Sicherungshebel erinnerte ich mich, betätigte ihn vorsichtig, schob ihn, als der rote Punkt erschien, schnell wieder zurück. Dann versenkte ich die Pistole in der Innentasche meines Mantels.

Fast zwei Stunden lief ich damit hinter dem Hauptbahnhof auf und ab. Kein Peter weit und breit. Also brachte ich sie an ihren Platz zurück, bevor die Besitzer nach Hause kamen. Aber am nächsten Tag holte ich mir die Walther wieder und krümelte ein Stückchen Brot ab, groß wie mein kleinster Fingernagel. Mehr erlaubte ich mir nicht. Sie haben nichts gemerkt! Niemand hat etwas gemerkt, du auch nicht.

Endlich, am vierten Tag, entdeckte ich Peter.

Ich stand ein paar Meter entfernt in einer der Ruinen, als ich ihn mit raumgreifenden Schritten quer über die Gleise kommen sah. Sofort ging ich hinter einer ehemaligen Hauswand in Deckung. Er hatte einen prall gefüllten Rucksack lässig über die Schulter geworfen und begrüßte vor der Baracke einen Bekannten. Den Rucksack stellte er vor sich auf den Boden, und ich biss mir auf die Lippen vor Wut: Das war meiner, es war Vaters Rucksack!

Der Bekannte war offenbar nicht am Inhalt des Rucksacks interessiert. Peter schulterte sein Gepäck wieder und lief an der Baracke vorbei in meine Richtung. Ich legte mich flach auf den Boden und wartete, bis seine Schritte leiser wurden. Dann stand ich auf, fühlte nach der Pistole und folgte ihm.

Er wohnte nur zwei Straßen weiter, genau so, wie er es beschrieben hatte: in einem Haus, das nur noch aus Keller und dem ersten Stock bestand. Als er hinter der ramponierten Holztür verschwand, blieb ich in einem Hauseingang stehen und beobachtete einen vielleicht neunjährigen Jungen und eine Frau, die von außen an einem Fenster im Kniestock hantierten, das offenbar neu verglast worden war. Nach ein paar Minuten holte ich tief Luft und ging auf das Haus zu.

Die Frau lächelte mich an. Der Junge fragte, ob ich zu Peter wollte.

»Einfach feste drücken!«, rief er und deutete auf die Haustür. Ich drückte, aber sie gab nicht nach. Da lief der Junge zu mir, trat mit seinem klobigen Schuh knapp unter dem Schloss gegen die Türe, und sie sprang auf.

Ein paar Steinstufen führten zu einer Wohnungstür. Es gab sogar eine Klingel, unter die er mit blauer Kreide seinen Namen an die Wand geschrieben hatte: Peter Ronneberger. Warum hat so ein Mensch einen so schönen Namen, dachte ich und klingelte sofort. Kurz schloss ich die Augen und hörte innen eine Tür gehen, und als ich sie wieder aufmachte, öffnete sich auch schon die Tür. Eigentlich wusste ich noch immer nicht, was ich vorhatte, aber plötzlich war es, als verselbständigte sich mein Körper, ich drängte mich an Peter vorbei in die Wohnung, zog die Pistole, drückte die Tür zu.

»Die Taschenuhr!«, fauchte ich leise und hielt ihm den kurzen Lauf unters Kinn. Mein Handrücken berührte sein Haar, und ich zitterte, aber vor Freude, ich zitterte vor Freude. Was ich alles kann, dachte ich, ich lebe!, dachte ich. Und wie ich lebe! Ich hätte am liebsten geschrien vor Freude. Aber es musste leise vonstattengehen.

Er erschrak, wich an die Wand zurück, doch dann fing er sich schnell.

»Greta!«, rief er. »Hör mal, Kleines. Du wirst uns doch nicht unglücklich machen.«

Dabei senkte er den Kopf, sodass der Pistolenlauf nun auf seine Stirn zeigte, und sah mich wieder so von unten an. Er lächelte wieder so, du weißt schon. Da rief ich lauter, als ich eigentlich wollte:

»Ich knall dich ab! Du gibst mir sofort die Taschenuhr zurück, sofort! Und den Rucksack! Sonst bist du tot!«

Er lächelte einfach weiter.

»Ich habe deine Taschenuhr nicht mehr …«

Da stieß ich ihm den Lauf neben die Nase ins Gesicht. Und als er sich etwas zur Seite bewegte, klackte es. Ich hatte entsichert. Ich habe wirklich entsichert.

»Du bekommst die Uhr wieder, um Himmels Willen ...«

Ich blieb dicht bei ihm, hielt ihm die Waffe an den Hals, und so gingen wir zu zweit in sein Schlafzimmer. Er hatte tatsächlich ein abgetrenntes Schlafzimmer. Ich erinnere mich an ein Tischchen, auf dem er eine Krippe aufgebaut hatte, mit farbigen Figuren aus dünnem Karton. Der Josef war angesengt. Und Peters Arm neben meinem Körper schwitzte vor Angst. Ich hatte das Gefühl, seine Angst könnte auf mich übergehen, deshalb fauchte ich ihn an, mit ganz fremder, tiefer Stimme, er solle sich beeilen. Hastig öffnete er einen Eichenschrank und kramte hinter seiner Wäsche. Dann drückte er mir das blaue Samtsäckchen in die Hand. Ich sah nach der Taschenuhr, sie war wirklich noch da, und schob sie in meine Manteltasche.

Er war ganz bleich.

»Wo ist der Rucksack!«

»In der Küche.«

Also schob ich ihn, ich weiß nicht mehr wie, irgendwie mit der Pistole in die Küche, schnappte den Rucksack, der prall gefüllt auf dem Tisch stand, und rannte einfach davon, Hals über Kopf, aus der Wohnung, durch die Haustür, auf die Straße. In vollem Lauf muss ich die Waffe wieder gesichert und in der Manteltasche untergebracht haben. Ich erinnere mich nur, dass ich mich noch nach dem Jungen und der Frau umsah. Sie waren verschwunden.

Glaub mir, Klaus, ich hätte abgedrückt. Und ich habe die Uhr nur zurückbekommen, weil er das begriffen hat. Natürlich hatte ich schlaflose Nächte deswegen, schon weil ich nicht wusste, ob er mich vielleicht anzeigen würde. Oder ob er mich suchen und irgendwann finden würde. Aber das geschah nicht.

Zu Hause habe ich als erstes die Walther an ihren Platz gebracht, zum letzten Mal. Dann erst bin ich mit dem Rucksack zu euch. Ja, ich weiß, ich habe behauptet, ich hätte Peter zufällig getroffen, ihm ins Gewissen geredet, und er hätte mir die gestohlenen Sachen freiwillig zurückgegeben. Mutter hat vor Freude geweint, erinnerst du dich, mit Pausen, während sie zärtlich die Uhr untersuchte, sie dann verstaute, und während wir gemeinsam den Inhalt des Rucksacks begutachteten, immer wieder fing sie neu an zu weinen, so lange, bis wir alle heulten. Sie schlug ja sogar vor, Peter den Inhalt des Rucksacks mit ein paar Dankesworten zurückzubringen! Tante Heide war zum Glück dagegen. Du sowieso. Und ich war euch unendlich dankbar. Es war ja überhaupt nichts Essbares im Rucksack, nur Wagenschmiere, Baukalk, eine Kinderhose, eine Flasche Pflaumenschnaps ... Das war schon alles, nicht wahr? Aber wir malten uns sofort aus, was man dafür bekommen konnte. Weißt du noch? Ein Brot und ein paar Eier mindestens. Vielleicht ein Stückchen Speck.

Speckeier Schwarzwälder Art ohne Erbsen

Für 2 Personen

4 Eier
4 Scheiben dünn geschnittener Schwarzwälder Speck
1 Zwiebel
Pfeffer und Salz
Schnittlauch
etwas Butter zum Anbraten
Bauernbrot
… und keine Erbsen!

Zwiebel schälen, in dünne Ringe schneiden und in der Butter knusprig anbraten. Die Eier aufschlagen und als Spiegeleier auf den Zwiebeln braten. Salzen und pfeffern. Die Speckscheiben in einer zweiten Pfanne auslassen.

Den Schnittlauch in feine Ringe schneiden. Eier und Speck auf den Tellern anrichten und mit dem Schnittlauch garnieren.

Dazu gibt es pro Person je eine kräftige Scheibe Bauernbrot.

CLAUDIA SCHMID

Dunnerlitt!

Mannheim

»Eeedelgard!« Ich hasse die Art, wie er meinen Namen auf diese völlig übertriebene Weise ausspricht. Keine Ahnung, was meine Mutter dazu bewogen hat, für mich diesen altertümlichen Namen auszuwählen.

Norbert und ich stehen am Seckenheimer OEG-Bahnhof. Wie üblich trägt er seinen beigefarbenen Breitcordanzug, obwohl er genau weiß, dass ich den nicht ausstehen kann. Mein Ehemann hat seit dem Tag unserer Hochzeit kontinuierlich zugelegt, die Nähte seines Anzugs sind bedenklich gedehnt. Zu allem Überfluss trägt er auch noch seine braunen Schuhe, die mit dem Lochmuster, in dem sich so leicht die Schuhcreme beim Putzen verfängt.

»Mir ist kalt«, lässt er mich wissen.

»Hättest du doch deinen Mantel übergezogen!«

»Aber warum? Hier hat es doch keinen Schnee! Und wir werden doch abgeholt.«

Als ob Kälte Schnee bräuchte. Norbert ist manchmal wirklich sehr einfach gestrickt. Ich schlage den Kragen meines violetten Mantels hoch, denn auch mich fröstelt. Durch die oberrheinische Tiefebene fegt ein kalter Wind. Wir warten auf seine Cousine, die uns über Weihnachten in den Mannheimer Stadtteil Seckenheim eingeladen hat. Für mich war der Gedanke anziehend, ein Weihnachtsfest ohne meine Schwiegermutter verbringen zu dürfen. Norbert lockte die Erinnerung an die Küche unserer Cousine, die wir bei früheren Besuchen schon mehrfach genossen haben.

»Anna wollte uns doch abholen?«, nölt er jetzt.

Ich setze den schweren Koffer ab, der neben unseren Sachen die Weihnachtsgeschenke seiner Mutter an uns beinhaltet. »Keine Ahnung, warum sie nicht hier ist.«

»Die ist doch sonst immer so zuverlässig?«

»Hast du ihre Telefonnummer dabei? Wir könnten sie anrufen.«

»Telefonnummer? Ich? Die hast du doch.« Norbert zieht eine Schmolllippe.

Es macht keinen Sinn, mich jetzt mit ihm zu streiten. Es gilt, lösungsorientiert vorzugehen. »Aber die Adresse, die weißt du doch?«

»Ich finde den Weg. Wir waren ja schon öfters dort.« Norbert eilt entschlossen voraus. In der linken Hand trägt er sein leichtes Gepäck. Er überlässt mir den schweren Koffer. Seine Manieren mir gegenüber befinden sich wie so oft auf einem Tiefpunkt.

Natürlich passiert, was geschehen musste. Wir haben uns bereits hoffnungslos verlaufen, als Norbert erneut nach links abbiegt. »Hier muss es sein!«

Genervt halte ich inne. Zum Glück ist mein großes Gepäckstück mit Rädern ausgestattet, sodass ich es hinter mir herziehen kann. Das quietschende Geräusch verrät, dass sie seit Längerem nicht mehr geölt wurden. »Gib es doch endlich zu, du kannst dich nicht daran erinnern, wo sie wohnt.« Ich misstraue dem Orientierungssinn meines Mannes nun völlig. Als ich eine Apotheke bemerke, raune ich ihm zu, »Gib auf meinen Koffer acht!«, und gehe hinein.

»Guten Tag, entschuldigen Sie bitte, wir wollen zu Frau Anna Denges. Kennen Sie die zufällig?«

»Ja, natürlich, die kenne ich gut, die wohnt ganz in der Nähe.«

Die freundliche Dame erklärt mir den Weg. Ich verabschiede mich, drücke auf dem Gehweg meinem Mann den Nachziehbügel unseres Koffers in die Hand und stürme voraus. Nach wenigen Minuten schon gehen wir am Glatzkopp, dem Seckenheimer Wasserturm, vorbei und biegen in eine Straße ein, die ich von unseren letzten Besuchen her in Erinnerung habe. Aber was ist aus dem reizenden Vorgartenidyll geworden, das sich früher hier dem Auge bot? Vor jedem Haus stehen überdimensionierte graue Tonnen mit einem gelben Deckel und ziehen die Blicke auf sich. Die hübsche Weihnachtsdekoration vor den Häusern geht optisch völlig unter, man nimmt sie erst nach genauerem Hinsehen wahr. Wir finden das Haus von Anna. Auf ihrem Vorplatz steht ebenfalls so ein Ungetüm, bei dem auch noch der schiefe Deckel ein wenig offen steht. In ihrem von Efeu umrankten Mülltonnenhäuschen stehen drei weitere Mülltonnen in Normalgröße. Sammelt Norberts Cousine neuerdings den Müll der gesamten Straße? Kriegt sie Geld dafür?

»O mein Gott, da ist ja gar kein Platz mehr für Annas Rosen!«, entfährt es mir.

Norbert steht bereits an der Haustür und drückt energisch einen Finger auf die Klingel. Rasch öffnet sich die Tür und Anna steht im Rahmen. »Norbert!« Sie drückt ihm einen Kuss auf die Wange, die leicht auf dem Hemdkragen aufliegt. Dann macht sie entschlossen einen Schritt auf mich zu und umarmt mich. »Aber wieso kommt ihr schon heute? Wir hatten doch morgen ausgemacht. Und ich wollte euch doch abholen!«

»Morgen?«, sagt mein Mann argwöhnisch und blinzelt, während er ins Warme stapft.

»*Du* hast mit Anna telefoniert«, sage ich und gehe mit Anna ebenfalls ins Haus. Mal wieder typisch Norbert, einen Fehler zu machen und es dann nicht zugeben zu wollen.

Nachdem wir uns bei einer Tasse Tee aufgewärmt haben und Anna mehrmals das Missverständnis unseres Ankunftsdatums bedauert hat, frage ich sie nach den Riesentonnen.

Sie zieht eine Grimasse. »Ach, diese hässlichen Ungetüme. Ja, die müssen wir neuerdings alle haben. Die verschandeln unsere ganzen Vorgärten. Als ob wir mit den bisherigen drei Mülltonnen nicht schon gestraft wären! Wenn die doch bloß Sammelplätze für Wertstoffe eingerichtet hätten, ähnlich wie beim Altglas.« Sie beugt sich nach vorn. »Aber die Hulda, das ist eine ganz Schlaue.«

»Die Hulda Bonnertsäcker, die bei unserem letzten Besuch bei dir anschließend gesagt hat, wir würden im Garten zu laut lachen?«

Anna nickt. »Genau die. Die hat ihre Tonne einfach verschwinden lassen! Keine Ahnung, wie sie das Riesending entsorgt hat. Aber seitdem quillt meine Tonne, die wir statt des gelben Sacks für die Wertstoffe bekommen haben, immer über. Ich hatte schon zwei Mal nach der Leerung einen Aufkleber dran, wenn sie weiterhin so übervoll wäre, dass der Deckel gar nicht mehr drauf geht, dann muss ich einen Container nehmen, wie ihn die Mietshäuser haben.« Nun guckt sie sehr traurig. »Das sind wahre Monster.«

»Aber dann hast du doch nur noch einen Müllsammelplatz in deinem kleinen Vorgarten? Was wird denn dann aus deinen Rosen?«

»Ach, die«, sagt sie traurig. »Die waren im letzten Sommer besonders schön. Robert, Gott hab ihn selig,« sie schlägt ein Kreuz auf ihrer Stirn und zwei Kreuze über ihrem vollen Busen, wie sie es immer tut, wenn sie den Namen ihres verstorbenen Mannes erwähnt, »hat sie eigenhändig gepflanzt. Jedes Mal, wenn ich mich an ihnen erfreue, erinnere ich mich an ihn. Ja, für die wäre dann kein Platz mehr. Die könnte ich prompt ausgraben und wegtun.« Tränen laufen über ihre Wangen. »Dabei hänge ich doch so an denen.«

Anna soll einen brutalen Rosenmord begehen? An den Rosen, die Robert noch selbst gepflanzt hat? »Hast du denn Hulda schon mal dabei erwischt, wie sie deine Tonne benutzt?«

»Das ist es ja.« Anna wischt eine Träne von ihrer Wange. »Die macht das so schlau, dass ich sie nicht dabei ertappe. Ich kann es ihr nicht beweisen. Aber ich *weiß* es. Ich bin mir absolut sicher, dass sie es ist, die den Müll in meine Tonne stopft. Sie mag ja auch die Rosen nicht. Ich glaube, sie gönnt es mir nicht, dass ich so schöne Erinnerungen habe, während sie seit Jahrzehnten allein lebt.« Sie greift in ihre Hosentasche und holt ein Taschentuch hervor.

Ich stupse Norbert unter dem Tisch mit meinem Fuß an und nicke ihm bedeutungsvoll zu. Wir werden Anna helfen, das ist klar. Dafür sind Verwandte schließlich da! Ich lege meinen Arm um sie.

»Wisst ihr was? Wir gehen eben geschwind einkaufen im Seckenheimer Käsestübchen.« Sie putzt ihre Nase und wischt die Tränen weg. »Ich habe ja noch überhaupt keinen Kuchen für euch gebacken! Wie wäre es mit einem Apfelkuchen mit Ziegenkäse?«

Das war wohl eher eine rhetorische Frage, denn Norbert ist bereits aufgestanden und zieht seinen Mantel und eine Wollmütze aus unserem Koffer. »Ich bin bereit. Wo ist dieser Laden?«

Nur zwei Straßen weiter sind wir am Ziel. Durch ein offenes Tor in der Zähringer Straße gelangen wir auf einen weihnachtlich geschmückten Hof. Anna geht voraus und erklärt uns, während sie auf die Klinke drückt: »Der Hof hier ist aus dem Jahr 1811 und schon lange in Familienbesitz.«

Wie das da drinnen duftet! In Kisten und Regalen liegen regionale Produkte. »Frau Schmich, ich bringe heute meinen Besuch mit.« Norberts Cousine stellt uns der freundlichen Frau hinter der Theke vor.

»Sie haben Besuch? Das ist aber schön! Dann sind Sie Weihnachten nicht allein, gell.«

Anna ordert verschiedene Sorten Käse.

»Der Ziegenkäse kommt aus dem Allgäu.« Frau Schmich packt ihn liebevoll ein.

Anna nimmt auch noch ein paar Äpfel und Eier mit. Norbert zückt sein Portemonnaie. Zwischen ihm und Anna entbrennt ein kleiner Streit darüber, wer den Einkauf bezahlt.

»Ihr seid meine Gäste«, entrüstet sich Anna.

Doch Norbert, der weiß, dass Annas Witwenrente nicht gerade üppig ausfällt, setzt sich durch. Außerdem duldet er nicht, dass sie die Einkaufstasche trägt, und drückt sie mir in die Hand.

Als wir den Kapellenplatz überqueren, huscht eine Frau mit gesenktem Kopf vorbei.

»Ist das nicht die Hulda?«, frage ich Anna.

»Ja, ja. Das war sie. Grüßen tut sie auch nicht mehr.« Wer solche Nachbarn hat, braucht keine Feinde, denke ich mir.

Norbert übernimmt das Schneiden der Äpfel, während Anna den Teig rührt. Ich zerkrümele vorsichtig den Ziegenkäse. Als Norberts Hand sich langsam aber zielstrebig meinem Teller nähert, ziehe ich ihn rasch weg. »Beim Backen wird nicht genascht.« Ich sende ihm einen strafenden Blick zu.

»Ich doch nicht«, mault er beleidigt.

Anna nimmt mit dem Zeigefinger den Teigklecks von seiner Wange auf und wischt ihn am Küchentuch ab. »Nie und nimmer!«

Wir beiden Frauen lachen. »Wollt ihr auch einen kleinen Apfelschnaps, einen klitzekleinen?« Anna geht an ihr Büfett.

Norbert schnitzt an seinen Äpfeln weiter. »Wir müssen deiner Hulda eine Falle stellen.«

»*Meiner* Hulda?«

»Naja, also, deiner Nachbarin«, korrigiert er sich und denkt nach. »Ich habe noch eine kleine Schachtel Bonbons im Koffer. Die hat mir Mutti als Reiseproviant mitgegeben. Wenn wir diese Bonbons in ihren Briefkasten legen und die Schachtel anschließend in deiner gelben Tonne liegt, dann haben wir sie überführt.«

»Gibt es diese Bonbons denn nicht überall?«

Norbert lacht listig. »Die kauft Mutti in ihrer Stammapotheke immer für mich, die haben eigene Verpackungen.«

»Und du opferst diese Bonbons für mich?« Anna streichelt seinen Arm. »Das ist aber nett von dir, Norbert.« Sie füllt den Teig in die gefettete Form und schiebt ihm die Schüssel zum Auslecken hin.

Schon am Abend kann Norbert seinen Erfolg verkünden. Triumphierend schwenkt er die leere Packung. »Hier ist sie!«, triumphierte er. »Hier haben wir den Beweis. Jetzt kriegen wir sie.«

»Wie denn?«, wende ich ein. »Willst du etwa ihre DNA auf dem Karton nachweisen? Wir müssen uns etwas anderes überlegen.«

Am nächsten Tag ist schon Heiligabend. Norbert besteht darauf, dass wir die Geschenke von Mutti an uns als Erstes auspacken. Das Papier, in das sie eingewickelt sind, weist Knicke auf, denen der Versuch des Glattbügelns anzusehen ist. Wenn ich mich richtig erinnere, ist es das Papier, in dem sich beim letzten Weihnachtsfest unser Geschenk an sie befand. Norbert nimmt sein Päckchen an sich.

Ich weiß schon jetzt, was drin ist. Nachdem er es geöffnet hat, erhalte ich meine Bestätigung. Vor uns liegen fünf Paar handgestrickte Socken, in einer satten Farbpalette von grünen Nuancen.

Norbert stößt einen entzückten Seufzer aus. Er liebt Muttis Socken, die er regelmäßig zu den Weihnachtsfesten von ihr erhält. Zu seinen Geburtstagen beglückt sie ihn mit handgefertigten Häkelkrawatten.

Ich hatte das per Anhänger für mich bestimmte Päckchen achtlos zur Seite gelegt, doch mein Mann fordert mich nun auf, es zu öffnen. Ich fühle durch das Papier hindurch Porzellan und von einer gewissen Neugier getrieben mache ich es nun doch auf. In meinen Händen liegt ein Sammelteller mit zwei Löchern, durch die ein Band geschlungen ist. Gemalte Engel winden sich um eine Krippenszene. Ich räuspere mich. »Reizend«, sage ich mit hochgeschobenen Augenbrauen. Als ich den Teller umdrehe, entdecke ich einen blauen Aufkleber mit einer Nummer darauf. Da hat meine Schwiegermutti wohl wieder den Gewinn beim Bazar ihrer Gemeinde an mich weitergereicht. Ich werde ihn zu Hause in den Keller stellen und ihn nur an die Wand hängen, wenn sie uns besucht.

»Anna, Mutti hat uns auch etwas für dich mitgegeben.« Stolz, als hätte er es persönlich eingewickelt, überreicht er Anna ein Päckchen.

Ich bin sehr gespannt und warte mit leicht vorgebeugtem Oberkörper darauf, was Anna zutage bringen wird. Verwundert fragt sie: »Was ist das?«

Ich nehme es ihr vorsichtig aus der Hand und beäuge den Gegenstand.

Norbert weiß schlussendlich, um was es sich handelt. »Das ist ein Bratenthermometer. Mutti hat mir erzählt, dass du so eines von ihr bekommst.« Er blickt zufrieden in die Runde.

Am zweiten Weihnachtsfeiertag äußert Anna einen Wunsch. »Ihr bleibt doch hoffentlich bis Neujahr. Wir können doch auch noch Silvester zusammen feiern!« Dann streut sie ein Argument in das Gespräch, das Norberts Augen zum Leuchten bringt. »Wir kaufen wieder im Seckenheimer Käsestübchen ein. Am Nachmittag an Silvester essen wir nochmals einen Apfelkuchen, der, den du so magst, Norbert, den mit Ziegenkäse«, sie tätschelt seine Hand, die auf der Tischplatte liegt, »und am Abend machen wir uns ein leckeres Käsefondue.«

Norbert ist auf Anhieb überzeugt. »Ist doch egal, Edelgard, wann wir wieder zu Hause sind. Mutti gießt ja unsere Blumen.«

Und räumt meinen Wäscheschrank neu ein, denke ich bei mir. Ich nicke schnell. Ein Silvester gemeinsam mit Anna zu verbringen scheint eine wunderbare Lösung für mich zu sein, noch einer Familienfeier ohne Norberts Schatten, der uns seit unserer Hochzeit begleitet, aus dem Weg zu gehen.

»Feuerwerk? Natürlich kaufen wir noch was dazu. Aber ein paar Knaller habe ich vom letzten Jahr übrig behalten, die hole ich schon mal aus dem Keller hoch. Ein Feuerzeug lege ich auch gleich dazu, damit wir nicht um Mitternacht anfangen müssen, danach zu suchen.«

Für die heutige Nacht habe ich mir etwas vorgenommen. »Anna, jetzt sind wir hier. Wir sind deine Familie, wir halten zusammen. Ich lege mich auf die Lauer. Es wäre doch gelacht, wenn es uns nicht gelingt, Hulda bei frischer Tat zu ertappen.«

Anna umarmt mich. »Das würdest du wirklich für mich tun? Weißt du, allein traue ich mich so etwas nicht. Aber nun, wo ihr da seid, ist das etwas ganz anderes.«

»Leg du dich nur hin, ich mache das.« Dass Norbert nicht die Nacht aufbleiben wird, ist mir klar. Außerdem liebe ich es, Detektivin zu spielen, ich habe schon immer die Romane über Miss Marple regelrecht verschlungen.

Wir schieben Annas bequemen Fernsehsessel in den Windfang. Am Mülltonnendeckel haben wir mehrere Glöckchen angebracht. Die wird Hulda nicht bemerken, wenn sie nachts vor der Tonne steht. Aber ich werde sie hören und dann die Haustür aufreißen. So der Plan.

Es fällt mir schwerer, wach zu bleiben, als ich gedacht hatte. Ich muss wohl kurz eingenickt sein, da werde ich von einem Geräusch wach. Es klingt wie das Garagentor von gegenüber, das, ähnlich wie die Rollen unseres Koffers, dringend geölt werden müsste. Ich luge durch den kleinen Türspion und bin plötzlich hellwach. In der Garage geht immer automatisch ein Licht an, sobald man das Tor öffnet, das habe ich schon bemerkt. Aber was machen die Kerle dort drüben um diese Uhrzeit? Denn ein Blick auf meine Armbanduhr zeigt mir, dass es zwei Uhr früh ist. Der Mann, dem das teure Auto gehört, sieht doch ganz anders aus? Der ist doch größer und breiter, nicht so klein und geschmeidig wie die beiden, die sich soeben am Auto zu schaffen machen. Und wo sollte der denn jetzt hinfahren? Anna hat erzählt, der Geschäftsmann sei schon in Rente. Ich kombiniere blitzschnell. Die haben das Garagentor aufgebrochen und wollen das teure Auto stehlen! Das gibt es doch nicht! Was mache ich jetzt bloß auf die Schnelle? Die sind bestimmt rasch wieder weg! Neulich habe ich gelesen, dass Diebe gar keinen nachgemachten Schlüssel benötigen, um ein Auto aufzukriegen. So etwas machen die heutzutage mit einem Tabletcomputer, mit dessen Hilfe sie sich illegal in die Software einloggen. Bis ich in die Küche tappe und dort nach meinem Telefon suche, sind die doch längst über alle Berge! Das dauert viel zu lange. Ich muss sie unbedingt aufhalten, um Zeit zu gewinnen, bevor ich die 110 wähle. Mein Blick fällt auf die Kanonenschläge vom letzten Jahr, die Anna aus dem Keller geholt hat. Das wird sie ablenken. Ich öffne die Tür einen kleinen Spalt, nehme einen der ultralauten Böller in die linke Hand, zünde mit dem danebenliegenden Feuerzeug die lange Zündschnur an, drücke die Tür flink ganz auf und werfe ihn beherzt mit Schwung hinaus. Der knallt aber ganz ordentlich! Klingt wie ein Schuss in der Nacht. Bestimmt gehen gleich überall die Lichter an und die Typen suchen ohne Auto das Weite.

Verdutzt halten die beiden Männer inne, einer der beiden greift sich ans Gesäß. Hat ihn mein Knallkörper getroffen? Geschwind werfe ich noch einen hinaus und drücke die Tür sofort wieder zu.

Ich höre einen dritten Knall. Nanu, hat da noch jemand Silvesterknaller neben der Haustür liegen und wirft sie jetzt ebenfalls hinaus? Ich luge durch den kleinen Spion der geschlossenen Tür. Der zweite Mann liegt nun am Boden, während der andere, der sich grade noch ans Hinterteil gegriffen hatte, abhaut. Darauf kann ich mir keinen Reim machen. Die Tür lasse ich vorsichtshalber zu, taste mich im Dunkeln in die Küche. Mein Smartphone liegt auf dem Küchentisch. Mit zitternden Fingern tippe ich die 110. Trotz der Aufregung gelingt es mir, die Adresse von Anna zu nennen.

Es dauert nicht lange, bis ein Einsatzwagen der Polizei anprescht. Das Blaulicht bleibt an, als die beiden uniformierten Beamten ihr Dienstfahrzeug verlassen. Einer der beiden geht zu dem auf dem Boden Liegenden und greift ihm an den Hals. Der andere spricht in sein Funkgerät. In den Fenstern der umliegenden Häuser gehen weitere Lichter an.

Wenige Minuten später kommt ein Krankenwagen. Der Mann wird hineingeladen. Ich hülle mich in meinen Mantel und trete hinaus.

»Haben Sie etwas mitbekommen von dem Schusswechsel?«

»Schusswechsel?« Meine Stimme klingt höher als beabsichtigt. »Aber das waren doch nur ein paar Knaller ...«

»Der Mann hat einen Steckschuss.«

Mir wird schlecht. Das kann doch nicht von meinem Feuerwerk herrühren!

»Jemand hat die Polizei informiert. Waren Sie das?«

Ich nicke beklommen.

»Das haben Sie richtig gemacht.« Er drückt mir eine Karte mit einer Telefonnummer in die Hand. »Ein Kollege kommt morgen und befragt Sie. Falls Sie nicht erreichbar sind, rufen Sie diese Nummer hier an.«

Zögernd schleiche ich ins Haus, wo mich Anna und Norbert in der Küche erwarten.

»Was war denn los draußen?«, gähnt Norbert. »Und wieso ist da Blaulicht? Das mit Hulda hättest du doch auch morgen anzeigen können.«

»Da hat jemand die Garage gegenüber aufgebrochen. Ich habe ...« Ich setze mich auf einen der Küchenstühle.

Anna legt ihren Arm um mich. »Du hast den Einbruch verhindert? Seit Wochen werden hier in unserer Gegend schon Autos aufgebrochen und geklaut.«

»Ja, aber ...« Ich schlucke trocken, fasse mir mit der Hand an die Kehle und bedeute Norbert, er solle mir etwas zu trinken geben. »Auf einen von denen wurde geschossen. Das war nicht ich.«

Der Mann und die Frau mit dem blonden Zopf, der unter ihrer Mütze hervorlugt, nehmen Annas Einladung zu einer Tasse Tee gerne an. »Nun erzählen Sie mal ganz genau, was Sie letzte Nacht gesehen haben.«

Während die Frau mit mir spricht, macht der Mann Notizen in seinem Block. Den Grund meines Wachseins um diese Uhrzeit und die Geschichte mit der Mülltonne behalte ich jedoch für mich. Was sollen denn die Beamten von mir halten?

Norbert sitzt neben mir und platzt beinahe vor Stolz über meine Heldentat.

»Aber warum hat der Mann eine Schusswunde?«, will ich wissen, nachdem ich meine Beobachtungen in der Garage erzählt habe.

»Wir vermuten«, sagt die Polizistin, »dass der Tathergang folgender war: Die beiden hielten Ihre Knaller für Schüsse, die auf sie abgefeuert wurden. Daraufhin zog einer der beiden die Waffe und in der Eile und Panik schoss er versehentlich auf seinen Begleiter. Danach ist er abgehauen und hat den einfach liegen lassen. Unsere Kollegen haben den mutmaßlichen Täter heute früh in Wiesloch dingfest gemacht, als er sich an einem LKW zu schaffen machte. Die Waffe, aus der aller Wahrscheinlichkeit nach geschossen wurde, trug er noch bei sich.«

»Puh.«

»Gut, dass Sie sofort bei uns angerufen haben.« Nun blickt mich die Frau sehr ernst an. »Und dass sie sich nicht selbst in Gefahr gebracht haben.« Nach einer Pause fügt sie hinzu: »Wieso waren Sie eigentlich um diese Uhrzeit auf?«

Norbert antwortet für mich, während er nach meiner Hand greift. »Meine Frau schläft im Urlaub immer schlecht. Dann steht sie meist auf und trinkt ein Glas Wasser in der Küche.«

Ich nicke. »Dabei habe ich das Garagentor quietschen gehört.«

Gegen Mittag kommt der Besitzer des Autos zu uns herüber. Er trägt einen großen Blumenstrauß bei sich, den er mir überreicht.

*

Und Annas Problem mit der gelben Tonne? Norbert schraubte vor unserer Abreise an der Innenseite des Deckels eine Spieluhr an, die automatisch anging und einen Marsch intonierte, sobald die Tonne geöffnet wurde. Anna konnte sie mit einer kleinen Zeitschaltuhr so programmieren, dass sie nachts ansprang. Wie sie uns schon bald am Telefon erzählte, war Hulda bei ihrer nächsten heimlichen Müllentsorgung darüber so erschrocken, dass sie beim Öffnen des Deckels diesen mit einem lauten Knall fallen ließ und zur Seite sprang. Dabei prallte sie gegen die kleine Kugelrobinie in Annas Vorgarten und brach sich zwei Zehen. Ihr Fluchen sei in der gesamten Straße zu hören gewesen. Seitdem landet in Annas Tonne kein fremder Müll mehr.

Herzhafter Apfelkuchen mit Ziegenkäse

Für den Teig
100 g Butter
70 g Zucker
2 große Eier
250 g Mehl
1 TL Backpulver
1 Prise Salz
etwas Zitronenaroma

Für den Belag
drei oder vier Äpfel, je nach Größe
ca. 150 g fester Ziegenkäse

Die Zutaten für den Teig vermengen und eine gleich-
mäßig eingefettete Springform damit befüllen. Die Äp-
fel in Schnitze zerschneiden und in den Teig eindrücken.
Im vorgeheizten Ofen bei 180 Grad (Umluft) dreißig
Minuten backen. Die Form herausnehmen und den fein
zerbröselten Käse gleichmäßig darüberstreuen. Den
Kuchen zwanzig weitere Minuten zu Ende backen, bis
der Käse fein gebräunt ist.

ANNE GRIESSER

Walldürn Witch Project

Walldürn

Leicht fällt mir das jetzt nicht. Ich wollte eigentlich nie darüber reden – bis an mein Lebensende nicht. Aber es nagt und will raus. Ich muss es einfach mal jemandem erzählen! Warum also nicht auf diesem Weg? Als harmlose Geschichte, die sowieso keiner glaubt – gut versteckt in einer Sammlung mit Weihnachtskrimis? Perfekt.

Also schön, dann hört gut zu.

Mein Name ist Max und zum Zeitpunkt der Geschehnisse war ich 22 Jahre alt. Von Beruf bin ich so eine Art Geisterjäger. Aber kein Esoterikfuzzi, der Häuser reinigt oder Besessene heilt, sondern ein Geisterjäger im besten Sinne des Wortes: Einer, der mit der Handkamera bewaffnet durchs ganze Land fährt, immer hinter den neuesten Spukerscheinungen her. Ich drehe Videos für YouTube. Über dreihunderttausend Aufrufe gab's für mein Highlight, eine Nacht in einem Spukschloss im Taunus. Und fette Werbeeinnahmen natürlich. Dafür mache ich es ja.

Kennt ihr den Film *Blair Witch Project*?

Drei Studenten mit der Kamera auf der Spur einer sagenumwobenen Hexe in den Wäldern von Maryland. So ähnlich müsst ihr euch das auch bei mir vorstellen: verwackelte Bilder, Unschärfe, Dunkelheit, unser Keuchen im Hintergrund, Käuzchenrufe – und ab und zu ein paar wohldosiert eingestreute Sätze wie: »Was ist denn das? Siehst du das?«, oder »Leck mich fett, das gibt's doch gar nicht! Wie kommt das hierher?« Ohne weitere Erklärung, damit es schön gruselig wirkt.

Natürlich ist alles gefakt. Einen echten Geist habe ich noch nie gesehen. Ich glaube auch nicht an den Quatsch, echt jetzt. Und für die *special effects* gibt's schließlich den *Movie Maker*.

Damals war ich mit einer Videoreihe zum Thema *Weiße Frau* beschäftigt.

Ihr glaubt gar nicht, wie viele Weiße Frauen es in diesem Land gibt! Manchmal sind es ermordete Burgfräulein, oft ist es die jungfräuliche Maria. Im Ebersberger Forst bei München soll eine weiße Anhalterin ihr Unwesen treiben. In einem Waldstück bei Celle geht eine Weiße Frau um – und mindestens jede zweite Burgruine hat ihre eigene. Man kommt wirklich rum in meinem Job!

Von Walldürn hatte ich vorher noch nie gehört. Eine anonyme Mail machte mich auf den Ort aufmerksam. Im Wald, bei einer Kapelle namens Märzenbrünnlein, tauchte angeblich immer wieder eine Weiße Frau auf. Wer sie war und warum sie dort herumspukte, wusste keiner. Aber gesichtet wurde sie regelmäßig.

Wald, Kapelle, geheimnisvolle Erscheinung – perfektes Setting. Ich beschloss hinzufahren.

Neben mir im Auto saßen zwei Typen, die ich kaum kannte. Kevin und Jonas hatten sich auf eine meiner Facebook-Anzeigen gemeldet, die ich postete, nachdem Lisa mit mir Schluss gemacht hatte. Allein kannst du die ganze Chose ja schlecht durchziehen. Du brauchst jemanden, mit dem du redest, mit dem du dich in Panik steigerst, wenn's ernst wird. Jemanden, der auch mal hysterisch kichert. Wenn das ein Mann ist, kommt es im Film noch besser rüber.

An Heiligabend morgens um acht düsten wir los. Geister sind nämlich in der Christnacht besonders umtriebig. Manche erscheinen überhaupt nur dann, heißt es. Und wir hatten ja sowieso nichts Besseres vor.

Mein erster Eindruck von diesem Walldürn: Fachwerkhäuser, ein riesiger roter Kirchenklotz, verkehrsberuhigte Innenstadt, der typische Weihnachtsschmuck – und alles ziemlich tot. In einem Eiscafé bei der Kirche tranken wir einen Latte macchiato, dann machten wir uns auf die Suche nach geeigneten Zeugen. Es kommt immer gut, wenn man vor der eigentlichen *expedition* mit ein paar Einheimischen redet, das steigert die Spannung. War aber gar nicht so einfach, welche zu finden. Sagte ich schon, dass der Ort ein wenig tot wirkte? Schließlich entdeckten wir einen Stand, eine Bude, wahrscheinlich vom Weihnachtsmarkt übriggeblieben, mit einem alten Mann dahinter.

»Was wissen Sie über die Weiße Frau von Walldürn?«, fragte ich ohne großes Vorgeplänkel. Die Leute überrumpeln, das ist am besten. Und immer schön die Kamera drauf, ohne Diskussion. Kevin und Jonas hielten sich dezent im Hintergrund. Die mussten erst noch warmlaufen.

»Vumm Märzebrünnle?«, lachte der Alte. »An soun Blödsinn glaab ich net.«

Na, da hatten wir schon mal was gemeinsam, wenn ich den Kerl richtig verstanden hatte. »Aber sie soll doch immer wieder gesehen werden! Wie erklären Sie sich das?«

»Ganz eefach. In Eberscht, also bei Buche, im Schloss, do solls der Legende nooch ä weiße Fraa gäbbe – unn wenn die Buchemer eeni häbbe, no brauche die Dürmer halt a eeni. Is doch logisch, odder?«

Ich nickte vage und reimte mir das Gestammel in etwa so zusammen: Im Nachbarort gab's eine Spukgestalt im Schloss und da wollte das eine Kaff dem anderen eben nicht nachstehen.

Ich ließ die Kamera sinken und wünschte dem Alten frohe Weihnachten. Da wurde er plötzlich agil und schob mir zwei Tüten mit Weihnachtsplätzchen hin. »Ihr seid doch nicht von hier«, sagte er, auf einmal in verständlichem Deutsch. »Das müsst ihr probieren: Schießerli und Magenbrot. Unser traditionelles Wallfahrtsgebäck.«

Stimmt, Walldürn war ein Wallfahrtsort. Katholisch. Hatte ich vor unserer Tour auf Wikipedia rausgefunden. Ich kaufte ihm die Tüten ab – man weiß ja nie, wie lange so ein Dreh dauert.

Die örtliche Buchhandlung in der Hauptstraße hatte auch noch auf. »Die Weiße Frau …«, überlegte die Inhaberin. »Hm. Da fragt ihr am besten den Friedrich. Also, den Gerhard Friedrich, den Geopark-Ranger, der hier die Nachtwächterführungen macht. Der kennt solche Geschichten. Ob ihr den allerdings an Heiligabend erwischt … Nein, Bücher gibt's zu dem Thema keine. Und seit Frau Assion, unsere Heimatdichterin, nicht mehr lebt, kennt sich da auch keiner mehr so richtig aus.«

Worauf hatte ich mich nur eingelassen! Heimatdichter und Geopark-Ranger! Klang nicht sehr vielversprechend für meine Zwecke.

Auf einer Bank beim Rathaus saßen ein paar Schwarzafrikaner und diskutierten heftig. Ich war versucht, sie zu befragen. Wenn die Einheimischen schon nichts wussten, dann vielleicht die Zugereisten? Aber mit dem Material hätte ich vermutlich auch nicht viel anfangen können.

Wir suchten uns also stattdessen ein Zimmer für die Nacht, wurden im Hotel *Zum Riesen* fündig und mieteten drei Einzelzimmer. Darauf bestanden meine Begleiter. »Bin doch nicht schwul«, erklärte Kevin, der Gesprächigere von beiden.

Im Laufe des Nachmittags schöpfte ich wieder Mut. Lief doch gar nicht so schlecht! Je weniger über diese Weiße Frau bekannt war, desto besser für den Film. Ich konnte praktisch erfinden, was ich wollte. Vielleicht ein paar künstliche Spinnweben in die Bäume hängen, Federn, Traumfänger aus geflochtenen Zweigen und Blättern, Äste knacken lassen – und immer schön vage bleiben.

Während ich mir so meine Gedanken machte, lungerten Kevin und Jonas auf ihren Zimmern rum, tranken Bier und Aperol Spritz und tauten endlich ein wenig auf. »Nicht zu viel, ihr Hornochsen«, warnte ich. »Ihr sollt ja auf dem Video nicht lallen.«

»Müssen wir wirklich bis Mitternacht warten?« Jonas rülpste.

»Nein. Nur bis es dunkel ist.« Ich fahre immer gern nachts zum ersten Mal zur *destination*, das wirkt auf dem Video authentischer.

Gegen fünf wurde es dunkel und um acht brachen wir auf. Eine gute Zeit, wie sich herausstellte, denn der gesamte Ort war zur Christmette in der riesigen Kirche versammelt. Zufällige nächtliche Spaziergänger konnten wir bei unserem Projekt nicht brauchen.

Es war ein warmer, trockener Tag, von Schnee keine Spur. Gut so. Weiße Frauen sind im Schnee nicht gerade optimal in Szene zu setzen. Auf der Karte fanden wir zwei Zufahrtswege zu diesem Märzenbrünnlein. Einen über die Hornbacher Straße, einen über den Auerberg. Wir wählten letzteren, weil er unwegsamer erschien. Außerdem war auf dieser Strecke ein Kreuzweg mit Bildstöcken verzeichnet. Daraus ließ sich bestimmt etwas machen.

»Hier stellen wir das Auto ab«, sagte ich, als die Bebauung endete. Wir hätten gar nicht so weit fahren dürfen, aber an Heiligabend kontrollierte das sowieso keiner.

»Zu Fuß?«, maulte Kevin. »Davon hast du vorher aber nichts gesagt, Mann. Was für ein Scheißjob.« Jonas sagte wie üblich nichts, rülpste aber laut.

Ich packte die Kamera, das Außenmikro, die Wanderkarte, die Taschenlampe, ein paar meiner Requisiten – und die beiden Tüten mit Schießerli und Magenbrot. Schließlich war Weihnachten. Kevin und Jonas trugen je einen Sixpack Dosenbier.

Bald führte der Weg bergab und direkt in den Wald hinein. »Geradeaus«, dirigierte ich. »Immer geradeaus.«

Ich spürte die übliche Anspannung und ein leises Prickeln im Bauchbereich.

Bei Nacht im Wald – das ist schon irgendwie seltsam. Die Geräusche sind lauter und man kann sie nicht zuordnen. Da wird eine Maus schnell zum Fuchs und der Ruf eines Uhus zu Wolfsgeheul. Egal, woran man tagsüber so glaubt – bei Nacht zählt das nicht mehr. Wenn es im Wald dunkel wird, sind Werwölfe, Hexen oder Gespenster plötzlich gar nicht mehr so lächerlich. Weiße Frauen auch nicht.

Natürlich gewöhnt man sich im Laufe der Zeit daran. Aber ein komisches, unheimliches Restgefühl bleibt eben doch. Das ist ja auch der Clou bei den Filmen. Das kommt rüber. Das kannst du nicht spielen, der beste Schauspieler nicht. Das Echte gibt den Kick, nur das Echte.

An jenem Heiligabend war mir jedenfalls von Anfang an nicht wohl zumute. Es war stiller als üblich und es hing so eine Art dunkle Wolke in der Luft. Nebel war es aber nicht. Wir konnten durch die Bäume sogar die Sterne sehen. Trotzdem blieb das merkwürdige Gefühl, dass irgendetwas nicht stimmte.

Kevin und Jonas überspielten ihre Nervosität mit blöden Sprüchen. Als eine Fledermaus vor uns aufflatterte, stolperte Kevin über eine Wurzel und hätte sich beinahe langgelegt. »Mann!«, keuchte er. »Ist es noch weit bis zu diesem Herzenbrünnlein?« Jonas sagte:

»Ich muss strullen« und riss im gleichen Atemzug eine neue Bierdose auf.

Ich dachte mir mein Teil. Mit den beiden hatte ich zwei Vollnieten gezogen, das stand schon mal fest. Die hatten überhaupt kein Gespür für Atmosphäre und Stimmungen. Kein Vergleich zu Lisa, die ich nicht erst in diesem Moment schmerzlich vermisste. Ich seufzte, schaltete die Kamera ein und beschloss, das Beste daraus zu machen.

»Mann! Was war denn das? Habt ihr das gesehen?«, schrie plötzlich Kevin auf.

Meine Sätze! Und das ganz ohne Drehbuch. Vor uns brach etwas Großes aus dem Gestrüpp, schnaufte, im Schein der Taschenlampe sahen wir zwei funkelnde Augen und einen filzigen Körper. Dann verschwand die Erscheinung wieder mit Getöse.

»Nur eine Wildsau«, beruhigte ich die Jungs, nachdem ich selbst aufgehört hatte zu zittern. »Kriegt euch wieder ein.« Später, im Film, würde sich das bestens machen: Die beiden Warmduscher und ich, der Coole.

Weit her war es mit meiner Coolness allerdings auch nicht, wenn ich ehrlich bin. Je tiefer wir in den Wald vordrangen, desto mulmiger wurde mir zumute. Mittlerweile hatten wir diesen Kreuzweg erreicht. Die Bildstöcke mochten tagsüber bunt sein, aber jetzt waren sie grau, sahen makaber aus und jagten uns den einen oder anderen Schauer über den Rücken. *Jesus fällt zum dritten Mal*, las ich und die Augen des Dornengekrönten schienen mich unheilbringend anzuschauen.

Und dann gefror mir das Blut.

Da war etwas. Ganz nah. Direkt über unseren Köpfen. Der Wind stimmte im Baumwipfel eine schaurige Melodie an, wie ein Klangspiel aus einer anderen Welt – die Töne klagend und tot. Ich blickte beklommen nach oben und mir wurde schlecht. Über uns in den Ästen baumelten Knochen. Große und kleine, unendlich viele, mindestens hundert. Im Mondlicht leuchteten sie gespenstisch weiß. Die Taschenlampe fiel mir aus der Hand und erlosch augenblicklich. Ich hörte, wie Jonas auf den Weg kotzte.

»Leck mich!«, wimmerte Kevin mit seltsam hoher Stimme. »Was soll das? Ist das einer deiner blöden Scherze, Max? Hast du den Kram in die Bäume gehängt?«

Ich wünschte, es wäre so gewesen! Aber ich war ja zum ersten Mal im Leben in diesem Wald und hatte absolut nichts mit dem Scheiß zu tun.

»Seid still«, flüsterte ich und filmte mit der Kamera den Weg ab. Er verlief jetzt wieder steil nach unten und in der Ferne konnte ich schemenhaft ein dunkles Gebäude sehen. Zumindest hielt ich es für ein Gebäude. »Wir sind da«, wisperte ich. »Dort unten ist diese Kapelle, das Märzenbrünnlein.«

Ich tastete auf dem Boden nach meiner Lampe und fand sie schließlich. Aber so sehr ich auch klopfte und machte, sie ging nicht wieder an. So ein verdammter Mist! Warum hatten diese beiden Hohlköpfe auch keine eigenen Lampen mitgebracht? Jetzt standen wir im Dunkeln und konnten von Glück reden, dass der Mond ein bisschen Licht durch die Bäume schickte.

Für den Film war das natürlich perfekt, aber an das blöde Video dachte ich in dem Moment überhaupt nicht mehr.

»Vielleicht ein alter hinterwäldlerischer Brauch?«, versuchte Kevin es mit einer halbwegs plausiblen Erklärung.

Ich nickte, obwohl es keiner sehen konnte. Dann zwang ich mich, die Kamera nach oben zu richten und den Spuk aufzunehmen. Zwischen den ganzen Knochen glaubte ich, ein totes weißes Huhn zu erkennen. Fast hätte ich mich übergeben.

»Ha!«, stieß plötzlich Jonas einen kehligen Laut aus und krallte seine Hände in meine Schulter. Keine blöden Sprüche, kein Rülpsen, gar nichts, nur dieses weibische »Ha!«.

»Was ist los?« Ich versuchte vergebens, ihn abzuschütteln. Er deutete nach unten, auf die Kapelle und stotterte: »Da hat sich was bewegt. Ich schwöre! Da hat sich was bewegt.«

Meine Knie zitterten wie Wackelpudding, die Haare sträubten sich und ich bekam eine Ganzkörpergänsehaut. Völlig mechanisch richtete ich die Kamera auf die Kapelle. Wir gaben keinen Mucks von uns.

Keine Ahnung, wie lange wir so standen. Eine Ewigkeit. Vier Minuten zeigte die Kamera hinterher an.

Unten war alles still. Keine Bewegung, kein Laut. Nichts und niemand. Und trotzdem spürten wir, dass da etwas war. Wir waren nicht allein.

»Hauen wir ab!«, heulte Jonas. »Jetzt sofort!«

Ich ballte die Fäuste und versuchte das Unbehagen abzustreifen. An Geister und so einen Quatsch glaubte ich doch gar nicht! Wir steigerten uns da hundertpro in irgendwas rein.

»Wir gehen jetzt da runter und sehen nach«, sagte ich mit halbwegs fester Stimme. Jonas und Kevin blieb nichts anderes übrig, als mitzukommen, wenn sie sich nicht als handfeste Jammerlappen outen wollten.

Die Kamera gab mir ein bisschen Halt und das Gefühl, gar nicht in Wirklichkeit hier zu sein. Meine Schritte wurden forscher. Die beiden Komplettversager blieben hinter mir und hielten zum Glück den Mund.

Die Kapelle entpuppte sich als kleiner Sandsteinbau, etwas erhöht vom Weg errichtet, eine Treppe führte hinauf. Der Rasen rundum war sehr gepflegt. Bei Tag sicher idyllisch. Alles war dunkel, aber vielleicht fanden wir ja irgendwo ein Grablicht, das wir entzünden konnten. Wir mussten rein in die Kapelle, sofern sie nicht abgesperrt war, Kerzen suchen und uns ein bisschen aufwärmen, denn inzwischen war es doch recht frisch geworden. Vielleicht konnten wir auch ein paar Innenaufnahmen machen. Noch wollte ich den Film nicht ganz abschreiben.

Glockenläuten wäre auch fantastisch. Aber das ging natürlich erst ganz zum Schluss, wenn wir mit dem Dreh fertig waren. Es konnte ja immerhin sein, dass jemand nachsehen kam und …

Mitten im Gedanken erstarrte ich. Was zum Henker …?

Die Tür zur Kapelle öffnete sich in Zeitlupe und eine dunkle Gestalt huschte heraus. Lautlos verschwand sie hinter dem Gebäude. Wenige Sekunden später hörten wir ein Rumpeln, einen dumpfen Aufprall, dann so etwas wie ein leises Stöhnen.

Nach einer kurzen Schrecksekunde rannten Jonas und Kevin wie von Furien gehetzt in den Wald. Machten sich ohne ein Wort aus dem Staub, wahrscheinlich zurück zum Auto, zu dem sie allerdings gar keinen Schlüssel besaßen. Ließen mich einfach allein zurück. Diese Arschgeigen!

Ich stand da und wusste nicht, was ich tun sollte. Ebenfalls wegrennen? Oder nachsehen, was da hinter der Kapelle lauerte?

Eigentlich hatte ich keine Wahl. Ich würde es mir ja doch nie verzeihen, wenn ich jetzt kniff. Immerhin hatte die Gestalt nicht wie ein Geist gewirkt. Und sie war auch nicht weiß.

Sehr vorsichtig schlich ich mit der Kamera bewaffnet hinter die Kapelle. »Hallo?«, rief ich und meine Stimme klang dünn. »Wer ist da?«

Das Stöhnen wurde lauter. Es war so dunkel, dass ich absolut nichts sehen konnte. »Gib Antwort! Ich weiß, dass du da bist!«

Direkt vor mir eine kleine Bewegung. Keuchender Atem und das Rascheln von Laub. Dann eine dunkle, menschliche Stimme. Nicht sehr laut und mit einem merkwürdigen Akzent: »Bleib stehen. Ich bin bewaffnet.«

Ich kann gar nicht sagen, wie wohl mir diese Worte taten! Das mit der Waffe hörte ich überhaupt nicht. Ich hörte nur, dass da ein Mensch auf dem Boden lag. Ein lebendiger. Geister sprechen ja selten – und schon gar nicht mit Akzent.

»Bleib ganz cool«, sagte ich, jetzt wieder Herr der Lage. »Ich tu dir schon nichts.« Vorsichtig trat ich einen Schritt näher. Der Kerl rappelte sich auf und wich vor mir zurück. Eine Waffe hatte der bestimmt nicht. So verhielt man sich nicht, wenn man eine Knarre besaß.

Ich ging noch näher ran und endlich erfasste die Kamera den Kerl. Sie fing ein dunkles Gesicht ein, krauses Haar, zwei schreckensgeweitete Augen. Der Typ war Schwarzafrikaner. Das erklärte den Akzent und die Tatsache, dass ich ihn in der Dunkelheit so schlecht hatte sehen können.

»Was treibst du denn hier?«, fragte ich verwundert. Es war ja kaum anzunehmen, dass da noch ein Filmemacher unterwegs war.

»Versprichst du, du mir nichts tust?«, sagte er in gutem, aber nicht ganz fehlerfreiem Deutsch.

»Warum sollte ich dir was tun? Ja, ich verspreche es.«

Er atmete tief durch und rieb sich den Knöchel, den er sich wohl beim Sturz verstaucht hatte. »Du – nix Ausländerbehörde?«, fragte er misstrauisch.

Ich lachte laut auf. »Nee. Ich Geisterjäger. Filmemacher. Ich Künstler, verstehst du?«

Er nickte und entspannte sich endlich. »Dann komm in Kapelle. Ist wärmer. Du hast Essen?« Er deutete auf meinen Rucksack und ich begriff: Der Kerl hatte Hunger. Vielleicht lungerte er schon länger hier herum. Ich dachte an die Schießerli und das Magenbrot und nickte.

In der Kapelle brannte eine einzelne Kerze. Von außen konnte man sie nicht sehen. »Ich heiße Max«, sagte ich und packte das Gebäck aus. »Und du?«

»Ojo«, sagte er. Oder so ähnlich.

Wir schwiegen eine ganze Weile, vielleicht, weil die Situation so absurd war. Aber schließlich hielt ich es nicht mehr aus. »Also,« drängte ich. »Raus mit der Sprache! Was treibst du hier?«

»Ist lange Geschichte.« Er musterte mich. »Du willst wirklich hören?«

Ich hatte ja nichts Besseres vor, also nickte ich.

Ojo erzählte mir, dass er vor 18 Monaten als Flüchtling nach Deutschland gekommen war, von der Elfenbeinküste. Vom Auffanglager aus war er irgendwann nach Walldürn gebracht worden.

Leicht war das nicht, sagte er. Gerade am Anfang. Vor allem mit den anderen Einwanderern. Die unterschiedlichsten Nationen und Religionen auf engstem Raum in einem umgebauten Supermarkt – logisch kam es da ständig zu Spannungen. Aber Ojo wollte es zu etwas bringen in seiner neuen Heimat. Lernte Deutsch wie ein Besessener und fand schließlich sogar einen Ausbildungsplatz als Fliesenleger. Darauf war er stolz wie ein Flitzebogen! Erzählte mir in allen Details von seiner Arbeit.

»Ja«, unterbrach ich ihn irgendwann. »Aber warum sitzt du jetzt im Wald?«

Er fing an zu zittern. »Ausländerbehörde«, sagte er fast tonlos. »Abschiebebescheid. Kam gestern. Weil ich war nicht politisch aktiv in meiner Heimat. Deshalb ist Asylantrag *offensichtlich unbegründet.*«

Da waren die Sicherungen bei ihm durchgebrannt. Er lief einfach davon, nahm nichts groß mit und versteckte sich seither in dieser Kapelle. »Ich kann nicht zurück nach Elfenbeinküste!«, sagte er immer wieder. »Kann nicht. Alle tot oder geflohen.«

Ich nickte traurig. Was für ein Mist! Wahrscheinlich hätte ich an seiner Stelle nicht viel anders reagiert.

»Du musst dir Hilfe holen!«, sagte ich und bemerkte, dass ich noch immer die Kamera in der Hand hielt. Dass ich die ganze Story aufgenommen hatte. Na, als Gruselfilm taugte das jetzt natürlich nicht mehr – aber vielleicht konnte ich ja auch mal was ganz anderes machen. Etwas Politisches zum Beispiel.

»Da gibt es Hilfsgruppen«, sagte ich. »Die sind auf solche Fälle spezialisiert. Man kann dich nicht so leicht abschieben, wenn du einen Ausbildungsplatz hast. Glaube ich jedenfalls.«

Genau genommen hatte ich keine Ahnung von solchen Dingen. Aber ich wollte dem armen Kerl einfach was Nettes sagen, schließlich war Weihnachten. Dann fiel mir noch etwas ein: »Die Knochen dort drüben im Baum – hast du die aufgehängt?«

Er nickte. »Ist Schutzzauber. Aus meine Heimat. Macht man zu wehren böse Geister und ...«

Weiter kam er nicht. Die Tür flog auf und die beiden Vollblinsen waren wieder da. Hatten wohl endlich gerafft, dass sie keinen Schlüssel zum Auto besaßen.

»Wassn hierlos?«, lallte Kevin, der sich offenbar auch frischen Mut angesoffen hatte.

»Sieh mal einer an«, meldete sich jetzt auch der schweigsame Jonas zu Wort. »Wen haben wir denn da?

Ha! Schwarzer Mann statt Weiße Frau!« Er gab ein fieses, wieherndes Gelächter von sich. Mir wurde sofort wieder unbehaglich. Nicht wegen irgendwelcher Geister, sondern wegen diesem Gelächter, das nichts Gutes verhieß. Hatte ich mir da etwa nicht nur zwei Idioten, sondern auch noch dumpfbackige Nazis angelacht?

Es sah ganz danach aus.

Die beiden bauten sich vor Ojo auf und Jonas boxte ihm unsanft in die Brust. »Was willstndu hier, du Nigger? Hm? Solche wie dich wollen wir hier nicht. Bleib du mal schön im Busch, wo du hingehörst!«

Er boxte ihn noch einmal und ich wurde wütend.

»Lasst ihn in Ruhe!«, rief ich.

»Halltdudichdaraus, Max«, lallte Kevin und warf mir einen drohenden Blick zu. »Dassgehtdichnixan.«

Das sah ich anders. Schließlich hatte ich mich fast eine Stunde lang mit Ojo unterhalten und dabei mehr zusammenhängende Sätze gehört als von Kevin und Jonas den ganzen Tag über. Die beiden Arschlöcher waren auf einmal ganz mutig, so zwei gegen einen. Fingen an, Ojo zu treten, auf ihn einzuschlagen und ihn weiter wüst zu beschimpfen. Warum waren mir ihre Kampfstiefel nicht schon früher aufgefallen?

Ojo wehrte sich nicht. Hielt sich nur schützend die Hände vors Gesicht, wartete auf die erste sich bietende Gelegenheit, duckte sich, schlängelte sich geschickt zwischen den beiden durch und rannte aus der Kapelle. Kevin und Jonas liefen nach kurzer Überraschung hinterher.

Auf das, was nun folgt, bin ich nicht sonderlich stolz. Aber ich habe mir nun mal vorgenommen, die Wahrheit zu sagen und nichts wegzulassen.

Ich war also wild entschlossen, Ojo beizustehen. Zwei gegen zwei, das war fair, damit hatten wir eine Chance. Aber ich hatte mich seit der Schulzeit nicht mehr geprügelt. Und damals auch nur, wenn es nicht anders ging. Meistens war ich derjenige gewesen, der Schläge einstecken musste. Konnte ich Ojo wirklich helfen?

Allen Bedenken zum Trotz rannte ich den dreien hinterher. Die laufende Kamera in der Hand, weil ich mich damit stärker fühlte. Am Waldrand holte ich sie ein und brüllte: »Hört auf, sonst könnt ihr was erleben!«

Kevin lachte, ließ von seinem Opfer ab, das sie schon wieder in der Mangel hatten, kam zu mir rüber, zuckte kurz mit den Schultern, dann versetzte er mir einen einzigen, gezielten Schlag.

Die Kamera ging zu Boden, ich folgte. Blut quoll aus meiner Nase und ich bekam keine Luft. Ich versuchte mich aufzurappeln, aber da trat mir Kevin mit voller Kraft in die Eingeweide – und das war's dann. Ans Aufstehen und Kämpfen war nicht mehr zu denken. Ich kotzte und mir war schwindelig.

Alles, was danach geschah, habe ich nur noch gehört, nicht mehr mit eigenen Augen gesehen.

Ojo wimmerte. Die beiden Arschlöcher schlugen abwechselnd auf ihn ein, aber seine Deckung war wahrscheinlich besser als meine. Dann hörten die Kampfgeräusche abrupt auf.

»Scheiße …«, erklang Jonas' Stimme, ganz leise und piepsig. »Scheiße, was soll das …« Kurze Stille, dann wieder Jonas: »Kevin? Shit, wo bist du? Das ist jetzt nicht lustig …«

Keuchen, rasselnder Atem.

Stöhnen. Von Ojo vermutlich. Rascheln, Laufschritte, die sich entfernten.

»Kevin? Sag was, du Idiot!« Jonas' Stimme, immer noch halb erstickt.

»Nein … Hau ab … was … Hilfe …«

Schleifgeräusche.

Und dann nichts mehr. Gar nichts. Nicht mal eine Maus oder ein Käuzchen. Absolute Stille.

Mein Adrenalin sank und ich verlor endlich die Besinnung.

Es dämmerte schon, als ich wieder zu mir kam. Der Schädel dröhnte, der Magen schmerzte, aber ich konnte mich bewegen und langsam aufstehen.

Ich war ganz allein.

Irgendjemand hatte das Altartuch aus der Kapelle über mir ausgebreitet und mich auf eine zerschlissene Daunenjacke gelegt, damit ich nicht erfror. Mit Sicherheit waren das nicht Kevin und Jonas gewesen. Von den beiden fehlte jede Spur.

Vorsichtig bewegte ich mich und sah mich um: Die Kamera lag neben mir. Und die Reste von Schießerli und Magenbrot, die ich sofort gierig verschlang. Also hatte Ojo mich versorgt. Wer auch sonst?

Der war ebenfalls weg.

Ich habe nie wieder von ihm gehört und kann nur hoffen, dass er sich Hilfe gesucht hat, wie ich es ihm geraten habe.

An jenem Weihnachtsmorgen wankte ich zurück zu meinem Auto und fuhr direkt nach Hause, ohne noch einmal im Hotel vorbeizuschauen. Meinen Krempel ließ ich einfach dort liegen, bezahlt hatte ich schon. Wo Kevin und Jonas steckten, war mir gänzlich egal.

Die Kamera pfefferte ich in eine Ecke und rührte sie wochenlang nicht an. Sie kam mir vor wie etwas Stinkendes, Schmutziges, mit dem ich nichts mehr zu tun haben wollte.

Aber irgendwann siegte doch die Neugier. Mich interessierte nur der Schluss des Filmes, die Aufnahmen, die entstanden, nachdem ich mit der Kamera zu Boden gegangen war.

Sie war so zum Liegen gekommen, dass sie die Stelle im Visier hatte, an der die Idioten auf Ojo eindroschen.

Drei quälende Minuten geht das so.

Dann lassen die beiden ganz plötzlich von ihrem Opfer ab. Kevin strauchelt, als hätte er einen Stoß bekommen. Doch da ist gar niemand in seiner Nähe. Er klammert sich an einen dünnen Baumstamm, krallt sich regelrecht daran fest. Aber es nützt nichts. Irgendetwas zerrt an ihm und schließlich lässt er los, verschwindet taumelnd und um sich schlagend im Wald.

»Scheiße«, erklingt Jonas' Stimme, ganz leise und piepsig. »Scheiße, was soll das? Kevin? Shit, wo bist du? Das ist jetzt nicht lustig ...«

Ojo rappelt sich in der Zwischenzeit auf, nutzt die Chance und rennt davon, Richtung Kapelle.

»Kevin? Sag was, du Idiot!«

Dann wankt auf einmal auch Jonas und geht zu Boden. Windet sich, wie von Tritten malträtiert.

»Nein ... Hau ab .... was... Hilfe ...«

Ganz langsam bewegt er sich über den Waldboden, wie von einer unsichtbaren Kraft gezogen. Er zappelt, versucht sich zu wehren, kann seinen Gegner aber nicht fassen. Etwas schleift ihn tiefer in den Wald hinein, seine Stimme verstummt.

Und dann, kurz bevor die Kamera erlischt, sieht man sie: Eine weiße Gestalt, ganz verschwommen, zwischen den Bäumen. Sie leuchtet im Mondlicht auf, einen Augenblick nur, dann verschwindet sie so lautlos, wie sie aufgetaucht ist.

Flimmern. Ende.

Ihr glaubt mir nicht?

Habe ich ja gleich gesagt! Ich könnte euch natürlich das Video zeigen. Aber ihr würdet ja doch nur denken, ich hätte es manipuliert.

Ist mir letztlich auch egal, ob ihr mir glaubt. Hauptsache, ich habe das alles mal jemandem erzählt. Es musste einfach raus.

Bald ist ja wieder Weihnachten. Geht doch selbst in der Christnacht zu diesem Märzenbrünnlein! Wem immer ihr dort begegnen werdet – ich bin es mit Sicherheit nicht!

Runde Anisplätzchen

Das Rezept der Walldürner Schießerli ist selbstverständlich streng geheim und darf hier nicht verraten werden. Aber die runden Anisplätzchen kommen dem Original schon recht nahe!

300 g Mehl
300 g Zucker
5 große Eier
2 TL Aniskörner
1 Prise Salz
Butter, zum Einfetten des Bleches

Zucker, Eier und Salz in eine Metallschüssel geben und im Wasserbad mit dem Schneebesen schaumig rühren. Die Masse soll dabei eine Temperatur von etwa 40 Grad haben. Wenn die Temperatur erreicht ist, die Schüssel aus dem Wasserbad nehmen und die Masse weiter schlagen, bis sie wieder erkaltet ist. Dann Mehl und Aniskörner unterrühren.

Das Beckblech mit der Butter einfetten. Den Biskuitteig in einen Spritzbeutel füllen und kleine Kleckse auf das Blech spritzen.
Die Plätzchen über Nacht an einem nicht zu warmen Ort trocknen lassen.

Am folgenden Tag die Plätzchen im vorgeheizten Backofen bei 160 Grad etwa 15 Minuten backen. Sie sind fertig, wenn sie eine leicht goldgelbe Farbe annehmen.

Magenbrot

500 g Mehl
150 g Honig
150 g Zucker
2 EL Wasser
2 EL Kakaopulver
1 TL Zimt
2 TL Lebkuchengewürz
1 EL Kirschwasser
150 ml Milch
1 EL Backpulver
2 Prisen Salz
Backpapier für das Backblech

Für die Glasur
250 g Puderzucker
1 EL Kirschwasser
3–4 EL heißes Wasser

Zucker und Honig mit 2 Esslöffel Wasser in einen Topf füllen und unter Rühren langsam erhitzen (aber nicht kochen). Sobald sich der Zucker aufgelöst hat, den Topf vom Herd nehmen.

In einer Schüssel das Mehl mit den Gewürzen, dem Kakao und dem Backpulver vermischen. Die Milch erwärmen und gemeinsam mit der Honigmasse und dem Kirschwasser zum Mehl in die Schüssel geben. Alles gut vermischen und den Teig dann über Nacht bei Zimmertemperatur etwas trocknen lassen.

*Sollte er am nächsten Tag zu klebrig sein, noch ein we-
nig Mehl zufügen, bis er sich gut kneten lässt. Dann in
sechs gleich große Stücke teilen, jedes Teigstück mit etwas Mehl zu einer etwa zwei Zentimeter dicken Rolle
formen. Die Rollen auf das mit Backpapier ausgelegte
Blech geben und etwa 20 Minuten bei 190 Grad (vor-
geheizt) backen.*

*Die fertigen Rollen vom Blech nehmen und auskühlen
lassen. Dann schräg in etwa vier Zentimeter lange Stücke schneiden.*

*Für die Glasur den Puderzucker, das heiße Wasser und
das Kirschwasser in einer Schüssel verrühren. Die Glasur über das Magenbrot gießen, bis alle Stücke gleichmäßig damit überzogen sind. Auf ein Kuchengitter legen und mindestens eine Stunde trocknen lassen.*

*Am besten lagert man Magenbrot in einer geschlosse-
nen Dose, wo es nach zwei bis drei Tagen schön weich
wird.*

JOHANNES DIEZ

Containern im Advent

Freiburg

Eine kalte Novembernacht in der Wiehre. Olav Tuber
ging durch die Hintertüre, um den Müll wegzubringen.
Er war bei guter Laune, denn heute hatten schon zwei
Gäste jeweils ein größeres Weihnachtsessen in seinem
Restaurant gebucht. Als er vor fast einem Jahr den Ver-
trag unterschrieben hatte, war da noch eine gute Portion Skepsis gewesen. Die Vorbesitzerin hatte ihm das
Objekt unter sehr günstigen Bedingungen überlassen,
aber nicht vermitteln können oder wollen, warum sie
nicht weitergemacht hatte. Auch bei ihr waren Gäste
nicht knapp gewesen, das hatte er damals in Erfahrung
gebracht. Trotz dieser diffusen Vorbehalte hatte er den
Restaurantkauf gewagt, sich selbstständig gemacht.
Und er war erfolgreich gestartet. Das wollte er mit seinem Team feiern.

Aber plötzlich war die gute Laune von Olav Tuber
wie weggeblasen. Zum wiederholten Male lagen Abfäl-
le neben dem Container. Wer war auf seinem Grund-
stück an den Müll gegangen? Ein Tier? Nein, ein Groß-
stadtfuchs oder ein Marder könnten den Deckel nicht
hochheben. Es musste ein Mensch sein. Wie kam der
herein? Das Tor war jedes Mal abgeschlossen gewesen.
Über das Gitter? Dann müsste er einigermaßen kletter-
fähig sein. Das sprach gegen zumindest einen Großteil
der Stadtstreicher, die ein Stück weiter im Winter einen
Schlafplatz in einer Art Obdachlosenheim aufsuchten.
Es musste jemand sein, der dieser neuen Unsitte frönte
und sich aus Überzeugung von Abfällen ernährte. Gin-

gen diese Typen statt zu Supermärkten nun auch schon zu Restaurants? Wenn sich das herumsprach, wäre dann täglich mit Containerdurchsuchern zu rechnen? Er hatte sich sein Restaurant bewusst in einer ruhigen und beschaulichen Gegend gesucht und es geschafft, sich in wenigen Monaten einigermaßen zu etablieren. Seine Gäste legten Wert auf ein Geschmackserlebnis in harmonischer Atmosphäre, die wollten keine abgerissenen Gestalten aus dem Abfallbehälter kriechen sehen. Schon gar nicht in der besinnlichen Vorweihnachtszeit! Er musste dem Treiben ein Ende setzen. Zurück in der Küche rief er die Angestellten zusammen und erklärte sein Problem. Alle nickten zustimmend.

Für einige Tage fanden sich morgens keine Spuren eines Besuchers im Garten, Olav Tuber schaute täglich genau hin. Aber dann rief sich der Containerer wieder in Erinnerung, ausgerechnet an dem Tag, an dem der Küchenchef seine Crew zur Feier des ersten erfolgreichen halben Jahres mit einem kleinen Festessen belohnte. Sie hatten das Lokal weihnachtlich geschmückt, Strohsterne und gläserne Schneeflocken aufgehängt, Bienenwachskerzen aufgestellt, Scherenschnitte an die Scheiben geklebt. Nun waren sie die ersten, die es sich im neuen Ambiente gemütlich machten. Das Dessert war noch nicht serviert worden, schon gar nicht der Verdauungsschnaps, aber dennoch war die Stimmung bereits feuchtfröhlich. Da hörten sie plötzlich hinter dem Haus ein Geräusch. Alexandra, die weibliche Küchenhilfe, bemerkte, dass es wie das Zuschlagen des Containerdeckels geklungen habe. Sofort rannten ihr Kollege Maik und der Chef hinaus und fanden den Verdacht bestätigt. Dem Eindringling war bei seinem Rückzug ein ungeöffneter Joghurtbecher heruntergefallen. Der war wegen einer deutlichen Überschreitung des Mindesthaltbarkeitsdatums am frühen Abend aus dem Kühlschrank entfernt worden. Diese Entdeckung brachte den Küchenchef so in Fahrt, dass er seinen Beschluss kundtat, dem unerwünschten Abfallfresser einen Denkzettel verpassen zu wollen. Angesichts des Alkoholpegels der Anwesenden war es kein Wunder, dass auch sehr derbe Vorschläge geäußert wurden.

Während der nächsten Tage googelte Olav Tuber intensiv, um die verschiedenen Optionen auszuloten. Aus mehreren Möglichkeiten kristallisierte sich eine heraus. Er bestellte die erforderliche Substanz, und wie auf der Website versprochen, kam sie wenige Tage später per Post. Dann schrieb er eine Nachricht, die er mit Kreppband am Griff des Abfallcontainers befestigte. »Lieber Containerer. Wir haben über dein Treiben an unserem Müll nachgedacht. Wir können deine Gedanken verstehen und respektieren. Aber wir hätten gerne, dass die unangekündigten regelmäßigen Besuche unterbleiben. Wir werden uns an die Foodsafer in Freiburg wenden, das erscheint uns die bessere Art, unsere Reste nicht wegwerfen zu müssen. Viele Grüße vom Küchenteam.« Olav Tuber unterzeichnete mit einer Phantasieunterschrift. Dann fügte er noch eine Einladung hinzu.

Am nächsten Morgen war der Zettel weg.

Einige Tage später, es war der dritte Adventssonntag, stand Olav Tuber in seiner Küche. Im Gegensatz zu sonst ging er kein einziges Mal in den Speisesaal, um den direkten Kontakt zum Publikum zu suchen. Als die meisten Gäste mit dem Genießen ihres Essens beschäftigt waren, begann der Küchenchef das Drei-Gänge-Menü für den Unbekannten zu erstellen. Er schälte die Kartoffeln, schnitt die Bohnen, scheibelte die Tomaten und würfelte den Schafskäse. Er dämpfte, garte und dünstete. Als der überbackene Auflauf dampfend vor ihm stand, hauchte er mit einem Grinsen über die goldbraune Oberfläche. In wenigen Minuten wäre das Essen so weit abgekühlt, dass er das gewisse Etwas dazugeben könnte, ohne dass es sich zersetzte und wirkungslos würde. Wie angekündigt, wurde um 21.21 Uhr serviert. Der Chefkoch persönlich trug den Hauptgang nach draußen, die beiden Helfer das Kürbissüppchen und das Tiramisu. Sie stellten alles auf einen kleinen Holzkasten in den Schatten des Containers. Es sollte ohne Aufsehen geschehen, um neugierige Fragen der nicht eingeweihten Bedienungen gar nicht erst entstehen zu lassen. Dann kehrten sie ins Haus zurück und gingen wieder ihren üblichen Arbeiten nach. Eine versteckte Kamera war geplant gewesen, aber die gute Auslastung des Restaurants hatte dafür gesorgt, dass die Installation aus Zeitmangel nicht durchgeführt werden konnte. Nur die Küchenhilfe schaute von ihrem Arbeitsplatz regelmäßig ins Dunkel, jedoch ohne etwas zu entdecken.

Nach dem Aufräumen und Reinigen der Küche setzte sich das Küchentrio zusammen. Das Tagesgericht hatte gute Kritiken von der Kundschaft bekommen. Der Küchenchef war entsprechend zufrieden. Deshalb spendierte er zur Feier des Tages einen sehr guten Wein. Beim Duft der Bienenwachskerzen erzählte er, dass man über das Internet Substanzen kaufen könne, welche Magenkrämpfe und Durchfall erzeugten. Im Darknet bekomme man die sogar in hochkonzentrierter Form. Für sich behielt er allerdings, dass es dort auch Anleitungen zum Einschmuggeln in das Essen eines Restaurants gab, um einen Konkurrenten aus dem Weg zu räumen. Schließlich wollte er nicht ausschließen, diese Tipps eines Tages selbst einmal anzuwenden. Doch dann hatte er plötzlich die Befürchtung, dass er beim Zugeben des Giftes in die abgekühlte Suppe einen Fehler gemacht hatte. Schnell schaute er auf die Dosierungsempfehlung. Seine Befürchtung wurde bestätigt.

Als Warnhinweis war zu lesen, dass bei versehentlich deutlich höherer Stoffmenge Lebensgefahr eintreten könne, sofern eine angemessene medizinische Behandlung unterbleibe. Er hatte schätzungsweise das Zehnfache der vorgesehenen Menge zugegeben. Er raste zum Computer, fluchte über dessen Langsamkeit beim Hochfahren und tippte dann das Suchwort Phaseolin ein. Wikipedia meldete ihm, dass dieses Gift in hohen Dosen zur Zusammenballung von Blutkörperchen führe. Sein Vater war einem Schlaganfall erlegen, er wusste, was aus Blutpfropfen entstehen konnte. Zusätzlich gestand Maik, dass er unter dem Schrank ein altes Ei gefunden und es in den Nachtisch eingearbeitet habe. Im Falle einer Salmonellenkontamination hätte sich das Hühnerprodukt in der ungekühlten Umgebung zu einer richtigen Erregerbombe entwickelt. Damit war klar, dass der Containerer einem sehr ungewissen Schicksal entgegensah, im schlimmsten Falle die Nacht nicht überlebte, ansonsten vielleicht ins Krankenhaus kam und dort erzählen würde, wo er zuletzt gegessen hatte. Das musste unbedingt verhindert werden.

»Wir gehen ihn suchen. Vielleicht ist er ein Penner, der noch irgendwo hier um die Ecke zu finden ist.«

Für einen Moment wollte Maik sagen, dass er mit dieser Sache ja überhaupt nichts zu tun habe. Aber dann dachte der Mann an seinen Arbeitsplatz, den er auf keinen Fall riskieren wollte, und schloss sich dem Suchtrupp an. Sie nahmen ihre Jacken und verschwanden in verschiedene Richtungen. Schon nach wenigen Minuten meldete Alexandra, dass ein Notarztwagen ganz in der Nähe gestoppt habe. Schnell waren auch die anderen beiden vor Ort. Kurz darauf sahen sie, wie ein Mann mit leicht abgerissener Kleidung, also in etwa so, wie der Containerer ihrer Meinung nach aussehen könnte, zusammengebrochen war und nun mit dem Krankenwagen in die Klinik gebracht wurde. Auf Nachfrage erklärte der Notarzt, dass es sich um Kreislaufversagen gehandelt habe, möglicherweise auf Grund einer Vergiftung.

Minuten später standen sie in der Küche und stierten Löcher in die Luft. Der Chefkoch ließ seinen Emotionen zuerst freien Lauf.

»Verdammte Scheiße«, schrie er, »wieso hast du ihm noch die Salmonellen reingetan.«

»Ich soll schuld sein? Du hast doch das Pulver falsch dosiert.«

Der Koch warf ein Tütchen mit Paprika, das auf der Anrichte stand, mit so viel Wucht gegen die Wand, dass es zerbarst und sich ein rötlicher Staub in der Luft ausbreitete, der langsam auf den Boden sank.

»Hört damit auf!«, schrie nun die Frau. »Seid ihr denn wahnsinnig geworden? Ruft die Polizei, vielleicht können wir so das Schlimmste verhindern.«

»Ich bin ruiniert«, schrie der Küchenchef. Seinem Helfer ging etwas anderes im Kopf herum. Bei ihm lief noch die Bewährungsfrist. Wenn er sich in dieser Zeit etwas zu Schulden kommen ließe, dann käme er in den Bau und wäre vorbestraft wegen Körperverletzung. Angst stieg in ihm hoch.

»Ich bleibe dabei, es war deine Idee, dem Typen einen Denkzettel zu verpassen«, versuchte sich Maik zu verteidigen.

»Halt deine verdammte Schnauze, sonst haue ich dir eine rein!«

»Du tust gar nichts, du Stümper. Lern erstmal richtig Zahlen lesen.«

»Hört auf!«, schrie die Frau erneut, aber zu spät. Die beiden gingen bereits aufeinander los. Der Koch hatte seinen Gehilfen am Kragen gepackt und versuchte, ihn an die Wand zu drängen. Der schlug ihn mit der Routine eines erfahrenen Faustkämpfers erst gegen die Schläfe und dann von unten gegen das Kinn. Der Chefkoch klappte zusammen wie ein nasser Sack. Hart schlug der Kopf auf den Boden. Die Frau schrie auf. Während der Sieger erschrocken auf seinen ausgeknockten Gegner blickte, bildete sich bei diesem eine kleine rote Lache unter dem Kopf. Welche Diagnose der Notarzt stellen würde, bekam der Schläger nicht mehr mit, denn er ergriff die Flucht.

Am nächsten Morgen bog ein Mann um die Ecke und blieb abrupt vor dem Flatterband mit der Aufschrift Polizeieinsatz stehen. Auf den ersten Blick wirkte er wie ein zufällig vorbeigekommener, interessierter Passant. Aber sein Atem ging schnell und seine Augen huschten ruhelos über das Gelände um den Container, wo zwei Frauen in weißen Overalls nach Spuren suchten. Was ging hier vor? Noch gestern Nacht war er an diesem Container gewesen. Das Küchenteam hatte ihm ein Menü gebracht. Natürlich hatte er es nicht gegessen, seine Glutenunverträglichkeit erzwang große Vorsicht. Er hatte sich eine Tupperbox mitgebracht und das Essen darin bis zu einer braunen Tonne transportiert. Aber es war ihm ja auch nicht ums Essen gegangen, das Containern war Tarnung. Er war vorsichtig gewesen, hatte aber bestimmt auch Spuren hinterlassen. Was war nach seinem Rückzug geschehen? Ein Polizeieinsatz ließ befürchten, dass er sie nie wieder sehen würde. Die Erinnerung an ihre flüchtigen Blicke hinaus ins Dunkel, wenn sie von ihrer Arbeit hochsah, wäre alles, was ihm bleiben würde. Käme ihm, wie vor über einem Jahr, erneut die Frau seiner Träume plötzlich abhanden? Beide hatten dieses gewisse Etwas, diesen leicht ängstlich-alarmierten Blick. Es gab nur ganz wenige Frauen mit diesem besonderen Gesichtsausdruck, der ihn so in sei-

80

nen Bann zog. Gerade diese junge Frau war ihm wie ein leuchtender Stern in seiner inneren Finsternis erschienen. Er hatte sich schon ausgemalt, wie sie irgendwann seinem Locken folgen und mitgehen würde. Er wäre vorbereitet gewesen. Das Kellerzimmer war eingerichtet. Er hätte alles ins Netz gestellt, jede Sekunde. Er wäre in Likes aus der Szene ertrunken, wäre zum Star geworden! Er begann vor Enttäuschung zu zittern. Die Finsternis war zurück, noch dunkler als jemals zuvor kroch sie in seine Seele. Es gab nur ein Mittel dagegen. Er musste sich auf die Suche nach einer neuen Frau machen, sofort.

Kartoffel-Bohnenauflauf

Für 4-5 mittelgroße Portionen

800 g Kartoffeln
500 g grüne Bohnen
500 g Tomaten
250 g Champignons, optional
1 Dose gemischte Bohnen
180 g Feta
2 Zwiebeln
250 ml Soja Cuisine
2 TL Kreuzkümmel, gemahlen
Pfeffer
Salz
frische Minzblättchen
geriebene Zitronenschale

Die Kartoffeln mit Schale garen, dann schälen und in Scheiben schneiden. Die Bohnen klein schneiden, mindestens zehn Minuten im Salzwasser kochen und das Wasser abgießen. Die Zwiebeln klein schneiden und in Olivenöl anbraten, die Tomaten schneiden.

Die obigen Zutaten in eine Auflaufform schichten. Den Käse würfeln und darauflegen, die Gewürze darüberstreuen. Die Sojacreme darübergießen und verteilen. Im Backofen 20 Minuten bei 175 Grad (Umluft) überbacken.

DOMINICK MONDORFF

Der tödliche Weihnachtsbaum

Mannheim

Es war ein Tag kurz vor Heiligabend, ein Sonntag. Begleitet von dem Heimleiter betrat ich den großen Saal im zweiten Stock des in Mannheim gelegenen Altersheimes. Eine Zahl von etwa vierzig Bewohnern bildete – Hand in Hand – einen Kreis. In deren Mitte stand ein Tannenbaum, bis auf eine goldene Spitze noch nicht geschmückt. Mir schien es, als probten die älteren Damen und Herren etwas, wohl die Weihnachtsfeier.

Wir traten näher heran. Aus dem Kreis löste sich eine sehr ansprechend in ein blaugrünes Kostüm gekleidete Dame. Frau Pflebar strahlte Selbstgewissheit aus, ihre Augen leuchteten und ihr Gang war zielstrebig, auch wenn sie ihr rechtes Knie beim Gehen offensichtlich nicht vollständig durchdrücken konnte.

»Schrecklich, nicht wahr!« Mit diesen Worten nahm sie mich in den Blick. »Sie sind doch sicher der Kriminalbeamte?«

»Ja«, antwortete ich, und ehe ich mehr sagen konnte, fuhr sie fort.

»Jetzt werde ich übermorgen 100 Jahre alt und habe so was nie erlebt. Im Krieg ja, da war Krieg. Aber Friedenszeiten und ein solcher Tod! Was sagen Sie, Herr Kriminalbeamter?« Bevor ich noch antworten konnte, fuhr sie fort: »Seit dreißig Jahren wohne ich hier. Fast so lange kam Frau Severin, Jahr für Jahr, die Arme. Jedes Jahr brachte sie ihren selbst gebackenen Lebkuchen mit.«

Aus dem zweiten Stock war ein eingetopfter Weihnachtsbaum nach unten vor den Nebeneingang gefallen. Dort hatte Frau Severin gestanden. Wie jeden Sonntag vor Heiligabend war sie gerade dabei gewesen, den seit letztem Jahr hinzugekommenen Heimbewohnern ihr Rezept für den weihnachtlichen Lebkuchen zu erläutern. Der sehr große Topf war der Dame auf den Kopf gefallen, hatte sie zu Boden gerissen und zum sofortigen Tod geführt.

»Wollen Sie mitkommen, Frau Pflebar?«, fragte der Heimleiter. Zu mir gewandt sagte er: »Sie ist unsere gute Seele im Haus. Sprecherin, Organisatorin, Vermittlerin. Sie hat mir schon manchen Konflikt geschlichtet!« Er nickte dankbar. »Geistig fit mit ihren bald 100 Jahren!«

»Und die Einzige, die die Sonntagszeitung abonniert hat«, fügte Frau Pflebar stolz hinzu. »Und sie auch liest.«

Wir verließen den großen Saal und gingen wenige Schritte zu einer Stelle, an der sich der Flur weitete. Frau Pflebar begleitete uns. Im Weggehen hatte sie den im Kreis Stehenden zugerufen: »Bin gleich zurück!«

Trotz der Kälte stand das Fenster weit offen, der Erkennungsdienst war schon bei der Arbeit. Mannheim zeigte sich von seiner guten Seite: klarer Himmel, trockene, kalte Weihnachtsluft.

»Hier hat der Blumentopf gestanden«, deutete der Heimleiter auf die kreisrunde, einen Meter über dem Fußboden angebrachte Platte, die zugleich als Fensterbank diente. Das Fenster ragte etwa drei Meter über der Platte bis zur Decke. Es passte sich der Form des halbrund gemauerten Vorbaus an, der wie ein halbierter Turm wirkte. »Von da muss ihn jemand nach unten gestoßen haben«, vermutete der Heimleiter.

»So etwas habe ich noch nie gesehen«, bemerkte ich. Eine kreisrunde Platte, zugleich Fensterbank, kein Fenstersims. Wer hat sich das ausgedacht?«

»Das kann ich nicht sagen, das ist vor meiner Zeit entstanden«, antwortete der Heimleiter. »Allerdings haben wir die Platte in diesem Jahr ausgetauscht, weil die alte Konstruktion nicht mehr standsicher war. Das übrige Jahr über steht hier ein großes, sehr schwergewichtiges Aquarium.«

»Und kurz vor Weihnachten kommt das Aquarium weg und wird durch den Tannenbaum ersetzt?«

»Eine Idee von Frau Severin«, antwortete jetzt Frau Pflebar. »Jedem Bewohner hat sie einen selbst gebackenen Lebkuchen geschenkt. Bevor sie ihn verteilt, pflanzt sie eine Tanne in den Topf und hält dann ihre Ansprache zum Fest. Wunderschön ...« Sie hielt inne und ihre Augen wurden ein wenig feucht. »Sie zieht die Tannen selbst in ihrem Garten. Und während sie spricht, hängt jeder Bewohner ein kleines Geschenk an den Baum. Am Dreikönigstag kommt sie, gräbt den Baum aus und nimmt ihn samt Geschenken mit nach Hause.« Nach einer kleinen Pause fügte sie hinzu: »Nahm, nahm ihn mit nach Hause.« Wieder waren ihre Augen feucht.

»Das Fenster stand offen?«, fragte ich, obwohl es eigentlich so gewesen sein musste. Das geöffnete Fenster war unbeschädigt.

Der Heimleiter antwortete: »Das Fenster war kurz zuvor geöffnet worden. Herr Eifengreif, einer unserer Bewohner, hatte sich bitter beschwert, dass es hier oben so sehr verbrannt gerochen hat.«

»Und der hat dann das Fenster geöffnet?«, wollte ich wissen.

»Das Fenster habe ich geöffnet.« Hinter mir meldete sich ein kleiner schmächtiger Mann mittleren Alters.

»Mollerei. Ich bin der Hausmeister. Herr Eifengreif hat mich über die Hausanlage gerufen.«

Auf meine Frage, in welchem Zimmer Herr Eifengreif wohnte, deuteten Heimleiter und Hausmeister fast zeitgleich auf die Tür hinter uns. »Gleich hier«, sagte der Hausmeister.

Bevor der Heimleiter noch an die Tür klopfen konnte, öffnete Eifengreif. Ein groß gewachsener Mann, obwohl ihm das Alter schon einiges an Körpergröße genommen haben mochte. Er wirkte nicht sehr gepflegt, trug einen leicht verfleckten Trainingsanzug und darüber einen reichlich zerschlissenen Bademantel. Im Gegensatz dazu stand sein Schnurrbart. Leuchtend weißes Barthaar, akkurat geschnitten.

»Wollt ihr mich gleich mitnehmen?« Er schaute auf die vor ihm Stehenden und erkannte mit leicht gekniffenen Augen wohl in mir den Polizisten. »Sie sind bestimmt der Herr Kommissar, die anderen kenne ich ja alle.«

»Wenn Sie es waren, der den Topf nach unten gestoßen hat, nehme ich Sie mit«, sagte ich.

Doch Eifengreif antwortete direkt: »Lust dazu hätte ich gehabt. Die Alte ging mir nämlich auf die Nerven mit ihrem Getue.«

»Nein, Herr Eifengreif, so ungehörig!« Frau Pflebar hatte sich das Wort genommen. »Überlegen Sie sich einmal, was Frau Severin Jahr für Jahr Gutes für uns getan hat. Ihr Weihnachtskuchen war bei allen beliebt. Jeder hat sie gelobt.« Dann fuhr sie mit deutlich gehobener Stimme fort: »Und Sie, lieber Herr Eifengreif, haben immer gerne von dem Kuchen gegessen.« Sie schaute mich an, neigte leicht den Kopf an mein Ohr und flüsterte, allerdings gut hörbar: »Er hat mich immer dazu angehalten, ihm etwas mehr zu beschaffen als den anderen.«

»Herr Kommissar, machen wir's kurz«, nahm sich Eifengreif wieder das Wort. »Ich war es nicht. Ich habe noch den Hausmeister beobachtet, wie er mit viel Mühe das Fenster geöffnet hat ...«

»Das war wirklich viel Mühe«, verteidigte der sich. »Die zwei Fensterflügel sind in der Mitte mit einem Schloss verbunden, das noch nie einer geöffnet hat, seit ich hier bin. Ich habe den einzigen Schlüssel.« Der Hausmeister spreizte mit Daumen und Zeigefinger einen großen Schlüssel aus seinem gewaltigen Schlüsselbund ab. »Der Weihnachtstopf stand mir im Weg!«

»Wenn Sie nicht das Fenster geöffnet hätten, würde Frau Pflebar noch leben«, bemerkte ich eher beiläufig.

Der Hausmeister blickte schuldbewusst. »Wahrscheinlich. Der Fensterrahmen ist zwar alt, aber stabil. Da hätte keiner der Herrschaften einen schweren Topf durchstoßen können.«

»Herr Mollerei ist besonders getroffen«, meldete sich jetzt wieder Frau Pflebar. »Frau Severin ist seine Tante.«

Mollerei machte eine abwehrende Handbewegung. »Sie ist die Schwester meiner Oma.«

»Aber sie haben einen Erbstreit.«

Mollerei kam der Hinweis sichtlich ungelegen. Sein Gesicht wurde blass, doch er wiegelte ab. »Meine Oma hat Frau Severin ihr gesamtes Vermögen überschrieben. Gegen lebenslange Pflege. Dabei wusste Frau Severin, dass meine Oma schwerkrank war und nicht mehr lange zu leben hatte.«

»Und wer erbt jetzt?«, wollte ich wissen.

Mollerei zuckte mit den Schultern. »Vielleicht meine Schwester und ich. Frau Severin hatte keine Kinder. Und meine Mutter ist auch schon tot. Sonst hätte sie alles geerbt.«

»Ein Testament gibt es nicht? Vielleicht hat sie ja jemand anderen als Erben eingesetzt.«

Mollereis Gesicht verfärbte sich. Er schien über meine Bemerkung erschrocken zu sein.

»Lassen Sie doch den armen Herrn Mollerei in Ruhe.« Eifengreif mischte sich ein. »Fragen Sie doch mal die Eheleute Labing. Denen hat immer ein bisschen Geld gefehlt, nachdem die Severin ihren Weihnachtskuchen abgegeben hatte.«

»Undankbares Geschöpf!«, zischte Pflebar. »So viel Mühe hat sich Frau Severin gegeben und ...«

»Wo wohnen denn die Eheleute Labing?«, unterbrach ich den Redefluss der Sprecherin.

»Direkt nebenan«, bedeutete mir der Heimleiter. Auf ein kurzes Klopfen öffnete sich die Tür und eine sichtlich verschüchterte alte Dame streckte ihren Kopf heraus.

»Frau Labing?«, fragte ich und sie nickte nur.

»Was ist los?«, hörte man eine Stimme im Hintergrund.

»Polizei, glaube ich!« Frau Labing schrie, ja brüllte mit einer Lautstärke, die ich der kleinen, leichtgewichtigen Frau kaum zugetraut hätte. Herr Labing war offensichtlich schwerhörig.

Unversehens standen wir zu siebt in dem nicht sehr geräumigen Zimmer der Eheleute Labing. Der alte Herr hatte strähniges, ungewaschenes Haar, er bewegte sich mühsam nach oben, hatte wohl im Bett gelegen. Seine Körperhaltung war kaum zu beschreiben. Sein Rumpf hing nach vorne, zugleich lag seine rechte Schulter deutlich unter der linken, so dass sein Kopf schief nach unten hing.

»Sie glauben, ich Daddergreis hätte den Topf runtergestoßen. Hahaha!« Er sagte hahaha, ohne im Mindesten dabei wirklich zu lachen. »Die alte Hexe, verdient hätt sie's. Beklaut hat sie uns.«

»Noch so ein undankbares Geschöpf!«, fuhr Frau Pflebar dazwischen. »Frau Severin hat Herrn Labing ganz spezielle Medikamente besorgt, die er auf dem üblichen Weg gar nicht bekommen hätte.«

»Und immer ein bisschen mehr abgezogen, als es gekostet hat«, ergänzte Herr Labing. »Noch dazu in unsere Kasse gegriffen, wenn sie das Zeug vorbeigebracht hat ...«

Ein lauter Schrei von Frau Pflebar: »Noch ein solches Wort und, und ...« Frau Pflebar hielt inne, holte tief Luft und beendete dann ihren Satz: »... ich verlasse diesen Raum.«

Frau Labing, die noch gar nichts gesagt hatte, nahm jetzt das Wort. Sie sprach leise, nahm in Kauf, dass Herr Labing davon nichts mitbekam.

»Sperren Sie uns doch ein, Herr Kommissar. Schauen Sie sich um. Das ist alles und noch ein kleines Bad. Alles nach einem Leben voller Arbeit. Im Knast ist der Platz auch nicht kleiner.«

»Nun mal langsam«, bremste ich. »Stimmt das denn? Hat Frau Severin Sie betrogen und Ihnen Geld entwendet?«

»Nie im Leben. Falscher Verdacht. Es gibt einige Undankbare, die intrigieren hier ...« Wieder musste ich Frau Pflebar das Wort abschneiden.

»Wieso haben Sie dann nichts unternommen?«, wollte ich wissen.

»Sie kennen das nicht, wenn man alt ist und sich nicht helfen kann und angewiesen ist auf fremde Menschen.« Frau Labing fand nun in ihren Redefluss. »Der alte Mann da neben mir.« Jetzt hatte sie die Stimme so gesenkt, dass selbst ich fast nichts mehr hören konnte. »Da ist man froh um jede Hilfe, selbst wenn Sie merken, dass die einen hintergeht.«

»Sie könnten sich nicht gerächt haben?«, wollte ich wissen.

»Wir sind ja gar nicht aus unserem Zimmer heraus«, verteidigte sich nun Frau Labing.

»Genau, wir sind hier nicht mehr raus, seit sie uns ihren Lebkuchen gebracht hat«, bestätigte Herr Labing. Er schien nun besser zu hören als zuvor.

»Wieso wussten Sie dann, dass man den Topf mit dem Baum hinuntergestoßen hatte?«, wollte ich von Herrn Labing wissen.

Labing schaute mich mit verlegener Miene an. »Ich habe das nicht gewusst.«

»Sie haben mir vorhin gesagt, Ihnen als Daddergreis könne man nicht zutrauen, den Topf hinuntergestoßen zu haben. Woher wussten Sie, wie Frau Severin starb?«

Es herrschte allenthalben betretenes Schweigen. Labings Gesicht war kreidebleich und das seiner Ehefrau nicht minder. Doch Frau Labing fand als Erste wieder ihre Worte:

»Ja, wir haben sie nicht leiden können …«

Jetzt unterbrach ihr Mann sie: »Wir haben sie gehasst. Wir wissen seit Jahren, dass sie uns bestiehlt. Und falsch abrechnet, wenn sie die Medikamente bringt. Es ist erbärmlich, so abhängig zu sein.«

Für mich war das unverständlich: »Wenn Sie das wussten, warum haben Sie sie dann beauftragt? Warum haben Sie Ihr Geld nicht besser versteckt?«

»Es sind illegale Arzneimittel. Sie sind bei uns nicht zugelassen. Kein Arzt verschreibt sie mir. Aber sie helfen.«

»Da wollten wir es uns mit ihr nicht verderben«, ergänzte Frau Labing. Sie machte eine Pause. Ihre Stimme fuhr nach oben und schrill fügte sie hinzu: »Wenn es hier um Mord geht, um Mord!« Wieder eine Pause »Da kommt doch ein betrogener Liebhaber eher in Betracht als wir armes, altes krankes Ehepaar!« Und schon zeigte sie mit dem Finger auf Eifengreif. Doch der wies den Angriff zurück.

»Billige Retourkutsche. Betrogener Liebhaber. Quatsch!«

Frau Labings Stimme tönte immer noch schrill, während Herr Labing drohte, vornüber zu kippen, und sich nur noch schnell auf einen Stuhl retten konnte.

Frau Labing hatte jetzt ihren Faden gefunden: »Severin und er waren ein Paar und sie hatte hinter seinem Rücken einen anderen!«

»So ein Quatsch. Was verdächtigen Sie mich hier, wo es um so viel geht.«

Jetzt hatte ich vier Beschuldigte und fragte nun Eifengreif: »Alles frei erfunden? Sie hatten nie ein Verhältnis mit Frau Severin?«

Eifengreif schaute mich an, schüttelte dann den Kopf und sagte: »Vor 20 Jahren. Vor 20 Jahren hatten wir ein Verhältnis. Zwei Jahre lang. Und sie hat mich betrogen. Richtig. Vor 20 Jahren. Da war ich noch lange nicht in dieser Burg hier.«

Frau Pflebar war wieder an der Reihe: »Aber der Schmerz wirkt nach, nicht? So haben Sie's mir doch erzählt. Der Schmerz wirkt heute noch. ‚Immer wenn ich die Alte seh, kommt mir die Erinnerung hoch.‘ Das sind doch Ihre Worte – oder?«

Eifengreif fühlte sich offensichtlich in die Enge getrieben. Denn er ging einen Schritt zurück und hielt Frau Pflebar mit gebeugten Ellenbogen beide Handinnenflächen entgegen.

»Bleiben wir also bei den Fakten von heute.« Eifengreif sprach verständlicherweise sehr erregt. »Ich habe Mollerei gerufen, weil es hier so fürchterlich gerochen hat, bis in mein Zimmer hinein. Mollerei kam und öffnete das Fenster. Nach einer Weile wurde es kalt, der Geruch war nicht mehr so stark. Er kam, um das Fenster zu schließen. Ich ging in den großen Saal. Als ich zurückkam, stand das Fenster immer noch offen. Aber der Tannentopf war ein Stück Richtung Fenster verschoben.«

Mollerei war nicht einverstanden: »Was bilden Sie sich ein, Eifengreif! Den Topf habe ich keinen Millimeter mehr bewegt. Ich war gekommen, um das Fenster zu schließen. Ich hatte aber den Schlüssel vergessen und bin noch einmal gegangen. Unten bat mich der Heimleiter, unseren Lieferwagen zu holen, um Frau Severin nach ihrer kleinen Ansprache nach Hause zu fahren. Da habe ich nicht mehr an das Fenster gedacht.«

»Schlechte Ausrede«, schnaubte Eifengreif ihm entgegen. »Wir haben doch gerade sehen können, dass der Fensterschlüssel an Ihrem Schlüsselbund hängt. Den haben Sie doch immer bei sich. Hier in Ihrer Kitteltasche.« Eifengreif deutete mit dem rechten Zeigefinger auf Mollereis Monteursjacke. Mollerei antwortete nichts und Eifengreif fuhr fort: »Und wo steht der Wagen jetzt?«

Jetzt ging Mollerei auf Eifengreif ein: »Immer noch dort, wo er stand. Der Tod von Frau Severin kam dazwischen.«

»Ganz einleuchtend, was Eifengreif da sagt«, dachte ich bei mir. Mollereis Hinweis auf den fehlenden Schlüssel war in der Tat eine Ausrede. Er trug den Schlüssel bei sich. Und das Erbe der Oma war womöglich auch beträchtlich. Mollerei gehörte zu den Verdächtigen.

Eifengreif war ein rüstiger Siebzigjähriger. Jetzt richtete er sich auf, umfasste Mollerei an beiden Armen und schrie: »Zeit genug, sie umzubringen!«

»Lassen Sie den Mann in Ruhe!« Das war wieder die Stimme von Frau Pflebar. »Geben Sie doch zu, dass Sie es gewesen sind, Herr Eifengreif! Ich habe Sie doch dabei beobachtet.«

Eifengreif ließ vor Schreck Mollerei los, der froh war, sich Eifengreifs kräftigen Armen entwinden zu können.

»Was wollen Sie beobachtet haben?«, wollte ich von Frau Pflebar wissen.

»Ach was soll das denn! Ich werde jetzt 100, aber ich habe noch zwei gute Augen im Kopf. Ich habe gesehen, wie Herr Eifengreif den Topf zum Fenster hin verschoben hat. Er hat sich etwas anstrengen müssen, aber es ist ihm gelungen.«

Eifengreif stand ertappt neben ihr und fand offenkundig kein Wort.

Trotzdem wunderte mich Frau Pflebars Wendung: »Was? Und Sie haben seelenruhig mit angesehen, wie Eifengreif den Topf nach unten schubste und Frau Severin umbrachte?«

»Wie sollte ich denn wissen, dass die schon vor dem Haus stehen«, verteidigte sich Frau Pflebar. »Im Übrigen habe ich nicht gesehen, dass er ihn nach unten gestoßen hat. Ich hatte es eilig, wohin zu kommen, naja, wohin auch jüngere Menschen manchmal sehr schnell rennen müssen.«

»Also was jetzt?« Ich wurde ungeduldig. »Haben Sie ihn beim Runterstoßen beobachtet oder nicht?«

»Der Topf stand mit dem Rand schon ein wenig über das Fenster hinaus. Wahrscheinlich hat er ihn gleich nach unten geschubst, Herr Kriminalbeamter. Wie gesagt, ich hatte es eilig.«

Herr Labing stand nun unbeholfen von seinem Stuhl auf und stellte sich vor Eifengreif. »Also von wegen keine Rache. Da haben wir doch den Täter.« Er wandte sich an Frau Pflebar. »Und Sie, Sie sind gestorben für mich. Beobachten den Mord und lassen seelenruhig zu, dass meine Frau und ich verdächtigt werden.«

»Den Mord, Labing. Sie sind ja verrückt.« Eifen-greifs Stimme zitterte vor Zorn. »Ich habe niemanden umgebracht.«

»Sie haben den Topf nicht nach unten gestoßen?«, wollte ich jetzt von Eifengreif wissen.

Eifengreif atmete tief und antwortete mir mit gesenk-tem Kopf. »Frau Pflebar hat nicht gelogen. Ich habe den Topf so weit geschoben, dass er fast zur Hälfte über die Platte hinausragte. Ich hatte wirklich vor, ihn nach unten zu stoßen.«

»Aha!«, entfuhr es mir. »Siehste«, sagten Frau und Herr Labing fast wie aus einem Mund.

»Ich wollte mich in der Tat an ihr rächen. Aber nicht, indem ich sie umbringe. Das wäre doch Wahnsinn. Ich konnte diesen Tannentopf nicht sehen, diesen absurden Baum mit den Geschenken, die jeder Heimbewohner pflichtschuldig anbringen musste.«

»Also doch!«, rief ich aus. »Also doch!«, echote Frau Labing hinterher.

»Nicht also doch. Ich habe im letzten Moment Stim-men von unten gehört. Und ich habe mich auch an letz-tes Jahr erinnert, als Erika, so heißt Frau Severin, dort ihr Kuchenrezept den neuen Heimbewohnern verkün-det hat. Ich war bei den Zuhörern. Ich war ein Neu-er im letzten Jahr.« Eifengreif atmete tief durch: »Ich hörte gerade, wie sie wieder betonte, das Rezept reiche nur für wenige Lebkuchen. Sie müsse natürlich das Zig-fache einsetzen, um für so viele Bewohner Lebkuchen verschenken zu können.«

Jetzt pflanzte sich Frau Pflebar vor mir auf. So fest stemmte sie ihre bald hundertjährigen Beine auf den Boden, dass ich glaubte, sie wolle dort anwachsen: »Herr Kriminalbeamter, das kennen wir doch aus je-dem besseren Krimi. Der Täter gibt gerade immer so viel zu, wie die Polizei schon weiß. Schade um Sie,

Herr Eifengreif. Eigentlich waren Sie mir ganz sympathisch.«

»Es sieht nicht gut aus für Sie, Herr Eifengreif«, stellte ich fest. »Ich muss Sie erst einmal mitnehmen. Mal sehen, was die Spurensicherung festgestellt hat. Vielleicht sind noch andere Fingerabdrücke an den Topfscherben zu identifizieren.«

Der Heimleiter, der für einen kurzen Moment weggerufen worden war und die jüngste Entwicklung gar nicht mitbekommen hatte, zog mich auf die Seite. Mit deutlich gesenkter Stimme sagte er mir ins Ohr. »Ich weiß nicht, ob das wichtig ist für Sie. Eine unserer Bewohnerinnen wollte einer Zimmernachbarin ihren neuen Ring zeigen. Sie zog ihn vom Finger, dabei fiel er in den großen Papierkorb.«

»Und?« Ich wusste im Moment nicht, welche Bedeutung das haben sollte.

»Sie fischte zwischen allem möglichen Papier nach dem Ring und verschob dabei auch eine Zeitung. Dadurch kam einer der Lebkuchen von Frau Severin zum Vorschein. Jemand hat ihn weggeworfen.«

»Ist das jetzt so ungewöhnlich?«, wollte ich wissen.

Der Heimleiter schaute mich fragend an: »Das müssen Sie beurteilen. Der Lebkuchen von Frau Severin war hier hochbegehrt. Selten hat ihn jemand mal nicht essen wollen und dann aufgehoben für später oder die Enkel. Aber wegwerfen? Nicht daran zu denken!«

Ich rief schnell meine Mitarbeiter an, damit sich jemand um Eifengreif kümmerte und die Spurensicherung noch einmal in Aktion treten konnte.

Im großen Saal zeigte mir jemand die ältere Dame, die den Lebkuchen im Papierkorb entdeckt hatte.

»Nichts mehr anfassen«, forderte ich und fragte: »Sie haben den Kuchen entdeckt?«

»Ja, dort liegt er.« Sie deutete auf einen kleinen Tisch. »Noch in der Zeitung eingepackt.«

»Weihnachten im Zeichen weltweiter Spannungen«, titelte die Sonntagszeitung. Ich konnte meine Überraschung kaum zügeln, als ich jetzt Frau Pflebar fragte: »Die Sonntagszeitung, die lesen doch nur Sie hier im Heim. Wie kommt Frau Severins Kuchen dort hinein?«

Frau Pflebar stand nun vor mir, den Kopf noch stärker gesenkt als kurz zuvor Eifengreif.

Dann richtete sie den Kopf schnell nach oben und sagte mit blitzenden Augen – fast triumphierend: »Es ist gut, dass sie tot ist. Jahr für Jahr dieses Theater, Jahr für Jahr schiebt sie sich in den Mittelpunkt, ausgerechnet kurz vor Weihnachten. Und ich, ich, die sich das ganze Jahr kümmert, ich stehe abseits.«

Sie schaute hinüber zu Eifengreif, den mein Mitarbeiter gerade abführen wollte, und rief energisch: »Lassen Sie den Mann da. Der war es nicht. Als er den Topf so weit vorgeschoben hatte, war die Gelegenheit günstig. Die Severin hatte wieder mit ihrer Eigenlobhudelei angefangen. ‚Lange vor Weihnachten backe ich den Lebkuchen, 10 Tage mindestens warte ich, bis er seine volle Würze gefunden hat. 10 Tage Warten, damit Sie den vollen Geschmack genießen können!‘«

Frau Pflebar schaute an mir vorbei ins Leere und schüttelte voller Ingrimm den Kopf. Dann blickte sie mir wieder in die Augen und fuhr fort: »Die Chance war einmalig. Nur ein paar Zentimeter. So viel Kraft steckt noch in meinen alten Knochen. Zack, war der Blumentopf unten. Volltreffer.«

Sie schaute mich stolz an. »Morgen steht in der Zeitung: Hundertjährige lebenslang in den Knast. Lebenslang!« Bei diesem Wort lachte sie laut schallend, nicht hämisch, nicht hysterisch, nicht traurig, sondern aus voller Kehle wie über einen guten Witz.

Eh ich mich's versah und ehe sie die Kollegin von der Spurensicherung daran hindern konnte, brach sie ein kleines Stück von dem aus der Sonntagszeitung hervorlugenden Lebkuchen ab, steckte es in den Mund und sagte: »Herr Kriminalbeamter, Sie gestatten ein letztes Mal.«

Die alten Herrschaften standen erstaunlicherweise größtenteils noch immer im Kreis so um den Tannenbaum, wie wir sie verlassen hatten. Auch die Dame, die den Lebkuchen im Papierkorb gefunden hatte, war wieder einbezogen.

Aufrechten Gangs, bestrebt, ihr rechtes Knie möglichst weit durchzudrücken, reihte Frau Pflebar sich an ihrer vorherigen Position wieder in den Kreis ein. Alle gaben sich die Hand. Sie hob leicht ihr Kinn und alle im Kreis folgten ihren ersten Tönen: »Oh du fröhliche, oh du selige gnadenbringende Weihnachtszeit.«

Weihnachtslebkuchen nach altem Hausrezept

Für die Glasur
1.000 g Honig, evtl. die Hälfte davon Kunsthonig
500 g Zucker
1/4 l Wasser

Für den Teig
1.250 g Mehl
100 g Orangeat, 100 g Zitronat
200 g Rosinen, etwas zerkleinert
150 g süße Mandeln, abgezogen, gehackt
2 Eier
2 Beutel Lebkuchengewürz, Zimt
1 Messerspitze Kardamom, wenn nicht im Lebkuchen-
gewürz enthalten
15 g Pottasche, einzeln auflösen
5 g Hirschhornsalz, einzeln auflösen

Die Zutaten für die Glasur aufkochen und abkühlen
lassen. Die Zutaten für den Teig verrühren und verkne-
ten. Den Teig in gut mehlgestäubter Schüssel drei Tage
ziehen lassen. Den Teig mit Mehl bestäuben.

Den Teig einen Zentimeter dick aufs Blech streichen,
dann kräftig mit der Gabel anstechen. 15 bis 20 Minu-
ten hellbraun backen, sofort heiß lackieren, in Dosen
schichten.

Der Geschmack entwickelt sich erst nach zehn Tagen.

Der Autor dankt sehr herzlich Herrn Dr. Ben Risch, Wiesbaden,
der ihm dieses alte Hausrezept seiner Großmutter zur Verfügung
gestellt hat.

ULRICH MAIER

Nikolaus auf Abwegen

Heilbronn, Heidelberg und Bad Wimpfen

»Oh du schöne Weihnachtszeit!« Kaum waren die Klänge des Kinderchors verhallt, brandete Beifall auf. Die Kleinen verneigten sich brav auf der Bühne und die Dirigentin wies glücklich auf ihre Schützlinge. Der Moderator nahm das Mikrofon und bedankte sich, wartete geduldig, bis die Kinderschar abgezogen war, und räusperte sich, schaute irritiert auf, offenbar überrascht von der Leistung des Mikrofons, das sein Räuspern kräftig verstärkt hatte. Dann lächelte er verlegen in die erwartungsvollen Gesichter der Gäste auf der Weihnachtsfeier der Industrie- und Handelskammer.

»Meine sehr verehrten Damen und Herren, es fällt mir jetzt nicht leicht, Sie auf einen unschönen Vorfall hinzuweisen, der sich während unserer Feier zugetragen hat.«

Ein Raunen ging durch den Saal. Der Redner wischte sich mit dem Taschentuch den Schweiß von der Stirn.

»Einige unserer lieben Gäste«, fuhr er stockend fort, »einige unserer lieben Gäste also vermissen ihre Brieftaschen oder ihre Geldbörsen und es ist nicht ganz auszuschließen, dass ein oder mehrere Personen sich hier in diesen Saal eingeschlichen und sie an sich gebracht haben.«

Das Raunen schwoll zu einem Tumult an.

»Mein Geldbeutel ist auch weg!«

»Wo ist meine Handtasche?«

Nur mit Mühe gelang es dem Sprecher der IHK, wieder einigermaßen Ruhe im Saal herzustellen und sich Gehör zu verschaffen.

»Die Polizei ist bereits verständigt, die Ausgänge werden überwacht, wir werden unser Möglichstes tun, damit die Täter rasch gefasst werden.«

Erleichtert steckte er das Mikrofon in das Stativ zurück und verschwand hinter der Bühne. Weihnachtsmusik setzte über die Lautsprecher ein, konnte aber die aufgeregten Gespräche im Saal kaum übertönen.

Da bewegte sich wie von Geisterhand ein brauner Jutesack auf die Bühne zu. Erstaunte Rufe wurden laut. Mit einem leisen Klack stieß er an die Brüstung an und kam zum Stehen. Im Saal war es völlig still geworden. Vorsichtig näherte sich ein junger Mann in dunklem Anzug dem ominösen Gefährt, griff zögernd nach dem Sack und hob ihn etwas hoch, verfolgt von Hunderten von Augenpaaren. Erst jetzt hörte man vereinzeltes Lachen, denn unter dem Sack kam ein Untersatz mit Rollen hervor, wie er zum Transport schwerer Möbelstücke verwendet wurde. Der Sack war mit einem leuchtend roten Filzstreifen zugebunden, eine Karte baumelte dran.

Der junge Mann nahm die Karte und las vor: »Schöne Grüße vom Nikolaus!«

Dann knüpfte er den Sack auf, schaute hinein, blickte sich unschlüssig um, da raste der Moderator auf ihn zu und versuchte ihm den Sack aus der Hand zu reißen.

»Vorsicht!, da drin könnte ein Sprengsatz versteckt sein!«

Er erwischte in der Hektik den falschen Zipfel, der Sack kippte auf den Boden, lauter gelbe Tischtennisbälle mit Smiley-Gesichtern fielen heraus und hüpften übers Parkett, zu guter Letzt folgten Geldbörsen, Brieftaschen und Handtäschchen.

Ungläubig starrten alle auf den Boden vor der Bühne.

»Soll das ein schlechter Witz sein?«, rief einer aus dem Publikum, andere lachten. Zögernd näherten sich die Ersten den verstreut liegenden Börsen, dann folgten Weitere, die dort auf dem Boden zwischen den Smiley-Bällen nach ihren vermissten Sachen suchten. Es gab ein Stoßen und ein Drängen, Schimpfworte fielen, dann erboste und erschreckte Aufschreie.

»Alles Geld ist weg!«

Kriminalhauptkommissar Eisele stand am Fenster seines Büros und starrte in die bläuliche Dämmerung eines trüben Dezembernachmittags hinaus. So ein krasser Fall war ihm in seiner nun schon über dreißigjährigen Dienstzeit noch nicht untergekommen.

Er zog die Vorhänge zu, setzte sich wieder an seinen Schreibtisch und vertiefte sich in die Mappe, die nun seit fast einer Stunde geöffnet vor ihm lag.

Vorgestern Abend hatten die Anrufe in der Zentrale des Polizeipräsidiums begonnen. Auch in der Nacht und am nächsten Vormittag standen die Telefone nicht still. Die Beamten kamen fast nicht nach mit ihren Anzeigeprotokollen. Der Taschendieb hatte bei der Weihnachtsfeier der hiesigen Industrie- und Handelskammer kräftig abgeräumt. Ach was! Er schüttelte den Kopf. Das musste eine ganze Diebesbande gewesen sein! Die Kollegen vor Ort hatten bis zum späten Abend versucht, die Gäste an den Ausgängen einzeln zu überprüfen, bei diesem Chaos eine fast unlösbare Aufgabe. Ein Tatverdächtiger konnte jedenfalls nicht ermittelt werden.

Das war sicher kein Routinefall, aber wie die ganze Geschichte abgelaufen war, das war so irre, so untypisch! Und wenn man erst an die ungewöhnlich hohe Summe dachte, die dabei erbeutet worden war!

Er blätterte in den Protokollen. Immer wieder dasselbe: Es fehlten hohe Geldbeträge, alle Geldscheine waren aus den Brieftaschen, Handtaschen und Geldbörsen verschwunden. Dagegen waren die Ausweise, Scheck- und Kreditkarten, eben alles andere, noch vorhanden, selbst das Münzgeld hatte der Täter verschmäht.

Das Seltsamste aber war, *wie* die gestohlenen Objekte wieder aufgetaucht waren. Das war eine perfekte Performance! Ein Aktionskünstler wie Joseph Beuys hätte seine helle Freude daran gehabt. Eisele konnte ein anerkennendes Schmunzeln nicht unterdrücken.

Er versuchte, sich das Spektakel vorzustellen, wie sich die elegant gekleideten Damen und Herren auf ihre vermissten Siebensachen gestürzt hatten, die hüpfenden Smileys drum herum. Vermutlich hatte es ein ordentliches Gerangel gegeben. Dann die Enttäuschung, dass die Geldscheine herausgenommen waren, vielleicht aber auch die Erleichterung bei einigen, dass wenigstens sonst alles vollzählig da war.

Aber der Clou, das Tüpfelchen auf dem i der ganzen Aktion, war, dass sich in den Geldfächern gedruckte Kärtchen befanden, mit klugen Sprüchen, Aphorismen, Zitaten, alle unterschrieben mit »Schöne Grüße vom Nikolaus«. Er sah sich einige dieser merkwürdigen Botschaften an.

»Elender ist nichts als der behagliche Mensch ohne Arbeit.« (Goethe)

»Über die Armut braucht man sich nicht zu schämen, es gibt mehr Leute, die sich über ihren Reichtum schämen sollten.« (Johann Nestroy)

»Selig ist der Mensch, der nicht schuld ist an der Armut seiner Nebenmenschen.« (Johann Heinrich Pestalozzi)

Eisele kratzte sich am Hinterkopf und grinste. Er stellte sich die Gesichter der derart Beschenkten vor. Aber er fragte sich auch, wer auf eine solche skurrile Idee gekommen sein konnte und was er damit bezwecken wollte. Dachte der Täter vielleicht, dass die Bestohlenen über seinen Diebeszug lachen und von einer Anzeige absehen würden?

Der da gefiel ihm besonders gut: »Der Schwabe tut so, als ob er arm wäre, aber er ist beleidigt, wenn andere ihm das glauben.« (Manfred Rommel)

Auch der Nikolaussack war sichergestellt worden, samt Bändel und Karte. Man würde versuchen herauszufinden, wo solche Säcke zu beziehen waren. Dann die sorgsam gedruckten Visitenkärtchen vom Nikolaus. Hatte er sie selbst hergestellt? Auch das würde man prüfen – vermutlich mit wenig Erfolg. Sonst gab es bisher keinerlei Spuren vom Täter oder den Tätern. Eigentlich deutete das doch eher auf einen Einzeltäter hin, der dann allerdings versiert und ziemlich fleißig gearbeitet haben musste.

Er griff zum Telefon und ließ sich mit dem Sekretariat der Industrie- und Handelskammer verbinden. Nein, eine Namensliste derer, die an der Weihnachtsfeier teilgenommen hatten, gebe es leider nicht. Er fragte nach den Namen des Hausmeisters und der Damen an der Garderobe, die an diesem Abend Dienst gehabt hatten. Ja, sie sollten sich möglichst umgehend beim Polizeipräsidium melden.

Eisele ertappte sich bei dem Gedanken, dass es ihm diesmal nicht nur darum ging, den Fall schnell zu lösen. Nein, mindestens ebenso brannte er darauf, den schrägen Typen kennenzulernen, der sich diese besondere Nikolausbescherung ausgedacht hatte.

Er grübelte. In den Aphorismen ging es um Armut und Reichtum und ihr Verhältnis zueinander. *Nikolaus* – er hatte beschlossen, den Täter bis zu seiner Identifizierung so zu nennen – war also gebildet, kannte sich etwas in der Literatur aus oder hatte vielleicht auch nur ausgiebig gegoogelt. Er fühlte sich offensichtlich irgendwie im Recht, wenn er Gutbetuchte, die er wohl bei der IHK vermutete, um ihre Geldscheine erleichterte. Dass unter den Bestohlenen vielleicht auch Leute vom Reinigungsservice oder einfache Angestellte sein könnten, die zu solchen Feiern ebenfalls eingeladen wurden, hatte er wohl nicht bedacht oder als Kollateralschaden in Kauf genommen.

Wie war das eigentlich mit diesem Bischof aus Myra gewesen, auf den der Nikolausmythos zurückging? Eisele gab den Nikolaus in seine Suchmaschine ein und staunte nicht schlecht, was er da fand. Er stammte aus Demre im Süden der heutigen Türkei, aus der Gegend von Antalya, das damals, vor 1.700 Jahren, wie ganz Kleinasien zur griechischen Welt gehört hatte.

Kinder und Jugendliche hatte der Bischof aus Not gerettet, Wunder bewirkt und Schiffe vor dem Versinken bewahrt. In der katholischen Kirche galt er als Schutzpatron der Schüler und Studenten, der Reisenden, der Seefahrer, der Verliebten, aber auch der Diebe. Obwohl Eisele als Protestant nicht allzu viel von Heiligen hielt, fand er diesen Typ eigentlich recht sympathisch. Dass es in der katholischen Kirche einen offiziellen Schutzpatron der Diebe gab, war bisher an ihm vorbeigegangen. Man lernte nie aus.

Jedenfalls hatte sein Nikolaus Humor, zugegeben, einen recht fragwürdigen, der ein solches Verbrechen niemals rechtfertigen konnte. Und mit Kleinkriminalität hatte das nichts mehr zu tun, wenn man von der Höhe des Schadens ausging. Allein oder mit seinen Helfern hatte der Nikolaus über dreißig Personen bestohlen und einen Betrag von mehr als 10.000 € innerhalb weniger Stunden an sich gebracht!

Auch am folgenden Tag ging ihm die skurrile Geschichte nicht aus dem Kopf. Wie zu erwarten, hatten die Vernehmungen des Hausmeisters und der Garderobedamen keine neuen Erkenntnisse ergeben. Alle schienen bemüht, eventuelle Schuldvorwürfe an die eigene Person abzuwehren. Niemand wollte etwas Verdächtiges bemerkt haben.

Eisele hatte lange überlegt, wo es in den kommenden Tagen Folgeauftritte vom Nikolaus geben könnte. Er hatte sich deshalb eine Aufstellung aller betrieblichen Weihnachtsfeiern in den nächsten Tagen geben lassen. Die Veranstalter waren gewarnt worden, besonders aufzupassen. Aber konnte man denn in den Wochen vor Weihnachten alle Nikoläuse unter Generalverdacht stellen?

Das Telefon riss ihn aus seinem Grübeln.

»Taschendiebe auf dem Heilbronner Weihnachtsmarkt?« Eisele sprang wie elektrisiert von seinem Schreibtischstuhl auf. »Kontrollen verstärken, schickt noch ein paar Beamte hin. Ich werde mir das selbst mal anschauen!«

Er schlüpfte in seine Lederjacke mit dem warmen Fellbesatz, griff nach seiner Schiebermütze und rannte aus dem Büro, das Treppenhaus hinunter und auf den Parkplatz. Während er überlegte, welches Parkhaus in der Innenstadt er ansteuern sollte, wurde ihm deutlich, dass es besser wäre, diese eher kurze Strecke lieber zu Fuß hinter sich zu bringen. Das ging vermutlich schneller, als sich im Nachmittagsverkehr mit dem Streifenwagen durch Innenstadtstraßen und Fußgängerzonen zu schleichen.

In forschem Tempo machte er sich auf zum Weihnachtsmarkt in der Innenstadt, der sich vom Kiliansplatz über den Marktplatz und die angrenzenden Straßen und Gassen zog.

Der Himmel hatte sich noch stärker zugezogen an diesem milden Spätnachmittag im Dezember. Keine Spur von Weihnachtswetter. Für heute Abend war leichter Regen angesagt.

Schon in der Ladenpassage zum Hafenmarktturm umschwirrten ihn traute Weihnachtsklänge.

»Süßer die Kassen nie klingeln als zu der Wa-heinachtszeit«, fiel ihm die böse Parodie auf ein bekanntes Weihnachtslied ein. Färbte der sarkastische Humor seines Nikolausphantoms jetzt schon auf ihn selber ab?

Tatsache war, dass in den letzten Jahren die Weihnachtsbuden immer mehr Terrain erobert hatten, ganz im Sinne des Stadtmarketings. Sie sollten möglichst viele Besucher anziehen, die auf diese Weise auch in die Geschäfte der City gelockt werden sollten.

Schon jetzt am Nachmittag herrschte hier beträchtlicher Trubel. In diesem Gewirr einen Taschendieb zu stellen, würde nicht einfach sein. Da blieb nichts anderes übrig, als die Beamten Streife gehen zu lassen und eben die Augen offenzuhalten.

Eisele erinnerte sich an kürzlich erhobene Forderungen von Videoüberwachung auf dem Weihnachtsmarkt. War man schon so weit? Angesichts der drohenden Terrorattacken auf Weihnachtsmärkte waren solche Überlegungen durchaus berechtigt!

Schwaden von gebrannten Mandeln, Schupfnudeln mit Sauerkraut und kross gebratenen Würsten vermischten sich zu einem vertrauten Duftgemisch, das Kindheitserinnerungen auslöste – bei ihm allerdings weniger an Weihnachtsmärkte, die waren erst später überall aus dem Boden geschossen, eher an den Heilbronner Pferdemarkt, der meist im Februar stattfand. Da hatten sie montags regelmäßig schulfrei gehabt, weil die Gymnasien der Stadt von lauter Buden umzingelt gewesen waren. Der Vergnügungspark hatte gleich hinter der Harmonie mit seinen Budenstraßen gelegen, durch die es zu den Pferdeprämierungen gegangen war, die ihn damals besonders angezogen hatten.

Er schob die Erinnerung aus dem Gedächtnis, als er sich dem Tatort näherte, dem Heilbronner Marktplatz, wo Robert Mayer, der große Sohn der Stadt, auf seinem Denkmal sitzend sinnierend auf das Treiben zu seinen Füßen blickte.

»Nichts wird aus nichts. Nichts wird zu nichts.« Diese kurze populäre Fassung des von dem bedeutenden Physiker aufgestellten Naturgesetzes fiel ihm wieder ein. Das hieß soviel wie: Energie kann nicht aus dem Nichts entstehen, aber auch nicht wirkungslos verpuffen. Das klang ja beruhigend, dann also auf in den Kampf!

Aber zuvor brauchte er etwas zur Stärkung. Die Düfte drangen gar zu verlockend in seine Nase. Direkt vor ihm wurden frisch gebackene Dinnele angeboten, die badische Version des elsässischen Flammkuchens. Er zögerte nicht lange, ließ sich eins dieser leckeren Dinger geben und biss herzhaft hinein. Zwiebeln, Speck, Schnittlauch mit etwas Kümmel mit untergemischter saurer Sahne auf einem knusprigen Fladenteig – für einen Augenblick vergaß Eisele den eigentlichen Grund seines Hierseins und schwelgte im Genuss der Köstlichkeit.

Der Turm der Kilianskirche auf der Südseite des Marktplatzes zog ihn in seinen Bann. Einen »Bösewicht bis an den Himmel« hatten Zeitgenossen vor fünfhundert Jahren ihn genannt.

Entstanden war der Turm, kurz bevor in Heilbronn die Reformation eingeführt wurde. Sein Baumeister hatte die damaligen Missstände in der Kirche gnadenlos karikiert und auf ewige Zeiten in Stein gehauen: Mönche mit Vogelköpfen und gespaltenen Zungen, Affen im Nonnengewand, ein Bischof mit einem riesigen

Vogelschnabel – alles weit oben in luftiger Höhe über dem geschäftigen Treiben der Stadt, von unten nur mit geübtem Blick wahrzunehmen.

Ein Schrei riss ihn aus seinen Gedanken.

»Meine Brieftasche! Meine Brieftasche ist weg!«

Vor einem Stand mit Weihnachtsengeln und bunten Christbaumkugeln klopfte ein Senior mit schlohweißem Haar mit beiden Händen die Taschen seines Mantels ab. Ohne sich um den offenbar soeben Bestohlenen weiter zu kümmern, versuchte Eisele fieberhaft und in Sekundenschnelle das Gelände zu überblicken.

Dort drüben, beim Eiscafé Presutti, lief ein Nikolaus schnellen Schrittes auf die Kaiserstraße zu. Er trug einen roten, weißverbrämten Mantel, hatte einen braunen Jutesack geschultert, trug eine Rute in der Linken und eine rote Zipfelmütze über langen weißen Haaren, unter denen blonde Locken, wohl seine natürliche Haarpracht, hervorblitzten. Eisele schob den letzten Bissen in den Mund und lief los.

»Halt! Kriminalpolizei, bleiben Sie stehen!«

Nikolaus musste ihn gehört haben. Aber anstatt der Aufforderung Folge zu leisten, beschleunigte er seinen Schritt und hastete kurz vor einer klingelnden Straßenbahn über die Straße, direkt auf die Kilianskirche zu.

Eisele musste die Bahn vorbeilassen, sah ihn gerade noch in die Windgasse laufen, wo sich eben die Tür des Treppenturms für Besucher öffnete und eine Dame mit einer Kamera um den Hals heraustrat.

Gerade wollte sie die Türe schließen, da sauste Nikolaus die paar Stufen zu ihr hoch, stieß sie rücksichtslos zur Seite, dass sie taumelte, die Kamera fest an sich drückte und sich gerade noch am Geländer festhalten konnte. Die Tür zum Turm mit dem runden Knauf, die nun niemand mehr ohne Schlüssel einlassen würde,

donnerte zu und die Dame schaute dem Nikolaus be-
stürzt nach.

»Eisele, Kriminalpolizei! Bitte bleiben Sie hier stehen. Ich hole schnell den Schlüssel, drüben im Kilianshaus! Achten Sie darauf, ob der Nikolaus wieder her-
auskommt. Ich bin gleich wieder da.«

Irritiert blickte die Dame ihn an, wusste nicht ob sie
lachen oder ernst bleiben sollte. Die Kriminalpolizei
will den Nikolaus verhaften?

Eisele ärgerte sich nicht wenig über sein Missge-
schick. Wenn er die saublöde Stadtbahn nicht hätte
abwarten müssen, hätte er ihn noch erwischt! Die Tür
ging nur mit dem verdammten Schlüssel auf, der im
Eine-Welt-Laden im Kilianshaus deponiert war. War
ja durchaus sinnvoll, musste er einräumen. Wie oft
schon waren solche Turmschlüssel verlorengegangen,
trotz hinterlegten Pfandes einfach nicht mehr abgegeben worden, drüben beim Hafenmarktturm zum Beispiel.

Er stürzte in den Laden, drängte sich vor und rief:
»Den Schlüssel zum Turm bitte, schnell!«

Die Dame hinter dem Ladentisch fuhr ihn unwirsch
an: »Moment mal, Sie sind noch nicht dran. Warten Sie
einen Augenblick, Sie können vielleicht schon mal dieses Antragsformular ausfüllen!«

Eisele schob es wütend von sich.

»Kriminalpolizei im Einsatz«, schrie er und knallte
seinen Dienstausweis auf die Ladentheke. »Rasch, den
Schlüssel!«

Die Dame blickte ihn zu Tode erschrocken an, dann
sagte sie leise: »Ich darf ihn nicht aus der Hand geben,
kommen Sie mit, ich gehe mit ihnen hinüber.«

Sie rannte aus ihrem Laden über die Kirchbrunnen-
straße zum Kiliansturm. Eisele hatte Mühe, ihr zu folgen.

»Er ist immer noch drin«, sprach ihn die Dame mit der Kamera verschüchtert an. »Darf ich jetzt gehen?«

Eisele nickte ihr zu, ungeduldig darauf wartend, bis die Tür zum Turm endlich aufgeschlossen war, dann raste er die gewundene Treppe hinauf. Nikolaus war ihm in die Falle gegangen! Es gab keinen zweiten Abweg!

Eisele keuchte, sein Herz schlug ihm bis zum Hals, dann spürte er einen stechenden Schmerz auf der rechten Seite. Gott sei Dank nicht links, nicht die Herzseite, durchzuckte es ihn, aber er kam nicht umhin, eine Pause einzulegen. Bittere Gedanken quälten ihn. Er sollte dringend wieder mal etwas für seine Fitness tun. Den Polizeisport hatte er schon längere Zeit sträflich vernachlässigt. Das machte sich jetzt einmal mehr bemerkbar.

Etwas vorsichtiger setzte er seinen Weg auf der steilen Wendeltreppe fort, an der großen Glockenstube vorbei, bis er zu der kleinen Tür kam, die auf die erste Plattform führte.

Eisele sah sich um. Grässliche Fratzen grinsten ihn an, Teufelsgesichter, Monsterwesen, Säulenfresser, Drachenreiter. Er umrundete auf der Plattform des mächtigen Turmgevierts den achteckigen Turmaufsatz, der sich an die dreißig Meter über ihm hinauf in schwindelnde Höhen erhob – keine Spur vom Nikolaus.

Schließlich stieß er auf den abgesperrten Zugang zu einer schmalen steinernen Wendeltreppe, die sich außen am Turm kunstvoll gedreht zur nächsten Plattform hinaufwand. Er blickte in das breite Gesicht eines in Stein gehauenen Kopfes mit einer schrägen Zipfelmütze. Hans Schweiner, der Baumeister des Turms, hatte sich vor einem halben Jahrtausend dort oben in einem Fries verewigt, genau dort, wo der Aufstieg zu seinem zeitkritischen Kunstwerk begann, als wollte er dem Turmbesucher sagen: Hier geht's hinauf! Schau dir alles gut an!

Eisele kletterte über die verschlossene Gittertür und setzte vorsichtig seinen Fuß auf die erste Stufe, wagte nicht, nach unten zu sehen, stützte sich vorsichtig mit den Händen nach beiden Seiten ab, während er Stufe um Stufe erklomm, bis ihn am Ende ein lebensgroßer steinerner Wächter mit finsterer Miene empfing.

Jetzt stand er auf dem schmalen Umgang um den »Tanzboden«, wie dieses Turmgeschoss genannt wurde, angeblich, weil sich dort in der Fantasie des Volkes die reichen Heilbronner Ratsherren hoch über der Stadt vergnügt haben sollten. Was für eine Vorstellung! Die hatten doch lieber drüben im Ratskeller beim Wein gesessen. War dieses siebte Turmgeschoss nicht eher nach dem Tanz der Ungeheuer, die hier überall herumgeisterten, so genannt worden?

Die Fratzen der Wasserspeier grinsten auf ihn herab: ein doppelköpfiger Greif mit Menschengesichtern, ein gehörnter Teufel, ein Adler mit aufgerissenem Schnabel – und da? War das nicht Adam aus der Schöpfungsgeschichte? Ein Mann mit Greisengesicht, Vollbart und Glatze biss in einen Apfel und schaute düster auf ihn nieder, als wollte er ihm sagen: »Gott sei dir armem Sünder gnädig!«

Eisele riss die Augen weit auf, um in der einsetzenden Dämmerung Einzelheiten besser erkennen zu können. Und tatsächlich: Dort oben im Turmaufsatz blitzte für einen Moment etwas Rotes auf. Der Mantel des Nikolaus! Eisele suchte nach einer Möglichkeit, dort hinaufzukommen, und fand schließlich an der Nordostseite des Tanzbodens eine noch schmalere Treppe, die nach oben führte.

Mühsam zwängte er sich hoch. Ihm wurde mulmig. Was hatte er bloß begonnen! Wollte er etwa ganz allein den Dieb da oben stellen, ihn verhaften und anschließend abführen? Und wenn der nicht freiwillig mitkam?

Jetzt war er schon mal oben! Er nahm seinen ganzen Mut zusammen und zwängte sich ächzend durch die enge Öffnung bis zur nächsten Ebene.

Der Nikolausmantel – da war er! Er hing an einem Pfeiler zwischen den großen Fensteröffnungen und bewegte sich leicht im Wind, der durch die Arkaden des offenen Helmaufsatzes zog. Wo aber war der Kerl, der in ihm gesteckt hatte? Er konnte unmöglich an ihm vorbeigeturnt sein! Vorsichtig blickte Eisele nach unten.

Da sah er ihn über die untere Plattform laufen. Er hatte ihn also doch ausgetrickst! Vermutlich, als er auf dem schmalen Umgang des Tanzbodens gestanden, nach oben geschaut und überlegt hatte, wie er nun da hinauf kommen sollte, hatte Nikolaus auf der gegenüberliegenden Seite abgewartet, bis er im Innern der Tanzbodenstube die Treppe hochkroch, und war dann über die äußere Wendeltreppe nach unten gelaufen.

Jetzt stand er hier oben mit dem Nikolausmantel in der Hand und der Hallodri war ihm entwischt! Scheibenkleister! Hochgelockt hatte er ihn, um ihn dann endgültig abzuhängen! Und er hatte gedacht, er hätte ihn in der Falle!

Wütend warf Eisele den Mantel durch das Treppenloch in den Tanzboden hinunter und folgte ächzend nach, dann die Wendeltreppe. Den Mantel steckte er unter seine Lederjacke, Spurensicherung hin oder her.

Vom bloßen Hinschauen wurde ihm schon schwindelig! Eisele stieg die Treppe lieber rückwärts hinunter wie eine Leiter, um nicht in die Tiefe hinunter auf den Marktplatz mit seinem fröhlichen Weihnachtsmarkttreiben blicken zu müssen. »Vom Himmel hoch, da komm ich her«, dudelte es zu ihm herauf. Wie sinnig!

Endlich war er unten, öffnete die Tür zur Windgasse und schaute mechanisch nach links und rechts. Natürlich keine Spur mehr von dem Kerl. Mit dem Nikolausmantel unter dem Arm machte er sich auf den Weg zurück zum Polizeipräsidium.

»In einer Tasche des Mantels haben wir das da gefunden!« Der Kollege von der Spurensicherung legte ihm eine Zellophantüte auf den Schreibtisch, in der eine aus einer Zeitschrift herausgerissene Anzeige steckte. Altdeutscher Weihnachtsmarkt Bad Wimpfen – das nächste Anschlagsziel?

»Wir haben auch Fingerabdrücke festgestellt – nicht nur Ihre –«, grinste der Beamte, »und haben sie gleich an den Erkennungsdienst gegeben. Die Ergebnisse sind eben gekommen.«

Eisele sah überrascht auf.

»So schnell? Gute Arbeit!«

Geschmeichelte berichtete der Beamte: »Kleinkrimineller aus Heidelberg, Drogendelikte, Ladendiebstahl, Garderoben in Arztpraxen und Festhallen hat er auch schon gefilzt. Hier sind Name, Adresse und ein Polizeifoto.«

Als der Kollege ihm stolz den Computerausdruck überreichte, wuchs seine Spannung. Bisher hatte er den Nikolaus nur aus der Ferne gesehen. Das war er also: Felix Fischer, Heidelberg. Eisele blickte in das sympathische Gesicht eines Mannes in den Dreißigern, jugendliches Aussehen, schulterlange blonde Locken, kleine Falten um die Augen, lachende blaue Augen, die Mundwinkel leicht zu einem spöttischen Grinsen verzogen, als ob er sich über den Polizeifotografen lustig gemacht hätte.

»Die Kollegen in Heidelberg sind bereits verständigt«, sagte der Beamte von der Spurensicherung unter der Tür.

Da klingelte sein Telefon.

»Stadtverwaltung, Schmidt, guten Tag. Wir haben heute Morgen einen mysteriösen Fund gemacht. Im Foyer des Rathauses unter dem Weihnachtsbaum lag ein Nikolaussack, mit rotem Band verschlossen und einer Karte mit schönen Grüßen vom Nikolaus.«

»Lassen Sie mich raten«, schob sich Eisele dazwischen, »im Sack waren lauter Geldbörsen und Brieftaschen, ohne Scheingeld, aber mit allen Ausweisen und Karten.«

»Genauso, wie sie sagen«, antwortete Schmidt überrascht, »dazu noch ein ganzer Schwung Schokoladennikoläuse. Was sollen wir jetzt damit machen?«

»Wir schicken einen Beamten vorbei!«, tröstete ihn Eisele und ließ sich mit einem Seufzen zurück auf seinen Schreibtischstuhl fallen.

Junge, Junge, der hat Nerven!, dachte er. Noch nach der Verfolgungsjagd seinen schrägen Plan durchziehen!

Er ließ sich mit der Zentrale verbinden, fragte nach eingegangenen Anzeigen wegen Taschendiebstahls auf dem Weihnachtsmarkt.

»Jede Menge«, sagte die Dame am Telefon. »Der muss vorgestern richtig abgesahnt haben. Dreißig Leute haben sich bisher gemeldet, Summen von 50 € bis 800 € wurden gestohlen, insgesamt an die 12.000 Euro!«

Das nahm langsam drastische Dimensionen an. Wenn er die Beute aus der Weihnachtsfeier der IHK mitzählte, 22.000 Euro in wenigen Tagen! Und am Wochenende war Altdeutscher Weihnachtsmarkt in Bad Wimpfen, wo zig Busse aus ganz Süddeutschland erwartet wurden mit vielen Tausend Besuchern!

Eisele öffnete auf seinem Bildschirm einen Stadtplan von Bad Wimpfen und vergrößerte den Altstadtbereich. Er überlegte. Polizeibeamte waren sowieso vor Ort, schon wegen der Terrorgefahr. Die Zugänge zur Altstadt müssten aber zusätzlich gesichert werden, dazu weitere Streifen auf dem Markt selbst. Das Täterfoto sollte heute noch an alle Beamten vor Ort gegeben werden.

Ob er wieder im Nikolauskostüm unterwegs sein würde? Eher unwahrscheinlich, fand Eisele, zu auffällig nach dem, was er sich bisher geleistet hatte.

Zwei Tage später. Felix Fischer war in seiner Wohnung in der Heidelberger Altstadt von der dortigen Polizei nicht vorgefunden worden, was Eisele eigentlich nicht überraschte. Unbekannt verzogen, hatten die Mitbewohner seiner Wohngemeinschaft behauptet. Er beschloss, selbst nach Heidelberg zu fahren und sich diese WG einmal näher anzusehen.

Als er vom Bahnhof Richtung Altstadt ging, klappte er den Kragen seiner Lederjacke hoch und zog die Mütze tief in die Stirn. Es hatte ungemütlich zu nieseln begonnen und ein scharfer Wind zog durch die Häuserzeilen. An den Hausnummern der Hauptstraße, die er während seines Marsches verfolgte, sah er, dass er noch ein ganzes Stück vor sich hatte.

Kurz vor der Heiliggeistkirche blickte er sich um. Hier musste es irgendwo sein. Er suchte den Hauseingang und fand ihn schließlich versteckt, nach hinten versetzt, neben den Schaufenstern einer Apotheke. Eisele studierte die Klingelschilder und entdeckte schließlich unter einem vergilbten Tesafilmstreifen auch Fischers Namen. Er klingelte.

Nach dem dritten Versuch summte schließlich der Türöffner und Eisele stieg die breiten, schief getretenen Holzstufen im geräumigen Treppenhaus des Altbaus bis zum zweiten Stock hoch. Eine junge Frau mit halblangen Haaren und Zahnspange öffnete ihm.

Er versuchte ein möglichst freundliches Gesicht zu machen. Wenn er sich mit *Kriminalpolizei* vorstellte und den Leuten seinen Dienstausweis vor die Nase hielt, zuckten diese meist zusammen, wichen eingeschüchtert zurück und blieben misstrauisch. Ihre Gesprächsbereitschaft fiel dann dementsprechend eher mager aus.

»Ich möchte nur eine kleine Auskunft«, begann er vorsichtig, »kennen Sie Herrn Fischer?«

»Was wollen Sie von ihm?«, fragte sie mit leicht vorwurfsvollem Unterton. Dann besann sie sich kurz, sah unschlüssig in die Wohnung zurück, und bevor Eisele zu einer Antwort ansetzen konnte, bat sie ihn herein, führte ihn in ein Wohnzimmer mit kleiner Sitzecke, einem großen Esstisch mit sechs Stühlen und einem übervollen Bücherregal, das die ganze Längswand ausfüllte. Sie bat ihn, Platz zu nehmen, und verschwand aus dem Raum.

Wenig später betrat ein junger Mann den Raum, kahler Schädel, Hals und Unterarme tätowiert, Piercings an Nase, Lippen und Ohrmuscheln. Ohne darauf zu warten, dass sich Eisele vorstellte oder den Grund seines Besuches erklärte, deckte er ihn mit einem Wortschwall ein.

»Hi. Ich bin Andy. Sie suchen Felix? Leider können wir Ihnen da nicht weiterhelfen. Felix ist seit drei Wochen nicht mehr hier gewesen. Macht er öfters. Mal ist er mit einem Zirkus unterwegs, mal ist er auf Reisen. Wir haben keine Ahnung, wo er gerade steckt.«

»Was ist Felix denn eigentlich von Beruf?«, fragte Eisele in aller Ruhe. Er zog es vor, den Vornamen zu nennen, um das Gespräch auf der lockeren Ebene zu halten, die dieser Andy gewählt hatte.

Andy lachte und antwortete wieder sehr ausführlich.

»Fragen Sie mich was Leichteres. Was soll ich da sagen? Theaterwissenschaften hat er studiert, ein paar Semester, dann Psychologie, auch ein bisschen Philosophie. Es ist so: Felix arbeitet nur nebenbei und wenn überhaupt, dann phasenweise, als Jongleur auf Volksfesten, als Zauberer bei Kindergeburtstagen, als Tierwärter im Zoo – Gelegenheitsjobs und eben nur, wenn er dringend Geld braucht. Am liebsten tritt er als Clown und Zauberkünstler im Kinderkrankenhaus auf, ehrenamtlich. Da nimmt er dann natürlich kein Geld.«

»War er auf Drogen?«

Andy zögerte, runzelte die Stirn und schaute zum ersten mal etwas misstrauisch. »Abhängig war er nicht«, antwortete er – diesmal deutlich spärlicher – »ab und zu ein Joint vielleicht, aber nie exzessiv. Ist was mit ihm?«

Eisele seufzte. Was er da über seinen Nikolaus gehört hatte, machte ihm seine Aufgabe nicht gerade leichter. Das klang alles mehr nach einem liebenswürdigen Spinner, der es mit den Gesetzen nicht so genau nahm, aber eigentlich kein Schwerverbrecher war. Doch wenn er an die Summen dachte, die er sich ergaunert hatte, das war schwerer Diebstahl! Was das anging, hatte er keine Schonung verdient.

Auf Andys Frage antwortete er nur: »Wir suchen nach ihm, hoffentlich macht er keine Dummheiten. Mehr kann ich Ihnen dazu nicht sagen.« Eisele zog einen Zettel aus der Tasche und notierte seine private Handynummer. »Falls er auftaucht, soll er mich mal anrufen.«

Andy verzog leicht sein Gesicht.

»Sind Sie etwa sein Vater?«

Eisele lachte, stand auf, bedankte sich für das Gespräch und ging, bevor er seine Identität preisgeben musste.

Scharf zeichnete sich die Silhouette der Stauferpfalz Wimpfen oben auf dem Berg gegen den hellen Abendhimmel ab. Sein Fahrer bog nach der Neckarbrücke zur Oberstadt ab, wenig später parkte er den Wagen beim Bahnhof. Eisele warf einen anerkennenden Blick auf das schmucke Gebäude aus braunem Schilfsandstein, das er gut kannte. Wie aus dem Katalog für Modelleisenbahnen, dachte er leicht wehmütig. Vor 150 Jahren schien man noch Wert gelegt zu haben auf eine Architektur, die in die Landschaft passte.

Er stieg aus und ging zu den Kollegen hinüber, die auf dem Parkplatz neben dem Bahnhof in einem Streifenwagen Stellung bezogen hatten. Alles ruhig, wurde ihm versichert, auch an den anderen Positionen der Stadt.

Er nickte ihnen noch mal zu und machte sich auf den Weg in die Altstadt, flanierte durch die Straßen und Gassen des Burgviertels mit den schönen alten Fachwerkhäusern, am Steinhaus aus dem 13. Jahrhundert vorbei – dem größten Wohngebäude der Kaiserpfalz – zum blauen Turm mit seinem Stützkorsett, das bis zur fertiggestellten Sanierung verhindern sollte, dass das weithin sichtbare Wahrzeichen der Stadt in sich zusammenfiel, stieg eine der schmalen Treppenwege hinunter zur Hauptstraße, wo sich die Buden eng aneinanderdrängten und an diesem Spätnachmittag bereits Scharen von Besuchern strömten. Was für eine Kulisse für einen Weihnachtsmarkt!

Eisele vertiefte sich in die Auslagen eines Töpfers, genehmigte sich dann einen Glühwein und bummelte anschließend in Richtung Marktbrunnen, schräg gegenüber vom Wimpfener Polizeiposten.

Er fühlte sich in seine frühen Berufsjahre zurückversetzt. Das war seine erste Dienststelle vor Jahrzehnten gewesen! Was waren das noch für Zeiten mitten in den 80er-Jahren, noch vor der Wiedervereinigung, in der guten alten Bonner Republik.

Vor einem Bratwurststand bemerkte er eine Menschentraube.

»Meine Handtasche, halt! Bleiben Sie stehen!«

Eine resolute Dame schwang ihren Regenschirm und versuchte sich durch die anstehenden Kunden zu schieben. Eisele stellte sich auf die Zehenspitzen, hob den Kopf, um besser sehen zu können. Da war er! Er trug einen grünen Parka und eine dunkelblaue Pudelmütze, unter der seine langen blonden Locken hervorquollen.

Er sah, wie der Wurstverkäufer ihn am Kragen packte, hörte, wie er nach der Polizei rief, da stieß Fischer mit dem Fuß gegen die Gasflasche neben dem Grill, dass sie umkippte und drohte, den halben Stand mitzureißen. Entsetzt ließ der Wurstmann den Taschendieb los und versuchte das drohende Unheil noch aufzuhalten.

Fischer warf die Handtasche über die Köpfe hinweg weit in die Menge hinein und nützte das anschließend ausbrechende Chaos, um Hals über Kopf zu fliehen. Eisele verlor keine Sekunde, boxte sich durch das Gedränge und folgte ihm den Marktrain hoch zum Marktplatz.

Bei der Stadtkirche hatte er schon deutlich aufgeholt. Fischer schien sich bei seinem Tritt gegen die Gasflasche verletzt zu haben. Er hinkte leicht. Jetzt bog er in die Mathildenbadstraße ein und flüchtete in Richtung Alter Friedhof.

Fischer sah sich um, bemerkte, dass Eisele immer näher kam, nahm seine ganze Kraft zusammen und lief auf den schmalen Weg, der unter der Stadtmauer vorbei Richtung Tal führte. Eisele keuchte, hielt sich die schmerzende rechte Seite. Sollte er stehen bleiben und die Kollegen unten am Bahnhof mit dem Handy verständigen, damit sie ihn aufhielten? Aber in dieser Zeit wäre Fischer längst auf und davon, vielleicht auch wieder den schmalen Seitenweg hoch zur Altstadt gelaufen, der da vorne abzweigte. Nein, er musste ihm jetzt folgen, Fischer durfte ihm nicht schon wieder entwischen.

Vor dem Bahnhof hatte er ihn fast erreicht. Vielleicht noch fünfzig Meter waren sie auseinander. Da blinkte das rote Warnlicht auf und die Schranken senkten sich. Würde es Fischer noch schaffen?

Nein! Die Schranken waren zu! Erleichtert verlangsamte Eisele sein Tempo. Fischer stand ratlos vor der geschlossenen Schranke. Nur noch wenige Meter! Doch was machte der Kerl da? Während der Eilzug aus Richtung Heilbronn schon bedrohlich herandonnerte, zwängte sich Fischer unter der geschlossenen Schranke hindurch, um in letzter Sekunde doch noch die Gleise zu überqueren.

Eisele stürzte los, bekam gerade noch seinen Parka zu fassen und riss ihn zurück.

»Sind Sie wahnsinnig geworden?!«

Vor der Bahnschranke sackte Fischer zusammen, kauerte auf dem Boden und versteckte seinen Kopf in der Armbeuge. Eisele beugte sich zu ihm hinunter, rüttelte ihn leicht an der Schulter, redete beruhigend auf ihn ein, um sich zu vergewissern, dass er nicht verletzt war. Da stürmten seine Kollegen herbei, die da drüben vor dem Bahnhof Position bezogen und das Geschehen atemlos verfolgt hatten, und nahmen ihn fest. Willenlos ließ er sich abführen.

Eine Woche später fand Eisele eine Karte in seiner Post, selbst gemalt. Nikolaus und Osterhase Arm in Arm, die ihm fröhlich zuwinkten. Auf der Rückseite las er: »Sie haben mir vermutlich das Leben gerettet. Ich konnte mich noch gar nicht bei Ihnen bedanken. Frohe Weihnacht und schöne Grüße vom Nikolaus!«

Dinnele (Dinnete)

Teig
1/2 Würfel Hefe
250 g Mehl (Dinkelmehl)
1/8 l lauwarmes Wasser
1/2 Teelöffel Salz
1/2 Teelöffel Zucker
4 Esslöffel Öl (Olivenöl)

Belag
2 Zwiebeln
100 g Räucherspeck (gewürfelt)
150 g Saure Sahne
1 EL Öl (Olivenöl)
Schnittlauch
Pfeffer
1 Prise Salz
Kümmel

Die zerbröselte Hefe in dem lauwarmen Wasser mit dem Zucker etwa 10 Minuten auflösen. Mehl in eine Backschüssel geben, die Hefe mit dem Wasser und die übrigen Zutaten hinzufügen und zu einem Teig verkneten. An einem warmen, zugfreien Ort aufgehen lassen.

Inzwischen die Zwiebeln schälen und fein würfeln und in einer Pfanne mit dem Öl bei mittlerer Hitze anschwitzen, bis die Zwiebeln glasig sind, dann die Speckwürfel kurz dazugeben, untermischen und vom Herd nehmen.

Ein Blech mit Backpapier auslegen und handgroße, dünne Teigfladen darauflegen. Den Schnittlauch in feine Röhrchen schneiden und mit der Sahne unter die Zwiebeln mit dem Speck heben. Kümmel, Pfeffer und Salz nach Belieben dazu, dann auf die Teigfladen streichen.

Im Backofen in der Mitte (Umluft 160 Grad) etwa 25 Minuten backen, bis der Teigrand leicht Farbe angenommen hat. Lässt sich auch bestens einfrieren und wieder aufbacken.

Inspiration

Sinsheim

Weihnachten mit der Familie. Ab März freute ich mich meist darauf. Zum Frühling hin waren die Streitereien vom letzten Fest vergessen, zumindest verblasst, und die Vorstellung friedlicher Tage im Kreis der Familie nahm überhand.

Im Sommer besorgte ich bereits die Geschenke für jeden, im November fertigte ich für alle noch eine Kleinigkeit selbst an. Ein paar gestrickte Socken, ein aromatisiertes Öl, eine personalisierte Seife oder Pralinen. In dieser vorweihnachtlichen Stimmung traf mich Mutters E-Mail-Nachricht wie ein Keulenschlag.

»Ihr Lieben!«

Wie ich diese Anrede hasste, eine Floskel, die selten so gemeint war. »Liebe Johanna« wäre nett gewesen oder »mein liebes Kind«. Doch es kam noch besser.

Sie gab Verhaltensregeln für die drei Tage vor, die wir im Elternhaus verbringen würden. Die Kleiderordnung für den Heiligen Abend war festlich elegant und für die Feiertage Cocktail.

Sogar gewünschte Gesprächsthemen teilte sie mit. »Gerne Persönliches aus dem beruflichen Umfeld. Keine Politik, das schließt Parteien, Kanzlerin und Flüchtlinge ein. Auch kein Trump.«

Ich verschluckte mich und bekam einen Hustenanfall.

Berufliches? Bei mir lief es zurzeit nicht sehr erfolgreich. Ich hatte eine Schreibblockade, Anfragen zu Lesungen waren selten. Um nicht am Hungertuch zu nagen, hatte ich einen Job angenommen, über den ich nicht reden konnte.

Aber es ging weiter mit Mutters Ansagen.

»Und nun zum Essen. Es wird keinerlei Rücksicht mehr auf vegan, vegetarisch, Laktose und Gluten genommen. Auch über Histamin möchte ich mich nicht mehr informieren. Ich koche frisch, es gibt den traditionellen Lummelbraten. Dazu Kartoffelbrei und Rotkohl. Ich kann euch sagen, was überall drin ist und verspreche, dass jeder etwas zu essen findet, egal welcher Moderichtung er gerade nachgeht. Hungrig muss keiner vom Tisch.«

Ich schluckte. Das sah meiner Mutter überhaupt nicht ähnlich. Nach dem letzten Fest konnte ich die Sache mit dem Essen zwar irgendwie verstehen – für jeden eine Extrawurst zuzubereiten, war anstrengend – aber dass Verhaltensregeln aufgestellt wurden, erschien mir ... Ja, wie eigentlich? Mir fehlten die Worte. Stattdessen lachte ich, doch mein Heiterkeitsausbruch schlug nach ein paar Sekunden in Hysterie um.

Das Telefon riss mich aus der Stimmung. Mein Bruder Sebastian. Er verlor keine Zeit. »Was hältst du denn davon? Und was zum Teufel bedeutet festlich elegant? Was ist in unsere Mutter gefahren?«

So wie ich Sebastian kannte, hatte er die E-Mail nicht komplett gelesen. Er war spontan, direkt, aufbrausend, ich eher die Besonnene. Ganz am Ende, nach den Vorschlägen für Geschenke, als P.P.P.S. stand, dass Mutter sich freue, uns Karl vorzustellen. Wer war Karl?

»Das wird Karls Einfluss sein«, sagte ich. Die einzige Komponente, die neu in Mutters Leben schien.

»Du kennst Karl?«, fragte Sebastian.

»Nein, aber von ihm schreibt sie. Du denn? Wer ist er?«

»Echt? Habe ich überlesen. Ganz netter Typ, Mutter hat ihn beim verkaufsoffenen Sonntag oder auf dem Kunsthandwerkermarkt in Sinsheim kennengelernt. Ein Maler, Künstler. So sieht er auch aus. Lange Haare, Dreitagebart. Macht einen guten Eindruck. Dieser Mist ist nicht von ihm. Das passt überhaupt nicht.«

Mutter hatte mir nichts von einem Bekannten erzählt. Ich hatte keinerlei Hinweise auf eine Veränderung in ihrem Leben entdeckt. Doch jetzt sah ich einiges in einem anderen Licht. Ihre Anrufe waren weniger geworden. Jedes Telefongespräch brach sie nach kurzer Zeit ab. Wenn ich genau überlegte, hatte ich im letzten halben Jahr immer den Kontakt aufrechterhalten. Es kamen weder Einladungen zum Kaffeetrinken am Sonntagnachmittag noch zum Shoppen in der Innenstadt oder zu einem Besuch im Technikmuseum. Himmel, wie hatte ich so blind sein können?

»Weißt du mehr über ihn?«, fragte ich innerlich aufgewühlt und alarmiert, doch meiner Stimme merkte man nichts an.

»Warte mal, lass mich nachdenken.« Einen Moment blieb es still in der Leitung. »Sie hat mir seinen Nachnamen genannt. Und er hat mir sogar eine Visitenkarte gegeben. Wenn ein Künstler so was hat, dann ist er doch wer, oder? Also seriös, meine ich. Er stellt seine Bilder und Skulpturen auch regelmäßig aus.«

Ich hörte, wie er sich mit dem Telefon auf die Suche nach der Visitenkarte begab, und las weiter Mutters elektronischen Brief. »Bitte nehmt von selbst gemachten Geschenken Abstand. Keine Socken!«

Es stand wirklich ein Ausrufezeichen dahinter. Rotweiß geringelt hatte ich ihr dieses Jahr gestrickt. Meine Wut, Unverständnis und Enttäuschung wuchsen. Wie hatte *ein* Mann sie so verändern können?

»Ich wünsche mir neue Fotos von euch oder Bilder. Ich möchte die Wände neu gestalten. Es wird Zeit, dass der alte Mief verschwindet«, las ich.

»Karl Walter Laumann. Klingt doch harmlos, oder?« Atemlos hauchte Sebastian den Satz in den Hörer. Trotzdem hörte ich seine Unsicherheit. Das war nichts Neues, ich war die große Schwester, an der er sich orientierte. Bei mir suchte er stets Rat.

»Was machen wir denn jetzt? Für die Geschenkeliste bin ich echt dankbar. Aber dass wir Kinder untereinander nichts mehr schenken sollen, finde ich nicht gut. Ich hab schon was für dich und Konrad. Wobei, nach letztem Jahr kann ich ihren Vorschlag nachvollziehen.«

Sebastian, der Für-alle-und-alles-immer-Verständnis-Habende. Ganz anders als unser Bruder Konrad. Er war der Dritte im Bunde. Der Mittlere, der irgendwie aus der Art geschlagen schien. Seltsamer Humor, noch schräger als mein eigener. Das spiegelte sich in seinen Geschenken wider. Peinliche Nippsachen, die Geschlechtsteile darstellten, waren seine Spezialität. Mutter lief jedes Jahr rot an und verschwand hektisch in der Küche.

Konrad musste immer provozieren. Mutters Liste war für ihn eine Steilvorlage, das Weihnachtsfest zu boykottieren. Was hatte sie sich dabei gedacht?

»P.P.P.P.S. Konrad, auch du hast dich daran zu halten. Sonst weist Karl dich in die Schranken.«

Ich war jetzt schon auf Konrads Reaktion gespannt. Auf jeden Fall musste ich das mit Mutter klären.

»Sebastian, ich ruf sie an und frage, was das bedeutet. Das klingt alles nicht nach ihr.«

»Sag ich doch. Aber Karl traue ich das auch nicht zu. Melde dich, wenn du mehr weißt.«

Zunächst jedoch las ich die E-Mail ein zweites Mal. Selbst der Umstand, dass Mutter nun tatsächlich mal ihren Computer nutzte, war ein Ereignis. Die Empfänger der E-Mail waren Konrad, Sebastian und ich. Auf CC stand KWL@Kunst mit der Endung eu.

»Na, dann googeln wir dich mal«, murmelte ich. Die Webseite war nichtssagend. Ein aussagekräftiges Foto von ihm suchte ich vergebens. Es gab nur eins, das ihn im Profil zeigte, weich gezeichnet und ein wenig unscharf. Sein Lebenslauf war nichtssagend. Autodidakt. Abstrakte Malerei, seine Skulpturen genauso. Er verband Gegenstände, die andere Leute wegwarfen, zu etwas Neuem. Mal mit der Heißklebepistole, mal mit dem Schweißgerät.

»Der Müll-Künstler«, nannte ihn eine Journalistin.

Es war eine Handynummer angegeben. Ich zögerte nur kurz. Die Mailbox sagte mir, dass Karl Wolfgang nicht zu erreichen sei, er aber gerne zurückrief, wenn man seine Nummer hinterließ. Die Stimme war dunkel und präsent. So einer konnte meine Mutter um den Finger wickeln. Und seit Vaters Tod war einige Zeit vergangen. War sie nun anfällig für solche Schwindler?

Ohne Zweifel war er für mich ein Heiratsschwindler, der sich ins gemachte Nest legen und meine Mutter über den Tisch ziehen wollte. Sie war wohlhabend und unabhängig, sah gut aus und war mit ihren achtundsechzig Jahren noch sehr fit.

KWL suchte ein gemachtes Nest.

Mutter sah das ganz anders, wie ich bei unserem Telefonat erfuhr. »Aber Kind, endlich hat mir jemand die Augen geöffnet. Mein Leben ist doch noch nicht zu Ende, aber die mir noch verbleibende Zeit zu kostbar, um mich zu ärgern. Du weißt doch selbst, was für ein Stress die letzten Weihnachtsfeste immer waren. Dieses Jahr gibt es klare Regeln, an die sich alle halten, und wir werden alle eine schöne Zeit haben.«

»Kann ich Karl vorher mal kennenlernen?«

»Er ist sehr beschäftigt. Der Sinsheimer Kunstverein plant eine Ausstellung mit seinen Werken. Ich kriege ihn selbst kaum zu Gesicht. Und die wenige Zeit, die wir haben, verbringen wir lieber allein. Aber wir sehen uns ja Heiligabend. Ich freu mich so. Sei bitte auch pünktlich um 17.00 Uhr da.«

Meine Recherchen ergaben ein anderes Bild als das, was Mutter mir erzählte. Von wegen Sinsheimer Kunstverein. Weihnachtsflohmarkt in der Elsenzhalle, wo er in der Scheune seine Werke zur Schau stellte, wie ich auf einer Ankündigung im Internet las.

Ich ging hin. Aufs Verkleiden und das Schlüpfen in andere Rollen war ich geschult, seit ich meinem Nebenjob nachging. Fertig gestylt, erkannte mich selbst meine Mutter nicht mehr.

Als amerikanische Blondine schlenderte ich mit hohen Absätzen und einem Webpelzmantel, der mich zwanzig Kilo schwerer aussehen ließ, entlang der Stände. Ein breiter texanischer Akzent tat das Übrige.

»How wonderful. Great!«, bestaunte ich KWLs Werke. Der Künstler war sichtlich geschmeichelt. Beim Reden fuchtelte ich mit den Händen und ließ den dicken Brillantring aufblitzen. »Das würde wonderful aussehen in meinem Jagdzimmer, ich muss es haben!«

Das Bild, vor dem ich stehen blieb, war ein Gewusel aus roten und grünen Farbstrichen und konnte alles bedeuten. *Natur und Tod* war der Titel, was ich wiederum ansprechend fand. Im Gegensatz zum Preis. Zweitausendachthundert Euro. Der spinnt, dachte ich, zeigte aber weiter großes Interesse.

Er scharwenzelte um mich herum, hofierte mich und flirtete, was das Zeug hielt. Ich ging auf sein Flirten ein und schließlich verabredeten wir uns zum Abendessen. Meine Frage, ob denn ein so gut aussehender und interessanter Mann keine Frau an seiner Seite habe, kommentierte er: »Jetzt weiß ich, dass ich nur auf Sie gewartet habe.«

Das Essen war furchtbar. Karl Wolfgang, ein Poser, Angeber und Lügner vor dem Herrn. Ich fragte, wie er denn Weihnachten verbringe, und bekam eine Geschichte aufgetischt, die mir den Atem verschlug. Er müsse bei seiner Schwester feiern, eine alte, einsame Frau, die sehr an ihm hing. Er zeigte mir sogar ein Foto auf dem Handy. Mutter saß wenig vorteilhaft auf einem Sessel, man sah jeden Bauchring, und schaute dümmlich in die Kamera. Ein Schnappschuss, der sie unerwartet getroffen hatte. Sie sah etwas debil aus.

Mir wurde übel. Mehr Hinweise brauchte ich nicht, mein Plan stand fest.

Mein Nebenjob hatte mir gerade ein fünfstelliges Honorar eingebracht und ich kaufte dieses Bild.

Mein festliches Outfit für Heiligabend bestand aus einem knielangen schwarzen Rock mit rotem Paillettenoberteil. Meine Haare hatte ich zu einem einfachen Knoten gebunden und nichts brachte mich mit der aufdringlichen Amerikanerin in Verbindung. Das Wiedersehen mit allen Familienmitgliedern war nicht so ausgelassen wie die Jahre zuvor. Jeder riss sich zusammen, alle hatten sich an den Dresscode gehalten. Karl Wolfgang sah in seinem schwarzen Anzug unverschämt gut aus. Mutter himmelte ihn an. Das brachte meinen Plan fast ins Wanken, doch dann dachte ich an die Socken und meine Unsicherheit verschwand.

Wie jedes Jahr gab es den Champagner pünktlich um 17.30 Uhr am Weihnachtsbaum. Anscheinend war ich die Einzige, die Karl offiziell nicht kannte. Er gab mir seine Hand, sah mich prüfend an, verlor jedoch schnell das Interesse.

»Dieses Jahr hat sich Karl um den Baum gekümmert«, sagte Mutter. »Ist er nicht toll?«

Ein Müllbaum. Konnte man etwas anderes von diesem Künstler erwarten? Alureste, kleine Tetrapacks, Kronkorken hingen von den grünen Zweigen und bewegten sich im künstlichen Kerzenschein. Vater würde sich im Grabe umdrehen. KWL, wie ich ihn in Gedanken nur noch nannte, gefiel sich in der Rolle des Hausherrn, was anscheinend nur mir aufstieß. Die Geschenke wurden überreicht und ich war überrascht, dass sich jeder an Mutters Wünsche gehalten hatte. Selbst Konrad. Sein Porträt wirkte auf den ersten Blick sehr spießig, beim intensiven Hinschauen sah man seine persönliche Note. Nackte Hintern auf dem Hemd, eine obszöne Geste des linken Mittelfingers. Mein Bruder und ich lachten uns verschwörerisch zu. Karl schien es auch bemerkt zu haben und ich sah sein verschmitztes Grinsen. Das verging ihm, als Mutter mein Geschenk auspackte. »Oh, wie schön, wunderbar«, kommentierte sie *Natur und Tod*. »Es passt wunderbar ins Wohnzimmer, über das Sofa.«

Ihr »wunderbar« erinnerte sehr an mein texanisches »wonderful« und Karl zuckte zusammen. Er betrachtete mich ungläubig, blieb aber stumm.

»Darf ich dir beim Tischdecken helfen, Mutter?«, fragte ich, um seinen Blicken zu entgehen. Als wir unter uns waren, nahm sie mich auf einmal in den Arm. »Du bist doch nicht böse auf mich, meine Kleine, oder? Ich wollte dir das mit den Socken eigentlich gar nicht sagen, weil ich es immer so lieb von dir fand. Aber getragen habe ich sie nie. Karl meinte, das wäre doch Verschwendung und außerdem auch nicht nett von mir. Ehrlichkeit wäre wichtig, gerade in der Familie. Und da hat er natürlich recht.«

Ein wenig sprachlos machte mich ihr Reden schon. So kannte ich sie nicht. Irgendwie war dieses Weihnachten bereits jetzt etwas Besonderes.

»Selbst Konrad scheint wie ausgewechselt. So mag ich das Fest«, sagte sie und strahlte über das ganze Gesicht. »Karl wird euch gefallen. Erst war es seltsam, wieder einen Mann im Haus zu haben. Aber jetzt ist es unglaublich schön.« Ihr Strahlen nahm zu. »Bringst du die Teller ins Esszimmer?«, fragte sie. »Der mit zwei Scheiben Braten ist für Karl.«

Gut zu wissen. Unbeobachtet gab ich die Flüssigkeit in die Sauce. Rizin. Eine gewaltige Dosis. Das Darknet war eine unglaubliche Fundgrube und unverzichtbar für meinen Nebenjob. Die Gewürze und der kräftige Schinken nahmen den fremden Geschmack auf. Ich war gespannt, wie lange es dauern würde.

Beim Essen sprachen wir über alles Mögliche und ließen die aktuelle Weltlage außer Acht. Keine Flüchtlinge, keine Politik und natürlich kein Wort über den amerikanischen Präsidenten. Sebastian sprach über seinen Job als Musiklehrer, Konrad über sein Physikstudium. Natürlich hatte ich mir etwas einfallen lassen. Eine Anekdote über meine Recherchen zu dem neuen Krimi. Aber so weit kam es gar nicht.

Karl packte sich ans Herz. Er stöhnte, erhob sich, wobei der Stuhl umfiel. Er taumelte und gab seltsam klingende Laute von sich. Ich beobachtete alles genau, um es später in meiner Geschichte zu verwenden. Es war das erste Mal, dass ich hautnah dabei war, wenn eines meiner Opfer das Zeitliche segnete. Ich spürte bereits jetzt, dass die Regel »Schreibe nur über das, was du kennst« seine Berechtigung hatte. Man war viel intensiver dabei, blieb nicht so oberflächlich. Das war das Tüpfelchen auf dem i, was den Auftragsmorden – mein Nebenjob, um die Haushaltskasse aufzufüllen – fehlte.

Leider dauerte es nicht lange. Noch bevor der Notarzt kam, verstarb KWL. Ich verinnerlichte jedes Zucken, jedes Stöhnen. In meinem Kopf formten sich die

Worte. Ein Plot. Die Ereignisse fügten sich ineinander, ich fühlte eine unendliche Erleichterung in mir. Adieu Schreibblockade, mein nächster Krimi würde ein großer Erfolg. Ein Heiratsschwindler, der mit Rizin sein unfreiwilliges Ende fand. Und das zu Weihnachten. Strike!, dachte ich in Erinnerung an mein Gastspiel als texanische Kunstliebhaberin. Falls Mutter das Bild nicht behalten wollte, würde ich es bei mir aufhängen. Es bekäme einen Ehrenplatz und einen anderen Titel: *Inspiration*, in Erinnerung an Karl Wolfgang Laumann.

Badisches Rinderfilet (Lummelbraten)

Butterschmalz
4 Karotten
3 Schalotten
1.200 g Schwarzwälder Schinken, in dünne Scheiben
geschnitten
800 g Rinderfilet (Lummel)
1 Lorbeerblatt
2 Nelken
Pfefferkörner
1/4 l badischer Rotwein
250 g Sauerrahm

Butterschmalz erhitzen, die klein geschnittenen Karotten und Schalotten mit dem Schinken und den Gewürzen darin andünsten. Sobald das Gemüse Farbe bekommen hat, nehmen Sie es mit dem Schinken aus der Pfanne und braten das Fleisch von allen Seiten an. Die Hitze herunterschalten, Gemüse und Schinken wieder dazugeben und mit dem Rotwein ablöschen.

Nach 20 bis 30 Minuten, je nachdem, wie rosa Sie das Fleisch haben möchten, herausnehmen und kurz ruhen lassen. Erst dann das Fleisch in Scheiben schneiden und mit der Sauce, die Sie mit dem Sauerrahm verfeinert haben, servieren.

Dazu passen Kartoffelbrei und Rotkohl. Guten Appetit!

REGINE KÖLPIN

Die letzten Dichter

Bad Liebenzell

Heinz Bauermeyer bereitete sich auf das Weihnachts-Autorentreffen in Bad Liebenzell vor. Dort wollten die Dichter, allesamt männlich und alleinstehend, die Tage vor dem großen Fest gemeinsam in kreativer Einigkeit verbringen.

Heinz war sehr geschmeichelt, dass ihn die Elite in ihrem erlauchten Kreis aufgenommen hatte. Er war zum ersten Mal dabei. Nachdem eines seiner Gedichte in einer Literaturzeitung erschienen war, hatte der »Kreis der Literaten« ihn eingeladen, dem Treffen probehalber beizuwohnen.

Nun saß Heinz in der kleinen Zubringerbahn, die sich wegen des heftigen Schneefalls nur langsam durch den Nordschwarzwald quälte.

Heinz Bauermeyer kam die Verspätung ganz gelegen, denn er las sein Gedicht nun wohl schon zum zehnten Mal durch, war unsicher, ob es den Ansprüchen der anderen Dichter genügte. Das vorgegebene Thema lautete: *Weihnachtliche Eindrücke angelehnt an die Friedensbotschaft, aber ohne weihnachtliche Klischees!*

Das war nicht leicht. Zum Weihnachtsfest fiel Heinz grundsätzlich nicht viel ein: Er feierte das Fest seit Jahren allein. Von daher verband er, aus alten Erinnerungen heraus, Weihnachten noch immer mit Tannenduft und Engeln. Mit Rentieren und dem Weihnachtsmann auf dem Schlitten. Aber genau das wollte die Literatengruppe ja nicht! Und doch strotzten seine Gedichte immer wieder davon.

Heinz hatte gereimt und gereimt. Alles verworfen. Neu begonnen. Ein Fließtext war ihm nicht geglückt und nun hoffte er, mit Lyrik Aufsehen zu erregen. Lyrik wurde in den erlesenen Dichterkreisen geschätzt, auch die Gattung, wo man nicht reimte und sich Sätze wie zufällig aneinanderreihten. Sonderbare Begrifflichkeiten, die erst bei näherer Betrachtung einen Sinn ergaben. Oder auch nicht. Aber das galt als Literatur, wurde hoch bewertet. Mehr als ein Krimi oder gar eine Liebesgeschichte, die Heinz leichter von der Hand gingen. Vom Humor mal ganz zu schweigen.

Niemals aber würde er sich in dieser Hinsicht outen. Er hatte sich in einer anderen Literaturgruppe mal mit der Bemerkung in die Nesseln gesetzt, auch Romeo und Julia wäre doch schließlich eine Liebesgeschichte und die ganze griechische Mythologie ein einziger Mix aus Krimi und Sex. Abschließend hatte er sich dazu hinreißen lassen, guten Humor als Schreibkunst der hohen Schule zu bezeichnen, was ihm dann das Genick gebrochen und sämtliche Akzeptanz genommen hatte. Die Thesen waren einfach zu frevelhaft und an die Reaktionen mochte er nicht mehr erinnert werden! Danach glaubte er sich am Tiefpunkt angekommen. Liebesromane und Krimis galten in der erlauchten Szene als Trivialliteratur, humorvolle Romane waren Schund. Darüber wurde nicht diskutiert. Einzig Lyrik und tiefsinnige Erzählungen waren das, was man als Literatur durchgehen ließ. Nur wer das schrieb, war ein Schriftsteller, andere Schreiberlinge durften sich gerade so als Autoren bezeichnen.

»Wir lehnen die U-Literatur ab«, waren die Worte des Vorsitzenden gewesen.

Geschriebenes durfte also nicht unterhalten, es musste ernsthaft sein, zum Nachdenken anregen. Am besten unverständlich für Otto Normalverbraucher, dann war es gut. Unter diesem Aspekt versuchte Heinz nun, seinen Text zu betrachten. Kein zweites Mal einen solchen Fauxpas!

Die Ansage im Zug machte deutlich, dass es bis Bad Liebenzell nicht mehr weit war. Heinz zerriss seinen Entwurf. Mit was sollte er sich morgen bloß präsentieren? Womöglich warf man ihn gleich wieder hinaus! Und das, wo er doch endlich dort war, wo er immer hingewollt hatte. Der »Kreis der Literaten« war die Gruppe, nach deren Mitgliedschaft sich ein jeder Dichter sehnte. Es wäre das wundervollste Weihnachtsgeschenk, wenn er dort eine endgültige Aufnahme finden würde.

Kurz war Heinz versucht gewesen, auf dem Schwarzmarkt wieder ein Pfeifchen zu kaufen.

Denn seine besten Texte, oder besser die, die man in der anderen Literaturgruppe für akzeptabel hielt, waren nach intensivem Marihuana-Konsum entstanden, weil ihn nach dem Genuss die verrücktesten Worte heimgesucht hatten.

Der Zug fuhr in den Bahnhof von Bad Liebenzell ein und Heinz hatte keinen Text für morgen. Er nahm sich ein Taxi zum Hotel, das direkt an einem kleinen Bach unterhalb einer Reha-Klinik lag.

Um sich zu orientieren, damit er morgen Nachmittag auf keinen Fall zu spät kam, machte er zunächst einen Spaziergang durch den weihnachtlich geschmückten Ort. Es hatte aufgehört zu schneien und alles lag unter der weißen, makellosen Schneedecke begraben.

Der Brunnen im Kurpark war eingefroren, das Eis bildete eine bizarre Skulptur. Heinz stutzte. Lächelte. Atmete auf! Das war es! Diese Skulptur inspirierte ihn. Das musste thematisch passen, hier war kein typischer Weihnachtsbaum, den er besang, von Engeln und Weihnachtsmännern keine Spur. Heinz fotografierte das Gebilde mit dem Handy, wanderte weiter durch den Park, bis er an einen weißen Pavillon gelangte und dort auf einen schwarzen Schwan traf, der sich den Winter über nicht hatte einsperren lassen wollen. Auch ihn fotografierte Heinz und fühlte sich bereits zum zweiten Gedicht inspiriert. Dann traf er auf den Planetenweg und schon hatte er die Idee Nummer drei. Planeten konnte man lyrisch auch mit Weihnachten verbinden. Und alles ohne Drogen. Er war ein Genie!

Ach, was war er jetzt froh, sich hierher gewagt zu haben. Morgen Nachmittag würde im Kurhaus das Dichtertreffen stattfinden. Sie wollten ihre Projekte vorstellen und dann arbeiten. Am Abend war ein Fondue mit einem regen literarischen Austausch geplant.

Zurück in seinem Zimmer dichtete Heinz, was das Zeug hielt. Drei wunderbare Gedichte kamen dabei heraus, eins sogar ungereimt. Er war sehr stolz auf sich.

Am nächsten Nachmittag machte er sich fast angstfrei auf den Weg zum Workshop, der aber nicht Workshop heißen durfte, weil man im »Kreis der Literaten« Anglizismen in jeglicher Form ablehnte. Es hatte eine rege Diskussion im Forum gegeben, weil man sich nur schwer auf einen anderen Begriff hatte einigen können. Die wörtliche Übersetzung Arbeitsladen klang nicht gut. Trainingslager wurde ebenso abgelehnt wie Schreibwerkstatt. Erstes erinnerte zu sehr an Sport, Schreibwerkstatt hingegen brachte vor allem den Leiter Ludger Breitstirn auf die Palme, weil es sich anhörte, als würde man grobmotorisch mit dem Gedankengut umgehen.

Schließlich hatten man sich nach drei Stunden auf »Dichtertreffen mit aktiver Textarbeit« geeinigt, was allerdings auch keinen unwidersprochenen Zuspruch fand, weil der lyrische und feinsinnige Aspekt eines solchen Treffens keine Beachtung fand und es doch eher plakativ anmutete. Aber da keine anderen Vorschläge eingegangen waren, hatte man es zunächst dabei belassen. Insgeheim fiel Heinz nun der revolutionäre Gedanke an, dass auch das Thema für die Weihnachtslyrik recht sperrig klang, aber es stand ihm nicht zu, den »Kreis der Literaten« zu kritisieren.

Das Kurhaus war hell beleuchtet, ein wunderschön geschmückter Tannenbaum war davor aufgestellt. Das historische Gebäude gab richtig was her. Welch Ort, um sich über Literatur auszutauschen!

Heinz glaubte sich am Ziel seiner Wünsche! *Er* war als Nordlicht hierher in den Schwarzwald gekommen, weil der »Kreis der Literaten« *ihn* als würdig erachtet hatte! Und er hatte drei Gedichte im Gepäck, die er heute vorstellen wollte. Titel seiner Trilogie: *Weihnachten im Nordschwarzwald – Wie ich Bad Liebenzell im Lichterglanz sehe.*

Das war direkt im Thema, damit konnte er sein Ansehen sichern.

Die anderen saßen schon auf ihren Plätzen, Heinz war der Letzte, der den Raum betrat. Der ganze Raum duftete nach Weihnachten. Das mochte an den herumstehenden Glühweinbechern, Keksen und dem aufgeschnittenen Christstollen liegen. Alles war auf dem weihnachtlich dekorierten Tisch rund um einen überdimensionalen Adventskranz mit goldenen Schleifen drapiert. Die vier roten Kerzen züngelten kleine Rauchschwaden in die Luft.

Ludger Breitstirn erhob sich und sah Heinz kritisch über den Rand seiner Lesebrille hinweg an. Sein schulterlanges, leicht gewelltes graues Haar konnte über sein fortgeschrittenes Alter nicht hinwegtäuschen, es verlieh ihm aber ein intellektuelles Erscheinungsbild. Der personifizierte Dichterkönig. Allerdings noch ungekrönt, denn soweit Heinz wusste, hatte Ludger Breitstirn es bisher nur zu kleinen Publikationen gebracht, was aber nach seiner Auskunft im Forum daran lag, dass die Welt noch nicht reif für seinen Intellekt war.

»Sie sind zu spät. Wir haben unser Autorentreffen mit aktiver Textarbeit bereits vor einer Stunde begonnen. Ich mag Unpünktlichkeit nicht.« Er sah Heinz mit strafendem Blick an.

Die anderen Dichter, alle männlich, alle jenseits der 60 und alle mit einem immens kreativen Input im Blick, nickten gleichzeitig.

»Oh, sorry«, rutschte es Heinz raus, aber er korrigierte die Aussage, weil er sich daran erinnerte, wie verpönt Anglizismen waren. »Nein, Entschuldigung. Ich habe noch gedichtet, bin im Kurpark inspiriert worden!«

»Ah«, kam es wieder im Gleichklang. Dichten war ein guter Grund, als Freigeist wurde einem da die Verspätung verziehen.

»Setzen Sie sich!«, forderte Ludger ihn auf. »Wir wollen gleich nach dem Christstollen beginnen. Ein Rest Weihnachtstee müsste noch in der Kanne sein. Oder wenn Sie Glühwein möchten, der ist ebenfalls noch da.«

Weil Heinz' Magen knurrte, gönnte er sich zunächst ein Stück Stollen. Sein Kauen wurde allerdings von seinem Nachbarn zur Linken mit einem verächtlichen Blick bedacht.

Er debattierte mit der Gruppe gerade darüber, ob das Wort Weihnacht im Rahmen des Mottos *Weihnachtliche Eindrücke angelehnt an die Friedensbotschaft, aber ohne weihnachtliche Klischees* dieses Autorentreffens im »Kreis der Literaten« mit aktiver Textarbeit überhaupt Verwendung finden dürfte. Weil das Gros der Dichter das Argument für absolut aussagekräftig hielt, entbrannte nun zunächst eine halbstündige Diskussion, die damit endete, das Thema am Abend beim Fondue und Punsch weiter zu beleuchten. Vielleicht noch einmal unter einem anderen Gesichtspunkt. Dazu wollte man bis dahin einen Arbeitskreis bilden, der sich auch rasch formierte und die Zeit zwischen Textarbeit und Fondue nutzen würde.

Nun endlich wurde Heinz aufgefordert, seine Trilogie vorzustellen. Mit zitternder Stimme las er seine drei Gedichte. Besonders den Planetentext fand er persönlich sehr ergreifend. Er schlug darin einen kaum zu bemerkenden Bogen zum Weihnachtsfest.

Die Lyrik seines Vorgängers hatte er noch mitbekommen. Sie war mit sehr viel Beifall bedacht worden. Verstanden hatte er sie zwar nicht, aber das war in dem Fall auch unerheblich.

Heinz war sicher, dass seine Lyrik eine wunderbare Aussage hatte. Weihnachten, wie es sein sollte, auch im Zeichen des Kommerzes! Es sollte Schönheit hervorbringen wie das gefrorene Wasser im Brunnen. Es sollte Toleranz zeigen und Unabhängigkeit, symbolisiert durch den schwarzen Schwan, der sich nicht einsperren ließ. Und es endete mit der grenzenlosen Freiheit, wie man sich die Planeten im Universum vorstellen konnte.

Doch schon beim Lesen bemerkte Heinz die sich immer stärker verschließenden Gesichter.

»Plakativ«, sagte Ludger, nachdem er geendet hatte.

»Eindimensional«, sein Nachbar.

»Alter Tobak«, raunten andere Stimmen. »Das war nichts!«

Heinz fühlte sich mit jeder weiteren vernichtenden Bemerkung schlechter. Er hatte so an sein Schaffen geglaubt und nun zerrissen die Kollegen alles in der Luft. Als wäre es nichts, was er gedichtet hatte.

»Nun«, begann Ludger mit seinem Fazit, das er stets ans Ende der Betrachtungen stellte, »Heinz, Ihr Niveau entspricht noch lange nicht dem unseren. Das ist uns mehr als deutlich geworden.« Er räusperte sich, sah Beifall heischend zu den anderen Herren. »Heinz kann zwar über den Zeitraum der Tagung in unserem weihnachtlichen Kreise noch zugegen sein, weil er die weite Reise extra angetreten hat, aber sonst wünsche ich«, er wandte sich Heinz zu, »dass er danach erst einmal eliminiert wird. Wir müssen eine gewisse Qualität der Texte voraussetzen, das ist hiermit nicht gewährleistet. Es tut mir sehr leid, aber wir müssen uns an die Regeln halten. Sonst verwässert unser Kreis.« Er verbeugte sich vor Heinz, der an dieser Stelle beinahe mit den Tränen kämpfte. »Ich glaube, Heinz, Sie haben ein Weihnachtstrauma, was sich eben sehr plakativ in Ihren Texten widerspiegelt. Ich schlage Ihnen vor, sich mit diesem Thema einmal genau auseinanderzusetzen. Ich weiß, dass sich bei vielen in ihren Arbeiten therapeutische Ansätze wiederfinden, nur dürfen sie die Kunst dadurch nicht kleinmachen. Was ich sagen will: Bei Ihnen überdeckt das Trauma die Literatur.« Er nickte der Gruppe gewinnend zu und erntete globale Zustimmung.

Nur ein paar raschelten verlegen mit dem Papier.

Heinz biss sich auf die Lippen. Sah auf seine drei Gedichte und lächelte dann in die Runde. »Ich bedanke mich für Ihre Einschätzung!«

Der Gang zum Schafott hätte für Heinz nicht schlimmer sein können.

Er war am Boden zerstört.

Die Gruppe beweihräucherte im nächsten Durchlauf einen Text von Ludger, den Heinz gar nicht verstand und die meisten anderen auch nicht, wie er den Gesichtern ansehen konnte. Aber Ludger Breitstirn kritisierte man nicht. Ludger Breitstirn huldigte man. Wie Heinz die nächste Stunde überstand, wusste er hinterher nicht mehr zu sagen. Es fiel ihm schwer, sich zu konzentrieren, ja er kämpfte sogar mit den Tränen. Dabei tobte in ihm ein Sturm aus Frust und Wut. Nur wollte er die Contenance wahren und sich keine Blöße geben. Das gönnte er der Gruppe einfach nicht. Er war Heinz Bauermeyer und er würde es ihnen allen schon zeigen. Irgendwann!

In der Pause zog ihn ein Mann, der dünn und zerbrechlich wirkte, beiseite. »Die Dichter da drinnen«, begann er, stoppte dann aber abrupt.

»Was ist mit ihnen?«

»Die haben Sie nur hergeholt, damit sie Ihren Text zerreißen können. Das machen sie immer so. Gegeneinander, also innerhalb der Gruppe, wird hier nicht gestänkert, verstehen Sie. Deshalb brauchen sie jedes Jahr einen, den sie auseinandernehmen können. Machen Sie sich also nichts draus.« Er entfernte sich ein paar Schritte, drehte sich dann aber noch einmal um. »Ich habe Ihnen das aber nicht gesagt. Will ja keinen Ärger.« Wieder lief er weiter, kam aber erneut zurück. »Nur wissen Sie, manchmal schlägt da mein schlechtes Gewissen. Das Opfer im letzten Jahr hat nach der Tagung Suizid begangen. Es war dann Personalschaden bei der Deutschen Bahn. Dichter haben ja eine sensible Seele, wenn es um ihre eigenen Texte geht. Nun muss ich aber wirklich weg!«

»Moment!« Heinz packte ihn am Arm. »Wer sind Sie denn überhaupt?«

»Ich bin der Hausmeister hier und habe es vor zwei Jahren mal gewagt, der erlauchten Gruppe mein Gedicht über den Zyklus der Gewässer vorzustellen. Ich war genauso blöd wie Sie. Aber ich habe überlebt! Immerhin was!« Dann tippelte er rasch davon. Heinz überlegte nicht lange und sprintete ihm hinterher.

Am nächsten Morgen wimmelte es vor dem Kurhaus von Polizei. Heinz schlenderte gemütlich daran vorbei. Es war noch immer kalt, vor den Mündern bildeten sich weiße Atemwölkchen.

»Alle vergiftet«, hörte Heinz die Leute durcheinander reden. »Wirklich alle! Man glaubt es nicht! Eine Sauce im Fondue war der Auslöser. Schrecklich! Und das so kurz vor Weihnachten!«

»Dem Koch wird wohl die Hölle heiß gemacht werden.«

»Den soll keine Schuld treffen. Mittlerweile verdichten sich die Vermutungen, es könnte sich um einen Massenselbstmord handeln. Die Gruppe konnte den literarischen Niedergang Deutschlands angeblich nicht mehr ertragen und ist vor allem an der Trivialität sämtlicher Weihnachtstexte zerbrochen.«

»Das ist ein Grund für Selbstmord?« In einigen Gesichtern zeigten sich Zweifel.

Heinz war nur bass erstaunt darüber, wie schnell sich all das Wissen in Bad Liebenzell verbreitet hatte.

»Es gibt sogar ein Bekennerschreiben des Vorsitzenden«, hörte er. »Nur einer hat überlebt, weil er neu war und man ihn nicht eingeweiht hatte. Er war schon sehr verwundert über einige Anmerkungen in der Runde gestern. Aber dass es eine solche Dimension annehmen würde, ja, dass sie das ernst meinten, hatte er ja nicht ahnen können!«

Die Mutmaßungen flogen hin und her wie ein Tischtennisball. Heinz war zufrieden. Seiner Aussage mit dem Selbstmord wurde Glauben geschenkt. Er hatte alles gut arrangiert, sogar den sprachlichen Tenor von Ludger Breitstirn hatte er, neben der Handschrift, perfekt kopiert. Es konnte von den Literaten ja keiner wissen, dass er darin ein Meister war. Glücklicherweise hatte er etliche Zeilen aus Ludgers Gedichten verwenden können, seine Ergüsse waren ja eher depressiv. Die größte Herausforderung war gewesen, das Personal von der Gruppe fernzuhalten, aber auch da hatte Heinz Ludger vorgeschoben, und weil er für seinen unleidlichen Tonfall bekannt war, hatte man den Teufel getan, die Gruppe mit der Anwesenheit des Servicepersonals zu behelligen. Das Ganze wurde jetzt auch zugunsten von Heinz' Aussage ausgelegt.

»Natürlich wollte dieser Breitstirn nicht, dass man die Gruppe rechtzeitig findet!«

Der »Kreis der Literaten« wurde in Bad Liebenzell schon länger kritisch gesehen und nunmehr als Sekte klassifiziert.

Jemand tippte Heinz auf die Schulter. Es war der Hausmeister. »So, das wäre erledigt. Gut gelaufen, oder? In der Puszta-Sauce ist unsere kleine Beigabe nicht aufgefallen, die ist ziemlich scharf. Nun ist Recht gesprochen! Stell dir vor, Heinz, von insgesamt zehn Verriss-Opfern des Kreises haben nur wir beide überlebt!«

Heinz lächelte nur. Ja, sie hatten überlebt und würden weitermachen. Den »Kreis der Literaten« in Würde, aber mit ein paar Neuerungen weiterführen! Schließlich waren er und der Hausmeister die Einzigen, denen es blieb, das Vermächtnis aufrechtzuerhalten. Als die letzten Dichter!

Fleischfondue

pro Person 200 g Schweinefilet, gewürfelt
pro Person 200 g Rinderfilet, gewürfelt
pro Person 200 g Geflügelfilet, gewürfelt
Stangenbrot
Saucen

In einem Fonduetopf Fett oder Brühe (ganz nach Geschmack) erhitzen und auf das Fonduestövchen stellen. Fonduegabeln bereitstellen. Die Saucen in kleine Schälchen füllen und zusammen mit dem klein geschnittenen Fleisch und dem Stangenbrot appetitlich angerichtet auf den Tisch stellen. Die Länge des Garens richtet sich nach Fleischart und Geschmack.

Fonduesaucen (nach Oma Erika)

Pusztasauce
6 EL Tomatenmark
2 TL Senf
4 EL Öl
5 Sardellenfilets
1 Zwiebel
Petersilie, Schnittlauch, Salz, Pfeffer und Paprika nach Geschmack

Wiener Sauce
3 Cornichons
einige Perlzwiebeln
3 EL Kapern
1 EL Petersilie
1 EL Schnittlauch
1 Ei

1 TL Senf
Kerbel, Estragon, Pfeffer und Sardellenpaste nach Geschmack

Champignonsauce
1 Dose Champignons
4 EL Mayonnaise
2 EL Tomatenmark
Paprika

Jeweils die stückigen Zutaten klein schneiden und alles
gut vermischen. Danach mit den jeweils angegebenen
Gewürzen abschmecken.

LILO BEIL

Die Villa

Heidelberg, 50er-Jahre

Luises Herz schlug höher. Einen Kaufladen hatte das Christkind dieses Jahr gebracht für Luise und Lenore, die kleine Schwester. Dazu eine Schildkröt-Puppe für jedes Kind, eine mit einem blauen, eine mit einem roten Kleidchen. Rot war Luises Farbe, blau die Farbe der Kleinen, seit Mama beschlossen hatte, dass Blau zum blonden, Rot zum braunen Haar ihrer Töchter passe und dementsprechend auch zu deren Puppen.

Aber Weihnachten bei der Heidelberger Oma, das war schöner als alle Geschenke zusammen.

Der Zug fuhr gerade durch den Tunnel unterm Schlossberg. Luise band die hellblaue Strickmütze der kleinen Schwester fester und schaute ein wenig eitel ihre Spiegelung im Zugfenster an. Die neue orangerote Pudelmütze, auch sie ein Geschenk vom Christkind, stand ihr sehr gut. Luise lächelte vielsagend ihr Spiegelbild an. Die Mär vom Christkind taugte bestenfalls für die kleine Schwester. Sie selbst, nun bald elf Jahre alt, begann die Lügen der Erwachsenen allmählich zu durchschauen.

Der Zug verließ laut pfeifend den Tunnel. Bald wären sie am Ziel. Das Karlstor aus rotem Stein tauchte auf der linken Seite auf. Dahinter das breite Band des Neckar.

»Dort drüben, Omas Villa«, rief Luise aus und hob die kleine Schwester hoch, damit sie hinaussehen konnte. Tatsächlich, auf der anderen Seite des Flusses erblickte man das stattliche Gebäude, das mit seinen

Balustraden, Balkonen und Türmchen wie ein kleines Schloss aussah. Die bunten Ziegel leuchteten in der Wintersonne. Türkisfarben, gelb, schokoladenbraun, weiß und rot.

Der Zug bremste scharf, und fast wäre der Vater, der über den Köpfen der Kinder gerade den großen Lederkoffer aus dem Gepäckträger nahm, umgefallen. Er konnte sich aber noch fangen dank der weichen Körperpolsterung einer korpulenten älteren Dame. Diese hatte Humor und lachte, zumal der Vater sich höflichst entschuldigte, wie das nun einmal so seine Art war.

Luise schnappte ihr kariertes Köfferchen, auch dies ein Weihnachtsgeschenk. Mama war daheim geblieben, denn Erna, das Dienstmädchen, war krank geworden und konnte unmöglich den Haushalt verrichten und die vielen Haustiere versorgen: Hund Oskar, die vier Katzen und die Hühner.

Vater und Töchter verließen den Karlstorbahnhof und überquerten die Straße, die zur Stauwehrbrücke führte.

Erst jetzt bemerkte Luise, dass der Neckar zugefroren war und sich viele Menschen auf der Eisfläche tummelten: Spaziergänger, Schlittschuhläufer, Hunde, Kinder und größere Buben mit Eishockeyschlägern. Fröhliches Stimmengewirr schlug ihnen von unten her entgegen. Da vorne stand schon Herr Specht, der stämmige Kiosk-Besitzer, in seiner dunkelblauen Arbeitskutte, die über dem Bauch spannte. Er strahlte heute noch mehr als sonst, denn das Neckareis belebte sein Geschäft. Die Leute standen Schlange für heißen Punsch, den Frau Specht, die ihren Mann an Körperfülle noch übertraf, aus einem großen Topf ausschenkte.

Es roch nach Zimt und Orangen, und es dampfte in den Tassen, die mit dem Bild des Zwergs *Perkeo* geschmückt waren. Die Begrüßung zwischen dem Vater und dem Ehepaar Specht war gewohnt herzlich, und auch diesmal sagte der Kiosk-Besitzer sein Gedicht auf, ein Ritual seit Jahren:

Der alte Specht, der klopft nicht schlecht,
doch als der Specht noch jünger war,
da klopfte er ganz wunderbar.

Das Lachen der Erwachsenen kam Luise nicht ganz geheuer vor. Es erinnerte sie irgendwie an die Mär vom Christkind und hatte bestimmt etwas mit den Dingen zu tun, welche die Großen gerne vor den Kindern geheim hielten.

»Heute gibt es kein Eis am Stiel wie in den Sommerferien«, sagte der Vater und deutete auf den gefrorenen Neckar. »Eis gibt es da unten genug, da müssen wir nicht auch noch welches essen.«

Schade, dachte Luise, und die kleine Schwester verzog ein wenig das Gesicht, als wollte sie weinen.

»Ich hab was Besseres für euch zwei Hübschen«, sagte Frau Specht. »Es gibt heute Kinderpunsch mit Orangensaft. Und frische Waffeln mit Puderzucker dazu.«

Die gute Laune des Ehepaars Specht war ansteckend, denn der Vater deutete auf eine Halbkugel aus Glas. In der Mitte das Heidelberger Schloss en miniature aus rötlichem Bakelit. Frau Specht schüttelte die Halbkugel, und das Schloss verschwand in einem Gerieseln aus Schnee.

»Die Schneekugel nehm ich«, sagte der Vater. »Ihr zwei dürft es immer abwechselnd schneien lassen.« Er zahlte und sagte: »So, nun müssen wir aber los. Meine Mutter wartet bestimmt schon sehnsüchtig auf ihre Enkeltöchter.« Lachend fügte er hinzu: »Und wer weiß, vielleicht auch auf ihren Sohn.«

Omas Villa befand sich nahe am Stauwehr in der Ziegelhäuser Landstraße an der Ecke zur steilen Hirschgasse.

Omas Villa war eigentlich eine Übertreibung, denn die Großmutter war keine reiche Villenbesitzerin. Sie wohnte in Miete zusammen mit mehreren anderen *Parteien*, wie sie es nannte.

Ganz oben im viereckigen Turm wohnte eine etwas exzentrische alte Dame, die von allen nur *die Frau Professor* genannt wurde. Die Oma bezeichnete die Mitbewohnerin etwas ungnädig als *einen spinnerten alten Blaustrumpf*. So intelligent war die Frau Professor, dass sie überm Studieren den Verstand verloren hatte.

Luise fragte sich, weshalb die alte Dame ein *Blaustrumpf* sein sollte. Sie hatte sie noch nie mit blauen Strümpfen gesehen.

Im Parterre wohnte eine Mutter mit ihren vier halbwüchsigen Kindern. »Ausgebombt, aus Hamburg«, sagte die Oma. »Und der Vater ist in Russland gefallen.« Sie sagte es traurig, verzichtete aber auf weitere Erklärungen. Wohl wieder solch ein Erwachsenengeheimnis, dachte Luise und stellte keine Fragen.

Der Mieter des runden Turmzimmers war ein junger Mann, den Oma abschätzig einen *Bummelstudenten* nannte. »Der studiert schon im 26. Semester«, sagte die Oma.

Auf Omas Stockwerk wohnten drei Parteien, außer der Oma ein Ehepaar und ein möblierter Herr. Alle drei Parteien mussten sich die einst großbürgerliche Küche der Vorbesitzer teilen, weshalb fast zu jeder Tageszeit dieser Raum ein wahrer Ort der Begegnung war.

Als Vater und Töchter die breite, mit einem abgewetzten roten Kokosläufer ausgelegte Treppe hinaufgingen, stieg ihnen ein wundervoller Duft in die Nase.

Die Oma hat ihr berühmtes *Luisenbrot* gebacken, dachte Luise, und zwar nur uns zu Ehren und obwohl die Weihnachtstage schon vorbei sind. Alles ist schon aufgefuttert, was sie uns im Advent in die Pfalz geschickt hat. Und jedes Mal backt sie uns extra noch mal ihr *Luisenbrot*.

Da stand die Oma oben auf der Treppe, angetan mit ihrer besten langen schwarz-weiß gepunkteten Rüschenschürze, die sie aus ihrer Jugendzeit ins Alter hinübergerettet hatte. Sie schwärmte immer wieder von ihrer herrlichen Karlsruher Zeit und der *Luisenschule*, gegründet von der wohltätigen Großherzogin Luise. Dort hatte die Oma als Tochter eines pfälzischen Dorfschullehrers den letzten Schliff der vornehmen Haushaltsführung erlernt, bevor sie sich im Jahr 1905 mit ihrem Lothar, einem feschen bayrischen Offizier der Germersheimer Kaserne, verehelichte. Das badische Karlsruhe, von Westheim aus nur ein Katzensprung über den Rhein, war die naheliegende Bildungsstätte für damalige höhere Töchter aus gutem Hause.

»Ja, ihr habt richtig geschnuppert«, sagte Oma lachend. »Ich hab mir schon gedacht, dass ihr mein Weihnachtsgebäck rutzputz aufgefuttert und Lust auf mehr habt. Es gehört doch zur Weihnachtszeit wie das Amen in der Kirche. Nun hab ich noch mal ganz frisch für Nachschub gesorgt. Frischer geht es nicht.«

Sie umarmte die Enkeltöchter und den Sohn und sagte: »Ach, ich muss schnell in die Küche, damit sie nicht verbrennen, die *Luisenbrötchen* meiner verehrten Großherzogin.«

Sie verschwand in der Küche.

Ja, die Verehrung der Großherzogin durch die ehemalige Luisenschülerin war sehr ausgeprägt und hatte dazu geführt, dass die älteste Enkelin nach der adligen Wohltäterin benannt worden war. Ein Umstand übrigens, der die kleine Luise nicht sonderlich entzückte.

In Luises Geburtsjahr 1947 waren die beliebtesten Mädchennamen Monika, Renate, Brigitte und Ursula gewesen. Aber Luise? Nur der Gedanke an das köstliche *Luisenbrot* versöhnte sie mit ihrem altmodischen Namen.

Ein unbekannter junger Mann war heute in der Großküche anzutreffen.

»Harry Sperling«, stellte sich der gutaussehende Mensch vor. »Ich bin der neue möblierte Herr auf dem Stockwerk. Grüezi miteinand'.«

Der seltsame Dialekt, der vermuten ließ, der junge Mann leide unter einer Halsentzündung, stellte sich als *Schwyzerdütsch* heraus, wie die Oma erklärte. »Wie nett das klingt«, sagte sie fast ein wenig kokett. Der neue möblierte Herr hatte es ihr wohl angetan.

Die Tür ging auf, und eine schwarzhaarige Schönheit trat ein, ein Teetablett in den Händen. Dies war Martha Heydrich, die Dritte im Bunde der drei Parteien, welche gemeinsam die Großküche benutzten.

Luise mochte die junge Frau, deren Mann, Heinrich Heydrich, ein Geschäftsreisender für Damenwäsche der Marke Triumph war.

Triumph krönt die Figur, diesen Spruch kannte Luise von der Litfaßsäule im Karlsruher Bahnhof, wo sie immer umsteigen mussten, wenn sie von der Pfalz aus nach Heidelberg fuhren.

»Mein Mann kommt heute von der Geschäftsreise zurück«, sagte Martha Heydrich etwas unvermittelt, nachdem sie die beiden Mädchen und ihren Vater herzlich begrüßt hatte. Sie hatte für jedes Kind einen Kaugummi parat. Luise machte einen höflichen Knicks und bedankte sich.

»Nüscht zu danken, Kleene«, sagte Martha Heydrich.

So klang auch die Berliner Göre Cornelia Froboess mit ihrem Lied *Pack die Badehose ein, nimm dein kleines Schwesterlein, und dann nüscht wie raus zum Wannsee*, dachte Luise. *Nüscht*, das klang lustig.

Martha Heydrich warf dem jungen möblierten Herrn, der ans Fenster zum Garten gelehnt dastand und eine Eckstein rauchte, einen kurzen Blick zu, der Luise, dem still beobachtenden Kind, nicht entgangen war.

Martha Heydrich zog die gezupften, nachgemalten Augenbrauen in ihrem Hollywood-Diva-Gesicht leicht hoch, als wollte sie eine Warnung aussprechen. Der junge Mann erwiderte den Blick mit einem fast unmerklichen Nicken. Lässig löste er sich von seiner bequemen Ecke am Fenster und schlenderte an den Kindern vorbei in Richtung Tür. Er streifte Martha Heydrich, die ihr Tablett elegant auf dem großen Tisch in der Mitte der feudalen Küche abgesetzt hatte. Dabei zwickte er die junge Frau blitzschnell in den rechten Arm.

Au, das tut doch weh, dachte Luise, die diese Szene beobachtet hatte. Doch Martha Heydrich schien die Zwickerei nicht missfallen zu haben. Sie lachte kurz auf, warf den Kopf in den Nacken, und mit einer flinken Geste strich sie sich eine schwarze Haarlocke aus der Stirn. Der neue möblierte Herr drückte seine Eckstein-Zigarette im Kohlenkasten aus und wollte die Küche verlassen. Er wäre fast mit jemand zusammengestoßen, der im gleichen Moment die Küche betrat.

Dieser Jemand war Heinrich Heydrich, Marthas Ehemann. Er musste die Zwickerei mitbekommen haben, denn er stieß zwischen den Zähnen hindurch leise aus: »Lass gefälligst die Pfoten von meiner Frau, du ...«

Den Rest bekam Luise nicht mit. Doch Harry Sperling war schon verschwunden. »Wat war det für 'n komischer Heini?« fragte Heinrich Heydrich in den Raum hinein. Luise fand die Frage seltsam für einen, der selbst Heinrich hieß und von seiner Frau ab und zu zärtlich »Heini« genannt wurde.

»Das war Harry Sperling, der neue möblierte Herr«, entgegnete Luises Großmutter.

»Det is nich nur een komischer Heini, sondern och een komischer Vogel dazu, dieser Herr Sperling«, brummelte Heinrich Heydrich vor sich hin.

Vater und Oma schienen nichts mitbekommen zu haben von der Zwickerei und all dem, dachte Luise.

»Komm mit rüber, Martha«, sagte Heydrich streng zu seiner Frau.

»Früh biste zurück heute«, gab sie kleinlaut zurück.

»Ja, haste wohl nich mit jerechnet, wa?«

Das Ehepaar verließ die Küche. Irgendwie war es Luise auf einmal leichter zumute. Sie wusste nicht warum.

Und schon sagte die Oma: »So, nun macht euch kurz frisch im Bad, legt eure Sachen ab. Und dann gibt es bald meinen Zauberkakao à la Großherzogin Luise und natürlich das frische Gebäck. Ich glaube, heute ist es mir besonders gut gelungen. Ach, es sind diesmal genau 2 x 50 Kekse geworden. Da geb ich den andern Parteien auch was ab, sonst kriegt ihr ja Bauchweh, Kinder.«

Als die Großmutter mit ihren Gästen um die Kaffee- und Kakaotafel saß, kam noch einmal so ein Gefühl von Weihnachten auf, obwohl die Festtage vorüber waren. Die Weihnachtsdekoration war noch nicht abgeräumt. Die Engelchen aus dem Erzgebirge musizierten auf dem von der Großmutter kunstvoll errichteten »Weihnachtsgebirge«, die Pyramide drehte sich im Schein der Kerzen, und die Spieluhr wurde noch einmal zu Ehren der Enkeltöchter aufgezogen und ließ ihr *Kling, Glöckchen, klingelingeling* ertönen. Nur der Baum war schon abgeräumt, weil er stark genadelt hatte, wie die Großmutter erklärte.

Am Abend, als die Kinder im Bett lagen und Vater und Oma im *großen Salon*, wie die Großmutter ihr zum Neckar hin gelegenes Wohnzimmer nannte, zusammensaßen und erzählten, ging Luise in die Küche hinüber, um sich Sprudel zu holen. Da lagen auf zwei

Tellern Plätzchen für die andern beiden Parteien. Der größere Teller war für das Ehepaar Heydrich, der kleinere für den neuen möblierten Herrn, wie die beiden an die Teller gehefteten Zettel in Omas akkurater Handschrift besagten. Schade, die drei würden das Gebäck ohne den Zauberkakao genießen müssen, der immer so himmlisch war – ein weiteres Rezept aus der *Luisenschule* in Karlsruhe. Da auf dem Schränkchen neben dem Herd lag auch das *Kochbuch für Koch- und Haushaltsschulen*, in welchem Luise, die Leseratte, so gerne stöberte, denn es befanden sich die ausgefallensten Rezepte darin. Zwar schüttelte sich Luise, die Tierliebende, wenn sie sich vorstellte, dass man zu Omas Jugendzeit noch gefüllte Täubchen gegessen hatte, Schneehühner, Schnepfen und Perlhühner, Wildenten, Kalbsfüße, Gänseleber und sogar Geißlein.

Sie blätterte gerade in dem Buch, als sich Schritte näherten. Heinrich Heydrich betrat die Küche.

»Ach, det is ja für uns«, sagte er erfreut und schnappte sich den Teller mit dem *Luisengebäck.*

»Herzlichen Dank an die Oma.«

Als er die Küche verlassen hatte, nahm Luise das Kochbuch und setzte sich auf den Treppenabsatz, der hochführte zu den Turmzimmern. Da war es zwar dämmrig, aber sie sah noch genug, um in dem Buch zu stöbern.

Oben lauschte jemand am Treppengeländer. Es war die alte spinnerte Professorin. Sie hatte auch heute keine blauen Strümpfe an, wie Luise feststellte, indem sie die Augen angestrengt zusammenkniff. Die Professorin kicherte, rief etwas Unverständliches zu Luise hinunter und verschwand wie ein Gespenst im Dunkel des oberen Flurs.

Wieder hörte Luise Schritte, diesmal von unten. Es war Heinrich Heydrich, der über den Flur in die Küche schlich. In der Hand hielt er eine große gelbe Blechdose. Nach einigen Minuten kam er zurück, ging in seine Wohnung zurück.

Luise musste sich nun beim Lesen sehr anstrengen. Da hörte sie wieder leise Schritte, die sich in Richtung Küche bewegten. Der junge möblierte Herr trat nach einer Weile wieder in den großen Flur hinaus.

Er hielt einen Teller in der Hand. Es war der Plätzchenteller, den Oma für ihn gerichtet hatte. Der möblierte Herr musste sehr hungrig sein, denn er stopfte sich gierig gleich mehrere *Luisenplätzchen* auf einmal in den Mund. Die Tür zu seinem Zimmer fiel hinter ihm ins Schloss.

Am übernächsten Tag nahm die Großmutter die Enkeltöchter mit in ihr Lieblings-Café am Danteplatz nahe der Kurfürstenanlage. Die *Luisenplätzchen* waren zwar noch nicht alle aufgegessen, aber die Oma liebte dieses Café und wollte ihren Enkelinnen vom Land ein wenig städtisches Flair vermitteln.

Der Vater blieb zu Hause in der Villa. Er hatte sich Arbeit mitgenommen in Form von Akten, die zu ordnen waren.

Als die Großmutter mit den Enkeltöchtern vorm Verlassen der Villa über den Mosaikfußboden mit dem die Zähne fletschenden Hund gingen, blieb sie kurz stehen. Sie erklärte den Kindern, dass die Inschrift *Cave Canem* lateinisch war und auf Deutsch *Hüte dich vor dem Hund* hieß. Sie wurde wohl etwas vergesslich, die liebe Oma, denn sie hatte es den Kindern bestimmt schon hundertmal erklärt.

Der Hausmeister, der eine Wohnung im Kellergeschoss innehatte, kam die Treppe heraufgepoltert.

»Wenn ich nur wüsste, wer meine große gelbe Dose weggestellt hat, dabei könnte ich sie jetzt so gut gebrauchen. Das Füttern der Vögel im Winter hat einen Nachteil. Im Garten hinten hat sich ein Rattenpaar breitgemacht. In der gelben Dose sind Leckerbissen für die Mistviecher.«

Er lachte. Luise taten die Ratten leid, obwohl sie nicht gerade zu ihren Lieblingstieren zählten.

Doch plötzlich sah sie vor ihrem geistigen Auge einen Mann durch den dunklen Flur tappen, eine auffallend gelbe Dose in der Hand. Die Ratten, das ahnte das Kind, hätten nichts zu befürchten.

Als der möblierte Herr am dritten Tag immer noch nicht gesehen wurde, schlug Luises Großmutter Alarm. Der möblierte Herr lag bewusstlos vor seinem Bett. Er war schmerzverkrümmt. Schleunigst wurde er ins St.-Vinzentius-Krankenhaus auf der anderen Seite des Neckar gebracht, doch jede Hilfe kam zu spät. Ohne das Bewusstsein wiedererlangt zu haben, verstarb er bald nach der Einlieferung.

Im Zimmer des jungen Mannes fand man auf dem Teller mit den *Luisenplätzchen* noch ein einziges, das übrig geblieben war.

Es war mit einer seltsamen rosa Puderschicht bestäubt.

»Das hier«, sagte Luises Großmutter, »ist aber nicht das Originalrezept meiner verehrten Großherzogin. Da hat mir jemand ins Handwerk gepfuscht.«

Und sie zog ihren unverwechselbaren Oma-Flunsch.

»Wenn ich nur wüsste, wer.«

Luise, die in der Nische des Salons am kleinen runden Tisch saß, schaute schweigend durch das bleiverglaste bunte Jugendstilfenster auf das gegenüberliegende Heidelberger Schloss hinüber.

Die kleine Schwester neben ihr schüttelte die Glaskugel mit dem Miniaturschloss aus Bakelit darin und ließ es kräftig schneien.

Luisenplätzchen oder Luises Weihnachtsbrot

150 g Haselnüsse, gemahlen
150 g Zucker
4 Eiweiß
40 g Mehl
65 g frische Butter
das Mark einer Vanilleschote
75 g feine Schokolade oder Schokoladenglasur, zum
Füllen

Den steifen Eischnee verrührt man mit Zucker und herausgeschabtem Vanillemark, mengt Haselnüsse, Mehl und die kochende Butter darunter und streicht ovale Plätzchen auf ein gut eingefettetes Blech. Man schiebt dieses in den mit mittlerer Hitze versehenen Backofen (150 Grad) und backt die Plätzchen hellbraun.

Nach dem Backen bestreicht man sie mit der im heißem Wasserbad erweichten Schokolade oder der Schokoladenglasur und drückt immer zwei Stück gegeneinander. Man kann die Plätzchen nach Belieben mit Puderzucker bestäuben. Stückzahl: 50.

Dies ist ein altes Rezept aus dem Kochbuch der Luisenschule Karlsruhe (um 1900).

CLAUDIA SCHMID

Was dich trägt

Heidelberg

Eis auf dem Neckar. Das hatte sie in all den Jahren, während derer sie hier lebte, noch nicht zu sehen bekommen. Zumindest an den Rändern war der Fluss zugefroren. Es trug nicht, so viel war klar. Niemand, der seine Sinne beisammenhielt, wäre auf die Idee gekommen, sich darauf zu begeben. Lucia lenkte ihr Fahrrad auf die Brücke über den Fluss. Schneidend kalt schnitt ihr der Wind ins Gesicht. Sie beglückwünschte sich selbst für die Entscheidung, unter ihrer langen Hose Leggings zu tragen. Zu dumm, dass Jans Auto grade jetzt in der Werkstatt stand. Sie wählte die Bergheimer Straße, um wenigstens etwas vor dem Wind geschützt zu sein. Viele der Läden waren weihnachtlich geschmückt, etliche Lichterketten waren schon eingeschaltet. Sie stellte das Rad auf dem Universitätsplatz ab. Im Winter hatte sie naturgemäß weniger Führungen als zur Hauptsaison. Aber seit dem Reformationsjubiläum mehrte sich die Nachfrage auch zu dieser Jahreszeit. Ihr Chef hatte eine Luther-Tour von Worms über Heidelberg und Speyer bis nach Bretten zusammengestellt und damit offenbar eine Lücke im Reiseangebot zu schließen vermocht. Sie arbeitete bei einem Unternehmer, der sowohl Busreisen im Angebot hatte als auch Programme vor Ort entwickelte. Sie unterstützte ihn auch bei Arbeiten im Büro, entwarf Werbetexte, Flyer und schrieb seinen Newsletter.

Lucia postierte sich am Brunnen vor der Alten Fakultät. Bald kam der kleine Bus, der ihre Gäste brachte. Fünfzehn waren es heute. Lucia führte sie nach der Begrüßung zu der Plakette, die an Luthers Disputation in Heidelberg erinnerte. Im April 1518, ein halbes Jahr nach seinem die damalige christliche Welt erschütternden Thesenanschlag hatte der Reformator in Heidelberg geweilt. Die Augustiner, deren Orden er selbst angehörte, hatten ihn eingeladen. Zu ihrem Glück parkte heute nicht, wie so häufig, ein Auto auf der in den Boden eingelassenen Gedenkplatte, sodass sie sie ihren Gästen zeigen konnte.

»Und in welchem Gebäude fand diese Disputation statt?« Eine Dame in den Sechzigern stellte die Frage.

Lucia unterdrückte ein Schmunzeln. Sie konnte Wetten darauf abschließen, dass in jeder Gruppe danach gefragt wurde. »Das Gebäude steht nicht mehr, wie die meisten anderen in Heidelberg. Im Jahre 1693 gab es einen verheerenden Brand in der Stadt, einzig das steinerne Bürgerhaus, in dem sich heute das Hotel Ritter befindet, überstand ihn.« Sie wies auf die umliegenden Gebäude. »Deshalb sehen Sie heute hier Barock und keine mittelalterlichen Gebäude. Allerdings wurde die Aufteilung, die typisch für das Mittelalter war, beibehalten. Das nahe liegende Mannheim wurde im zweiten Weltkrieg ziemlich zerstört, Heidelberg hatte so eine Katastrophe schon weitaus früher erfahren müssen. Um auf Ihre Frage zurückzukommen, die Disputation mit Luther fand im zur Augustinergasse ausgerichteten Hörsaal der Universität statt.«

»Und wie ging es zu bei dieser Disputation?« Die hellen Augen der Frau blickten aufmerksam.

»Der Mönch Martin Luther wurde von seinen Ordensbrüdern freundlich aufgenommen. Nur die altgläubigen Professoren vermochte er nicht von seinen Thesen zu überzeugen. Jedoch waren auch viele Studenten und weitere Männer anwesend wie etwa Martin

Bucer, der extra aus Straßburg angereist kam. Ja, und diese Männer nahmen die Flamme der Reformation«, sie hob ihre Stimme an, denn sie mochte diese Stelle ihrer Erläuterungen besonders, »in sich auf und trugen sie ihr Leben lang weiter. Einer unter ihnen richtete später sogar die erste hebräische Druckerei im deutschen Sprachraum ein. Sein Name war Paul Fagius.«

»Dann war das ja ein ganz wichtiges Ereignis damals.« Ein Mann im dunklen Tweedmantel, der offensichtlich zu der Dame gehörte, die vorhin die Frage gestellt hatte, nickte bedächtig.

»Es war wegweisend für die gesamte Reformation im Südwesten.«

Als sie mit ihrer Gruppe den Weg zur Universitätsbibliothek einschlug, spürte sie ein leichtes Ziehen in der Brust. Sie hielt inne.

»Alles in Ordnung mit Ihnen?« Die Dame mit den hellen Augen ging neben ihr.

»Ja, ja. Natürlich.« Lucia wollte vor ihren Gästen keine Schwäche zeigen. »Die Universität in Heidelberg wurde im Jahre 1386 gegründet, sie ist die älteste in Deutschland. Die Bibliothek allerdings, vor der wir nun stehen, wurde zu Beginn des 19. Jahrhunderts erbaut.« Sie deutete auf die Jugendstilfassade und erklärte dann die Bedeutung der gegenüberliegenden Kirche. Nachdem sie einige der Gassen mit ihren Gästen abgelaufen war und sie dabei auf Verschiedenes hingewiesen hatte, führte sie sie über den Marktplatz bis zur Haspelgasse. Dort befiel sie plötzlich eine leichte Übelkeit. Sie gab noch einige Erklärungen zu den Häusern der Gasse, um die Führung dann in der Heiliggeistkirche zum Abschluss zu bringen.

Sie ließ ihr Fahrrad stehen, setzte sich in den Bus und fuhr zu ihrer Wohnung zurück in den Stadtteil Neuenheim auf der anderen Neckarseite.

Eine große Tasse Kräutertee und eine Wärmflasche verschafften Linderung. Als wenig später ihr Freund Jan nach Hause kam, vergaß sie ihre Beschwerden. Sie besprachen das bevorstehende Weihnachtsfest, welches sie erstmals gemeinsam verbringen wollten. Lucias Eltern und ihre Schwester hatten ihr Kommen angesagt und sie fand, es sei eine willkommene Gelegenheit, ihnen Jan endlich vorzustellen. Sogar über das Essen, das sie nach dem Kirchenbesuch gemeinsam einzunehmen gedachten, herrschte bereits Einigkeit. Ihre Eltern aßen so gerne Badische Hochzeitssuppe. Lucia fand das perfekt, denn die konnte sie schon am Nachmittag vorbereiten. Bei sich dachte sie, es wäre doch schön, wenn Jan auf die Idee käme, sich unterm Weihnachtsbaum mit ihr zu verloben. Da würde die Suppe mit dem romantischen Namen genau dazu passen!

»Wann kriegst du eigentlich dein Auto wieder? Es ist grässlich, bei der Kälte mit dem Fahrrad zu fahren, weißt du das?«

Jan wehrte ihre Hand ab, mit der sie ihm durchs Haar wuseln wollte. »In zwei Tagen ist der wieder fertig.«

»Was war denn eigentlich damit?«

Er machte eine abwehrende Handbewegung. »Ach, nichts weiter Schlimmes. Da war mir beim Einkaufen auf dem Parkplatz einer draufgefahren und ich habe gedacht, ich lasse es besser sofort reparieren, bevor der Wagen an der Stelle rostet.«

Als sie am nächsten Morgen die Beine mit Schwung auf den Boden stellen wollte, bemerkte sie einen kleinen Schwindel und eine erneute Übelkeit. Hatte sie sich mit Grippe angesteckt? Das wäre um diese Jahreszeit kein Wunder.

Jan bestand auf einem Arztbesuch. »Wenn du jetzt was ausbrütest und mich ansteckst! Ich kann das grade gar nicht gebrauchen. Ich habe genug Stress im Job.«

Von der Diagnose war Lucia ziemlich verblüfft. Damit hatte sie nicht gerechnet. Ob Jan sich genauso freuen würde wie sie? Wieder zu Hause, telefonierte sie als erstes mit ihrer Mutter. Dieses Weihnachtsfest würde wirklich ein ganz besonderes werden!

*

»Mama sagt …«

Jan unterbrach sie. »Du hast zuerst mit deiner Mutter darüber gesprochen? Über etwas, das in erster Linie mich betrifft? Ich glaube es nicht!« Wütend sprang er auf. An der Tür hielt er inne. »Mit mir ziehst du das sowieso nicht durch! Mit mir nicht! In meinem Leben ist kein Platz dafür. Und überhaupt hättest du das mit mir absprechen müssen.«

Lucia war fassungslos. Sie hatte damit gerechnet, von ihrem Freund liebevoll in den Arm genommen zu werden. Dass er sagen würde, er freue sich auf ihr gemeinsames Kind ebenso sehr wie sie. Kurz darauf hörte sie die Tür ins Schloss fallen. Sie war allein in der Wohnung. Von unten klangen einzelne Fetzen von Musik zu ihr hoch. Die alte Dame hörte schlecht und drehte ihre Anlage des Öfteren etwas lauter auf. Auch aus der Wohnung über ihr drangen Geräusche zu ihr. Überall war Leben, nur sie fühlte sich im Moment unsäglich allein. Traurig legte sie sich aufs Bett und verkroch sich unter ihrer Bettdecke.

Am nächsten Tag tauchte Jan wieder auf.

»Wo warst du?« Lucia hatte schwarze Ringe unter den Augen. Sie hatte kaum geschlafen, denn trotz seiner brüsken Zurückweisung hatte sie sich auch Sorgen um ihn gemacht.

Jan setzte sich nicht einmal hin. »Ich wollte es dir eigentlich schon länger sagen. Aber du hast so ein Brimborium um dieses Weihnachtsfest gemacht, dass wir einfach keine Zeit dazu hatten.«

Lucia verstand nicht, worauf er hinauswollte.

»Aber jetzt, wo du mit so etwas herauskommst, passt es gerade, reinen Tisch zu machen.«

»Reinen Tisch?«, echote Lucia.

»Ich ziehe aus.«

Als sie ihn verständnislos ansah, fügte er hinzu: »Jetzt gleich.« Er ging ins Schlafzimmer und begann, seine Sachen zusammenzupacken.

Lucia wurde schwindelig. Sie konnte nicht fassen, was sie eben erlebte. War das ein schlechter Film? Ein überaus schlechter sogar? Sie war schwanger und Jan verließ sie gerade? Hatte sie mit einem absoluten Schwachkopf zusammengelebt und es nicht bemerkt? »Aber warum?« Sie war ihm gefolgt und stand nun im Türrahmen. Fassungslos sah sie ihm dabei zu, wie er Kleidungsstücke in eine Reisetasche stopfte.

»Wenn du es genau wissen willst: Ich habe mich verliebt.« Er sah sie noch nicht einmal an dabei.

Lucia stützte sich an der Wand ab. »Du hast was?«

»Es gibt da jemand anders in meinem Leben. Du hast schon richtig gehört. Und ich lasse mich von dir nicht davon abhalten, mein Leben so zu leben, wie ich mir das vorstelle.«

Deshalb also die Überstunden in letzter Zeit, das späte Nachhausekommen ihres Freundes. War sie blind gewesen? Hatte sie nur das wahrgenommen, was sie sehen wollte?

»Wer ist es denn?«

»Du willst es wissen, ja? Echt?« Nun sah er sie endlich an.

»Ja, sag mir, wer es ist.«

»Nora.«

»Deine Kollegin?«

»So ist es.«

»Aber du hast doch erzählt, dass die demnächst in die Staaten geht?«

»Das wird sie. Und zwar gemeinsam mit mir. Wir haben dort nämlich beide Top-Jobs angeboten bekommen. Du wirst nicht ernsthaft annehmen, dass ich darauf verzichte. Ich hatte nur noch nicht den richtigen Moment gefunden, es dir zu sagen.«

»Wann wolltest du damit herausrücken? Unterm Weihnachtsbaum?«

Er musterte sie. »Was hattest du denn erwartet? Dass wir am vierundzwanzigsten Ringe tauschen?« Er lachte auf. Es klang gemein. »Du mit deinem Romantikfimmel.«

Das war fies. Denn genau davon hatte Lucia ja tatsächlich geträumt.

*

Ihre Mutter kam drei Tage früher und wohnte bei ihr. Sie rief sogar bei ihrem Chef an und entschuldigte sie dort. Wie sie es hinbekam, dass er ihr drei Wochen freigab, wusste sie nicht.

»Kind, wir schaffen das.« Ihre Mutter kochte, brachte die Wohnung auf Vordermann und beseitigte die letzten Spuren von Jan daraus. »Schau nach vorn. Reisende soll man nicht aufhalten.«

Nachdem sie zwei Tage und eine Nacht durchgeheult hatte, beschloss Lucia, auf ihre Mutter zu hören. Aber was würde aus ihrem Kind werden? Sein Vater wollte es nicht, das hätte er nicht deutlicher ausdrücken können.

Ihre Mutter nahm sie in den Arm und hielt sie fest. »Wir stehen hinter dir. Ach was, wir stehen neben dir!«

Irina, so hieß ihre Mutter, bestand auch darauf, an dem geplanten Weihnachtsessen festzuhalten. »Du kannst etwas Kräftiges gebrauchen! Und nenn mir einen einzigen vernünftigen Grund, weshalb wir auf eine Badische Hochzeitssuppe an Heiligabend verzichten sollten. Ich esse sie sehr gerne und dein Vater auch!«

Als sie vom Einkaufen zurückkamen und Irinas Kofferraum ausräumten, fuhr ein Streifenwagen vor. »Nanu, zu wem wollen die denn? Doch nicht etwa zu dir?«, scherzte Irina.

»Wir haben doch alles ehrlich bezahlt, oder haben wir nicht?« Lucia griff die Heiterkeit ihrer Mutter auf.

Die war froh darüber, dass Lucia endlich wieder lachte. Als die beiden uniformierten Beamten jedoch ausstiegen und auf sie beide zukamen, wusste sie nicht, was sie davon halten sollte.

»Jan Borsel, wohnt der hier?«

Irina legte ihrer Tochter die Hand auf den Arm. »Weshalb fragen Sie?«

»Er ist hier gemeldet. Wo steht denn das Auto von Herrn Borsel?«

»Sein Auto? Das war in der Werkstatt. Wenn er es nicht abgeholt hat, steht es da noch immer. Im Übrigen wohnt er nicht mehr hier. Seine neue Adresse kenne ich nicht.« Lucia wandte sich ab.

»Können wir drinnen weiterreden?«

Irina führte die beiden Männer in die Küche, Lucia setzte sich.

»Es geht um den vorletzten Montag. Haben Sie Herrn Borsel da gesehen?«

»Vorletzter Montag? Moment, ich muss in meinem Kalender nachsehen.« Lucia zog ihr Smartphone aus der Tasche. »Hm, der Tag war das also.« Jetzt fiel es ihr wieder ein. Jan war an dem Abend überhaupt nicht nach Hause gekommen, sie hatte lange Zeit vergeblich mit dem Essen auf ihn gewartet, bevor sie sich schlafen gelegt hatte. War er da auch bei Nora gewesen? Laut sagte sie: »Was wollen Sie von Jan?«

»Es gab an diesem Tag am späten Nachmittag einen Unfall. Ein Zeuge hat sich erst jetzt bei uns gemeldet, weil er zwischenzeitlich weg war. Und er gibt an, ein Auto, das, wie wir festgestellt haben, auf einen Jan Borsel zugelassen ist, der hier unter dieser Adresse gemeldet ist, dabei beobachtet zu haben, wie er eine Fußgängerin anfuhr und seine Fahrt einfach weiter fortsetzte. Das ist Unfallflucht.«

»Wie geht es der Frau?«, wollte Irina wissen.

»Sie ist mittlerweile im Krankenhaus verstorben. Fahrerflucht bei Todesfall. Das erschwert das Ganze natürlich.«

Lucia fuhr mit der Hand über die Tischplatte. »Jan ist hier ausgezogen, vor ein paar Tagen schon. Ich vermute, er ist bei seiner neuen Freundin eingezogen. Die Adresse von der erfahren Sie sicherlich bei seinem Arbeitgeber, weil es seine Kollegin ist. Und die Werkstatt, zu der er sein Auto sonst immer gebracht hat, ist in Handschuhsheim, in der Mitte des Ortes.« Sie riss einen Zettel von einem Block ab, der auf dem Tisch lag. »Ich schreibe Ihnen die Anschrift des Arbeitgebers und der Werkstatt auf. Und ich sage hiermit aus, dass ich Herrn Jan Borsel an dem Tag, den Sie mir genannt haben, nach dem Frühstück nicht mehr gesehen habe.«

*

Die Heiliggeistkirche war bereits ziemlich voll, als sie ankamen. Trotzdem gelang es ihnen, nebeneinander zu sitzen. Die Pfarrerin erzählte die Weihnachtsgeschichte, sprach von der Liebe Gottes, die so groß war, dass er seinen Sohn auf die Erde sandte, um die Menschen zu erlösen. »Gott ist Liebe. In der Liebe Gottes sind wir geborgen. An Weihnachten feiern wir die Geburt des Heilands. Jedes Jahr, immer wieder aufs Neue.« Die Gemeinde hob an zu singen, erst leise, dann immer lauter. Die Orgel spielte dazu. Der Kirchenraum füllte sich mit Musik, wärmte Lucia, obwohl sie zuvor gefröstelt hatte. Sie sah nach oben, zur hohen Decke, dann auf die Säulen, welche das Dach trugen. Die roten Stützen wirkten wie ein Gerüst, die das Ganze zusammenhielten. Ihre Mutter schob entschieden ihre Hand auf ihre, hielt sie fest. Auf der anderen Seite neben ihr saß ihre Schwester, die machte dasselbe. Ihr Vater, der neben ihrer Mutter saß, lächelte sie an. So saß Lucia, geborgen im Kreis ihrer Familie, und ging in Gedanken nochmals das eben Gehörte durch. Jans Liebe hatte nicht getragen. Sie war so dünn wie das Eis auf dem Neckar. Aber soeben hatte Lucia während der Predigt etwas erfahren, das sie und ihr Kind trug. Sie wusste, diese Kraft würde sie weiter tragen und ihnen helfen. Sie schritt mit ihrer Familie nach vorne, um gemeinsam mit den anderen am Abendmahl teilzunehmen.

Als sie gemeinsam durch das Kirchenschiff gingen und schon durch die Glastür gelangt waren, die den Vorraum abtrennte, blieb Lucia stehen und betrachtete die Opferkerzen. Ihr Vater nahm einen Schein aus der Tasche und sie zündeten fünf Kerzen an. »Für jeden von uns eine«, sagte er und nahm seine Tochter in den Arm.

Als sie hinaustraten, spürte Lucia die Kälte nicht, und die Tränen, die ihre Wangen hinunterkullerten, waren Tränen der Rührung und des Glücks. Sie spürte das neue Leben in sich und fühlte sich dabei doch selbst geborgen. Sie würden es schaffen. Sie nickte ihren Eltern zu und hängte sich bei der Schwester ein. Gemeinsam machten sie sich auf den Weg nach Hause und freuten sich, während sie die steinerne Brücke über den Neckar betraten, bereits auf die wärmende und sättigende Suppe. Mitten auf der Brücke hielt der Vater inne und schaute sich um. Die anderen taten es ihm gleich. Über der Kulisse der Schlossruine glänzte ein mächtiger Vollmond in schierer Schönheit.

Badische Hochzeitssuppe

Für selbst gemachte Flädle
100 g Mehl
1 Becher Milch
etwas Wasser
2 Eier
eine Prise Salz

Für die kleinen Nocken
100 ml Milch
1 Ei
etwas Butter
eine Prise Salz
ein Hauch Muskat
60 g Mehl.

Für die Brühe
Suppenknochen
etwas Gemüsebrühepulver
Markklößchen, fertig dazukaufen
kleine Maultäschle, fertig dazukaufen
etwas Petersilie, nach Geschmack, frisch aus dem Topf
von der Fensterbank oder getrocknet

Aus den Zutaten einen Teig herstellen, dünne Pfann-
kuchen in einer mit Öl ausgepinselten Pfanne backen,
nach dem Abkühlen in feine Streifen schneiden.

Milch mit Ei erhitzen, die restlichen Zutaten einrühren.
Mit zwei Kaffeelöffeln kleine Nocken vom Teig abste-
chen und in kochendes Wasser geben. Die Temperatur
herunterschalten und die Nocken bei mäßiger Hitze
etwa zehn Minuten ziehen lassen.

Einen Suppenknochen in einem großen Topf Wasser ungefähr eineinhalb Stunden kochen. Mit etwas Gemüsebrühepulver abschmecken. Die Markklößchen und Maultäschle nach Anweisung auf der Packung erwärmen.

In jeden Suppenteller einige Nocken, Flädle, Markklößchen und Maultäschle geben. Mit heißer Suppe aufgießen, etwas Petersilie darüberstreuen.

VOLKER HESSE

Das Beste kommt immer zum Schluss

Freiburg

Anfang Dezember.

Joseph Pfefferle und sein Team saßen im Aufenthaltsraum der KriPo-Direktion Freiburg und machten Mittagspause. Auf dem Tisch standen allerlei Plätzchen und natürlich der unvermeidliche Pfefferkuchen, den immer wieder jemand heimlich zu den Weihnachtsbäckereien legte. Joseph – also Sepp – nahm ihnen den kleinen Scherz mit seinem Nachnamen nicht krumm, sie arbeiteten alle sehr gut zusammen und hatten schon so manchen schwierigen Fall miteinander gelöst.

Als sie gerade herzlich über irgendeinen Witz lachten, ging ziemlich unsanft die Tür auf. Der Dezernatsleiter kam mit seinem typisch bluthochdruckroten Kopf herein und schmetterte eine dicke Akte auf den Tisch.

»Dass Sie mir die Vermisstensache nicht vergessen, Pfefferle«, schnauzte er Sepp an, nahm sich gleich drei Kekse vom Teller und stopfte sie auf einmal in den Mund. »Nicht dass wir in diesem Jahr schon wieder wegen Unfähigkeit in der Zeitung massakriert werden«, nuschelte er mit vollem Mund weiter, wobei Krümel auf den Tisch und Sepps Jackett flogen. »Klar?«

Sepp nickte und wischte sich die Krümel vom Revers. »Klar, Chef.«

»Und keine Ausreden! Diesen Advent will ich keinen Vermissten haben!«

»Klar, Chef.«

Schon war er wieder draußen. Die Tür schlug knallend ins Schloss.

172

Die gute Stimmung war wie weggeblasen. Michael, ein Kollege, fuhr sich mit den Händen durchs Gesicht. »Nicht schon wieder«, seufzte er. »Das wird doch eine Nullnummer, so wie jedes Jahr. Wer weiß, wohin die Leute über den Advent verschwinden? Es muss ja kein Verbrechen dahinterstecken.«

Sepp schüttelte den Kopf. »Aber wenn es ihn doch glücklich macht.« Er konnte sich selbst ein schiefes Grinsen nicht verkneifen, wurde aber schnell wieder ernst und schlug den Aktendeckel auf. »Also: Wir suchen nach Personen aus der unteren Schicht, aber nicht ausschließlich Obdachlose, ab 50 aufwärts, überhaupt keine Angehörigen oder nur welche in weiter Entfernung. Schaut euch in der Nähe der Weihnachtsmärkte und an den anderen Orten um. Ihr kennt ja die Stellen.« Er blickte in die Runde und sah Gesichtsausdrücke irgendwo zwischen genervt und frustriert. Egal, das Leben war schließlich kein Ponyhof. »Na dann. Zweierteams. Jeden zweiten Nachmittag geht ihr raus. Und vergesst nicht, die festgestellten Namen in das Bearbeitungssystem einzutragen, damit wir nicht alles doppelt und dreifach machen. Im Zweifel tragt ihr den Spitznamen ein. Alles klar?«

Michael hob die Hand. »Sepp, kann das nicht wenigstens in diesem Jahr mal die Schutzpolizei übernehmen? Ich bekomme echt meinen Schreibtisch bis Weihnachten nicht mehr leer.«

Sepp lächelte und schüttelte den Kopf. »Nein, Micha. Die Abteilung Heldenaufträge rückt selbst aus. Keine Diskussion. Wir beide gehen zusammen.«

Murrend erhoben sich die Mitglieder des Teams, fanden sich in Zweiergruppen und stapften los.

*

22. Dezember.

Maria Belle liebte die Kirche nicht. Die hatte ihr in ihrem langen Leben nie geholfen. Sie liebte aber sehr wohl die Werte, die sie vermittelte. Nächstenliebe, einander beizustehen, solche Sachen. Und natürlich die Tradition der Feiertage. Die wurden in ihrem kleinen Haus wahrhaft zelebriert. Gemeinsam mit ihrer Tochter Amanda hatte sie schon vor Wochen die weihnachtliche Dekoration vom Speicher geholt, die dort sorgsam verpackt auf ihren jährlichen Einsatz gewartet hatte. Die Dekoration war alt wie eigentlich alles an und in diesem Haus, in dem sie allein mit Amanda wohnte.

Maria war zum Ende des Krieges als Kind aus dem völlig zerbombten Ruhrgebiet nach Freiburg gekommen. Eltern tot, Geschwister tot, niemand mehr da. Irgendjemand hatte sie in ein Heim im Schwarzwald gesteckt, als junges Ding war sie dann in die Stadt gekommen und hatte als Verkäuferin in einer Metzgerei gelernt. Wie das Leben so spielt, hatte sie in diesem Geschäft auch ihren Mann kennengelernt, der dort Metzgergeselle war. Aber der war nun auch schon lange Zeit tot. Immerhin: Sie hatten gemeinsam das kleine Haus gebaut. Es war nicht groß, es war auch nicht schön, aber es war ihres.

Und sie hatten Amanda bekommen. Recht spät, da war sie schon vierzig, aber umso mehr liebte sie ihre Tochter. Sie würde ihr immer beistehen, alles von sich geben, damit es Amanda gut ging. Bis zum Tod und auch darüber hinaus.

Hoffentlich würde Amanda bald einmal jemanden kennenlernen. Die Uhr tickte langsam herunter, aber erzwingen konnte man so etwas natürlich nicht. Es würde schon noch klappen, da war sich Maria sicher. Amanda brachte zwar mit ihrer Putzstelle keine Reichtümer nach Hause, aber Maria hatte ihr über all die Jahre beigebracht, wie man eine kleine Familie auch mit wenig Geld durchbringen konnte. Das war unbezahlbar, wenn auch manchmal alles andere als leicht.

Das Haus fraß das bisschen Stütze, das sie bekam, vollständig auf. Die Rente allein hätte sie niemals durch den Monat gebracht. In den Jahren, als sie das Haus abbezahlen mussten, war kein Geld da gewesen, um Rentenmarken zu kleben. Aber so war es eben. Jetzt darüber zu jammern brachte sie auch nicht weiter, also ließ sie es lieber gleich bleiben. Sollte sie irgendwann sterben, durfte Amanda den Behörden nichts sagen, das hatte sie ihrer Tochter tausendmal eingebläut. Ohne ihre Rente und die Stütze würde Amanda das Haus schneller verkaufen müssen, als man »Sozialhilfe« sagen konnte.

Wie in jeder Vorweihnachtszeit war sie auch in diesem Jahr wieder auf der Suche nach jemandem, der im Leben noch weniger Glück gehabt hatte als sie selbst. Kaum zu glauben, aber von denen gab es selbst im ach so reichen Freiburg welche. Man brauchte nur zu wissen, wo man suchen musste, dann stieß man irgendwann auf einen Menschen, der einsam war, ohne Perspektive, ohne Hoffnung. So jemanden lud sie in der Weihnachtszeit zu sich nach Hause ein. Dann gab es immer ein festliches Mahl. Heute würde sie jemanden finden, das hatte Maria im Gefühl. Außerdem war es längst Zeit, übermorgen war schließlich Heiligabend. Aber bevor sie in die Stadt gehen konnte, würde sie noch die Vorbereitungen für das Essen treffen.

Der Raum hinter der Küche zum Garten hin war ordentlich gefliest und sah fast aus wie eine kleine Metzgerei. Hier hatten Maria und ihr Mann geschlachtet – schwarz natürlich. Man musste schließlich sehen, wo man blieb, damals in den Fünfzigern und Sechzigern. Die Maschinen hatte ihr Mann nach und nach günstig zusammengekauft und sie liefen gut, auch wenn er einige zuerst reparieren musste. Später brauchten sie die Geräte nur noch selten, aber sie hatten nie auch nur im Traum daran gedacht, alles wegzuwerfen. Maria und Amanda putzten alles regelmäßig, und hätte man einen Schalter an irgendeiner Maschine umgelegt, dann wäre sie sofort angelaufen.

In diesem Raum stand auch eine große, alte Kühltruhe. Amanda hatte einmal gesagt, die hätte bestimmt Energieklasse Z, und hatte sich vor Lachen kaum wieder eingekriegt. Aber wie viel Strom die Truhe auch immer brauchen mochte: Sie lief seit Jahrzehnten und machte auch keine Anstalten, damit aufzuhören.

Maria klappte den Deckel hoch und suchte in ihren Vorräten, die sie über das Jahr hinweg eingelagert hatte, die passenden Sachen heraus:

Für die Flädlesuppe die letzten Suppenknochen, das letzte Suppenfleisch, ein Bund Suppengrün und eine kleine Tüte gefrorenen Schnittlauch. Für den Hauptgang das letzte Filet, den letzten Speck und Pflaumen. Maria teilte immer das letzte Fleisch des Jahres mit ihrem vorweihnachtlichen Gast. Das Gemüse in der Truhe stammte natürlich aus ihrem kleinen Garten.

Nachdem sie alles zum Auftauen ordentlich auf den Ablauf der Spüle gelegt hatte, holte Maria kleine Förmchen aus dem Schrank und begann, den Nachtisch vorzubereiten: Eisauflauf! Sie holte Papier aus dem Wohnzimmer und schnitt es in schmale Streifen. Diese wickelte sie um die Förmchen herum und klebte sie fest, um die Form höher zu machen.

Dann nahm sie Zucker und ließ ihn in einer Pfanne langsam schmelzen. Währenddessen schlug sie Eiweiß steif, fügte den flüssigen Zucker hinzu und hob ihn schnell unter. Aus der Kühltruhe hatte Maria schon gestern Himbeeren zum Auftauen geholt, zerdrückte sie nun mit einer Gabel und zog sie vorsichtig unter den Eischnee. Jetzt nur noch die Sahne steif schlagen, vorsichtig unterheben und alles in die vorbereiteten Förmchen geben. Während Maria die Förmchen zur Kühltruhe trug, lächelte sie zufrieden. Die Dekoration für den Nachtisch würde Amanda später machen, ihre eigenen Finger waren dazu inzwischen nicht mehr ruhig genug. Mandelsplitter, ein wenig Himbeersauce und die Krönung: Selbst geformte Mandeln aus Marzipan mit leichtem Kakaoüberzug, sodass sie wie echt aussahen. Maria war schon jetzt gespannt auf die Reaktion ihres abendlichen Gastes.

Zurück in der Küche warf sie noch einen schnellen Blick in die Runde. Aufgeräumt hatte sie schon nebenbei, hier war vorerst nichts mehr zu tun. Sie nahm ihren Mantel vom Haken der Garderobe und machte sich auf den langen Weg in die Stadt. Amanda würde in etwa einer Stunde nach Hause kommen und sich weiter um die Vorbereitungen kümmern.

*

Maria ging aufmerksam am Rand des Weihnachtsmarktes auf dem Rathausplatz entlang. Immer wenn sie jemanden sah, von dem sie dachte, er oder sie könnte geeignet sein, blieb sie stehen und beobachtete. Oft wartete die Person nur auf ihre Begleitung, dann ging sie weiter. Aber sie hatte nach wie vor ein gutes Gefühl, sie musste nur etwas Geduld haben.

Gerade schaute sie wieder durch die Menge, als ihr zwei Männer ins Auge fielen. Sie standen an einem Bistrotisch und aßen etwas. Ihre Kleidung war sehr funktional: Jeans, Wanderschuhe, Outdoor-Jacke. Ihr

Blick huschte ständig über die Menschen, die sich auf dem Weihnachtsmarkt drängten. Typisch Zivilpolizei. *Oh nein, die Schmiere*, dachte sie bei sich. Die Polizei brauchte sie in ihrem Leben noch weniger als die Kirche.

Sepp und Micha aßen schweigsam ihre lange Rote im Brötchen und scannten die Umgebung. Für ihren Streifengang hatten sie das Jackett mit einer Funktionsjacke getauscht. Das war nicht nur bequemer, man wusste ja außerdem nie, was auf einen zukam. Und bevor man sich im Sakko auf dem Pflaster mit irgendeinem Vollgesoffenen herumprügeln musste – dann doch lieber in einer solchen Jacke. Fünf oder sechs ältere Personen hatten sie schon angesprochen. Aber ob sie damit etwas bewirkten, wussten sie nicht. Das würde sich erst dann herausstellen, wenn die Zeit bis Weihnachten ohne Vermisstenanzeige herumging. Dies war ihre letzte Streife, dann hatten sie es hinter sich. Der letzte Tag vor Heiligabend würde mit Daumendrücken herumgehen müssen, ihre Schreibtische waren wirklich übervoll.

Sepp schob sich gerade den Rest seines Brötchens in den Mund, als Micha, der schon fertig war, ihn anstupste. »Schau mal da drüben unter den Arkaden. Links neben der zweiten Säule.«

»Hm, die ist aber schon recht betagt.«

»Ja, aber ansonsten würde sie ins Raster passen. Ihr Mantel hat jedenfalls schon bessere Zeiten erlebt.«

»Obdachlos? Was meinst du?«

Micha schüttelte den Kopf. »Glaube ich nicht. Ich habe sie noch nie in einer Wärmstube gesehen. Wollen wir?«

»Klar.«

Sie warfen ihre Servietten in einen Mülleimer und gingen auf die ältere Dame zu.

Grundgütiger, jetzt kommen sie auch noch her, dachte Maria bei sich. *Was wollen die denn von mir?* »Na, die Herren, heute noch niemanden verhaftet?«, fragte sie laut, kaum dass Sepp und Micha nahe genug heran waren.

Die beiden stutzten.

Maria lachte ein freudloses Lachen. »Dass ihr von der Schmiere seid, würde man sogar nachts bei Neumond und bewölktem Himmel sehen.«

»Dann brauchen wir uns ja wenigstens nicht erst vorzustellen«, erwiderte Micha leicht giftig. Von der alten Vettel würde er sich nicht vorführen lassen.

»Lass gut sein«, raunte Sepp ihm zu. Zu Maria gewandt sagte er: »Pfefferle mein Name, guten Tag.« Er zog seine Marke aus der Tasche und hielt sie so, dass Maria sie sehen konnte. »Es liegt gar nichts Besonderes an. Wir sprechen in der Vorweihnachtszeit viel mit älteren Menschen, vor allem wegen der Taschendiebe. Darf ich nach Ihrem Namen fragen?«

Wenigstens ist er höflich. Nicht so wie der andere, dachte Maria bei sich. Sie nannte artig ihren Namen und ihre Adresse, die der ungehobelte Polizist schnell in einem kleinen Notizbuch festhielt. Es folgte eine Gardinenpredigt über Taschendiebe undsoweiterundsoweiter. Maria hörte nicht wirklich hin. Erst als der freundliche Polizist sich mit einem »Frohe Weihnachten!« verabschiedete, rang sie sich ein kleines Lächeln ab und sah den beiden zu, wie sie Leine zogen. Dann wandte sie sich wieder ihrer unterbrochenen Aufgabe zu.

Während ihre Augen auf Suche gingen, dachte sie bei sich: *Ich soll auf mich aufpassen! Ich habe schon auf mich aufpassen müssen, da sind die beiden noch mit der Trommel um den Weihnachtsbaum gerannt. Wenn überhaupt.* Doch bevor sie sich weiter ereifern konnte, blieb ihr Blick an jemandem hängen.

*

Es war gegen vier, als sie Marias kleines Haus erreichten. Schon im Flur roch es nach der Flädlesuppe, die es als Vorspeise geben würde. Amanda werkelte in der Küche, kam aber sofort, um den Gast zu begrüßen.

»Das ist Marian«, stellte Maria ihrer Tochter den Gast vor. »Und das ist Amanda«, sagte sie zu Marian gewandt, »meine Tochter.«

Die beiden gaben sich die Hand. Amanda konnte ein kurzes Zögern nicht unterdrücken, denn Marian sah ein wenig furchteinflößend aus. Er war sicher 1,90 Meter groß und breit wie ein Schrank. Aus dem von einem ungepflegten Vollbart beinahe verdeckten Gesicht funkelten dunkle Augen unter buschigen Augenbrauen wachsam hervor. Seine zotteligen Haare waren von grauen Strähnen durchzogen. Die Kleider und wohl auch er selbst waren sicher schon eine Weile nicht gewaschen. Aber dann riss sie sich zusammen. War es nicht in jedem Jahr dasselbe?

»Komm rein, Marian«, sagte sie freundlich. »Wir sagen Du, oder? Herzlich willkommen!«

Sie gingen zusammen in die Wohnküche. Maria wies auf eine Tür auf der gegenüberliegenden Seite des Raumes. »Wenn du dich noch frischmachen möchtest, Marian, kannst du gern das Bad benutzen. Wir haben noch Zeit, bis das Essen fertig ist. Ich kann uns in der Zwischenzeit auch noch einen leckeren Glühwein machen.«

»Das wäre wirklich nett, Maria. Falls es euch nicht stört. Ich ... das ist wirklich, als ob heute schon Weihnachten wäre«, sagte Marian leise. »Unsereinem wird nicht alle Tage so etwas geboten.«

»Mach dir darüber mal keine Gedanken«, wiegelte Maria ab. »Wir laden jedes Jahr jemanden zum Weihnachtsessen ein. Nicht wahr, Amanda?«

»Genauso ist es, Mama«, antwortete diese. »Mach dir keinen Kopf, Marian.«

Der Obdachlose nickte, immer noch etwas verschämt, und zeigte auf die Badezimmertür. »Ich geh dann mal.«

Als Marian im Bad verschwunden war, schaute Maria ihre Tochter an. »Der Nachtisch?«

»Ist fertig«, antwortet diese. »Ich glaube, die Mandeln sind gut geworden.«

»Gutes Mädchen. Und die anderen Sachen?«

»Die Suppe ist fertig, die Eierkuchen für die Flädle sind es auch. Das Gratin ist im Ofen, in einer halben Stunde ist es auch so weit. Bis auf das Filet ist alles bereit.«

»Wunderbar, dann mache ich uns den Glühwein.« Maria ging hinunter in den Keller und holte zwei Flaschen Spätburgunder. Sie nahm noch das Glühweingewürz dazu und nach wenigen Minuten breitete sich in dem kleinen Haus ein weihnachtlicher Duft aus.

Maria schaute auf die Uhr. Halb fünf. »Marian hat sicher nichts dagegen, wenn wir bald essen. Dann sind wir auch nicht so spät fertig.«

Amanda nickte. Ihre Mutter war schließlich auch nicht mehr die Jüngste.

*

Sepp fuhr den PC herunter und gähnte. »So, reicht für heute«, sagte er zu niemand bestimmtem. Er freute sich auf zu Hause. Die Weihnachtsgeschenke hatte er entgegen seiner sonstigen Gewohnheit schon Anfang Dezember gekauft. Das war eigentlich gar nicht so schlecht, jetzt musste er nur noch den Weihnachtsbaum schmücken.

Noch einmal gingen seine Gedanken zurück zum Vermisstenfall. Er schüttelte den Kopf. Hoffentlich hatten sie alle angesprochen, die vielleicht in Frage kommen mochten. Auch die alte Frau vom Nachmittag huschte noch einmal vor seinem geistigen Auge vorbei. Wäre doch echt schade, wenn ihr etwas passieren würde. Obwohl sie recht ruppig gewesen war. Aber wer wusste schon, was sie in ihrem Leben alles hatte durchmachen müssen.

*

Nach dem zweiten Becher Glühwein war Marian spürbar aufgetaut. Seine Sachen rochen zwar immer noch sehr eindeutig, aber er hatte sich gründlich gewaschen und seine wilden Haare mit Kamm und Wasser gebändigt. Marian begann sich offenbar wohlzufühlen, aber seine Augen blieben trotzdem wachsam. Er registrierte alles in dem kleinen Haus, lauschte auf die Geräusche der Straße. Fuhr ein Auto vorbei, drehte er sich sofort zum Fenster und sah hinaus.

Währenddessen erzählte er aus seinem Leben. Er war schon seit fünf Jahren auf der Straße. Seinen Job hatte er durch den Alkohol verloren, kurz darauf seine Wohnung. Marian hatte keinen festen Schlafplatz, nicht einmal eine feste Stadt, in der er sich aufhielt. Er war schon in Berlin gewesen, in Hannover, Duisburg, sogar in Straßburg. Im Herbst war er in Freiburg angekommen. Noch hatte er keine Konflikte mit der Polizei gehabt, sie hatten ihn bisher nicht einmal kontrolliert – wobei das in den anderen Städten, in denen er bisher gewesen war, schon fast ein Hobby der Polizei gewesen zu sein schien. Er mochte Uniformen genauso wenig wie Maria, und in den nächsten Minuten wurde erst einmal über die Schmiere hergezogen und gelacht.

Amanda machte die Suppe heiß, während die beiden erzählten, und schnitt die Eierpfannkuchen in dünne

Streifen. Marian war im Grunde wie die anderen Gäste, die sie in all den Jahren gehabt hatten. Sein Leben hatte irgendwann seinen Sinn verloren. Natürlich freute er sich über die Einladung, aber er war im Übrigen ein sehr trauriger, vom Leben in den Schmutz getretener Mensch. So etwas sollte es nicht geben. Im Stillen lobte sie ihre Mutter dafür, dass sie es immer wieder schaffte, die richtigen auszusuchen. Hoffentlich würde sie das später auch einmal so können ... Marian schien gute Manieren zu haben. Er machte auch sonst einen freundlichen Eindruck, wenn da nicht die ruhelosen Augen gewesen wären. Und seine Blicke aus dem Fenster. Er war offenbar innerlich sehr aufgeregt, auch wenn man es ihm sonst kaum anmerkte. Amanda beschloss, auf der Hut zu sein. Auch für ihre Mutter, die scheinbar völlig arglos mit Marian plauderte. Und mit dem Glühwein würde sie sich zurückhalten.

Die Suppe war gut gelungen und würzig. Marian aß mit Heißhunger, er lebte ja sonst mehr oder weniger von der Hand in den Mund. Er sagte, dass er warmes Essen sonst nur von der Bahnhofsmission oder den Wärmstuben kenne – und das sei oft genug sehr fade. Während er zum zweiten Mal um Nachschlag bat, stand Maria auf, um das Filet zu braten. Das Gratin war schon längst fertig und wurde im Ofen nur noch warmgehalten.

Maria schlug die Spitze des Filets ein, würzte es kräftig mit Salz und Pfeffer, Rosmarin und Thymian und wickelte es dann in die Speckstreifen. Am Ende steckte sie den Speck mit einer Rouladennadel fest. Es zischte ordentlich, als sie das Filet in die große Bratpfanne legte und von allen Seiten gut anbriet. Das Gratin hatte sie aus dem Ofen genommen und abgedeckt zur Seite gestellt. Maria drehte den Ofen wieder höher und stellte das knusprig braune Filet auf einer Fleischplatte hinein, damit es noch ein paar Minuten nachziehen konnte.

In der Pfanne mit dem Bratensatz karamellisierte sie Schalotten, löschte das Ganze mit Wein, Portwein und Fleischfond ab und wartete, bis die Sauce auf die Hälfte reduziert war. Nur noch abschmecken und abbinden, dann konnte es losgehen. Sie freute sich beinahe so sehr wie ihr Gast auf das Festmahl.

Auch der Hauptgang kam bei Marian gut an. Sie tranken Spätburgunder dazu. Amanda hielt sich weiterhin zurück, denn Marians ruhelose, aufmerksame Augen waren geblieben, obwohl er schon einiges an Glühwein und Rotwein getrunken hatte.

Vom Filet blieb nichts übrig. Marian lehnte sich mit einem wohligen Seufzen und voller Lob für Maria und Amanda zurück.

Maria lächelte. »Das war aber noch nicht alles. Das Beste kommt zum Schluss: der Eisauflauf!«

Amanda räumte sorgsam das Geschirr auf die Spüle, dann ging sie zur Kühltruhe und holte das Dessert.

»Eigentlich kann ich nicht mehr«, stöhnte Marian.

»Papperlapapp«, wehrte Maria ab. »Du wirst doch die Krönung des Essens nicht ausschlagen! Du weißt ja: Das Beste ...«

»... kommt zum Schluss. Ich weiß«, nickte Marian eigenartig lächelnd, wobei seine Augen scheinbar noch hektischer hin und her zuckten als zuvor. »Wow, mit Mandeln«, sagte er, als er die Dekoration betrachtete.

»Ja, aber aus Marzipan. Selbst gemacht!«, freute sich Amanda. »Du magst doch Marzipan, oder?«

Marian nickte. »Sehr gern sogar.« Er nahm den Löffel und beförderte eine ordentliche Portion Eisauflauf mitsamt selbstgemachter Mandel in seinen Mund. Amanda und Maria sahen ihn erwartungsvoll an.

Marians Augen unterbrachen ihre unruhige Reise und wurden vor Überraschung groß. Er zog krampfhaft Luft durch die Nase ein.

Maria und Amanda stießen ihre Stühle zurück und hielten sich Tücher vor die Nasen. Jetzt kam der etwas unschöne Moment, zum Glück dauerte er nicht lange.

Marians Kopf lief rot an. Er hustete den geschmolzenen Nachtisch aus und griff sich verzweifelt an den Hals, während seine Lunge unablässig und doch vergeblich versuchte, den Körper mit Sauerstoff zu versorgen.

Nach wenigen Augenblicken war es vorbei. Marian sackte mit weit aufgerissenen Augen vom Stuhl und krachte auf den Küchenboden. Amanda riss die Fenster auf, um den Bittermandelgeruch aus dem Raum zu bekommen. Maria war schon bei der Tür nach hinten und öffnete auch diese.

»Schnell, bevor das Gift alles verdirbt!«, rief Maria durch ihr Tuch. Schon war Amanda bei ihr und gemeinsam schleppten sie den Körper durch die Tür in den gefliesten Raum. Neonröhren flackerten auf.

*

Sepp hängte mit zufriedenem Blick den letzten Strohstern an den wundervoll geschmückten Baum. Jetzt konnte es Weihnachten werden!

Eisauflauf

Für 4 Personen

200 g Zucker
4 Eiweiß
250 g tiefgefrorene oder frische Himbeeren
3/8 l Sahne

Dekoration
3 EL gehackte Mandeln
etwas Himbeersauce
keine (!) Marzipanmandeln mit Cyanidfüllung

Zucker in einer Pfanne oder einem Topf bei mittlerer Wärmezufuhr langsam schmelzen lassen. Möglichst nicht umrühren. Eiweiß sehr steif schlagen. Als nächstes den heißen Zucker zufügen und schnell unterschlagen.

Die frischen oder aufgetauten Himbeeren mit einem Pürierstab oder einer Gabel musen, danach zum Eischnee geben und unterheben. Sahne steif schlagen und zum Schluss vorsichtig unterziehen.

Manschetten um kleine Förmchen legen (siehe Text, bei richtiger Formgröße steht dann die Masse beim Servieren schön über den Rand der Form hinaus) und die Masse einfüllen. In das Gefrierfach stellen und fest werden lassen.

Danach die Manschette abnehmen, den Auflauf mit Mandelsplittern bestreuen und mit etwas Himbeersauce dekorieren.

KERSTIN LANGE

Der Duft des Todes

Bruchsal

Noch zwei Tage. Alle Plakate und Werbebanner erinnerten an diese Frist. Noch zwei Tage, um Geschenke
einzukaufen. Die Botschaft war eindeutig: Beeilung.
Rasch. Husch, husch. Gebt Geld aus! Dieser Apparat
rasiert gründlicher als alle anderen zuvor. Darauf hat
sie schon immer gewartet! Gönnen Sie sich etwas Besonderes! Das Beste zum Fest!

Seit Jahren versuchte Gert Weihnachten zu verdrän-
gen, zu ignorieren. Es gab Weihnachtsfeste in der Ver-
gangenheit, an denen alles normal gewesen war und
er mit seiner Frau im Eigenheim feierte. Dann passierte das Drama, ein Einbruch, und sein Leben hatte sich
von Grund auf verändert. Eine Spirale des Schicksals,
die ihn unweigerlich immer weiter nach unten gezogen
hatte. Bis es nicht mehr weiter nach unten ging.

Er war von Karlsruhe nach Bruchsal gegangen. Hier
war es ruhiger, die Erinnerungen weniger. Hier war niemand, der an ihn dachte oder eine Überraschung für
ihn plante. Sah man von den Damen des Orts ab, die
sich zum Fest der Feste an ihre christliche Gesinnung
erinnerten und unbedingt Gutes tun wollten. Mit einer
Intensität, die ihn erschreckte. Und einer Erwartungs-
haltung, die ihn abschreckte. Ein einfaches Dankeschön
reichte nicht. Man musste sich auf die Knie werfen für
einen Teller Suppe. Für eine neue Jacke musste man ein
Weihnachtsgedicht aufsagen — das war das Mindeste.
Und für ihn der Punkt, an dem er die Jacke zurückgab
und der verdutzten Dame den Rücken zuwendete.

Er hörte ihre Schimpftirade, als er sich mit langsamen Schritten entfernte. »Sieht so Dankbarkeit aus? Die Jacke hat mein Erwin jeden Sonntag getragen, die hat ihn durch die kalten Winter gebracht. Das hat man nun davon!«

Der Mottenpulvergeruch hing Gert noch in der Nase, als er schon in die Forster Straße eingebogen war. Wer wollte so etwas schon freiwillig tragen? Erwin sicher auch nicht. Die Farben waren grausam.

Er wusste nicht, was furchtbarer war: Diese Wohltätigkeitsfrauen oder die Weihnachtsdekoration mit den dazugehörigen Düften. Beides erinnerte ihn an Dinge, die er vergessen glaubte.

Er wollte nicht erinnert werden. Nicht an diesen einen Tag, der sein gesamtes Leben verändert hatte und untrennbar mit Weihnachtsmusik und Weihnachtsdüften verbunden war. Diese Dinge waren Auslöser für Kopfschmerzen, die ihm den Verstand raubten. Dennoch war die Weihnachtszeit seine beste Einnahmequelle. Die Menschen waren spendabler und steckten ihm ein paar Euros zu. Ganz ohne Kniefall, salbungsvolle Dankesreden oder Gedichte.

Er atmete tief durch und ging weiter. Die Luft roch nach Schnee. Die Kälte kroch durch die zerfledderten Schuhsohlen, da halfen auch die zu großen, selbst gestrickten Socken nicht. Auch so ein Geschenk einer Wohltätigkeitsdame, ihr hatte wenigstens ein Kopfnicken gereicht. Die Dame gefiel ihm sowieso gut. Sie hatte etwas an sich, das ihm guttat. Nichts an ihr rief böse Erinnerungen wach, ihre Stimme war leise und warm, einfühlsam und verständnisvoll. Nur stricken konnte sie nicht, wie er kurze Zeit später feststellte. Fast entschuldigend hatte sie ihm das Paar in grauer Schurwolle mit einem sehr unregelmäßigen Maschenverlauf und den Worten »aber warm sind sie« in die Hand gedrückt.

Es wurden seine Lieblingssocken, doch gegen diese Temperaturen hatten auch sie keine Chance. Er brauchte neue Schuhe. Wenn es nur nicht so schwierig für ihn wäre, Hilfe anzunehmen! Deshalb zog er durch die Straßen, hielt die Augen auf in der Hoffnung, dass irgendwo ein ausrangiertes Paar im Mülleimer lag oder vor der Tür stand, leider vergeblich. Seine Füße trugen ihn in die Nähe der Berber-Hilfe. Kaum betrat er die Julius-Itzel-Straße, hörte er sie. Gekicher, laute Sätze, die er dennoch nicht verstand, jede versuchte, die andere zu übertönen. Seine Freundin, wie er sie im Geheimen nannte, war auch dabei. Er hielt an, überlegte, ob er weitergehen oder umkehren sollte. Weitergehen mit der Gewissheit, den Damen in die Arme zu fallen, ihrem Helfersyndrom schutzlos ausgeliefert zu sein. Alles in ihm weigerte sich, doch die stille Dame ließ ihn zögern. Ein Blick, ein paar nette Worte von ihr würden ihn erfreuen. Innerlich wärmen. Aber der Preis war zu hoch!

»Nein«, murmelte er und drehte ab.

»Warten Sie doch, bitte!« Sie hatte ihn gesehen und war ihm gefolgt. Hatte er sich doch in ihr getäuscht und sie suchte zu Weihnachten nur ein persönliches Obdachlosen-Projekt, um ihr schlechtes Gewissen zu beruhigen? Er zögerte, blieb schließlich stehen und drehte sich um. Sie war bis auf drei Schritte an ihn herangekommen.

»Danke«, sagte sie mit ihrer leisen, warmen Stimme. Er blieb stumm.

»Ich dachte beim letzten Mal, als wir uns trafen und ich Ihnen die Socken gab ...« Sie schluckte. »Passen sie denn oder laufen Sie sich Blasen? Ich habe ein neues Paar probiert, auch beim Stricken gilt: Übung macht den Meister. Jetzt sind sie wenigstens gleich.« Sie lachte schüchtern, ein wenig verhalten, irgendwie abwartend. Als er nicht reagierte, wühlte sie in ihrer Handtasche und kramte ein weiteres Paar Socken heraus. Wieder in dezentem Grau.

»Danke, passt schon«, murmelte er und sah ihr ins Gesicht. Nichts an ihr war besonders. Ein gewöhnliches, ein Alltagsgesicht. Bis auf ihre Augen. Sie verrieten Intelligenz. Wachheit, ein ganz klein wenig Arroganz? Oder was war das?

»In zwei Tagen ist nun Heiligabend«, begann sie. »Es soll sehr kalt werden. Ihre Schuhe ...« Sie brach ab.

Er wollte aufbrausen, sie anschreien, was gehen dich meine Schuhe an?

»Ja?«, fragte er stattdessen.

»Würden Sie mir das Vergnügen bereiten, mit mir Schuhe einzukaufen?« Als sie seinen entgeisterten Gesichtsausdruck sah, fügte sie noch an: »Für Sie, nicht für mich. Schuhe sollte man nicht gebraucht tragen, sie müssen richtig passen. Sie haben sehr große Füße, 46, oder täusche ich mich?«

Wann hatte er das letzte Mal seine Schuhgröße nennen müssen? 45 links, 46 rechts. Das machte es kompliziert.

»Ich möchte nicht, dass Sie das Gefühl haben, ich muss etwas Gutes tun, nur weil Weihnachten ist. Ich möchte Ihnen einfach eine Freude bereiten. Ohne Hintergedanken. Auch wenn ich Sie nicht kenne, sind Sie mir irgendwie vertraut.« Jetzt lachte sie verlegen.

»Nein, danke«, sagte er. »Ich komme zurecht.« Er ging weiter.

Ihr trauriges Gesicht war ihm nicht entgangen. Die herabhängenden Mundwinkel, die Enttäuschung, die körperlich zu spüren war. Das war gefährlich. Sie durfte jetzt nicht weinen, dann wäre es um ihn geschehen. Oder machte er einen Fehler? Stand ihm mal wieder sein Stolz im Weg? Warum musste er sie jetzt in der Weihnachtszeit treffen? Das war nicht gut.

Ihre Schritte wurden schneller. Sie hielt ihn am Ärmel fest.

»Sie verstehen das nicht richtig. Sie brauchen Schuhe, ich würde Ihnen gerne ein Paar schenken. Und zwar neue, keine gebrauchten, in denen schon Schweißfüße von anderen steckten. Ich möchte Zeit mit Ihnen verbringen. Ich bin ...« Die Pause war lang. »Ich bin einsam.«

Was für eine bizarre Situation! Eine gut situierte Dame, die ihn, einen Obdachlosen, einen Penner, um etwas bat.

Sie ließ seinen Arm los. »Seit ich Witwe bin, weiß ich nichts mit mir und meiner Zeit anzufangen. Um dem Ganzen irgendeinen Sinn zu geben, bin ich den Wohltätigkeitsdamen beigetreten. Aber ...«

»Sie sind nicht so, oder?«, fragte Gert.

»Ich möchte helfen. Aber nicht so wie diese Frauen. Ich brauche noch nicht einmal ein Danke. Das mit der Jacke war grausam von Annie.«

Sie hat es beobachtet, dachte er. Laut sagte er: »Annie?«

»Annie Martens. Die Witwe eines Arztes. Sie ist ziemlich allein, ihre Kinder wollen nichts mit ihr zu tun haben. Sie sucht immer neue Opfer, die sie demütigen kann. Sie ist kein guter Mensch.«

Gerts erster Eindruck hatte ihn also nicht getäuscht.

»Mögen Sie Weihnachten?«, fragte sie plötzlich.

Er sah sie erstaunt an und zögerte mit einer Antwort. Konnte er ihr vertrauen? »Nein. Aus persönlichen Gründen.« Mehr ging sie nicht an, er wusste ja noch nicht einmal ihren Namen.

Als hätte sie seine Gedanken erraten, sagte sie: »Mein Name ist übrigens Maria. Maria Jungbluth.«

Maria passte zu ihr. Für den Nachnamen konnte sie nichts.

»Ich auch nicht«, sagte sie. »Weihnachten war bei uns immer Stress. Von wegen Stille und Heilige Nacht. Mein Mann war ...« Sie machte eine Pause. Etwas in ihrer Stimme ließ ihn aufhorchen. Ein Unterton schwang mit, den er nicht einordnen konnte. Sie war auf jeden Fall eine interessante Frau, interessanter als alle anderen, die er bisher in dieser Wohltätigkeitsgruppe getroffen hatte. »Er war ein Perfektionist. Weihnachten lief alles nach einem bestimmten Ritual ab. Sein Zeitplan musste eingehalten werden. Überraschungen, egal welcher Art, waren für ihn ein Albtraum. Jedes Jahr das gleiche Essen, immer eine weihnachtliche Gans, Rotkohl und Bratapfel.«

Wie gut er sie verstehen konnte. »Sie können mich Gert nennen, mit t.«

Sie nickte. »Gerne. Haben Sie vielleicht jetzt Zeit? Dann könnten wir in die Innenstadt gehen. Am Schönbornplatz ist ein Bekleidungshaus, da finden wir sicher ein Paar Schuhe für Sie.«

Gert fühlte sich überrumpelt, die Frage, ob er Zeit hätte, brachte ihn zum Schmunzeln. Er überraschte sich selbst mit der Antwort. »Ich könnte mir gerade nichts Schöneres vorstellen.«

Es hatte etwas Besonderes, mit einer Frau an seiner Seite durch die Fußgängerzone zu gehen, die sich seiner nicht schämte. Maria unterhielt ihn mit Anekdoten aus dem Damengrüppchen und sie lachten viel. Sie ging so selbstverständlich und natürlich mit ihm um, dass er vergaß, wie unterschiedlich sie waren. Doch dann sah er die abschätzenden Blicke der Verkäuferinnen, hörte das Tuscheln der Kunden und über allem hing dieser furchtbare Duft von Spekulatius, Zimt und Vanille. Der Kopfschmerz kündigte sich an. In ihm brodelte es, er wollte schreien, um sich hauen, Luft ablassen.

Als er die beruhigende Hand auf seiner Schulter spürte und Marias liebevolle Worte hörte, wirkte es wie ein Zauber. Sein Zorn verschwand, er schaffte es sogar, die Verkäuferin anzugrinsen, die ihm ein Paar Winterboots reichte.

Die neuen Schuhe waren eine Wohltat. Er fühlte sich wunderbar. Selbst die abschätzenden Blicke der Verkäuferin ließen ihn jetzt kalt. Es war fast wie früher in seinem alten, vorherigen Leben, als Maria fragte: »Gehen wir noch zu mir?«

Ein warmes Plätzchen auf einem Sofa, vielleicht sogar ein Kamin, Teppiche, Kristallgläser zum Trinken. Plötzlich lag das ganz normale Leben nur einen Hauch von ihm entfernt.

»Ich könnte uns etwas kochen«, sagte sie. »Für mich allein ist es zu viel. Allerdings hat es nichts mit Weihnachten zu tun. Ich mag diese Gerüche nicht, die an Weihnachten erinnern. Ich bin ein Sommerkind. Die Kirschenzeit ist meine liebste Zeit als Kind gewesen. Wenn meine Mutter Kirschenplotzer machte, dann war die Welt in Ordnung. Immer wenn ich das Gefühl von Geborgenheit brauche, ich mich einsam fühle, dann backe ich einen Kirschenplotzer.« Sie verstummte, schaute ihn nachdenklich an. »Mein Mann hat das nie verstanden. Finden Sie das auch albern?«

Ihm blieben die Worte im Hals stecken. Er, ausgerechnet er, sollte das albern finden? Maria hatte ihm aus der Seele gesprochen. Der Duft von Kirschen! Diese Süße! Der wohlige Geschmack im Mund, das Kirschkernweitspucken. Die Zeit des Einmachens, damit es auch im Winter Kirschen gab. Glückliche Erinnerungen übermannten ihn — solche, die nichts mit Weihnachten zu tun hatten.

»Ich liebe Kirschenplotzer. Wie machst du ihn?«, fragt er.

Sie waren beim Du angekommen. In Marias Gegenwart fühlte sich alles so einfach an, er konnte fast glauben, dass ein normales Leben möglich wäre. Auch für ihn.

»Mit Quark?«, fragte er.

»Um Himmels willen, nein. Für meinen Geschmack hat Quark darin nichts zu suchen.«

Er nickte erleichtert.

»Ich hätte alle Zutaten da, wir können gemeinsam ...«, sagte sie.

Was für eine zauberhafte Idee. Kochen, gemeinsam in einer Küche stehen, sich die Gerätschaften reichen, abschmecken, helfen, unterstützen. Zu schön, um wahr zu sein.

»Es sind nur fünf Minuten bis zu meinem Haus«, sagte sie.

Es war genau so, wie er es sich vorgestellt hatte. Ein gemütliches Heim. Mit Teppichen, Gardinen, farblich abgestimmten Kissen. Und bis auf ein Windlicht mit Kerze vor der Haustür gab es auch keine Weihnachtsdekoration. Herrlich.

Mitten in den Vorbereitungen für die Kirschspeise klingelte es plötzlich. Maria sah erschrocken auf. »Hoffentlich ist es nicht ...«, hörte er sie sagen und die Haustür öffnen.

»Annie, was willst du denn hier?«

Die schrille Stimme Annies drang an sein Ohr. Die Haare auf seinen Armen stellten sich auf. Sie erinnerte ihn an eine andere Frau, eine, die ihn bis zur Weißglut hatte bringen können. Daran wollte er nicht denken. Die Stimme kam näher. »Maria, wir müssen reden. Du kannst doch nicht ...« Abrupt blieb sie stehen und verstummte, als sie Gert in der Küche sah. »So ist das also. Noch viel schlimmer als erwartet. Ich bin auf dem Weg zur Versammlung, und wir müssen reden.

Als ich Licht bei dir sah, dachte ich ... Das wird, das muss Konsequenzen haben. Maria, das widerspricht unseren Grundsätzen. Du kannst nicht mehr mitmachen.«

Der Schirmständer schien leichter, als er aussah. Maria stand hinter Annie und hielt ihn über ihren Kopf. Für einen Moment schien es, als schwebe er. Maria suchte Gerts Blick. Las er Triumph in ihren Augen? Hatte er etwas genickt? Maria ließ die Arme fallen und der Schirmständer traf Annies Kopf.

Maria und Gert standen nebeneinander und betrachteten Annie, wie sie bewegungslos auf den Küchenfliesen lag. Nur ein winziger roter Fleck an der Schläfe war zu sehen. Gert beugte sich zu ihr, fühlte vergeblich den Puls. Dafür nahm er den Geruch wahr. Vanille und Zimt. Der Kopfschmerz wurde stärker, die Erinnerung kam. Die Gesichtszüge Annies verschwammen mit denen seiner Frau. Sie lag vor ihm wie vor dreißig Jahren. Sie hatte nicht aufgehört, das Haus weihnachtlich zu schmücken. Sie hatte kein Ende gefunden mit Weihnachtsdekoration, Duftlampen mit Zimt- und Spekulatiusgeruch. Fensterbildern, Kerzenlicht, Weihnachtspyramiden, gebastelten Papiersternen, Krippenfiguren und Glaskugeln. Strohsternen und gebackenen Plätzchen. Von morgens bis abends dudelten Weihnachtslieder aus der Musikanlage.

Dann passierte der Tag, an dem es seine Frau schaffte, ihn in den Wahnsinn zu treiben. Nach einem hektischen und anstrengenden Bürotag kam er nach Hause. Ihn erwarteten Backbleche mit Zimtsternen, ein geschmückter Weihnachtsbaum. Die Tanne roch nach Harz, Duftlampen verbreiteten weihnachtliche Stimmung. Sie trug einen Weihnachtspullover mit Rentieren und im Fernsehen lief »Drei Haselnüsse für Aschenbrödel«. Wie viel Kitsch hielt man aus? Seine Grenze war erreicht, der Kerzenständer stand in Reichweite und er bereitete dem Ganzen ein Ende.

Für die Polizei war der Fall schnell geklärt. Die Einbrecherbanden, die in der Weihnachtszeit bereits in der Nachbarschaft eingestiegen waren, hatten nicht damit gerechnet, von seiner Frau überrascht zu werden.

Aber er hatte es nicht verkraftet. Um zu vergessen, hatte er zu viel getrunken. Erst hatte er den Job verloren, dann das Haus. Hatte sich in der Spirale des Abstiegs verfangen.

Sollte sich jetzt alles wiederholen? Das durfte nicht passieren. Nicht für Maria.

»Alles wird gut, Maria. Uns fällt was ein, das kriegen wir hin.« Gert sprach gehetzt. Er musste die Nerven behalten, durfte nicht in Panik verfallen.

Maria lachte. Sie wirkte kein bisschen verstört. Ganz im Gegenteil, ihre Wangen waren vor Erregung gerötet, ihre Augen blitzen. »Ich hatte gehofft, dass es so endet. Annie geht mir schon lange auf die Nerven. Jetzt hatte sie mich auch noch im Verdacht, dass ich meinen Mann umgebracht hatte. Das durfte sie nicht weitersagen. Du bist der perfekte Komplize, Gert. Niemand würde dir glauben. Und du würdest mich doch nicht verraten, nicht wahr? Hinten im Garten ist eine Stelle, die sich wunderbar zum Verschwinden eignet. Mein Mann mochte Annie. Das wird ihn freuen.« Sie lächelte tatsächlich. »Aber erst essen wir, oder?«

Der Duft der gebackenen Kirschen drang in Gerts Nase. Ihm wurde übel. Die Kopfschmerzen kündigten sich an. Die gleichen, die ihn heimsuchten, wenn er Spekulatius und Zimt roch.

Ob Maria wusste, auf was sie sich einließ, wenn sie demnächst häufiger Kirschenplotzer backte?

Kirschenplotzer

250 g Butter
5 Eier
300 g Zucker
10 Semmeln
3/4 l Milch
etwas Kirschwasser
1 Päckchen Vanillezucker
etwas Zimt und Nelkenpulver (nur wenn Sie den Geruch mögen!)
1.000 g entsteinte Süßkirschen

Eier in Eiweiß und Eigelb trennen. Butter, Zucker, Vanillezucker, Zimt, Nelkenpulver und die Eigelbe schaumig rühren.

Die Semmeln klein schneiden und die Stücke in Milch einweichen. Nach einer halben Stunde die aufgeweichten Semmeln ausdrücken und zu der Masse geben. Die Kirschen dazugeben. Das Eiweiß steif schlagen und vorsichtig unterheben.

Die Masse in eine Auflaufform geben und bei 180 Grad etwa ein bis eineinhalb Stunden backen.

URSULA SCHMID-SPREER

Der fliegende Nikolaus

Karlsruhe

Es duftete nach Glühwein und Kinderpunsch. Karlsruhe war weihnachtlich geschmückt. Besonders am Friedrichsplatz herrschte reges Treiben. Im Sommer lud der Park zum Verweilen ein. Erbprinz Karl Ludwig und seine Frau Amalie hatten den Park, der zu dem Schlösschen gehörte, im Stil der englischen Gärten anlegen lassen. Aber jetzt im Winter kamen die Adventsmarkt-Freunde voll auf ihre Kosten.

»Sieh mal, Martin, der Nikolaus.«

»Quatsch, den gibt es doch gar nicht«, antwortete Simon. Er war immerhin schon sieben Jahre alt und in der Schule sagten die größeren Kinder, es gebe kein Christkind und natürlich auch keinen Nikolaus.

Der vierjährige Martin begann zu weinen. »Da oben fliegt er doch!«, sagte Mama. Ein Raunen ging durch die anwesenden Besucher. Simon blieb der Mund offen stehen und Martin klatschte in die Hände.

Der graubärtige Mann, der auf einem Seil balancierte, trug einen Sack, der sehr schwer aussah. Der rote Mantel ging gar nicht richtig zu, so dick war der Bauch. Ein weißer Pelz lag um seinen Hals.

»Ui«, rief eine Frau, »fantastisch«, eine andere. Der Nikolaus wippte auf dem Seil auf und ab, warf Bonbons in die Menge.

»Der Nikolaus ist ein Seiltänzer«, sagte Simon staunend. »Toll!« Dann hörten die Kinder ein »Hohoho« und ein »Fröhliche Weihnachten!« Mit einem waghalsigen Sprung zu einer kleinen Plattform stand er nun auf festem Grund. Verbeugte sich, zahlreiche Kinderhände winkten ihm zu. Er packte seinen Sack und schüttete ihn ganz aus. Eifrig sammelten die Kinder Süßigkeiten ein.

»Hat der Nikolaus denn keine Angst so weit oben?«, fragte der kleine Martin.

»Nö, bestimmt nicht«, kommentierte sein Bruder Simon. »Der wohnt doch im Himmel beim Christkind und das ist oben.« Vergessen waren die Worte, dass es ein Christkind und einen Nikolaus gar nicht gebe.

»Mama, schau mal, hier kann man Ofenschlupfer kaufen.« Simon hüpfte aufgeregt von einem Bein auf das andere.

»Den mache ich uns gleich, wenn wir nach Hause kommen.« Simon zog einen Schmollmund, die Kinder ließen sich dann aber vertrösten.

Zu Hause angekommen erzählten sie ihrem Vater aufgeregt vom fliegenden Weihnachtsmann. »Am Wochenende gehen wir noch einmal hin, dann bin ich echt gespannt, den Nikolaus zu sehen. Ich habe gehört, dass er sogar Märchen erzählt. Und jetzt lasst euch den Ofenschlupfer schmecken. Mama hat besonders viele Rosinen reingetan.«

Die Kinder konnten das Wochenende kaum erwarten. Endlich war es so weit. Warm eingepackt liefen die vier Richtung Friedrichsplatz. Lichter leuchteten, liebevoll gestaltete Holzhütten luden zum Verweilen ein. Die Kinder drängten.

»Schnell, da ist der Weihnachtsmann, schnell!« Martin stürmte voraus.

»Schau mal, er steigt in den Schlitten!«

Mit lauter Stimme erzählte der Nikolaus die Geschichte vom Rentier Rudolf mit der roten Nase. Nicht nur die Kinder lauschten aufmerksam. Danach ließ sich der bärtige Mann an einem Seil hochziehen.

»Der Schlitten ist rot-golden und Rentiere ziehen ihn.« Simons Augen waren ganz groß, seine Wangen glühten rot. »Und jetzt wird er gleich davonfliegen.«

»Der Strick, mit dem er sich hochziehen lässt, ist 128 Meter lang«, las Papa von dem aufgestellten Schild ab. Und zu seiner Frau gewandt, sagte er leise: »Das gespannte Seil ist dreißig Meter hoch. Hoffentlich weiß der Weihnachtsmann, was er tut.«

Mama nickte. Im selben Moment ging ein Aufschrei durch die Menschenmenge. Der Nikolaus, der gerade hochgezogen wurde, zappelte, der Sack fiel ihm von der Schulter. Fest hielt er das Seil umklammert, das hin und her schwang. Seine Hände lösten sich vom Seil. Er stürzte in die Tiefe. Instinktiv packte Mama Martin und Simon, zog sie fest an sich, drückte ihre Gesichter an sich.

Die Menschen schrien.

»Weg hier, schnell!«, rief Papa. »Nimm die Kinder.«

»Ist der Weihnachtsmann jetzt tot?«, fragte Martin am Abend.

»Nein, mein Kleiner«, antwortete Mama. Sie biss sich auf die Lippen, um den Kindern ihre Bestürzung nicht zu zeigen. »Bringt er uns jetzt keine Geschenke?« Simons Lippe zitterte verdächtig.

»Macht euch darüber keine Gedanken, Kinder. Das Christkind kommt und wird eure Wünsche sicher erfüllen. Ihr wart doch brav?«

Die beiden Jungen nickten. »Ganz brav«, versicherten sie.

Mama lächelte. »So, jetzt wird geschlafen.« Sie deckte ihre beiden Buben zu. Welch ein Glück, dass die Kinder noch zu klein waren, um die Tragödie wahrzunehmen.

*

Im Regionalfernsehen wurde über das tragische Unglück berichtet. Kommissar Felix Morgenroth gab ein Interview.

»Leider muss ich bekannt geben, dass es sich nicht um einen Unfall handelt. Der Karabinerhaken, an dem das Seil befestigt war, wurde manipuliert. Aus ermittlungstechnischen Gründen möchte ich jetzt nicht mehr dazu mitteilen.«

Morgenroth saß an seinem Schreibtisch im Polizeipräsidium in der Durlacher Straße. Er blies in seine kalten Hände. Die Heizung in seinem Auto war wieder mal nicht angegangen. Es hatte ihn auch nicht getröstet, dass ihn sein Weg am Karlsruher Schloss vorbeiführte. Wenn er nicht mitten in einem Mordfall gewesen wäre, hätte er zu gerne einen kleinen Spaziergang durch den verschneiten Schlosspark gemacht. Das musste warten. So kurz vor Weihnachten noch einen Mord aufklären, das gefiel ihm gar nicht. Die kriminaltechnische Untersuchung hatte eindeutig ergeben, dass an dem Karabinerhaken herummanipuliert worden war. Der Nikolaus sollte also abstürzen. Wer hätte ein Motiv? Die Untersuchung im Umfeld war ergebnislos verlaufen. Der Weihnachtsmann, der mit bürgerlichem Namen Adrian Monker hieß, hatte angeblich keine Feinde. Er war Artist im Ruhestand, spielte jedes Jahr auf dem Weihnachtsmarkt in Karlsruhe den fliegenden Nikolaus.

»Wem ist er auf die Füße getreten?«, murmelte Morgenroth. »Wenn ich das Motiv kenne, dann habe ich sicher auch den Mörder.«

Sein Assistent Norbert betrat mit einem Teller voller Weihnachtsgebäck das Büro. »Bleib mir mit dem Weihnachtsgedöns vom Leib«, knurrte Morgenroth. »Ich kann White Christmas, Kerzen und Zimtsterne nicht mehr hören, geschweige denn sehen.«

»Sei doch nicht so unromantisch«, konterte Norbert. »Plätzchen gehören zur Adventszeit einfach dazu. Außerdem habe ich ein paar Informationen über unseren Adrian Monker. Er liebte gebrannte Mandeln und er liebte Kinder. Für ihn gab es nichts Schöneres, als wenn ihm die Kids vom Boden aus zuwinkten. Er wollte ihnen ein Vorbild sein und mit seinen Geschichten ausdrücken, dass man alles erreichen kann, wenn man es nur will.«

»Hm«, mehr ließ sich Morgenroth nicht entlocken.

Norbert sprach weiter. »Märchen, speziell Weihnachtsmärchen zählten für ihn zum Kulturgut. Für ihn enthielten sie immer eine Botschaft. Und die wollte er den Kindern weitergeben.«

»Das hat jemand wohl nicht so gut gefunden«, meinte Kommissar Morgenroth.

Im selben Moment klopfte es und eine Frau mit kurzen, grauen Haaren trat in das Büro.

Die Laborratte höchstpersönlich, dachte Morgenroth.

»Hier ist der Obduktionsbericht. Ich habe mich gleich drangemacht. Und ich denke, das interessiert Sie, meine Herren.«

Sie verharrte kurz, sah die beiden Polizeibeamten an, griff in die Schüssel mit den Plätzchen und sprach mit vollem Mund weiter:

»Er ist übertötet worden.«

Als sie die fragenden Blicke sah, erklärte sie noch immer kauend: »Unser Toter hat laut Mageninhalt ein Gericht mit Semmeln, Rosinen, Äpfeln ...«

»... Ofenschlupfer«, kommentierte Norbert. Ein strafender Blick traf ihn.

»Es waren Nüsse drin.«

»Die gehören da aber nicht rein«, meinte Kommissar Morgenroth. »Das weiß sogar ich, der mit haushalterischen Backkünsten nicht gerade gesegnet ist.«

»Stimmt! Ein paar Minuten nach dem Genuss des Ofenschlupfers ist er erstickt, war wohl allergisch und ist abgestürzt, weil der Haken sich löste. Viel Spaß beim Recherchieren.« Dr. Konstanze Meier, genannt Laborratte, verließ grinsend das Büro.

Dass der Fall dann doch so schnell zu lösen wäre, hatten weder Morgenroth noch sein Kollege Norbert zu hoffen gewagt. Kommissar Zufall war ihnen zu Hilfe gekommen.

Morgenroth hatte sich von seiner Frau überreden lassen, den Karlsruher Weihnachtsmarkt zu besuchen, obwohl er das Adventsgedöns, wie er sich auszudrücken pflegte, nicht leiden konnte. Sie fuhren sogar mit der Straßenbahn zum Friedrichsplatz.

»Damit du einen Glühwein mehr trinken kannst«, hatte seine Frau gemeint. Sie musste ihm allerdings versprechen, dass er nicht aufs Eis musste. Frau Morgenroth hatte nämlich etwas von Schlittschuhlaufen am Denkmal auf dem Schlossplatz geredet. Dort war eine Eisbahn eingerichtet worden. Und sie hatte gemeint, dass sie schon so lange nicht mehr Eislaufen waren.

Sie schlenderten von Bude zu Bude und befanden sich auf einmal inmitten vieler Menschen, die nach oben blickten.

Frau Morgenroth staunte: »Sieh mal, da oben ist wieder ein neuer Nikolaus.«

Das ging aber schnell, dachte Morgenroth. Vor zwei Tagen ist es passiert und schon lässt sich ein anderer Weihnachtsmann am Seil hochziehen, um den fliegenden Nikolaus zu spielen.

Der bärtige Mann mit dem roten Mantel balancierte mit einer langen Stange auf dem Seil herum.

»Mit dem anderen Nikolaus kann der sich aber nicht messen«, hörte Morgenroth aus der Menge.

»Der läuft ja nur ein bisschen hin und her«, antwortete ein anderer. Und ein Kind meinte enttäuscht: »Der erzählt auch keine Geschichten.«

Nach einer Weile ließ sich der Mann mit dem roten Mantel wieder abseilen. Morgenroth sah sich aufmerksam in der Menschenmenge um. Sein Blick fiel auf eine Frau. Er kannte sie. Monkers Frau. Der neue Nikolaus und sie schienen sehr vertraut miteinander zu sein.

»Hoppala«, meinte der Kommissar. Dann bahnte er sich einen Weg zu den beiden und sagte knapp: »Ich erwarte Sie morgen auf dem Kommissariat.«

Am nächsten Tag war der Fall gelöst, denn beide schoben sich gegenseitig die Schuld zu. Morgenroth hatte geblufft und ihnen gemeinschaftlichen Mord vorgeworfen.

Frau Monker hatte frei sein wollen für ihren neuen Freund. Aber ihr Mann war nicht bereit gewesen zur Scheidung.

Monker und der andere Weihnachtsmann hatten sich schon lange gekannt. Hatten oft beim gleichen Zirkus ein Engagement gehabt. Aber Monker war immer ein bisschen besser gewesen.

Bei der Befragung der beiden stellte sich heraus, dass sie beide sich für den Mord an Monker verantwortlich zeigten. Monkers Frau wusste von seiner panischen Angst, an Nüssen zu ersticken, wenn sie ihm im Hals stecken blieben. Und ihr Liebhaber hatte in einem unbemerkten Moment den Karabinerhaken manipuliert.

Als die beiden abgeführt wurden, sagte Morgenroth zufrieden zu seinem Kollegen Norbert: »Jetzt kann Weihnachten kommen. Gib mir mal ein Vanillekipferl. Irgendwann muss man ja mal mit dem Adventsgedöns anfangen.«

Ofenschlupfer (Scheiterhaufen)

Für 3 Personen

4 Brötchen
4 große Apfel
Rosinen (Sultaninen)
1/2 l Milch
2 Eier
2 EL Zucker
1 EL Zimt
Paniermehl
Butter, als Flocken

Eine gut gefettete Auflaufform belegt man abwechselnd mit in dünne Scheiben geschnittenen Brötchen, feinge- schnitzelten Äpfeln und Rosinen (zum Abschluss eine Brotschicht). Dann gießt man die mit Milch, Zucker und Zimt verquirlten Eier darüber. Zum Schluss Panier- mehl, Butterflocken, Zucker und Zimt daraufstreuen.

Etwa eine Stunde backen bei 175 Grad. Servieren mit heißer Vanillesauce.

CLAUDIA SCHMID

Bleeder Tag

Karlsruhe

Gabrielle schlug den Kragen ihres Wollmantels hoch und zog ihre Mütze noch weiter über die Ohren. Der Wind knallte kalt durch den Schlossgarten. Sie nutzte die Abkürzung auf dem Weg zur Arbeit. Sie hatte kürzlich ihren Bachelor an der hiesigen Universität erworben und finanzierte sich den anschließenden Masterstudiengang mit einem lukrativen Job in einem Unternehmen, das einen Onlinehandel betrieb. Sie pflegte deren Websites und sorgte für einen reibungslosen Ablauf. Kurz bevor sie das Haus erreichte, in welchem die Firma die gesamte obere Etage angemietet hatte, begann es zu graupeln. Gabrielles Gang wurde noch eine Spur flotter und sie drückte energisch die Eingangstür auf.

Es war ein Montagmorgen und sie hoffte, während sie immer zwei Stufen auf einmal nach oben nahm, dass ihr Kollege Gunther wie so oft den am Wochenende von seiner Mutter aufgedrängten Kuchen der Bürogemeinschaft spendierte. In drei Wochen war schon Weihnachten. Vielleicht sollte sie endlich mal die Geschenke besorgen, ging es Gabrielle durch den Kopf, als sie das Büro betrat.

Neben ihrer Tastatur lag ein Teller mit duftenden Butterplätzchen. »Hat Mutter gebacken.« Gunther kam mit zwei Bechern aus der Kaffeeküche. »Hab dir einen mitgebracht. Möchtest du?«

»Ja, klar. Danke!« Gabrielle fuhr ihren PC hoch. Das Surren wurde von einem Plopp unterbrochen. Der Bildschirm blieb schwarz. »Ey, was ist das denn? Lässt sich dein Rechner hochfahren?«

»Warum sollte das denn nicht funktionieren?« Gunther drückte auf die Einschalttaste. Aber auch sein Bildschirm blieb schwarz.

Auf Gabrielles Bildschirm wurde eine Textnachricht sichtbar. Weiß auf schwarzem Hintergrund. Aufgeregt drehte sie den Bildschirm so, dass auch ihr Kollege ihn sehen konnte.

»Krasser Scheiß. Und jetzt?« Gunther kratzte sich am Kinn.

»Sind Edgar und Hubert schon da?« Die beiden Chefs ließen sich am Montag gerne etwas Zeit mit ihrer Ankunft im Büro, das wusste Gabrielle. Auch die anderen beiden Kollegen, Bert und Luka, würden zu Wochenbeginn erst später auftauchen. Alle außer Ludwig. Der hatte vor zwei Wochen die Firma im Streit verlassen. Edgar hatte ihm vorgeworfen, sich während der Dienstzeit ständig in sozialen Medien zu tummeln. Das Ganze war eskaliert und Ludwig war türenknallend abgerauscht.

»Nee. Wir beide sind die Ersten.«

Gabrielle griff zu ihrem Smartphone, entsperrte es und strich mit dem Zeigefinger über eine der gespeicherten Telefonnummern.

»Du musst sofort kommen. Ins Büro. Es ist etwas passiert.« Damit beendete sie das Gespräch.

Als Hubert wenig später eintraf, hatte Gunther vor lauter Aufregung bereits über die Hälfte der Plätzchen verdrückt.

Noch in Mantel und Mütze eilte Hubert an Gabrielles Arbeitsplatz. »Was gibt es denn so Dringendes?«

»Wir sind lahmgelegt worden. Völlig. Alle Daten sind verschlüsselt. Ich komme an nichts ran! An rein gar nichts.«

»Was?! Du kannst nichts dagegen machen?«

»Es ist ziemlich clever aufgezogen. Unser Shop ist auch für die Kunden nicht mehr aufrufbar, ich habe es über mein Smartphone versucht.«

»Und was wollen die?«

Gabrielle zeigte auf die Textnachricht, die in englischer Sprache verfasst war. »Die wollen Kohle. Wenn wir bezahlen, erhalten wir einen Schlüssel, der uns wieder Zugang verschafft.«

»Und unsere Firewall? Wie sind die denn überhaupt in unser System gelangt? Wir haben doch eine schöne Summe für die Firewall ausgegeben, um uns vor Cyberkriminalität zu schützen!« Hubert riss sich seine Mütze vom Kopf und fegte sie durch den Raum. »Das ist eine Katastrophe! Wir sind mitten im Weihnachtsgeschäft. Unser Lager in Durlach ist voll! Das muss alles raus.«

Gabrielle versuchte, Gunther nicht anzuschauen. »Ich vermute, das hat uns jemand mit einer E-Mail geschickt und einer von uns hat die aufgemacht.«

»Per Mail? Ich glaub es nicht! Wie oft habe ich gepredigt, dass ihr aufpassen sollt! Und jetzt? Was machen wir?« Huberts Stimme überschlug sich beinahe.

»Die fordern fünf Bitcoins. Also ein paar Tausend Euro.«

»Wie sollen wir das bezahlen?«

Gabrielle guckte verblüfft. »Steht doch alles hier, über ein Konto im Darknet.«

»Das heißt, man kann nicht zurückverfolgen, wo das Geld hingeht?«

»Das ist ja grad der Sinn vom Ganzen.«

Hubert fuhr mit der Hand über seine Haare. »Ich dachte, da werden nur Waffen und Drogen verscherbelt.«

»In welcher Welt lebst du denn? Es ist doch einfach nur ein Ort, wo nichts zurückverfolgt werden kann, wenn man sich einigermaßen geschickt anstellt.«

»Und bis wir bezahlen, liegt alles lahm?«

Gabrielle nickte beklommen. »Ja, genau, so ist es.«

»Was passiert, wenn wir bezahlen?«

Gabrielle zuckte mit den Schultern. »Dann bekommst du einen Code, der unsere Daten wiederherstellt.«

»Wer garantiert mir, dass das klappt?«

»Keine Ahnung. So läuft Erpressung eben ab.«

»Soll ich die Polizei informieren?«

»Das kannst du machen. Wird dir aber nicht viel bringen. Keiner kriegt raus, wo die sitzen.«

»Und das in Karlsruhe, der Stadt des Rechts.« Herbert schüttelte den Kopf. »Hast du Edgar auch angerufen? Ich kann das nicht allein entscheiden.«

»Okay, mache ich sofort.«

Auch Edgar regte sich »über die Sauerei«, wie er sagte, ziemlich auf. »Wieso passiert das ausgerechnet uns? Dann auch noch jetzt, mitten im Weihnachtsgeschäft!«

»Komm wieder runter, Alter. So ungewöhnlich ist das nicht.« Gunther stopfte das letzte Butterplätzchen in seinen Mund.

»Früher war alles besser.«

»Echt? Als die Gangster noch persönlich ins Restaurant gegangen sind und gedroht haben, das Mobiliar kurz und klein zu schlagen, wenn die Wirte kein Schutzgeld zahlen? Da ist doch ein Angriff mit Ransomware weniger brachial. Verbrecher gab es schon immer und wird es immer geben. Nur die Methoden ändern sich. Ganz früher, da gab es Wegelagerer. War sicher auch nicht so lustig, denen bei einer Reise zu begegnen.«

Edgar wandte sich ab. Es hatte keinen Sinn, Gunther davon zu überzeugen, dass es früher gemütlicher zugegangen war. Solche Wortgefechte zwischen ihnen waren schon öfters erfolglos ausgegangen. Jetzt stand ja auch im Vordergrund, weiteren Schaden von ihrer Firma abzuwenden, und zwar ziemlich schnell. Er wandte sich Gabrielle zu. »Wie kommen wir an solche Bitcoins dran?«

»Du kannst diese digitale Währung mit einer Kreditkarte im Netz kaufen.«

»Machst du das für mich?«

»Klar. Gibst du mir deine Karte und dein Smartphone?« Sie grinste schief. »Mein PC hier läuft ja nicht.«

Als später alles wieder am Laufen und der Arbeitstag ohnehin vorbei war, luden die beiden Chefs ihre Belegschaft, die mittlerweile vollzählig war, ein, mit auf den Christkindlesmarkt zu gehen. Das kleine Grüppchen querte den Marktplatz, vorbei am Rathaus und an der Sandstein-Pyramide, unter der der Stadtgründer seine letzte Ruhestätte gefunden hatte.

»Danke, Gabrielle, dass du das wieder hingekriegt hast.« Hubert ging neben ihr.

Gabrielle zuckte mit den Schultern. »Eine Überweisung und dann den Code eingeben? War nicht weiter schwierig. Schade nur um die Kohle.«

»Kannste laut sagen. Wollte eigentlich im Februar mit meiner Family zum Skifahren. Ist jetzt erst mal gecancelt.«

»Wirst du Anzeige erstatten?«

»Wozu? Du sagst doch selbst, man kann nicht herausfinden, woher der Angriff kam. Das Geld sehen wir nie wieder. Außerdem krieg ich dann doch bei der Polizei nur einen Vortrag darüber, ich hätte nicht bezahlen sollen. Aber was hätten wir denn anderes machen sollen? Auf unserer Weihnachtsware sitzen bleiben? Wir hätten dann auch noch die Lagerkosten an der Backe gehabt und in der nächsten Saison ist das Zeug längst out. Nein, das war schon das Einzige, was uns übrig blieb.« Er sog die kalte Luft ein und stieß sie hörbar wieder aus. »Bringt auch nichts, sich jetzt ewig zu ärgern. Passiert eben.«

Sie hatten den Friedrichsplatz mit der großen Holzpyramide erreicht. »Guck, der fliegende Weihnachtsmann!« Gabrielle blieb stehen und schaute nach oben. Ein Schlitten mit vorgespannten Rentieren und dem Weihnachtsmann schwebte scheinbar über den Dächern der geschmückten Büdchen. Der Mann mit roter Kapuze winkte. Bei genauerem Hinsehen entdeckte sie das dicke Seil, an dem der Schlitten während seiner schwindelerregenden Fahrt schwebte.

»Ich brauche jetzt was Herzhaftes, nach all dem Süßkram.« Gunther folgte ihrem Blick und senkte seinen dann rasch wieder. »Das wäre nichts für mich.«

»Höhenangst?«, fragte Gabrielle.

»Ja. Und Hunger. So ein richtig schöner Flammkuchen wäre jetzt was Feines nach diesem blöden Misttag heute.«

»Was, Flammkuchen?« Luka drängelte sich neben die beiden. »So einen hätte ich auch gerne.«

»Ist das da vorne im Glühweinwäldchen nicht der Ludwig?« Gabrielle zog Gunther am Ärmel.

»Ludwig? Lass das nicht Hubert und Edgar hören, die sind immer noch dermaßen sauer auf den. Wenn sie heute auch noch Ludwig treffen, ist ihre Laune endgültig am Tiefpunkt angelangt.«

Gabrielle lugte zu den putzigen Giebelhäuschen und beobachtete ihren ehemaligen Kollegen, der ihnen den Rücken zuwandte. Während er in der einen Hand einen schmalen hohen Becher hielt, hatte er in der anderen ein Smartphone. Er schien aufgeregt zu telefonieren.

»Ich treffe euch dann am Flammkuchenstand, ich komme gleich nach«, raunte sie Gunther zu und verdrückte sich kurz. Denn Ludwig hatte ihr beim letzten gemeinschaftlichen Essengehen nach Dienstschluss das Geld für die Pizza ausgelegt, das schuldete sie ihm noch. Das zufällige Treffen hier war eine tolle Gelegenheit, ihm das Geld zurückzugeben. Wer wusste, wann sie ihn wieder sehen würde? Sie schlich sich von hinten an ihn heran und wollte ihn grade am Arm packen, als sie seine Stimme vernahm, nachdem er in sein Smartphone gelauscht hatte.

»Nee, du. Alles klar. Fünf Bitcoins. Läuft wie geschmiert.« Er nahm einen Schluck von dem Glühwein. »Die Deppen haben es doch nicht anders verdient.« Er lachte.

Gabrielle hatte bereits ihren Arm gehoben, um nach dem seinen zu greifen. Mitten in der Bewegung hielt sie inne. Was hatte Ludwig da eben gesagt? Das war doch genau die Summe, welche die Erpresser von ihnen gefordert hatten?

»Geht klar. Morgen Abflug, ja. Tickets sind gebucht.« Als ob er gespürt hätte, dass jemand ganz nah hinter ihm stand, drehte er sich plötzlich um.

»Scheiße«, er lief rot an, »Gabrielle! Was machst du hier?«

»Auf dem Christkindlesmarkt? Was macht man da? Glühwein trinken!«

Ludwig steckte sein Smartphone weg und blickte wie jemand, der sich bei etwas ertappt fühlte. »Soll ich dir einen ausgeben?«

»Wieso? Hast du heute ein gutes Geschäft gemacht? Gibt's was zu feiern?«

»Häh? Nee, ich mein ja bloß. Wollte nur höflich sein.« Ludwigs Gesichtsfarbe wurde dunkelrot. »Aber wenn du keinen Bock hast ...«

Gabrielle fingerte nach ihrer Geldbörse. »Du kriegst noch zwanzig Euro von mir. Ich habe ungern Schulden.« Sie steckte den Schein in seinen Glühwein. »Und

212

wenn du nächstens telefonierst, pass auf, wer hinter dir steht.«

Die beiden maßen sich mit Blicken.

»Ey, was soll das, mit dem Geld?« Ludwig fingerte nach dem Schein und wischte ihn an seiner Jeans ab.

»Das ist für den Ärger, den du mir heute gemacht hast.« Gabrielle wusste nur zu genau, sie konnte ihm nichts beweisen. Alles, was sie hatte, waren die Teile des Telefonats, das sie eben mitgehört hatte. Das war zu dünn für eine Anzeige, vor allem, wenn er es abstritt. Wovon auszugehen war. Es würde Aussage gegen Aussage stehen.

»Das hat doch nichts mit dir ...«, er unterbrach sich selbst, machte einen Schritt zurück. »Ich weiß nicht, was du meinst.«

Sie bohrte ihren Blick in seinen, bevor sie sich abwandte und ihren Kollegen an den Flammkuchenstand folgte.

»Wo warst du denn plötzlich?«, fragte Edgar, der schon für alle bestellt hatte.

»Hatte euch kurz aus den Augen verloren.« Sie wechselte einen kurzen Blick mit Gunther. »Aber jetzt bin ich ja wieder hier. Bleeder Tag heute. Irgendwie.«

Badischer Flammkuchen

Für den Teig
1 frischer Hefewürfel
etwas Zucker
700 g Mehl
1 Prise Salz, etwas Pfeffer
1-2 Tassen warmes Wasser, etwas Olivenöl

Für den Belag
Crème Fraîche
Schwarzwälder Schinken, luftgetrocknet
Zwiebelstreifen, fein geschnitten

Das Mehl in eine Schüssel geben. In die Mitte eine Ver-
tiefung drücken. In diese die Hefe zerbröseln, mit et-
was Zucker als Nahrung für die Hefe und einer halben
Tasse warmem Wasser zu einem Vorteig verrühren. Ein
dünnes Tuch über die Schüssel legen und die Hefe etwa
eine Viertelstunde gehen lassen.

Restliche Zutaten beifügen, alles kräftig zu einem ge-
schmeidigen Teig kneten, Teig erneut mit Tuch bedecken
und an einem warmen Ort eine Stunde gehen lassen.
Tüchtig durchkneten und auf einem bemehlten Brett
dünn ausrollen. Die Teigplatten auf ein leicht mit Öl ein-
gepinseltes Backblech legen, mehrfach mit einer Gabel
einstechen. Mit Crème Fraîche bestreichen und die Zwie-
belstreifen darauf verteilen. Mit Salz und Pfeffer würzen.

Im vorgeheizten Backofen ungefähr 20 Minuten bei
180 Grad (Heißluft) backen. Den ebenfalls in feine
Streifen geschnittenen getrockneten Schwarzwälder
Schinken erst nach dem Backen daraufgeben.

JOHANNES DIEZ

Oh Heiland süß

Sexau

Der raue Winterwind, der tagelang über den Schwarz-
wald und durch das Elztal gefegt war, hatte sich beru-
higt, als ob er für den Heiligen Abend eine Pause einle-
gen wollte.
Überall liefen die Vorbereitungen für das Fest auf
Hochtouren. Vor manchen Häusern konnte eine gute
Nase riechen, was als Festmahl auf den Tisch kommen würde. Zum Beispiel vor dem Haus von Freja von
Gerstsäcker in der Sexauer Vogesenstraße. Dort lag der
Duft von Entenbrust und Wirsing in der Luft. Wie jedes
Jahr, seit sie eingezogen war. Denn dieser Duft führte
die Hausherrin zurück in die Zeit vor dem schreckli-
chen Ereignis. Er erinnerte sie an die vielen Weihnachtsessen, die ihre selige Mutter immer nach genau diesem
Rezept erstellt hatte. Sie führte diese Tradition fort, es
war wie eine alljährliche Verbeugung vor der Verstorbenen. Im Übrigen war dieser Tag jedes Jahr ein schwieriger, denn es gab so gut wie nichts mehr, das sie an ihre
Mutter erinnern konnte. Das gesamte Familienanwesen
war bei jenem Brand am 24. Dezember vor 40 Jahren
vernichtet worden. Und nur, weil der ewig besoffene
Paketpostzusteller in ihrem Pferdestall eine Zigarre
hatte rauchen wollen. Seit dem Tag hasste sie diese Be-
rufsgruppe. Das Unglück hatte ihr nicht nur die Mutter
geraubt, sondern es war auch der Grund, warum sie,
statt standesgemäß in einem Adelssitz zu repräsentie-
ren, eine akademische Karriere hatte einschlagen müssen. Ihr Mann war nach dem Brand der Spielsucht und

dem Alkohol verfallen und in volltrunkenem Zustand in seinem Jaguar an einem Alleebaum zu Tode gekommen. Eine Weile hatte sie mit dem Schicksal gehadert, aber dann war sie zu der Gewissheit gekommen, dass sie einer Universitätslaufbahn würdig sei. Irgendwie hatte sie ihre Kinder schließlich ernähren müssen. Allerdings hatte sie es dann zu einigem Ansehen gebracht, davon zeugten unter anderem zwei Dutzend selbst verfasster Bücher in dem antiken Regal in ihrem Wohnzimmer. Ihre Eltern wären stolz auf sie gewesen. In diesem Hochgefühl versuchte sie jedes Jahr, den besonderen Tag zu begehen.

Doch nun wollte Freja von Gerstsäcker nur noch an die Festvorbereitungen denken, dazu holte sie einen mit Weihnachtsmotiven verzierten Karton. Mit einem feuchten Tuch staubte sie ihn gründlich ab. Dann hob sie langsam den Deckel. Sie nahm zuerst das dunkelblaue Samttuch heraus, schüttelte es vorsichtig und legte es dann auf den Tisch. Sie schaute in den Karton, und ihre strenge Miene wich für Sekunden einem beseelten Lächeln. Es war Weihnachten, das Christkind durfte wieder heraus. Wie jedes Jahr würde der kleine, süße Heiland in seiner Krippe strahlen. Vorsichtig griff sie in den Karton und holte die erste Krippenfigur heraus, die Maria. Sie platzierte die heilige Jungfrau leicht links der Mitte. Es folgten der Josef und zwei Hirten. Die menschlichen Figuren trugen alle norddeutsche Tracht aus dem 19. Jahrhundert. Zum Schluss stellte Freja von Gerstsäcker den Stall ganz hinten und die Krippe ganz vorne auf.

Sie ging nun einen Schritt zurück und schaute sich das Ensemble an. Dann verschob sie zwei Figuren ein wenig und schaute erneut. So ging das einige Male.

»Fertig!«, sagte sie schließlich. »Jetzt kann der kleine Heiland kommen.«

Plötzlich bemerkte sie ihre beiden Enkel. »Riecht ihr das Weihnachtsessen?«, fragte sie mit liebenswertem Tonfall. Die Kleinen antworteten nicht sofort. Da wurde der Gesichtsausdruck der alten Dame wieder streng.

»Beobachtet ihr mich?«, fragte sie scharf.

Die beiden Kinder, sechs und acht Jahre alt, senkten ihre Köpfe und schauten zu Boden.

»Ich gehe jetzt den Heiland holen«, teilte die Großmutter ihren Enkeln mit. Dann blieb sie stehen und streckte oberlehrerhaft den Zeigefinger Richtung der beiden. »Ihr rührt auf keinen Fall die Krippe an!«, stellte sie resolut klar.

Da gingen die beiden lieber die Treppe hinauf in ihr Zimmer.

»Und wehe, ihr lasst die Finger nicht vom Christkind oder schleckt vom Nachtisch.«

Die Kinder liefen eingeschüchtert weiter.

»Ich hätte gerne eine Bestätigung«, schallte es ihnen hinterher.

»Ja, verstanden.«

Während sich die beiden Kleinen in den Schutz ihres Zimmers zurückzogen, ging Freja von Gerstsäcker in ihre Speisekammer. Sie drückte die Türe ins Schloss und stieg dann eine kleine Haushaltsleiter hinauf. Im obersten Regalfach kramte sie eine Metalldose für Weihnachtsgebäck hervor. Darin befand sich ein kleineres Döschen und in diesem ein Stoffbeutel. Vorsichtig tastete die alte Dame den Inhalt ab, ihre Miene entspannte sich wieder. Sogar ein Lächeln huschte kurz über ihr Gesicht.

Zurück im Wohnzimmer, legte Freja von Gerstsäcker das Bündel in den Karton und holte aus einer Dose ein spezialimprägniertes Tuch. Dann packte sie die kleine Figur vorsichtig aus und polierte sie minutenlang. Schließlich hielt sie den kleinen Jesus zufrieden in das wenige Sonnenlicht, das um diese frühe Tageszeit ins Wohnzimmer fiel. Goldig strahlte der Heiland, und er war auch aus Gold. Der Vater der alten Dame hatte das Figürlein bei einem Fronturlaub mitgebracht. Er hatte es im Schutt einer zerstörten Kirche gefunden. Es war das letzte Mal, dass Freja von Gerstsäcker ihren Vater gesehen hatte. Es war das einzige Andenken, das von ihm geblieben war. Denn sie hatten bei einem der Angriffe auf Lübeck das Christkind als Talisman in den Bunker mitgenommen. Beinahe alles andere war in der Bombennacht verbrannt. Nach dem Krieg hatte ihre Mutter das Erinnerungsstück einmal schätzen lassen, auch der materielle Wert war beträchtlich. Und es hatte den Brand vor 40 Jahren überstanden. Freja von Gerstsäcker hütete den Heiland wie ihren Augapfel. Sie hätte die Figur unter Einsatz ihres Lebens verteidigt.

Dann ging sie in die Küche und stellte den Herd aus. In wenigen Minuten würde ihre Tochter zurück sein, dann könnte sie das Festmahl servieren. Nicht am Abend wie bei den meisten Menschen. Bei den von Gerstsäckers speiste man am frühen Nachmittag. Ihre gottesfürchtige Großmutter hatte das bereits so eingeführt, damit am Heiligen Abend genügend Zeit für die Weihnachtsgeschichten und -lieder sowie den Gottesdienstbesuch bliebe. Auch diese Tradition hatte sie aus Respekt gegenüber ihrer Großmutter zeitlebens hochgehalten.

Ding-dong-ding-dong, und nochmals ding-dong-ding-dong.

Der ehrwürdige Glockenschlag von Big Ben meldete einen Besucher an der Haustüre.

Freja von Gerstsäcker legte die wertvolle Krippenfigur auf die Ablage neben ihrer Wohnungstüre. Dann lief sie einige Schritte durch das Treppenhaus und öffnete die Haustüre. Ein Paketzusteller stand vor ihr.

»I hätt a Paket und bräucht a Unterschrift.«

Die Miene der alten Dame veränderte sich schlagartig. Schlechtes Deutsch war ihr, der ehemaligen Germanistikdozentin und Autorin, ein absoluter Graus. Genauso wie diese Basecaps, vor allem wenn der Schirm nach hinten zeigte. Kurzum, dieses Subjekt unter ihrem Vordach störte nicht nur emotional, sondern auch visuell und auditiv ihre Vorweihnachtsharmonie in äußerst hohem Maße.

»I hätt a Paket und bräucht a Unterschrift«, wiederholte der Zusteller in seinem starken bayrischen Akzent.

»Ich habe ein Paket und bräuchte eine Unterschrift.«

Der junge Mann schaute sie verdutzt an.

»Sprechen Sie mir nach: Ich habe ein Paket und bräuchte eine Unterschrift.«

»Des hab i doch gsagt.«

»Nur mit gutem Deutsch kann man es bei uns zu etwas bringen.«

Der junge Mann sprach den Satz so gut er konnte auf Hochdeutsch. Sein zuckendes Augenlid zeigte dezent seine Einstellung zu diesem Sprechtheater. Aber er hatte noch viele Pakete auszutragen, gerade an diesem Tag besonders wichtige, deshalb hielt er sich zurück.

Statt »Unterschreibens hier«, wie er normalerweise gesagt hätte, rang er sich ein »Bitte eine Unterschrift« ab.

»Sehen Sie, Sie können es doch, Sie lernen schnell. Bleiben Sie dran. Dann verliert sich Ihr bayrischer Akzent im Nu.«

Während sie ihn überheblich anstrahlte wie einen frisch bekehrten Barbaren, dachte er an die verstreichende Zeit. Sein letzter Paketempfänger heute war ein sehr ungeduldiger Mensch und einer, der richtig Ärger machen konnte. Der Zusteller atmete nun tief ein und wollte seine Aufforderung wiederholen. Aber die alte Dame schnitt ihm das Wort ab.

»Stopp, junger Mann!«

Sie machte eine resolute Handbewegung.

»Bevor ich unterschreibe, gebe ich Ihnen etwas mit. Ihr Kollege hat meiner Tochter gestern ein Paket für die Nachbarn gegeben. Aber die kommen erst in 10 Tagen wieder zurück. Ich habe nicht den Platz, um es so lange bei mir aufzubewahren. Ich hole es und Sie nehmen es mit.«

Bevor der Zusteller unterbrechen konnte, war sie bereits unterwegs in die Kammer. Kaum hatte sie den Raum betreten, drang lautes Schimpfen an die Ohren des jungen Mannes, denn das Paket war nicht mehr da, wo sie es hingestellt hatte.

Der Zusteller schaute vorsichtig in die Wohnung in Richtung der Stimme. Er hatte es eilig.

»Könnt's ihr amol schaun, ob die Oma mich vergessn hot?«, fragte er die Enkel, welche gerade die Treppe heruntergeschlichen kamen.

Die horchten kurz Richtung Kammer und hörten dort ihre Großmutter schimpfen. Deshalb schüttelten sie den Kopf und liefen schnell in die Wohnung der Oma, wo sie in einem Zimmer verschwanden. Der junge Mann schaute zum dritten Mal auf seine goldene Billigarmbanduhr. Sollte er einfach gehen? Doch da rauschte die alte Dame bereits heran, mit einem schuhkartongroßen Päckchen unter dem Arm. Das drückte sie dem Basecap-Träger mit einem Siegerlächeln in die Hand.

»Und nun unterschreibe ich für meines.«

Nach der erledigten Formalität blieb die Hausherrin noch unter der Türe stehen, bis der Zusteller um das Heck seines Kleinlasters gebogen war, und freute sich über ihren gelungenen kleinen Coup. Das fehlte noch, dass die halbe Nachbarschaft ihre Wohnung als Zwischenlager nutzte. Sie hoffte, dass dieser einfach strukturierte Mensch ihre Botschaft verstanden hatte.

Zurück in ihrem Wohnzimmer blieb sie erschrocken stehen. Das Christkind lag nicht in seiner Krippe! Hatte sie es überhaupt schon an seinem Bestimmungsort platziert gehabt? Der Schreck war ihr so in die Glieder gefahren, dass sie sich für einen Moment an nichts erinnern konnte. Sie spürte, wie eine Adrenalinwelle durch ihren Körper strömte. In ihrem Kopf baute sich ein Druck auf. Hektisch blickte sie sich um.

Doch dann blieb sie stehen und straffte sich.

»Eine von Gerstsäcker verliert nicht die Contenance!«, sagte sie sich drei Mal lautlos. Dann schaute sie in aller Ruhe nach links und rechts. Und schon wusste sie es wieder. Sie hatte das Figürlein auf die Ablage neben der Wohnungstüre gelegt. Dann hatte es gegongt. Sie war in die Kammer gegangen, und als sie wieder zurückkam, da stand dieser Voralpenhansel mindestens einen Meter näher an der Wohnungstüre.

Damit war für sie alles klar.

Sie machte zwei Riesenschritte nach vorne, dann riss sie die Wohnungstüre auf. In einiger Entfernung stand der gelbe Kleinlaster, und gerade übergab dieser bajuwarische Niedriglohnbezieher ein schuhkartongroßes Paket der gutmütigen Frau Bührer. Freja von Gerstsäcker ruderte mit den Armen, aber der junge Mann winkte ab und stieg in sein Fahrzeug. Als er den Motor startete, hatte die alte Dame den Kleinlaster erreicht und zog sich mit erstaunlicher Leichtigkeit durch die offene Seitentüre. Gerade als der Fahrer in den zweiten Gang schalten wollte, befahl ihm eine resolute Stimme, sofort zu stoppen. Er trat erschrocken auf die Bremse. Seine blinde Passagierin wäre fast auf das Armaturenbrett gefallen.

»Sie haben meine Jesusfigur gestohlen!«

Ihr gestreckter Zeigefinger stieß wie ein Degen nach vorn und stoppte kurz vor seiner Brust.

»Was hab i?«

»Sie haben meine Jesusfigur gestohlen!«

Er schaute sie entgeistert an.

»Sie ham ja nimma alle Ziegel auf'm Dach.«

Nun wurde er lauter. »Und jetzt verlassen's schnurstracks mei Fahrzeug, Kruzifix nochamol! Sonst nehm i Sie mit.«

»Zuerst meinen Jesus!«

»Des warn bestimmt Ihre Enkel.«

»Was erlauben Sie sich? Sie bezichtigen meine Enkel des Diebstahls? Unverschämtheit!«, giftete sie.

»Haun's jetzt ab, aber dalli!«, schrie er.

»Nicht ohne das heilige Kind!«

Er legte den ersten Gang ein und fuhr ruckartig an. Freja von Gerstsäcker wurde in den hinteren Teil des Kleinlasters geschleudert.

»Wenn Sie nicht sofort stoppen, dann werfe ich dieses Paket auf den Boden!«, schrillte es von hinten. Der Fahrer drehte sich um und trat dann mit aller Kraft auf die Bremse. Die alte Dame hatte sich nur mit der rechten Hand festgehalten, denn mit der anderen hielt sie eine kleine, absenderlose Schachtel fest. Auch wenn die Rechte eisern zugegriffen hatte, konnte Freja von Gerstsäcker nicht verhindern, dass sie mit dem Kopf an das Regal schlug, während sie mit dem Körper das Päckchen in ihrer anderen Hand gegen ein Regalbrett quetschte. Dabei platzte dieses auf, ein weißes Pulver rieselte heraus und verteilte sich auf dem Boden. Entsetzt registrierte Freja von Gerstsäcker, dass plötzlich rote Flecken dazukamen. Das Blut lief von der Platzwunde zwischen Augenbraue und Schläfe an ihr Kinn und tropfte von dort auf den Boden.

»Fuck!«, entfuhr es dem völlig entgeisterten Fahrer in bestem Unterschicht-Englisch. Er wusste, beim Inhalt dieses Päckchens verstand sein letzter heutiger Kunde, Rotlicht-Charly, keinen Spaß. Sofort legte er den Gang wieder ein, bog mit quietschenden Reifen auf die L110, streifte am Kreisverkehr beinahe ein Auto und raste durch das Brettental Richtung Norden davon.

»Das riecht aber gut hier«, rief die Mutter, als sie die Haustüre geöffnet hatte. Dann sah sie gerade noch, wie ihre beiden Kinder die kleine, goldene Figur in die Krippe legten. »Was macht ihr denn da mit dem Jesus? Ihr wisst doch, wie Oma an ihm hängt.«

»Wir haben ihn beschützt.«

»Es war gerade so ein Paketmensch da, und wir wollten nicht, dass er die Figur klaut. Deshalb haben wir sie versteckt, bis er weg ist.«

»Ihr könnt ihm doch nicht einfach unterstellen, dass er ein Krimineller ist? Außerdem hat der heute so viel zu tun, dass er dafür gar keine Zeit hätte. Ich bin ihm nämlich begegnet, er wäre vor lauter Zeitdruck fast in mein Auto gefahren. Hoffentlich hat Oma nichts von eurer Aktion mitbekommen. Wo ist sie eigentlich?«

Am nächsten Tag wurde für Freja von Gerstsäcker eine Vermisstenanzeige bei der Emmendinger Kripo aufgegeben.

Entenbrust mit Wirsing

Für 4 Personen

Entenbrust
4 Entenbrüste
Olivenöl
Salz
250 ml Weißwein

Gewürzmischung
1 TL Schwarze Pfefferkörner
1 TL Rosmarin
1 TL Wachholderbeeren
½ TL Nelkenpulver
½ TL Pimentpulver
½ TL Zimtpulver

Die Gewürze in einem Mörser zerstoßen. Die Fleischstücke auf der Fettseite kreuzweise einschneiden und mit der Würzmischung auf beiden Seiten einreiben. Die Entenbrüste in einer ofenfesten Pfanne mit der Fettseite nach unten in Olivenöl scharf anbraten, bis das Fett ausgelassen ist. Salzen, wenden, kurz die andere Seite anbraten, salzen und mit dem Weißwein ablöschen.

Die Pfanne mit der Entenbrust bei 175 Grad (Umluft) für 25 bis 30 Minuten in den Backofen geben. Ab und zu mit dem Sud übergießen, eventuell Wein und etwas Wasser nachgießen. Die letzten fünf Minuten übergrillen.

Wirsing
1 Wirsing (ca. 800 g)
4 Karotten
2 Zwiebeln
Olivenöl
3 TL Gemüsebrühe
Pfeffer
Salz
125 ml Weißwein
125 ml Wasser
1 Becher Sauerrahm

Karotten und Zwiebeln fein würfeln. Beim Wirsing den Strunk entfernen und den Kohlkopf in zwei Zentimeter breite Streifen schneiden.

Zwiebeln und Karotten in Olivenöl anschwitzen, bis sie leicht bräunen. Wirsing dazu und diesen auch leicht anschwitzen. Gemüsebrühe, Pfeffer, Salz dazu und mit Weißwein und Wasser ablöschen. Sachte köcheln lassen, bis der Wirsing weich ist. Nach Bedarf Wasser und Wein nachgießen. Vor dem Servieren einen Becher Sauerrahm in die Mitte geben.

Dazu passen sehr gut Polentaschnitten, Salzkartoffeln oder Kartoffelbrei.

Die Backmodel

Weinheim an der Bergstraße

Eine ganze Stunde schon stöberte Fabian Gaber auf dem Weinheimer Flohmarkt, drehte Runde um Runde und hatte noch nicht ein einziges Sammlerstück erworben. Dieser Markt im Advent hatte ihm schon oft die herrlichsten Funde beschert, und er hatte hier nicht nur für sich selbst Weihnachtsgeschenke erstehen können, sondern auch für Bekannte, die ihm Aufträge gaben. Seine Freundin Susanne teilte das Hobby, doch heute war sie zu Hause geblieben, weil sie ihre Examensarbeit fertigstellen musste. Fabian hatte Susanne versprochen, die alten Schmuck liebte, etwas Kleines, Nettes mitzubringen. Die beiden waren untypische Vertreter ihrer Generation. Einer Generation, die sich für schöne alte Dinge nicht im Geringsten interessierte, die rustikalen Weichholzmöbel und die antiken Eichentische ihrer Eltern belächelte und lieber bei IKEA einkaufte als auf dem Sperrmüll oder auf Floh- und Trödelmärkten nach etwaigen Schätzen zu stöbern, wie ihre Eltern in den 70er- und 80er-Jahren es getan hatten.

Fabians Outfit allein schon war ausgefallen und individuell. Er schmückte sich gerne die Haare mit bunten Strähnchen, trug Ohrstecker und gerne auch mal Hüte, und seine Klamotten bestanden aus selbstgefärbten T-Shirts, mit Samtjacketts oder Brokatwesten kombiniert, die er beim Trödel erstanden hatte.

Heute hatte er offenbar kein Glück. Nicht ein einziges nettes altes Stück hatte er gefunden. Frustriert wollte Fabian seine Flohmarkt-Schatzsuche abbrechen, als am vorletzten Händlerstand sein Blick auf eine zerfledderte Mappe fiel, die in der Mitte des Tisches etwas hochgestellt präsentiert wurde.

Geschichte der historischen Neckarschule war auf einem offenbar in neuerer Zeit angebrachten Etikett zu lesen.

Fabian, der sich als Schüler nie im Fach Geschichte hervorgetan hatte, war wider Erwarten im Lauf seiner Studentenjahre ein begeisterter Sammler alter Dokumente geworden. Die historische Neckarschule war ihm ein Begriff.

Als wohltätige Bildungseinrichtung für ärmere, aber begabte Bürgersöhne Heidelbergs im Jahr 1587 durch den Pfalzgrafen Johann Kasimir gegründet, war die Neckarschule bis zum Brand und der Zerstörung der Stadt Heidelberg im Jahr 1693 unter dem Kurfürsten Johann Wilhelm geführt worden. Die Schüler der Anstalt mussten strenge Auflagen erfüllen und waren verpflichtet, dem jeweiligen Kurfürsten treu und gehorsam zu dienen. Das Motto *Wes Brot ich ess, des Lied ich sing* galt ohne Pardon für die Bürgersöhne. An kirchlichen Feiertagen und bei Kindstaufen, Hochzeiten und Begräbnissen mussten die Schüler mit Gesang aufwarten. In der Vorweihnachtszeit, so hatte Fabian einmal gelesen, traten sie in der Art der protestantischen Kurrende-Sänger auf und wurden mit kleinen Gaben, vor allem aber mit einem Lebkuchengebäck belohnt, das den Kurfürsten in der Kutsche darstellte. Fabian traute seinen Augen nicht, als er neben der reichlich fleckigen, vom Zahn der Zeit angenagten Mappe eine alte hölzerne Backmodel erblickte. Sie stellte tatsächlich eine von einem Pferd gezogene Kutsche dar, in deren Innerem ein adliger Herr des 18. Jahrhunderts saß. Der Kurfürst Carl Theodor, der die Neckarschule neu belebt hatte?

»Das ist die Kurfürstmodel, ganz wertvoll«, sagte der Händler, ein älterer, sehr seriös aussehender Herr. Er hatte das Interesse des Kunden bemerkt und freute sich über einen potenziellen Käufer.

»Die Model passt zu der Mappe über die Neckarschule«, erklärte er. »Ich hab beides als Paket erworben. Von einer alten Dame. Einer Nachbarin. Sie hat mir vor ihrem Tod die Sachen anvertraut. Sie wolle lieber mit warmer Hand geben als mit kalter Hand beraubt werden, sagte sie.«

Der Händler fügte lächelnd hinzu: »Sie war schrullig, aber auf eine liebenswerte Art.«

Fabian hielt sich mit einer Antwort zurück. Er zwang sich, sein Interesse an den Dokumenten und der Backmodel zu verbergen, und tat unwissend.

»Darf ich ein wenig blättern?«, fragte er mit gespielter Gleichgültigkeit und griff nach der Mappe.

»Aber gerne.«

Fabian las sich an einer Textstelle fest:

Nachdem des Pfalzgrafen Churfürstliche Durchlaucht in gewisse Erfahrung kommen war, daß die Frau des Gastwirths zum Bock in Weinheim unlängst sich gegen hohe Personen hat verlauten lassen, die Churpfalz solle hinführo eine Anzahl Gänse halten, damit man lieber mit Federn als im Felde Krieg führe: Also haben Ihro Churfürstliche Durchlaucht ihr Anerbieten in Gnaden angenommen, und ist dero gnädigster Befehl, daß besagte Wirthsfrau die Churpfälzische Canzley jährlich mit Schreibfedern genugsam versehen und solche alle Jahr auf Martini liefern möge ...

Fabian musste laut lachen.

»Sie lesen gerade die Stelle mit der Weinheimer Wirtin des Gasthauses *Zum Goldenen Bock*?« bemerkte der Händler. »Ja, das ist wirklich witzig. Da war ein einziges Mal eine Bürgersfrau kritisch gegenüber der

Obrigkeit und hat das Kriegführen angeprangert, und schon wurde sie dazu verdonnert, Schreibfedern zu liefern. Wissen Sie, junger Mann, ich bin Hobby-Historiker, und solche Geschichten haben mich immer fasziniert. Ich hätte alles getan, um an seltene Dokumente heranzukommen. Alles, in der Tat. Aber ab und zu muss man sich auch von etwas trennen.«

Er hüstelte, als sei er verlegen oder habe etwas Unbedachtsames gesagt.

Fabian wurde hellhörig. Er war ein sehr sensibler junger Mann. Sein Blick ging über den Tisch des Händlers hinweg.

Dies war kein professioneller Händler, nein, ein Privatmann, der hier offenbar den Nachlass einer verstorbenen Person ausgebreitet hatte. Den Nachlass der Nachbarin?

»Die Model und die Mappe, was kostet das zusammen?«

»Weil Sie mir so sympathisch sind, junger Mann, nur 250 Euro. Da haben Sie einen wahren Schatz. Eine wirklich alte Model und ein wirklich historisches Dokument.«

Fabian gelang es, das Paket auf 150 Euro herunterzuhandeln.

»Was machen Sie mit den Sachen?«, hakte der Verkäufer nach.

»Ach, das wird ein Weihnachtsgeschenk für meine Mutter, die geschichtlich interessiert ist und dazu noch gerne backt.«

Der alte Mann schien nicht überzeugt zu sein von der Antwort, denn er zog die Brauen hoch und lächelte dabei vielsagend. Er dachte wohl, Fabian würde alles selbst zu einem viel höheren Preis weiterverkaufen wollen.

Fabian war schon im Weggehen, als ihm auf dem Tisch, halb verborgen durch ein Spitzendeckchen, ein

Amulett in Altgold auffiel. Es stammte aus der Biedermeierzeit, und irgendwie kam es Fabian bekannt vor. Er öffnete das Deckelchen des Schmuckstücks und sah darin das Foto einer hübschen dunkelhaarigen Frau mit einer Pagenkopffrisur, wie sie in den 20er-Jahren modern war.

»Pauline Gaber, meine Nachbarin«, sagte der Verkäufer.

Fabian erstarrte innerlich.

Großtante Pauline, von der seine Mutter ihm oft erzählt hatte und die er ein einziges Mal in seinem Leben getroffen hatte, als er Teenager war und die schrullige Tante seine Mutter und ihn gnädigerweise zum Kaffeeplausch eingeladen hatte. Das Amulett hatte damals seine Aufmerksamkeit erregt, denn es war sehr auffallend. Niemand sonst trug einen solchen Schmuck. Kurz nach dem Besuch bei der Großtante war damals jäh der Kontakt abgebrochen. Die ganze Familie war enterbt worden, wie es hieß. Eine plötzliche Laune. Sie habe einen Nachbarn als Alleinerben eingesetzt, wurde gemunkelt. Die schrullige Großtante war Fabian in bester Erinnerung, denn sie hatte ihm damals bei dem einzigen Besuch eine Tafel Schokolade geschenkt. Seine Lieblingssorte: Trauben-Nuss.

Pauline Gaber war vor etwa einem Jahr verstorben, und es gab Gerüchte, wonach der Arzt zuerst gezögert habe, den Totenschein auszustellen. Aber wie gesagt, zu all dem gab es keine genauen Aussagen, es blieb bei Gerüchten.

Vielleicht hätten die Verwandten auf einer Obduktion bestanden, aber das Interesse der Enterbten an der Wahrheitsfindung hielt sich in Grenzen.

Es gibt merkwürdige Zufälle im Leben, dachte Fabian. Er hatte immer mal wieder davon gehört, aber nie so richtig daran geglaubt.

In seinem relativ jungen Leben waren ihm Zufälle noch nicht oft begegnet.

»Das Amulett würde meiner Freundin gefallen«, sagte Fabian. »Sie trägt gerne alten Schmuck. Bekomme ich es für 80 Euro?«

Der Verkäufer, seltsam kulant, ließ sich auf den Preis ein, ohne zu handeln.

Zu Hause packte Fabian seine Schätze aus. Susanne freute sich riesig über das wunderschöne Biedermeier-Amulett. Fabian verschwieg ihr die Provenienz des Schmuckstücks, hob sich die Enthüllung des Geheimnisses für später am Abend auf.

Als er die Mappe durchblätterte, fiel ein Zettel heraus. Es war ein Lebkuchenrezept. Das Rezept, das zu der Backmodel passte?

Die Zutaten Mehl, Backpulver, Zucker, Zimt, Nelken, Muskatnuss, Eier, Milch, Butter, Mandeln, Zitronat waren fein säuberlich in alter Schrift aufgelistet. Bei genauerem Hinsehen nahm Fabian wahr, dass das Wort Bittermandelöl durchgestrichen war und etwas klitzeklein in einer anderen, moderneren Schrift darübergeschrieben war.

Fabian, neugierig geworden, holte eine Lupe, um zu lesen, was da stand: KNC+HCl-HCN+KCl.

Fabian, der als Schüler Geschichte nie gemocht hatte, dafür aber ein Musterschüler in Chemie gewesen war, glaubte, die Formel für Kaliumcyanid zu erkennen. Blausäure. Zyankali.

Er war sich dessen ziemlich sicher, zumal er ab und zu in einer Apotheke jobbte.

Weiter erinnerte er sich, dass die Großtante an Weihnachten gestorben war und dass ihre Maßlosigkeit, wenn es darum ging, Lebkuchen zu essen, ein offenes Geheimnis war. Sie liebte den Geschmack von Bittermandel.

»Das Lebkuchenessen wird ihr mal zum Verhängnis werden«, hatte Fabians Mutter einmal gescherzt.

Fabian dachte an den netten Flohmarktverkäufer, den älteren jovialen Herrn, den hilfsbereiten Nachbarn der verstorbenen Großtante Pauline. Hatte sie wirklich mit warmer Hand gegeben oder war sie nicht doch mit kalter Hand beraubt worden?

Fabian beschloss, am nächsten Tag ein wenig Detektiv zu spielen und die Spur des netten Hobbyhistorikers aufzunehmen.

Das war er Großtante Pauline schuldig, die ihm einst seine Lieblingsschokolade spendiert hatte.

Badener Lebkuchen

500 g Mehl
1/2 Päckchen Backpulver
250 g Zucker
1 TL Zimt
1 Messerspitze Nelken, gemahlen
1 Messerspitze Muskatnuss, gerieben
1/2 Fläschchen Bittermandelöl
2-3 Eier
2-5 EL Milch
125 g Butter
150-200 g ganze Mandeln oder Haselnüsse
125 g Zitronat

Man macht einen Knetteig, rollt ihn gleichmäßig aus und sticht Formen aus, am besten natürlich weihnachtliche Motive wie Herzen, Stiefel, Sterne, Monde.

Wer künstlerisch begabt ist, kann eine Kurfürstschablone herstellen.
Die Formen werden mit halbierten Mandeln oder Nüssen verziert und auf ein leicht gefettetes Backblech gelegt.

Backzeit etwa 15 Minuten bei Mittelhitze. Nach dem Backen kann man die Lebkuchen mit Zitronenguss bestreichen.

ALEXA RUDOLPH

Königinnen

Freiburg

Es war um den zweiten Advent des vorigen Jahres, als
Meisel, der früher als Germanistikprofessor an der Uni
Freiburg lehrte und heute im Ruhestand lebte, sich über
Dackel Erdmann beugte und ihn streichelte.

»Braver Herr Erdmann«, näselte Meisel, »heute
Nachmittag muss ich Sie leider allein lassen.« Meisel
schnappte nach Luft, er war etwas kurzatmig. Falten
des Bedauerns lagen auf seiner Stirn. Während er das
Fell des Dackels immer heftiger streichelte und auch die
Ohren nicht ausließ, fuhr er leise fort: »Ich fahre gleich
zum Friedhof zu einer Beerdigung, mein verehrter Kollege Sigg ist gestorben.« Die Stimme versagte ihm. Dackel Erdmann blickte mitfühlend und klug. Doch Meisel fing sich wieder und flüsterte: »Mein lieber Herr
Erdmann, ich bedauere sehr, ich kann Sie nicht mitnehmen, es kommen bestimmt schrecklich viele Leute zur
Beisetzung und auf dem Friedhof herrscht Hundever-
bot.« Erneut hielt er inne und schnaufte, dann wiegte er
seinen imposanten Schädel bedächtig von rechts nach
links und wieder zurück und murmelte mehr zu sich
selbst: »Tja, der arme Sigg hat wirklich Pech gehabt, so
eine verschleppte Grippe kurz vor Weihnachten, das ist
eine böse Geschichte.«

Während Meisel Wintermantel und Wollmütze anzog,
fügte sich Herr Erdmann in sein Schicksal und verkroch
sich im Hundekorb. Meisel eilte zur Straßenbahn. Nur
eine halbe Stunde Fahrt durch die weihnachtlich ge-

schmückte Stadt und schon marschierte er mit hoch-
rotem Kopf durchs eiserne Portal der Friedhofsanlage.

Sein Nachbar, ebenfalls im Pensionsalter, wartete
dort bereits seit einer dreiviertel Stunde. Unruhig wanderte Professor Konrad Herzsprung auf und ab, strich
sich von Zeit zu Zeit über die frierende Halbglatze,
putzte die Brillengläser und schnäuzte sich umständlich.

»Menschenskind Meisel, Gott sei Dank, dass Sie hier
sind, es geht mir gar nicht gut, meine Nerven fahren
mal wieder Achterbahn«, rief Herzsprung erleichtert
dem schnaufenden Meisel entgegen, zupfte dabei an
den Köpfen seiner unter den Arm geklemmten Chrysanthemen.

Doch Meisel reagierte harsch: »Lieber Kollege, Sie
sind garantiert der nächste Kandidat, wenn Sie weiter
so nervös sind. Außerdem rate ich Ihnen dringend, ziehen Sie sich gefälligst eine warme Mütze auf Ihr wertes
Haupt.«

Herzsprung seufzte: »Ich weiß, ich weiß.«

Meisel schritt rasch und aufrecht an ihm vorbei zur
Aussegnungshalle.

Leicht erhöht stand der hellbraune Sarg, rechts und
links davon dicke weiße Kerzen und schräg davor lag
ein Kranz mit Tannenzapfen und steifer Schleife. Auf
einem Tischchen eine Fotografie, auf der ein lachender,
gebräunter Karl-Eduard Sigg in zünftiger Wanderklei-
dung vor dem Matterhorn zu sehen war.

Meisel näherte sich ehrerbietig, hielt inne, betrachtete Sarg und Foto, dann bückte er sich, richtete die Enden der Schleife, zupfte ein bisschen da und ein bisschen
dort und las leise: »Unvergessliche Stunden, Traudl.«

Er versuchte, sich zu erinnern: Sigg war Junggeselle,
ganz und gar ohne Familie, wohnte im übernächsten

Haus unterm Dachspitz, ein angenehmer Mensch, fuhr mit Begeisterung in die Schweiz, ging im Gebirge wandern und meditieren ...

Meisel sah Sigg plötzlich wieder ganz und gar lebhaft vor sich. Nun ja, von Statur war Sigg eher klein geraten, wirkte jedoch robust wie eine knorrige Kiefer und schien absolut gesund zu sein. Vielleicht trank er hin und wieder ein Viertele zu viel, schwankte schon mal über die Straße, wenn er um Mitternacht aus der Vinothek kam. Aber sonst? Äußerst bescheiden, der Mann, hatte sich nichts gegönnt, war die meiste Zeit in seine Bücher vertieft. Vielleicht zwei oder drei Zigarillos pro Tag, mehr nicht. Eine Frau? Eine Traudl? Nein, Sigg wurde nie mit einer gesehen. Oder doch?

In Meisels Stimme lag Betroffenheit, als er vor sich hin brummte: »Hm, nicht alt geworden, keine siebzig, wollt ihn immer mal zu mir einladen, leider ist nichts daraus ..., und jetzt ist es zu spät. Man soll nichts aufschieben, ich sag es doch immer.«

Meisel setzte sich. Die Stühle für die Trauergäste waren kalt und hart. Herzsprung, der schon wieder zur Toilette musste, kam endlich auf Zehenspitzen und ließ sich ächzend neben Meisel nieder. Nun blickten sie gemeinsam zum Sarg, beobachteten einen Angestellten der Beerdigungsfirma, der hin und her lief und die Kerzen anzündete.

Eine weibliche Person mit blonder Hochsteckfrisur und dickem Strickschal, bestimmt noch keine fünfzig und auffallend attraktiv, ließ sich neben Herzsprung nieder. Herzsprung rückte sofort ein wenig zur Seite, um ihr mehr Platz zu machen.

Meisel beugte sich leicht vor und flüsterte zu Herzsprung: »Wer ist das?«

Er bekam keine Antwort. Herzsprung rutschte unruhig auf seinem Stuhl, legte endlich den zerzausten Blumenstrauß auf dem Boden ab.

Die Frau mit der Hochsteckfrisur stand noch einmal auf, ging zum Sarg und rückte ebenfalls die Schleife zurecht.

»Tolles Weib«, konstatierte Meisel leise. Herzsprung stimmte ihm zu. Ihre Augen umgarnten die Frau, die eine Weile vor dem Sarg stehen blieb und sich bekreuzigte. Endlich nahm sie wieder neben Herzsprung Platz.

»Entschuldigung, sind Sie vielleicht ein naher Verwandter?«, raunte sie plötzlich in Richtung Herzsprung. Erschrocken und gleichzeitig bedauernd hob dieser die Schultern und schüttelte den Kopf. Daraufhin lehnte sie sich noch ein Stückchen weiter vor und flüsterte an ihm vorbei zu Meisel: »Und Sie?«

Meisel verneinte ebenfalls und man sah ihm an, wie arg er bedauerte, kein Verwandter des Verstorbenen zu sein. Im selben Moment schleppte der Bote einer Gärtnerei einen weiteren Kranz herbei. Eine üppige, weißgoldene Ripsschleife lag über der Blumendekoration: »Verbunden bis in alle Ewigkeit, Hilde.«

Zwei Schönheiten, in modische Pelze gekleidet und mit bleistiftdünnen Absätzen unter ihren kniehohen Stiefeln, brachten ein Herz aus roten Rosen mit, sie legten es auf dem Sarg ab, genau dort hin, wo sie die Brust des Verstorbenen vermuteten. Schließlich pressten sie die Zierschleife an ihre Lippen. »Sandra und Rita werden ihren Siggi nie vergessen«, war auf die Schleife gedruckt, und jetzt waren es auch die beiden roten Kussmünder.

Einträchtig stöckelten die Damen zurück, nahmen hinter Meisel und Herzsprung Platz.

Meisel konnte nicht anders, es zog ihn wie von einem Magnet gesteuert um seine eigene Achse. Er musste sich umdrehen. Die Frauen lächelten ihn an, als hätten sie nichts anderes erwartet.

Allmächtiger, was für Granaten, dachte Meisel, während ihm die Hitze in den Kopf stieg. Nur mühsam konnte er sich wieder auf den Sarg konzentrieren und auf die Fotografie. Doch Sigg kam ihm auf einmal gar nicht mehr so weltfremd vor.

Nach einer Weile betrat der Pfarrer die Halle, stellte sich neben den Sarg und begann mit hoher Stimme seine Trauerrede: »Liebe, verehrte Trauergäste, wie fruchtbar ist der kleine Kreis, wenn man ihn zu pflegen weiß, wusste schon unser großer deutscher Dichterfürst Johann ..., und auch unser lieber Verstorbener ...«

Die Worte des Pfarrers verloren sich in der Weite der Trauerhalle und Herzsprung verlor einen Schluchzer. Auch Meisel war bewegt, wischte sich über die Augen und trompetete ins Taschentuch. Er war wie benebelt. Das Parfüm von Sandra und Rita brachte ihn schier an den Rand einer Ohnmacht.

Nachdem der Verstorbene unter einer prächtigen Schwarzwaldtanne in die Erde gebettet worden war und der Pfarrer seinen Segen gesprochen und den Trauergästen die Hände gedrückt hatte, gingen Meisel und Herzsprung eine Weile, ganz in ihr Schweigen vertieft, nebeneinander her.

»Eine merkwürdige Beisetzung, nicht wahr?«, seufzte Herzsprung endlich.

»Gut, dass das Foto von dem armen Sigg aufgestellt war, man hätte sonst denken können, er sei es nicht gewesen, um den es hier ging«, konstatierte Meisel.

Herzsprung wirkte bedrückt. »Kollege Meisel, verstehen Sie das? So viele Frauen? Eine eindrucksvoller als die andere. Wie hat er das nur angestellt? Ich habe keine einzige.«

Meisel nickte ratlos.

Während sie so ihren Gedanken Luft machten, fing es mit einem Mal an zu schneien; leise tanzten die Flocken vor ihren Augen und bedeckten die Gräber. Kerzen in roten Laternen flackerten, eine einsame Amsel scharrte im halb gefrorenen Laub. Über dem Friedhof lag Stille. Auch Herzsprung und Meisel sahen nach kurzer Zeit wie gepudert aus. Sich gegenseitig respektvoll abklopfend beschlossen sie, mit einem Taxi nach Hause zu fahren.

Während Meisel seine Wohnungstür aufschloss, hörte er auch schon das Telefon läuten. Atemlos rannte er hin und meldete sich: »Ja, bitte?«

»Hallo, hier ist …«, sie machte eine klitzekleine Pause und fuhr zuckersüß fort, »die Traudl.«

»Äh, ja«, stöhnte Meisel auf.

»Was meinen Sie, lieber Professor, sollten wir nicht im kleinen, vorweihnachtlichen Freundeskreis auf unseren verstorbenen Freund anstoßen?« Sie rollte das R ganz reizend und Meisel inhalierte den rauchigen Klang ihrer Stimme.

»Oh jaja, Sie sprechen mir, wie soll ich sagen, Sie sprechen mir aus dem Herzen. Das ist eine …, eine geradezu fantastische Idee. Darf ich denn auch meinen Nachbarn, den guten Konrad Herzsprung mitbringen, wir sind Kollegen und auch er gehört zum Freundeskreis?«

»Selbstverständlich! Herzsprung, der Name klingt göttlich«, hauchte sie.

»Nun ja, ein Gott ist er nicht, aber ein bekannter Wissenschaftler und angenehmer Mensch. Wo sollen wir uns denn treffen? Bitte, gnädige Frau, machen Sie einen Vorschlag.«

Sie lachte leise: »Kommen Sie doch einfach in unser schönes Haus in der Tivolistraße, wenn es den Herren recht ist.«

Meisel und Konrad Herzsprung fuhren also gegen Abend mit der Straßenbahn zur Tivolistraße und standen kurz darauf vor einer stilvollen Villa, an der viele bunte Weihnachtsgirlanden mit Lichtlein blitzten und sogar die Bäume im Garten allerliebst beleuchtet waren.

»Ich muss gestehen, ich bin doch ziemlich aufgeregt«, meinte Herzsprung und nestelte am Alpenveilchen im Weihnachtspapier, das er noch rasch besorgt hatte.

»Lieber Kollege, nun seien Sie doch nicht immer so nervös, das schadet Ihrer Gesundheit. Bleiben Sie gefälligst ruhig. Wir sind zu einem Umtrunk eingeladen, vielleicht ein Glas Glühwein und etwas Spekulatius, was soll schon passieren?«

Meisel legte den Finger auf die Klingel, sogleich summte der Türöffner.

Sie betraten einen mit Teppichen ausgelegten Salon. Mittendrin stand ein Weihnachtsbaum, über und über geschmückt mit zartrosa Marzipanrübchen, Zuckerglocken und Engelchen ohne alles. Die Wände waren ochsenblutrot ausgemalt und die Plüschsessel standen auf goldenen Füßen. Auf einem ebensolchen Sofa räkelten sich vier Königinnen mit langen, glänzenden Haaren und Brüsten, groß und fest wie Honigmelonen, und mit sehr wenig Stoff auf dem Körper.

Herzsprung zögerte kurz, dann überreichte er der Königin, die ihm am nächsten saß, seinen Blumentopf.

Da erhob sich die größte und schönste der Königinnen und schritt auf Meisel zu. Sie legte ihren weichen, weißen Arm um seinen Hals und hauchte:»Ich bin Traudl. Das ist Hilde. Sandra und Rita haben Sie bereits kennengelernt.« Und wieder sprach sie das R wie eine rollende Murmel. Meisels Kopf füllte sich mit Nebel.

Darauf bedacht, sich die Befangenheit ihres fortgeschrittenen Alters nicht allzu sehr anmerken zu lassen, studierten Meisel und Herzsprung die vier überaus prächtigen Frauenzimmer. Dabei standen sie ein wenig verlegen herum und wussten nicht recht, wie sie eine Unterhaltung in Gang bringen sollten.

Glühwein gab es keinen, dafür Champagner, der angenehm in der Kehle und verführerisch bis in die Fußsohlen kitzelte. Es dauerte nicht lange, da entspannten sich ihre Zungen. Herzsprung erzählte seinen Lieblingswitz, leider kannte er nur diesen einen: »Frage: Warum sprechen die Ärzte bei der Operation immer Latein? Antwort: Damit der Patient sich schon mal auf eine tote Sprache einstellen kann.«

Die Königinnen lachten. Meisel blickte Herzsprung tadelnd an.

»Kommen Sie, mein Lieber, wir gehen nach oben und Sie dürfen an meiner allerschönsten Christrose schnuppern«, flötete Traudl auf einmal in Meisels Ohr und zog ihn dahin. Meisel wehrte sich nicht, taumelte hinter ihr her, das unglaublichste Hinterteil, das er je gesehen hatte, vor Augen.

Als sie in der zweiten Etage in Traudls elegantem, fensterlosen Arbeitszimmer ankamen, schwitzte Meisel am ganzen Leib. Er hatte nichts dagegen, dass ihn seine Königin gekonnt, peu à peu, von einem Kleidungsstück nach dem anderen befreite. Was für ein Glücksgefühl, als sein Körper endlich splitterfasernackt auf das stattliche Louis-quinze-Bett plumpste.

»Und was ist mit Konrad Herzsprung, werden Sie ihn mir auch ja nicht vergessen?«, murmelte Meisel noch mit schwerer Zunge, da hatte ihm auch schon das zauberhafte Weib, ohne dass er mitbekommen hatte, wie ihm geschah, Hände und Füße fest ans Bett gebunden. Wie ein dickes X lag er nun da und fühlte sich auf die wunderbarste Weise ausgeliefert.

»Oh, nein«, kicherte der Mund über ihm, »den werten Herrn Herzsprung, den werden wir doch nicht vergessen, beileibe nicht.»

»Schön«, seufzte Meisel, der immer für Gerechtigkeit war.

Mit weit geöffneten Schenkeln thronte seine Königin inzwischen auf ihm. Meisel äugte auf ihre ausrasierte, fleischige Scham, auf ihren gewölbten, weißen Bauch mit dem tiefen Nabelloch, die enormen Plastikbrüste, die nicht sanft und weich der Schwerkraft folgten, sondern starr wie Kanonen auf ihn gerichtet waren.

Er schloss die Augen und riss sie gleich darauf wieder auf.

Wie aus dem Nichts lag da plötzlich eine Nikolausrute in der königlichen Hand und glitt spielerisch über seine Brust. In den Rutenenden waren offensichtlich kleine Nadeln versteckt, die ihm kess die Haut aufritzten.

»Liebe, liebe Traudl, bitte, bitte nicht zu arg, wenn Sie schon zu derart drastischen Mitteln greifen müssen. Meine Epidermis ist sehr empfindlich, schon als Baby hatte ich Probleme«, jammerte er.

»Na, na, lieber Professor, nun seien Sie doch nicht gar so schüchtern, oder sind wir ein schwieriger Fall?«

Meisel schämte sich ein bisschen, weil vor lauter Aufregung seine Lendenkraft erlahmt war, noch bevor sie sich beweisen konnte. Auch kriegte er Konrad Herzsprung nicht aus dem Kopf, der im Nebenzimmer eine vielleicht ähnliche Prozedur erlebte.

»Wir wollten doch eigentlich nur auf den guten Sigg anstoßen, oder nicht?«, stöhnte er, wobei ihm mit einem Mal der Verdacht kam, dass er etwas falsch verstanden haben könnte.

Noch während Meisel vor sich hin grübelte, stieg das königliche Weib von ihm herunter, begann in aller Seelenruhe, sein Jackett zu durchsuchen. Doch sie fand lediglich ein paar Hustenbonbons, ein zerlesenes Reclam-Heftchen »Iphigenie auf Tauris«, zwei Leckerli für brave Hunde und ein entwertetes Straßenbahnkärtchen.

Ganz und gar ordentlich steckte sie die Sachen zurück. Meisel atmete auf. Doch unversehens griff sie sich Meisels Brieftasche und seinen Schlüsselbund und schritt mit triumphierendem Lächeln auf den Lippen zur Tür. Sie löschte das Licht und schloss hinter sich ab. Zwei Mal.

Ihre Schritte klapperten davon.

»Ja, zum Kuckuck, es tut mir ja schrecklich leid, dass ich indisponiert bin, aber sie hätte mich doch wenigstens wieder losbinden können, bevor sie abhaut«, zeterte Meisel und versuchte zu begreifen.

Nach einigen Stunden, die Meisel halb dösend, vor Kälte zitternd und ziemlich erschöpft überstanden hatte, fragte er sich immer verzweifelter, ob vielleicht mit Herzsprung ebenso verfahren worden war wie mit ihm. Also nahm er seine restlich verbliebene Kraft und rief so laut er konnte: »Herzsprung!«

Er lauschte. Nichts. Keine Antwort.

»Herzsprung, wo sind Sie?«

Grabesstille.

Wenn ich will, kann ich durchaus noch lauter, dachte Meisel und brüllte aus voller Kehle, mit dem Ergebnis, dass er auf einmal Herzsprungs Stimme vernahm, die

ihm an diesem Ort geradezu himmlisch – oder engels-
gleich – vorkam.

»Hier bin ich! Hören Sie mich?«, kam es durch die
Wand.

»Herzsprung, lieber, guter Freund, bitte, kommen Sie
sofort zu mir herüber und befreien Sie mich gefälligst«,
flehte Meisel.

»Lieber Kollege Meisel, ich kann nicht, leider.«

»Das gibt's doch nicht, was ist denn mit Ihnen los?«

Herzsprung antwortete, doch seine Worte klangen
so schwach, dass Meisel nichts mehr verstand.

Er spürte, wie das zarte Flämmchen Hoffnung erlosch, zumal er jetzt vor einem äußerst dummen Problem stand: Er musste dringend zur Toilette. Es gelang
ihm, die Angelegenheit noch eine halbe Stunde hinaus-
zuzögern, doch dann war ihm alles gleichgültig und seine Blase entspannte sich.

Derart erleichtert funktionierte auch Meisels Ge-
hirn wieder. Er überlegte, was die Königinnen mit ihm
und Herzsprung vorhaben könnten. Außerdem musste er an seinen Dackel denken. Der gute Erdmann war
bestimmt verstört und ängstlich, würde seinen Herrn
längst vermissen. Auch Herr Erdmann hatte eine emp-
findliche Blase und musste mindestens drei Mal täglich
Gassi gehen.

Meisel überlegte: Mal angenommen, Herr Erdmann
bekäme Besuch?

Mal angenommen, es wäre dieses Königinnen-Quar-
tett? Was würden sie in seiner Wohnung finden? Nichts,
außer Herrn Erdmann.

Obwohl Meisels Lage alles andere als rosig war,
konnte er nicht anders, als still vor sich hin zu lachen.

Da in Freiburg seit einiger Zeit die Einbruchserien
derart drastisch zugenommen und vor allem in der
Vorweihnachtszeit dramatische Ausmaße angenom-

men hatten, sodass die Kripo einfach nicht mehr mit der Aufklärung der Fälle nachkam, hatte er längst Vorsorge getroffen. Meisel hatte sämtliche Sachen, die ihm lieb und teuer waren, akribisch entfernt und an sicheren Plätzen untergebracht. Die paar tausend Bücher, die noch in den Regalen standen, die durften die Ladies gern hinaustragen.

Meisel stellte sich vor, wie enttäuscht Traudl, Hilde, Sandra und Rita aus ihrer Reizwäsche schauen würden, und freute sich diebisch. Aber zum Teufel, was war mit Konrad Herzsprung? Hatte auch der vorgebeugt?

Stunden vergingen und Meisels Körper war bis in alle Glieder ausgekühlt, sein Mund staubtrocken, sogar seine Augen waren tränenleer. Wie ein Stück Holz lag er da und rührte sich nicht mehr.

Erst sehr viel später, als die Zimmertür unter Getöse aufgebrochen wurde und drei uniformierte, kraftstrotzende Männer hereinstürmten, erwachte Meisel aus seinem Martyrium. Einer der Männer rief: »Ach du liebe Güte, fröhliche Weihnachten!«, und dann banden sie ihn los, kleideten ihn an und redeten mit ihm wie mit einem kleinen Kind. Sie begleiteten ihn hinaus und brachten ihn in einen Krankenwagen. Er bekam eine Infusion und viele tröstende Worte, Blutdruck und Temperatur wurden gemessen und sein Herz abgehört.

»Donnerwetter, Herr Professor«, lobte ihn der Notarzt, »Sie haben eine mordsmäßig robuste Konstitution, drei Tage ohne Flüssigkeit und Nahrung, das muss Ihnen erst einmal einer nachmachen. Gibt es denn etwas, womit Sie sich abgelenkt haben? Woran haben Sie gedacht?«

Meisel nickte und spürte ein klein wenig Stolz. »Jawohl, mein Kopf, mein edelster Körperteil, er hatte mich nicht verlassen. Meine Imagination funktionierte noch bestens. Natürlich hatte ich Hunger, natürlich schmerzte mein Magen. Also stellte ich mir vor, ich ginge in meine Küche, ich zöge die Schürze über, ich begänne Zutaten und Kochutensilien vorzubereiten und dann, dann fiele ich in einen einzigen Kochrausch. Ein Menü für zwei oder drei Freunde, selbstverständlich mehrere Gänge, sehr abwechslungsreich, sehr elegant, passend fürs Fest der Feste.« Er hielt inne und blickte den Doktor treuherzig an. »Jedes größere Werk beginnt mit einem Prolog oder einer Ouvertüre. Mein Weihnachtsmenü natürlich mit einer Vorspeise.« Er seufzte. »Haben Sie schon mal Badisches Forellensüppchen zu sich genommen? Ich sage Ihnen, das ist ein Entree! Einfach köstlich und höchst apart.«

Er kam so sehr ins Schwärmen, dass seine Aussprache derart feucht und verschwommen wurde, als kostete er bereits davon. Endlich fuhr er fort: »Ein leichtes Forellensüppchen, bestens geeignet vor dem Hauptgang, der an Weihnachten gern mal etwas zu üppig ausfällt, dazu einen trockenen Weißwein, vielleicht einen Grauen Burgunder vom Kaiserstuhl und aus dem Ofen knuspriges, frisch aufgebackenes Franzosenbrot ..., oh ja, das erfreut den kultivierten Gaumen!«

»Klingt interessant«, rief der Doktor, Forellensüppchen kenne er noch nicht, aber wenn der Professor so nett wäre und ihm die Zubereitung verriete, so wolle er sich doch gleich alles aufschreiben. Meisel nickte glücklich. Der Notarzt hielt schon Stift und Rezeptblock bereit.

Eine Woche später.

Herr Erdmann ließ sich mal wieder geduldig von Meisel die Ohren kraulen und hörte aufmerksam zu. »Mein braver Hund, du, heute Nachmittag muss ich dich leider allein in der Wohnung lassen. Stell dir vor, Kollege Konrad Herzsprung ist von uns gegangen. Um fünfzehn Uhr ist seine Beisetzung«, näselte Meisel. Herr Erdmann rollte sich in seine Decke ein und schloss die Augen. Meisel eilte nach dem Mittagessen zum Friedhof, besorgte unterwegs noch rasch einen Strauß weißer Chrysanthemen.

Eine auffallend gut aussehende Frau mit Hochsteckfrisur und dickem Strickschal erwartete ihn bereits vor der Aussegnungshalle. Sie lächelte bezaubernd, ging auf Meisel zu und reichte ihm die Hand. Ihre Stimme klang wie frisch geschlagene Sahne. »Erinnern Sie sich? Wir haben uns neulich bei der Beerdigung von Professor Sigg getroffen.« Ihre Lippen waren voll und schimmerten wie feinster Lachs. »Darf ich mich vorstellen, ich bin Kriminalhauptkommissarin Wegener, ich möchte mich bei Ihnen bedanken. Sie haben sich großartig verhalten.«

Meisel schnappte nach Luft und starrte auf ihren Mund. Hatte er richtig verstanden?

Da fuhr die Frau fort, ihn über alle Maßen zu loben: »Erst durch Sie ist es uns möglich geworden, die Ladies und deren Hintermänner zu fassen. Wir arbeiten schon eine ganze Weile an diesem außergewöhnlichen Fall. Es tut mir wirklich leid, dass Professor Herzsprung die Geschichte nicht überlebt hat. Er hat sich zu arg erkältet, der Ärmste.« Sie blickte teilnahmsvoll. »Eine Rippenfellentzündung, dazu seine schwachen Nerven, sehr traurig das alles, aber immerhin, in seiner Wohnung konnten wir die Bande endlich dingfest machen.«

»Ja, ja, es irrt der Mensch, solang er strebt; Dankbarkeit ist eben manchmal ein Band, oft aber auch eine Fessel«, murmelte Meisel kryptisch und drückte der Kommissarin plötzlich mit Heftigkeit seine Chrysanthemen in die Hand. »Bitteschön, für Sie!«

»Oh, aber nicht doch«, wehrte sie ab.

»Doch, doch, das hat seine Richtigkeit«, rief Meisel. »Wissen Sie, verehrte gnädige Frau, Blumen sind die schönsten Worte und Hieroglyphen der Natur, mit denen sie uns andeutet, wie lieb sie uns hat, soll Goethe gesagt haben. Ich wünsche Ihnen frohe Weihnachten und vielleicht könnten wir beide ..., ich meine, mein Forellensüppchen ..., es wäre ...«

Seine Augen glänzten wie Kinderaugen vor dem Weihnachtsbaum, doch die schöne Kommissarin schüttelte bedauernd den Kopf.

Badisches Forellensüppchen

à la Professor Meisel

2 geräucherte Forellenfilets mit Haut
1 l Gemüsebrühe, instant
1/8 l trockener Weißwein
1 EL Butter
1 EL Mehl
1 Schalotte
1/2 Lauchstange
2 Wacholderbeeren
eine Handvoll glatte Petersilie oder Kerbel
200 ml Schlagsahne
1 EL Zibärtle Brand
Pfeffer, weiß
Salz

Man nimmt zwei geräucherte Forellenfilets mit Haut, entfernt die Haut, schneidet die Filets in etwa ein Zentimeter breite Streifen und stellt sie kühl.

Den Lauch (nur den hellen Teil verwenden) in kleine Stücke schneiden, die Wacholderbeeren zerdrücken und zusammen mit der Forellenhaut in der Gemüsebrühe und dem Weißwein aufkochen und etwa 20 Minuten lang ziehen lassen. Danach durchs Sieb abgießen, die Suppe auffangen.

Die Schalotte fein hacken und in der Butter glasig dünsten, das Mehl dazugeben, mit der Suppe auffüllen und ein paar Minuten köcheln. Gefühlvoll umrühren.

Zwischendurch immer mal wieder einen Schluck Weißwein trinken und eine CD auflegen, es empfiehlt sich zum Beispiel »Dance Me to the End of Love«, gesungen von Leonard Cohen.

Dazu mit Elan die Sahne schlagen, das Zibärtle (leichter Duft nach Pflaume und Anis, Herkunft: Streuobstwiesen der Ortenau) unter die Sahne geben und die fertige Zibärtle-Sahne in zwei Portionen teilen. Die Suppe wieder durchs Sieb gießen und sehr vorsichtig mit Salz und Pfeffer abschmecken.

Die erste Portion Zibärtle-Sahne in die Suppe einrühren. Nebenbei die Petersilie klein hacken und unter die zweite Portion der Sahne ziehen.

Vier tiefe Teller anwärmen und die Forellenstreifen hineinlegen, die Suppe darüber verteilen und am Schluss mit einem Esslöffel Petersilien-Sahne dekorieren. Ein Blättchen Zitronenmelisse rundet Duft und Geschmack ab.

Sarah Geraldine Nisi

Pah

Offenburg

1.

Pah. In weißen Lettern zierte das Wort den Sockel des Löwenbrunnens auf dem Offenburger Fischmarkt. Vermutlich im Schutze der Nacht, vielleicht aber auch am helllichten Tag aufgesprüht, bekundete der Schriftzug die Stimmungslage einiger Bewohner der Stadt. Alles egal. Es kümmert uns nicht. Das habt ihr davon. Nicht mit uns. Kurz: Pah.

Mit großen Schritten eilte Marga an dem Brunnen vorbei über den Platz. Immer häufiger wurde der Fischmarkt aufgrund seiner Nähe zum Rathaus von Demonstrationen in Mitleidenschaft gezogen. Menschen versammelten sich, taten ihre Meinung kund, standen mit Plakaten auf dem Kopfsteinpflaster. Es schien, als hätte jeder einen Standpunkt. Dafür oder dagegen. War die Protestaktion vorbei, blieben oft Müll, Unordnung und Schmierereien wie diese zurück. Dass sich andere um die Beseitigung der Hinterlassenschaften kümmern mussten, war den Demonstranten egal. Sie hatten ihre Meinung öffentlich vertreten. Für den Rest waren andere zuständig. Pah.

Vielleicht aber hatte in diesem Fall auch nur ein übermütiger Besucher des Weihnachtsmarkts seiner Alkohollaune nachgegeben und einen Kick gesucht. Das war zu dieser Jahreszeit durchaus realistisch.

Marga störten Graffiti nicht. Sollten die Leute machen, was sie wollten. Darüber konnten sich andere aufregen. Sie beschäftigten schwerwiegendere Sorgen.

Mit vor Kälte steifen Fingern schloss sie kurz darauf die Eingangstür ihres Käseladens in der Klosterstraße auf. Ihr Atem gefror in der Luft, hinterließ einen trüben Fleck auf der Glasscheibe. Die Temperaturen waren in den letzten Tagen gefallen, blieben nun kontinuierlich unter null.

Die Tür hakte. Der Frost hatte den Holzrahmen verzogen. Wie jedes Jahr hatte sie auch in diesem Dezember den Wintereinbruch ignoriert. Selbst als der erste Schnee fiel, hatte sie sich noch eingeredet, es würde nicht so schlimm werden. Sie hasste die Kälte. Sie hasste die Weihnachtszeit. Es machte sie aggressiv.

Mit aller Kraft drückte Marga mit der Schulter gegen den Rahmen. Ächzend gab die Tür nach. Wie immer, wenn sie ihren Laden betrat, fühlte sie sich augenblicklich besser. Sie brauchte nur einen Atemzug nehmen. Der Geruch von Käse ließ jede Anspannung von ihr abfallen. Bergkäse, Weichkäse, Hartkäse. Ziege, Kuh, Wasserbüffel. Regional und international. Sie führte nur ausgewählte Sorten. Der strenge Duft erinnerte sie an ihre Kindheit. An den angenehmen Teil ihrer Kindheit.

Seit sie den Laden von Onkel Theo übergeben bekommen hatte, verbrachte sie jede freie Minute hier. Sie hatte das Geschäft aufgemöbelt, entstaubt, das Sortiment erweitert und es damit geschafft, neben der Stammkundschaft auch eine jüngere Klientel anzuziehen. Es lief gut. Sie konnte sich über den Umsatz nicht beklagen. Die Lage, so nah am Rathaus und dem Fischmarkt, nur wenige Sekunden von der Hirsch-Apotheke und dem Bürgerbüro entfernt, war perfekt. Sogar vereinzelte Urlauber verirrten sich dank der Touristeninformation ums Eck in das Geschäft.

Wenn sie sich geschickt genug anstellte, würde Onkel Theo ihr neben dem Laden noch mehr seiner Habe vermachen. Das gesamte Haus gehörte ihm. Außerdem ein Mietshaus auf der Hauptstraße mit einer zu jeder Tages- und Nachtzeit gut laufenden Kneipe im Erdgeschoss und ein Delikatessen- und Likörladen am Marktplatz. Ganz zu schweigen von dem Geld auf seinen Bankkonten.

Das alles würde irgendwann oder demnächst – je nachdem, wie lange sie noch warten wollte – ihr gehören. Wenn, ja, wenn Mats ihr nicht einen Strich durch die Rechnung machte.

Marga schaltete das Licht im Laden an und ging direkt hinter die Theke. Von dort führte eine Tür ins Hinterzimmer. Sie band sich ihre weiße Leinenschürze um und steckte die Haare hoch.

Der Gedanke an ihren Zwillingsbruder machte sie rasend vor Wut. Sie und Mats waren zusammen in Offenburg aufgewachsen. Nicht weit von hier, in einer trostlosen Mietwohnung auf der Hindenburgstraße. Dank einer Mutter, die dem Alkohol verfallen war, und eines Vaters, der sich Richtung Frankreich abgesetzt hatte, waren sie und Mats als Kinder kontinuierlich auf der Suche nach Aufmerksamkeit und Geborgenheit gewesen. Ein Unterfangen, das nicht leicht zu realisieren gewesen war.

Doch Theobald Hübchen, der schon damals den Käseladen in der Klosterstraße führte, hatte sich ihrer angenommen. Marga war immer sein Liebling gewesen, teilte sie doch seine Leidenschaft für gutes Essen und Feinkost. Sie hatte Stunden mit ihm in seinem Laden verbracht. Sogar geholfen, die Kundschaft zu bedienen.

Auch um ihren Bruder hatte Onkel Theo sich gekümmert. Aber Mats, der lieber durch die Straßen Offenburgs gezogen war und zudem ein mangelndes Interesse an Käse und Delikatessen besaß, hatte kein so inniges Verhältnis zu Onkel Theo aufbauen können. Er war nur in der Hoffnung auf Essen in den Laden gekommen – egal, was es war.

In Ermangelung eigener Nachkommen oder weiterer Familienangehöriger Onkel Theos waren sie dennoch beide im Laufe der Jahre zu einer Art Ersatzkinder für ihn geworden.

Umso heftiger brachte es Marga auf, dass sich Mats ausgerechnet zum Weihnachtsfest angekündigt hatte. So vieles sie als Zwillinge miteinander verband, umso mehr trennte sie voneinander. Eine Sache wusste sie allerdings genau: den Grund, warum ihr Bruder plötzlich auf der Matte stand.

Marga hatte den Laden vor drei Jahren übernommen. Mats war zeitgleich mit einer Geldsumme entschädigt worden. Onkel Theo wollte keinen Streit. Marga hatte geschluckt, aber da sie den Laden liebte, hatte sie es akzeptiert und sich voller Energie in die Selbstständigkeit gestürzt.

Mats hingegen hatte in aller Seelenruhe abgewartet, bis der Geldbetrag auf seinem Konto gutgeschrieben war, und sich dann in den nächsten Flieger gesetzt.

Margas Blick fiel auf die Postkarten, die Onkel Theo in dem Hinterzimmer an die Wand gepinnt hatte. Bali. Neuseeland. Australien. Jetzt Thailand. Mit jeder neuen Postkarte war ihr Ärger gewachsen. Sie arbeitete Tag für Tag, investierte ihre gesamte Zeit in das Geschäft, musste Onkel Theo bei Laune halten und ertrug Jahr für Jahr den bitterkalten Winter in Offenburg. Und

Mats? Der konnte sich vermutlich kaum entscheiden, ob er am Strand liegen, einen Cocktail schlürfen oder lieber eine Runde Surfen gehen wollte.

Abgebrüht wie ihr Bruder war, hatte er Marga noch nicht einmal selbst über seinen Besuch informiert. Warum auch? Um sie ging es ja nicht. Sie war beinahe explodiert vor Wut. Er hatte sich nur bei Onkel Theo angemeldet, der ihr sogleich mit vor Freude rot gefärbten Wangen von dem Weihnachtsbesuch berichtet hatte. Es war lächerlich. Mats meldete sich jahrelang nur sporadisch und nun wurde seine Rückkehr gefeiert, als wäre er Jesus persönlich.

Onkel Theo hatte sofort die organisatorischen Dinge für Heiligabend in die Hand genommen. Marga würde für die Käseplatte und den Nachtisch verantwortlich sein. Sie hatte sich bereits überlegt, mit welchen Spezialitäten sie ihren Erbonkel nicht nur bei Laune, sondern vielmehr beeindrucken würde. Sie hatte einen Roquefort aus Südfrankreich bestellt, der später noch geliefert werden würde. Und auch Mats würde eine Spezialität gereicht bekommen. Da er keinen Käse mochte, würde sie ihm Früchtebrot servieren. Hutzelbrot, wie ihre Großmutter es genannt hatte. Birreweck. Selbst hergestellt, nach einem Rezept ihrer Familie aus Freiburg. Das Rezept war das Einzige, was ihre eigene Familie miteinander verband. In diesem Fall ausnahmsweise angereichert mit Gift: Blauer Eisenhut.

Die Nelken, das Kirschwasser, die Korinthen dürften den Geschmack locker überdecken. Es würde schnell gehen: Erst Herzrhythmusstörungen, dann Atemstillstand. Sie wollte Onkel Theo weder unnötig aufregen, noch ihm Gelegenheit geben, einen Krankenwagen zu rufen oder womöglich selbst Erste-Hilfe-Maßnahmen an Mats zu ergreifen. Falls die Polizei ermitteln würde, hatte sie bereits ein Tütchen mit verschiedenen Kräutern, dem Eisenhut, Samen und Pilzen zusammengestellt, das sie in Mats' Gepäck verstecken würde. In Asien konnte man ja allerhand merkwürdige Dinge auf den Märkten kaufen.

Falls ihr Bruder nicht direkt zusammenbrach, in manchen Fällen konnte es Stunden dauern, bis die Wirkung des Giftes sich komplett entfaltete, hatte sie sich bereits eine Alternative überlegt. Selbstverständlich würde Mats bei ihr übernachten. Die Nacht überleben würde er definitiv nicht. Dafür war die Konzentration zu hoch. Im Fall seines Ablebens bei ihr zuhause würde sie am ersten Weihnachtsfeiertag seine Leiche in das Hinterzimmer des Käseladens schaffen und sich in Ruhe überlegen, auf welche Weise sie ihn beseitigen würde. Sein plötzliches Verschwinden könnte sie zur Not mit einer übereilten Abreise erklären. Wer suchte schon einen Weltenbummler?

Marga schaute auf die Uhr. Vermutlich hatte Mats sich in dieser Sekunde auf einem Flughafen am Ende der Welt in das Flugzeug geschmissen und feilte *last minute* an seiner Strategie, dem Alten das Geld aus der Tasche zu luchsen.

Sie streifte sich ihre Handschuhe über. Dann ging sie zurück hinter die Theke. In wenigen Minuten würden die ersten Kunden kommen. Es versprach ein umsatzkräftiger Tag zu werden. Kurz vor Heiligabend lief das Geschäft meist am besten.

2.

Mit zitternden Beinen stand Marga an Gleis 1 des Offenburger Hauptbahnhofs, um Mats in Empfang zu nehmen.

Den Menschenmassen nach zu urteilen, konnte man meinen, dass die Stadt Offenburg einen Tag vor dem Weihnachtsfest noch schnell die komplette Bevölkerung austauschen wollte: Die, die hier wohnten, reisten fort. Besucher aus anderen Städten reisten an. Ein Kommen und Gehen gehetzter Gesichter, vollbepackter Rücken und taschenfestkrallender Hände. Die sich überschneidenden Lautsprecherdurchsagen der Gleise trugen zu dem allgemeinen Durcheinander bei. Marga atmete tief ein. Kurz vor dreiundzwanzig Uhr. Es konnte nicht mehr lange dauern. Sie lief den Bahnsteig entlang. Unruhig. Schaute sich um. Wie viele Menschen wohl genau wie sie mit eher gemischten Gefühlen auf einen Reisenden warteten?

Dann endlich kam der ICE, der ihren Bruder vom Flughafen aus Stuttgart brachte. In Karlsruhe hatte er umsteigen müssen. *Freiburg – Basel* stand in Leuchtschrift an den Seiten der Waggons. Der Zug hatte seine Fahrt noch nicht beendet.

Als Kind hatte Marga sich immer gewünscht, weiter im Süden zu wohnen. Hochschwarzwald. Schweiz. Weit weg von der Offenburger Innenstadt. Sie hatte von einem eigenen Garten geträumt. Von den Bergen. Von Wanderwegen, die sie hoch hinaus führten. Das wäre was anderes gewesen als die engen Gassen und das Kopfsteinpflaster in Offenburg.

Heute wusste sie die Innenstadtlage und Offenburg zu schätzen. In nur wenigen Gehminuten war sie an allen wichtigen Orten, die ihren Alltag bestimmten.

Schon von Weitem sah sie Mats kommen. Mit federnden Schritten ging er auf sie zu. Er war weniger gebräunt als gedacht. Doch seine Augen strahlten und er hatte kaum Falten. Kein Wunder für jemanden, der sich seit Jahren im Dauerurlaub befand. Seine Haare standen zu allen Seiten ab, einzelne Strähnen hingen ihm bis auf die Schultern. Das helle Beige seiner Segeltuchtasche, die er lässig über der Schulter trug, passte farblich zu den Mokassins an seinen Füßen. Er bediente wirklich jedes Klischee.

Marga drückte ihre Schultern durch. Mit aller ihr zur Verfügung stehenden Kraft zwang sie ihre Mundwinkel nach oben. Ein Begrüßungslächeln musste schon sein. Er durfte auf keinen Fall Verdacht schöpfen.

*

Sie durfte auf keinen Fall Verdacht schöpfen. Mit ausgestreckten Armen lief Mats die letzten Meter auf seine Schwester zu. Er erkannte sofort, dass sein Überraschungsbesuch sie aus der Bahn geworfen hatte. Sie schaffte es kaum, ein Lächeln vorzutäuschen.

Er musterte sie. Tiefe Falten hatten sich in ihre Stirn gegraben und sie sah knochendürr aus. Anscheinend strapazierte die Selbstständigkeit sie. Vielleicht war das der Grund, warum Marga es in drei Jahren nicht ein einziges Mal geschafft hatte, Kontakt zu ihm aufzunehmen. Trotz seiner Postkarten hatte sie offenbar keine Zeit für eine kurze E-Mail oder eine Textnachricht aufs Handy gehabt. Es störte ihn nicht. »Schwesterherz!« Er nahm sie in den Arm und konnte fühlen, wie sie sich unter seiner Umarmung verkrampfte.

»Mats!« Sie drückte ihn kurz und ging einen Schritt zurück. Musterte ihn. »Gut schaust du aus.«

»Du auch.« Er fragte sich, wie häufig diese perfekt inszenierte Doppeltäuschung in den nächsten vierundzwanzig Stunden vor Heiligabend auf diesem Bahnhof stattfinden würde.

Er zog die Schultern hoch. Der kühle Wind auf dem Bahnsteig ließ eine Gänsehaut seinen Rücken hinunterlaufen. Er war diese Gradzahlen nicht mehr gewohnt. Die letzten Monate hatte er sich anderen Backpackern in Thailand angeschlossen. Unter dreißig Grad waren die Temperaturen selten gefallen. Wenn es nach ihm gegangen wäre, hätte er es noch länger auf den Inseln im Golf von Siam ausgehalten. Doch die Gruppe hatte sich Anfang Dezember aufgelöst und ein Blick auf sein Konto hatte ihn nicht gerade in Festtagsstimmung versetzt.

Wenn er es allerdings geschickt genug anstellte, würde er Offenburg in einigen Tagen mit dem besten Geschenk aller Zeiten wieder verlassen. Dann konnte er sich zurück in wärmere Gefilde begeben.

Seite an Seite gingen sie durch das Hauptgebäude des Bahnhofs, ließen die Bussteige des ZOB links liegen und liefen die Hauptstraße runter. Leichter Schnee rieselte lautlos auf sie hinunter, dämpfte die Geräusche der Stadt. Mats genoss es, zurück zu sein. Die weihnachtlichen Lichter in den Fenstern und der Schnee verliehen Offenburg eine heimelige Atmosphäre. Der Himmel war ein diffuses Orange, aus dem die Schneeflocken fielen. Überrascht stellte er fest, dass er den Winter mehr vermisst hatte, als er sich hatte eingestehen wollen.

Sie hielten sich geradeaus, gingen Richtung Rathaus. In der Ferne konnte Mats die geschlossenen Buden des Weihnachtsmarkts erkennen. Der Schnee hatte ihre Dächer in ein gleichmäßiges Weiß getaucht. Friedlich standen die Hütten aufgereiht, bald bereit zum Abbau. Pause bis zum nächsten Jahr.

»Hörst du mir überhaupt zu?«, riss Marga ihn aus seinen Gedanken.

»Sicher.« Er hatte keine Ahnung, wovon sie gerade gefaselt hatte. Es interessierte ihn auch nicht. Vermutlich irgendwas mit dem Käseladen. Die nicht enden wollende Energie, mit der Marga sich Onkel Theos Erzählung zufolge in das Geschäft stürzte, war Mats' Meinung nach nichts anderes als Verbissenheit. Verbissenheit zu einem ganz bestimmten Zweck. Er kannte seine Schwester. So sehr sie den Käseladen liebte – sie tat nie etwas ohne Hintergedanken. Der Alte hatte erwähnt, dass sie auch Interesse an dem Delikatessenladen und der Kneipe hatte. Nun, solange Theo Mats in bar auszahlen würde, sollte es ihm recht sein. Doch Mats hatte Bedenken. Zudem hatte er den Verdacht, dass Marga insgesamt sehr viel mehr Geld zugesteckt wurde als ihm. Er war lange genug weg gewesen. Jetzt war *er* an der Reihe.

Es war nicht seine Schuld, dass Marga es ihm nicht gleich machte. Ihre biedere Lebensweise hatte ihr niemand aufgezwungen. Seine Chancen standen gut. Er wusste, dass Onkel Theo als junger Mann ebenfalls gereist war. Chile. Argentinien. Brasilien. Wenn Mats ihm von seinen neuen Reiseplänen berichtete, würde er ihm sicher mit einer Finanzspritze aushelfen. Mats brauchte das Geld. So viel wie möglich. Falls der Alte sich querstellte, hatte er bereits einen Plan B. Es konnte nichts schiefgehen.

»Sollte ich nicht direkt zu Onkel Theo gehen?«, fragte er und machte eine Kopfbewegung Richtung Marktplatz, in dessen Nähe der Alte seine Wohnung hatte.

»Du kannst es wohl kaum abwarten.«

»Er ist bestimmt noch wach.«

»Natürlich ist er noch wach. Er bereitet das Essen vor. Seit Tagen spricht er von nichts anderem.« Mats spürte Margas Finger, die sich in seinen Oberarm krallten. Sie zog ihn weiter, Richtung Heiligkreuzkirche, hinter der sie wohnte. Sie bestimmte, wo es langging. So

hatte sie es früher schon gemacht. »Wir haben verein-
bart, dass du bei mir übernachtest.«

Für den Moment ließ er sie gewähren. Vielleicht war
es nicht schlecht, wenn er bei dem Alten nicht sofort
mit der Tür ins Haus fiel.

3.

Die Gans hatte hervorragend geschmeckt. Onkel Theo
verstand sein Handwerk. Im Feinkostbereich konnte ihm
niemand so schnell etwas vormachen. Die Füllung, beste-
hend aus Maronen und Äpfeln, war das Beste, was Marga seit langer Zeit gegessen hatte. Die Gans hatte Theo –
nach eigenen Angaben – von einer Biobäuerin bei Achern
bekommen. »Ich habe ihr in die Augen geguckt und mich
für sie entschieden«, wurde Onkel Theo nicht müde zu
erzählen. »Sie sah schon knusprig aus, als sie noch lebte.«

Marga wusste nicht, ob er von der Gans sprach oder
die Bäuerin meinte. Doch sie ging davon aus, dass sich
die Bäuerin noch immer ihres Lebens erfreute.

Marga begann, das Geschirr abzuräumen. Das weihnachtliche Festmahl näherte sich ihrem persönlichen
Höhepunkt. Sie würde die Käseplatte direkt auf den
Tisch stellen. Daneben das geschnittene Früchtebrot
mit frischer Butter. Mats würde zugreifen. Schiefgehen
konnte nichts. Früchtebrot war eines der wenigen Dinge, wovon Onkel Theo die Finger ließ. »Es schmeckt
falsch«, war sein einziger Kommentar.

Allein diese Tatsache bestätigte, dass Mats als Theos
Erbe völlig ungeeignet war. Die beiden Männer waren
einfach nicht auf einer Wellenlänge.

»Was sagst du zu den Reiseplänen deines Bruders?«
Theo lächelte Marga an, als sie den Käse auf den Tisch
stellte.

»Wer es sich leisten kann.«

»Südamerika ist nicht günstig, aber die Argentinier haben das beste Fleisch auf der Welt«, fuhr Theo fort und schlug Mats auf die Schulter. »Ein solcher Trip gehört unterstützt.« Er lachte. Es war ein großzügiges Lachen. Das Geld würde fließen.

»Ich melde mich, wann immer meine Zeit es zulässt. Das weißt du.« Mats lächelte und drückte die Hand seines Erbonkels, die noch immer auf seiner Schulter ruhte.

Marga hätte kotzen können. Aber es wurde noch schlimmer. Angewidert beobachtete sie, wie Mats ein zweites Mal die Hand von Onkel Theo drückte, dann aufstand. »Lasst uns anstoßen.«

Mats lief in die Küche und kam mit drei Gläsern zurück. »Ich habe dir etwas Schönes mitgebracht.« Um keinen Zweifel aufkommen zu lassen, wen er damit meinte, ergänzte er: »Onkel Theo.« Mats hielt eine Flasche in die Luft, als wäre sie ein Pokal. Marga wunderte sich, dass er überhaupt an ein drittes Glas gedacht hatte.

Sie beobachtete ihn. Er wirkte angestrengt, beinahe aufgeregt. Schauspiel hatte ihm noch nie gelegen. Sie konnte rote Flecken an seinem Hals sehen.

Marga musste sich zusammenreißen, ihm nicht die Flasche aus der Hand zu schlagen.

Umständlich schenkte Mats den Cognac ein, hielt Onkel Theo noch einmal das Etikett entgegen. »Ein Chabasse«, betonte er.

Marga lächelte und schob das Hutzelbrot in seine Richtung. Ihre Entscheidung, ihn aus dem Weg zu räumen, war goldrichtig. Sie achtete darauf, dass das Brot in Mats' Blickfeld war. Er musste nur noch zugreifen.

Dann prosteten sie sich zu. Mats schaute sie nicht einmal an. Sein Hauptaugenmerk galt allein Onkel

Theo. Es war armselig, wie offensichtlich sein Verhalten war.

*

Es war armselig, wie offensichtlich ihr Verhalten war. Den ganzen Abend hatte Marga nichts unversucht gelassen, ihn madig zu machen. Sie hatte ihre ganze Aufmerksamkeit dem Alten geschenkt. Es war deutlich, dass sie ihm keinen Cent von Onkel Theos Vermögen gönnte.

Seine Reiseberichte über die Orte, die er besuchte, die Menschen, die er getroffen hatte – nichts hatte sie interessiert. Spitze Kommentare waren das Einzige, was sie für ihn übrig hatte. Gepaart mit Blicken aus zusammengekniffenen Augen.

»Ein Roquefort«, flüsterte sie Onkel Theo gerade ins Ohr und zeigte auf einen der Käse. »Gestern aus Frankreich geliefert.«

Nachdem die Hälfte des Abends hinter ihnen lag, hatte Mats eine Entscheidung getroffen. Eine Entscheidung, wie er Onkel Theo dazu bringen konnte, ihm sein Geld und Besitz zu vererben – ohne dass Marga ihm dazwischenfunken konnte. Denn an seiner Schwester kam er nicht vorbei. Er konnte ihre Wut sehen, ihren Hass. Sie hatte bereits rote Flecken am Hals. Theos Zusage, ihm seinen Urlaub weiterhin zu finanzieren, hatte sie beinahe kollabieren lassen. Er dachte nicht daran, in den nächsten Jahren von seinem Lebensstil abzurücken. Alles musste genauso bleiben, wie es war. Mit dem nötigen Budget im Hintergrund.

Plan B würde in Kraft treten: In Bangkok hatte er auf einem Markt das Gift eines Kugelfisches geschenkt bekommen. Es war verblüffend, welch merkwürdige

Dinge auf den Märkten Asiens gehandelt wurden. Eines der stärksten Nervengifte überhaupt. Schon in geringen Dosen wirkte es tödlich. In einer ansehnlichen Dosierung befand es sich in Margas Glas. Atemlähmung. Kreislaufversagen. Es dürfte schnell gehen. Im Blut nur nachweisbar, wenn speziell danach gesucht wurde. Das würde hier niemand tun.

Er konnte Marga nicht anschauen, als sie anstießen. Aus Angst, sie könne merken, dass etwas nicht stimmte. Stattdessen widmete er sich Onkel Theo. Wegen dem war er ja hier.

Obwohl er ziemlich satt war, wandte er sich nach dem ersten Schluck Cognac dem Früchtebrot zu. Mats war beinahe gerührt, dass Marga an seine Vorliebe gedacht hatte. Das Weihnachtsfest war einfach nicht komplett ohne das Hutzelbrot. Er liebte den Geschmack. Es war der Inbegriff von Heimat und Gemütlichkeit. Er liebte die leicht klebrige Textur, die Früchte, die Mandeln.

Marga hatte es extra in seine Richtung geschoben, wohl wissend, dass Theo das Birreweck nicht essen würde. Der Alte wusste einfach nicht, was gut war.

Mats griff nach einer dicken Scheibe und nahm einen großen Bissen.

Epilog

Theobald Hübchen streifte sich die Plastikhandschuhe über und schnitt ein Stück von dem Fol Epi ab. Nicht sein Favorit, aber über Geschmack ließ sich bekanntlich nicht streiten. Nach den Feiertagen stand den meisten Kunden der Sinn nach leichten, weniger kräftigen Sorten. Er lächelte, als er der Kundin den Käse reichte. Nach drei Jahren stand er nun also wieder selbst im Laden. Nie hätte er gedacht, dass die Aufgabe des Geschäfts ihm so zu schaffen machen würde. Mit seinen 72 Jahren fühlte er sich fit wie nie. Dass er jetzt wieder hinter der Theke stand, war ein angenehmer Nebeneffekt der Bestätigung seiner Theorie.

Marga und Mats. Beide hatte er seit über zwanzig Jahren gekannt. Marga und Mats. Beide tot. Zusammengebrochen in Margas Wohnung wenige Stunden nach Heiligabend. Er schüttelte den Kopf.

Im letzten Jahr hatte er eine Veränderung in Margas Verhalten festgestellt. Sie war nur noch auf Umsatz und Geld fixiert gewesen. Hatte die zusätzlichen Euros, die er ihr von Zeit zu Zeit zusteckte, angenommen – aber nicht zu schätzen gewusst.

Es hatte einen Moment gegeben, in dem er in ihren Augen sah, dass sie bereit war, über Leichen zu gehen. Im Speziellen über seine.

Je länger er darüber nachgedacht hatte, desto mehr hatte er begonnen, um sein Leben zu fürchten. Am Ende hatte er es sogar vermieden, Lebensmittel von ihr anzunehmen, aus Angst, es könne sein letzter Bissen sein. Er hatte sie nur noch zu sich nach Hause eingeladen, wo er alles selbst zubereiten konnte. Er hatte sie nie aus den Augen gelassen.

Im Falle seines Todes wäre sein gesamtes Vermögen an Marga und Mats gegangen. Sein Testament hatte er vor vielen Jahren zu ihren Gunsten gemacht. Selbst eine Änderung hätte das Risiko, aus dem Weg geräumt zu werden, nicht gemindert, es sei denn, er kündigte das Ganze groß an. Doch Gott allein wusste, was eine solche Testamentsänderung wiederum verursacht hätte. Rasende Wut, Enttäuschung, Rache. Nein, das konnte er nicht riskieren. Ihm war klar geworden, dass er sich was überlegen musste.

Als sich dann auch noch Mats völlig unerwartet anmeldete, dem außer ein paar lausigen Postkarten nichts Besseres eingefallen war, ihn über all die Jahre bei Laune zu halten, hatte Theobald endgültig die Schnauze voll gehabt. Er musste etwas unternehmen. Wer wusste schon, was in Mats Kopf vorging? *Zwei* Leute, die von seinem Tod profitierten und sich undankbar zeigten, waren einfach zu viel. Doch er hatte sich die Finger nicht dreckig machen wollen. Wer war er denn, dass er im hohen Alter zum Mörder wurde? Nein, das sollten die jungen Leute schön selbst übernehmen.

Als Mats seinen Besuch für Weihnachten kundtat, hatte er dem Jungen ausgeredet, auch seiner Schwester Bescheid zu geben. Theo hatte gewusst, dass es Marga zur Weißglut bringen würde, wenn er selbst der Überbringer der Nachricht war und ihr Bruder sich nicht die Mühe machte, sein Kommen anzukündigen. Im Gegenzug hatte er Mats berichtet, mit was für einer Energie seine Schwester sich in das Geschäft stürzte, ja sogar Interesse an den beiden anderen Läden zeigte. Mats würde das zu deuten wissen. Er kannte seine Schwester.

Theo hatte gedacht, es würde komplizierter werden. Hatte gedacht, er müsse noch mehr Öl ins Feuer gießen. Doch das war nicht notwendig gewesen. Selbst am Heiligabend hatten beide nichts anderes im Sinne gehabt als das Geld. Sein Versprechen, Mats weiterhin die Reisen zu finanzieren, hatte Marga zum Äußersten getrieben. Die Aussicht, Marga alle Geschäfte und die Mietshäuser zu überlassen, hatte Mats rot sehen lassen.

Theobald war nicht überrascht, dass am Ende tatsächlich beide so weit gegangen waren. Sie waren aus demselben Holz geschnitzt. Zwillinge. Erstaunlich eigentlich, dass sie nicht selbst auf die Idee gekommen waren, dass ihr eigenes Leben in Gefahr sein könnte. Aber die Aussicht auf Geld hatte schon so manchen geblendet. Habgier. Eines der ältesten Motive. Letztlich zeigte es, dass beide seines Erbes nicht würdig gewesen waren. Ein Jammer. Er hatte sie gemocht. Marga und Mats.

Nachdem die Kundin bezahlt hatte, schloss Theobald Hübchen den Laden. Mittagspause. Eine Regelung, die er wieder eingeführt hatte. Er hielt nichts von einer ganztägigen Verfügbarkeit. Alles hatte seine Grenzen. Auf den Umsatz kam es ihm nicht an. Es ging um Leidenschaft.

Er ließ die Jalousien hinunter und schloss die Tür sorgfältig hinter sich zu. Er musste Kraft aufwenden, denn die Kälte hatte den Rahmen verzogen. Dann wickelte er seinen Schal um den Hals. Es hatte wieder angefangen zu schneien.

Kurz darauf lief er mit großen Schritten über den Fischmarkt. Sein Blick fiel auf den Löwenbrunnen. Pah.

Hutzelbrot

Früchtebrot / Birreweck (Quelle: Familie Nisi)

Früchtemischung
250 g Dörrbirnen
150 g Zucker
250 g Trockenpflaumen oder -zwetschen
250 g Feigen
250 g Mandeln oder Nüsse
125 g Rosinen oder Korinthen
50 g Zitronat, 50 g Orangeat
1 TL Zimt, 2 TL Kakao
1 Messerspitze Nelkenpulver
4 EL Kirschwasser

Dörrbirnen in einem halben Liter Wasser so lange einweichen, bis sie in kleine Würfel geschnitten werden können. Die von den Birnen aufgenommene Flüssigkeit wieder auf einen halben Liter ergänzen.
Den Zucker dazugeben und die Früchte langsam weich kochen (nicht zu weich). Die Trockenpflaumen oder -zwetschen würfeln, dazugeben und kurz mitkochen lassen.

Alles zum Abtropfen in ein Sieb schütten, dabei das Kochwasser auffangen und für den Teig (am nächsten Tag) aufbewahren. Anschließend alles aus dem Sieb zurück in den Kochtopf geben.

Die Feigen klein würfeln, die Mandeln oder Nüsse grob klein schneiden und die Rosinen oder Korinthen waschen und trocknen. Alle Früchte und sonstigen Zutaten zu den Birnen- und Pflaumenschnitzen in den Koch-

topf geben, alles vermengen und über Nacht zugedeckt ziehen lassen.

Teig
1/2 Tasse Milch
1 TL Zucker, 42 g Hefe (1 Würfel)
500 g dunkles Weizenmehl, Typ 1050
1/2 TL Salz

Die Milch erwärmen und den Zucker dazugeben. Den Hefewürfel zerbröseln, in die gesüßte Milch schütten und alles verrühren.

Das Mehl in eine Schüssel geben und in einer Mehlkuhle die angerührte Hefe 15 bis 30 Minuten im leicht warmen Backofen gehen lassen.

Das Fruchtkochwasser vom Vortag (eine halbe Tasse entnehmen zum Bestreichen nach dem Backen) gegebenenfalls mit Milch auf einen Viertelliter ergänzen und zum Teig geben. Das Salz zum Teig geben und den Teig gut durcharbeiten. Die vorbereiteten Zutaten gründlich mit Knethaken einarbeiten und den Teig gut durchkneten. Den Teig mit Mehl bestreuen und im leicht warmen Backofen ein bis zwei Stunden gehen lassen.

Wenn das Mehl Risse zeigt, formt man kleine Laibe aus dem Teig (etwa neun Stück), setzt diese auf mit Backpapier ausgelegte Bleche und lässt sie nochmals gehen. Schließlich werden sie bei 175 Grad etwa 45 Minuten im Backofen gebacken. Je nach Ofenart sind abweichende Zeiten und Temperaturen erforderlich.

Nach dem Backen werden die Laibe noch warm mit dem beiseitegestellten Fruchtkochwasser bestrichen und erhalten dadurch einen schönen Glanz.

DAGMAR WERTHEBACH

Ihr Kinderlein kommet

Freiburg

Mein Name ist Severin S. S wie »Studierender an der Albert-Ludwigs-Universität in Freiburg«. Jura, fünftes Semester. Läuft gut. Logisch. Habe eine eigene Bude im Freiburger Norden, nette Gegend, sponsored by daddy. Hin und wieder hole ich mir kleine Jobs beim Studentenwerk, nichts Längerfristiges, nur Eintagsfliegen, erledigen und fertig. Nicht, dass ich das bräuchte. Aber es lässt meinen Vater *glauben*, dass ich es bräuchte ... und seinen monatlichen Obolus an mich stetig steigen. Juckt den nicht, er regelt sowieso alles mit Geld: meine Internate, die Tierarztkosten für die Nachbarskatze, die mir damals als Elchtest fürs neue Schweizermesser diente, das Zimmermädchen, das bis zum Schluss behauptete, sie habe wirklich nur einen Besen aus der Kammer holen wollen. Sogar ein Auto hat er mir mittlerweile vor die Tür gestellt. In Freiburg! Aber gut, kann ich mit leben, gibt Schlimmeres.

Neulich hing am Schwarzen Brett in der Uni mal wieder ein für mich maßgeschneidertes Jobangebot: Nikoläuse wurden gesucht, easy Sache, kurz anklopfen bei den Helikoptereltern, sich die Ups and Downs der Dreikäsehochs notieren und am Nikolaustag mit Mantel und Bart die Rute aus dem Sack lassen. Faust aufs Auge! Und motorisiert. Logisch, da saß ich ratzfatz in der ersten Reihe. Ein kurzer Plausch mit der Zuständigen vom Studentenwerk und zack, Santa Claus is coming. Nicht dass ich Kinder mag, im Gegenteil, jede Krankheit ist mir lieber, aber der Job passte perfekt. Das

Telefon klingelte dann auch gleich, »Ho-, Ho-, Hotline zum Mann im roten Mantel«, die erste Bestellung ging ein und ab ging's gen Süden, Grüezi Ricola, ich komme. Aber eben nur fast. 30 Kilometer vor Basel Fuß vom Gas, »Schopfheim« steht im Navi, alemannisches Kaff, vorher nie gehört, »Sie haben Ihr Ziel erreicht«. Und dort ist etwas passiert, frag nicht nach Sonnenschein! Ich habe mich verknallt. Ich! Aber gut, ich bin auch nur ein Mensch, da gibt's mal unerwartete Reaktionen des Körpers, Hormone, Herzklopfen, feuchte Hände, das volle Programm eben. Nicht nur ein-, zweimal in die Kiste und Abflug. Nein, kein Scherz, mich hat es richtig erwischt. Wäre es nicht so kitschig, würde ich sagen, Liebe auf den ersten Blick. Tue ich natürlich nicht. Genauso wenig wie ich in der Deliktrechtsvorlesung vom Dingermeyer sitze, wo ich jetzt eigentlich sein sollte. Ja, auch vier Tage vor Heiligabend lässt der alte Sadist die Jungjuristenköpfe qualmen wie die Räuchermännchen! Meinen natürlich nicht, mein Platz im Hörsaal bleibt so leer wie schon in den vergangenen drei Wochen. Stattdessen sitze ich im GTI auf der A5 und bin eben an Hartheim vorbei. Unterwegs zu der Dame meines Herzens, Stella. Für mich eigentlich Frau G., so hat sie sich mir vorgestellt. Aber als Generation Google braucht dir niemand die Tür zu öffnen und dich zum Kaffeeklatsch einzuladen. Ein paar Klicks, und schon weißt du alles, was du über einen Menschen wissen musst. *Stella* also, Stella G., wie »Granatenmäßig-oberaffenhammerscharf-muss-ich-haben-die-Frau«. Wahnsinnsgeschoss! Mit zwei RIESEN … Nachteilen: Erstens, sie hat einen Ehemann. Zweitens, sie hat Kinder. Ihr gehören die Zwillinge, für die ich den Nikolaus machen musste. Vom Alter her ist Stella natürlich jenseits meiner adoleszenten Kragenweite, selbst wenn ich den oberen Knopf offen lasse. Trotzdem. Diese Frau! Zu ihr bin ich also unterwegs. Wegen ihr und weil ich etwas wissen muss. Unbedingt. Bis mittags hat es geschneit, sonst wäre ich schon früher los, aber leider nichts zu machen. Jetzt ist die Autobahn geräumt, ich rassle die Kilometer runter wie die ersten Paragrafen des BGBs, kenne jede Spurrille, jede Bodenwelle, alles schon x-mal gefahren, mit dem Blitzer bei Neuenburg bin ich per Du. Linke Spur, Lichthupe, leck mich! Ein paar Minuten noch, dann bin ich da. Ich will zu dieser Frau! Ich *will diese Frau!* Ich werde zum Jäger und Sammler, bin der Geisterfahrer auf der Evolutionsstrecke. Aber ich habe das Steuer fest in der Hand. Es kann nichts passieren. Mein Name ist Severin S. S wie »Es wird nichts Schlimmes passieren. Nicht, solange ich es nicht will«.

Endlich war es passiert! Vier Tage vor Heiligabend hatte es endlich zu schneien begonnen! Auf SWR3, irgendwo zwischen »Last Christmas« und »Santa Baby«, hatten sie sogar von »weiterem Schneefall am südlichen Hochrhein« gesprochen und die Chancen auf weiße Weihnachten standen so gut wie seit Jahren nicht. Dicke Flocken waren vom Himmel gefallen, groß und flauschig wie Wattebäusche, und Schopfheim wirkte bereits jetzt wie mit Baiser bestrichen. Weiter oben, auf halber Höhe des Dinkelbergs, stand Stella bis zu den Knöcheln im Schnee und konnte nicht sagen, welcher Anblick sie mehr verzauberte: Ihre Zwillinge, Mia und Hannah, die begeistert einen kleinen Schneemann bauten, oder der atemberaubende Anblick der schneebedeckten Landschaft. Rechter Hand, eingepackt ins warme Winterjäckchen, der Ortsteil Wiechs. Linker Hand, wie eine verblasste Kohlezeichnung, das nahe Sengelenwäldchen – derart märchenhaft und verwunschen, als müsste jeden Moment das Aschenputtel mit den drei Haselnüssen und ihrem Prinzen daraus hervorgaloppieren. Zwischendrin die fünf Nachbarhäuser und ihres, so abgelegen und fehl am Platze inmitten der jetzt weißen Felder, Obstwiesen und Äcker, als hätte ein Bauer in eine Furche ein falsches Saatgut gesetzt. Weiter oben am Berg sah man die Hallen und Stallungen des Gestüts Sengelen, Holz, Stroh und Tiere, versammelt zum stummen Krippenspiel. Und unten, ungewohnt leise, die sonst so dröhnend laute B317, die ihren überschaubaren Häusertrupp von Schopfheim fernhielt wie Fremde, die man nicht durchs Stadttor lässt. Postkartenidylle. Das ganze Wiesental lag *in Himmlischer Ruh.* Bloß ihre Mädchen stritten lautstark darüber, ob ein Schneemann zwei oder drei Knöpfe am Bauch haben sollte.

»Kinder, bitte! Ich muss jetzt auch rein. Wenn was ist, die Tür ist angelehnt.«

Die beiden nickten beiläufig und platzierten vier Steinchen auf ihrem Werk. Wie groß die beiden schon waren, im Sommer kämen sie bereits in die Schule! Zukünftig konnten sie und Thorsten sich das Geld für einen Nikolaushausbesuch sparen, die Mädchen hatten ihnen das Märchen schon diesmal nicht mehr ganz abgenommen. Dabei hatte der »Weihnachtsmann« seine Sache gut gemacht und ausgesehen wie aus dem Ei gepellt. Student aus Freiburg. Zuerst hatten die einen anderen geschickt, den konnte man vergessen. Ein junges Bürschchen, Jurastudent, auf den ersten Blick richtig smart, Snob halt, aber charmant. Aber irgendwie … Je länger sich das Vorgespräch hinzog, umso mehr wünschte sich Stella, es wäre endlich beendet.

»*Den* nicht«, erklärte sie später Thorsten. »Ich fürchte, er macht unseren Kindern Angst.«

In Wahrheit machte er ihr Angst. Wäre der Altersunterschied nicht gewesen, man hätte meinen können, er wolle Stella jeden Moment seine Briefmarkensammlung zeigen.

Und wie reagiert Stella, meine zickige Raubkatze? Ruft die doch tatsächlich bei der Studi-Vermittlung an und sägt mich ab! Verlangt einen anderen, der ihre Ableger bespaßt! Hallo? Glücklicherweise gab der Dingermeyer an genau diesem Tag die Ergebnisse der Strafrechtsklausur bekannt und hat mir den Tag gerettet. Trotzdem, macht man nicht! Ich spendierte vor Wut einem der Penner auf der Kaiser-Joseph-Straße eine Pulle 1-A-Premium-Frostschutz. Der braucht nie mehr zu frieren.

Verdammt!

Ein Blick ins Weinregal überzeugte Stella, dass nur noch 1-A-Spätburgunder vorrätig war. Viel zu schade, um ihn erst zu Glühwein zu degradieren und später auch noch zu Marmelade zu verkochen. Aber gut, zugesagt war zugesagt! Jedes Jahr fand im nahe gelegenen Todtnau-Geschwend ein Hobby-Kunsthandwerker-Weihnachtsmarkt statt und der Kindergarten der Zwillinge war an allen vier Adventssamstagen mit einem Verkaufsstand vertreten. Die Eltern waren angehalten, alles zu bringen, was irgendwie nach Weihnachten roch: Weihnachtsplätzchen, Linzer, selbstgestrickte Socken, Häkelarbeiten oder, wie bei Stella, Glühweinmarmelade. Der Erlös ging zu einer Hälfte an ein Kinderhospiz, zur anderen an den Kindergarten selbst. Eine probate Idee, man unterstützte die Einrichtung und tat zudem ein gutes Werk. An Spenden mangelte es nicht. Fragte man aber, wer sich auch am Verkauf beteiligen würde, herrschte fast einstimmig *Stille Nacht*. Als eine der Elternvertreterinnen war Stella zwar am ersten Adventssamstag mit gutem Beispiel vorangegangen, aber kaum einer war mitgezogen. Seitdem erging es ihr wie den Lichtlein auf dem Adventskranz: erst eins, dann zwei, dann drei … Nun opferte sie bereits den vierten Adventssamstag. Für Spielzeug, von dem ihre Mädchen kaum profitieren würden. Wäre der wohltätige Aspekt nicht gewesen, sie hätte die Sache längst geschmissen. Zumal es diesmal um einiges schwieriger werden würde. Thorsten fiel aus, er hatte schon angekündigt, dass er an diesem Samstag Weihnachtsgeschenke kaufen gehen wollte. Mal wieder auf den letzten Drücker, dabei kriegte er schon an normalen Tagen einen Einkaufskoller. Wenn sie ihm da auch noch die Kinder aufs Auge drückte – unmöglich! Stella würde die Zwillinge mit nach Geschwend nehmen müssen. Worauf hatte sie sich da nur eingelassen? Dabei wäre es so einfach gewesen, denen vom Kindergarten eine Abfuhr zu erteilen.

Nur fürs Protokoll:

Punkt 1: Einem Severin S. erteilt man keine Abfuhr! Nie und niemand. Nicht mal eine Stella G. Aber bei genauerer Betrachtung tat sie das ja auch nicht. Denn, Punkt 2: Wozu sagt eine Frau am lautesten *Nein*? Eben! Frauenpsyche für Dummies, erstes Kapitel. Wenn demnach ich es bin, den sich Stella insgeheim am meisten wünscht, dann wäre ich doch der Letzte, der diesem Wunsch nicht nachkommen würde. Ich also ratzfatz wieder zu der Tante vom Studentenwerk, Charmemäntelchen über. »Tag, schöne Dame, sorry, war ein dummes Missverständnis, alles längst geklärt. Schicke Frisur übrigens, steht Ihnen. – Ehrlich? Gibt's doch gar nicht. – Kompliment! Und danke noch mal, beim nächsten Mal gibt's keine Klagen. Versprochen!«

Gab es dann tatsächlich nicht. Stella hat nicht mal gemerkt, dass die niemand anderen als mich geschickt haben. Hat mich nicht erkannt, mit weißem Rauschebart, Sack und rotem Mantel. Ich habe meine Rolle oscarreif gespielt, Clausy Santa wäre vor Neid zum Albino geworden. Die beiden Gleichgesichter guckten zwar skeptisch, wollten mich am Ende aber gar nicht mehr gehen lassen.

Stella hat mir zugezwinkert und das Ganze dann auf den Punkt gebracht: »Hört mal, der Nikolaus, der will auch noch woanders hin.«

»Und wie der Nikolaus woanders hin will! Ins Schlafzimmer nämlich, und wer durchs Schlüsselloch guckt, ist tot.«

Hätte ich gerne gesagt. Habe ich natürlich nicht, Stellas Macker war dabei. Stattdessen habe ich artig Stellas Fuffi in meine Hosentasche gesteckt und ihre Hand geschüttelt. Andersrum wäre mir lieber gewesen. Aber gut, kommt noch. Dann ich ganz gechillt raus zur Tür, rein in meinen Weihnachtsmannschlitten, Verkleidung auf den Rücksitz – da liegt sie immer noch, daddy's money lässt auf sich warten – und nichts wie ab in den nächsten Waldweg. Unentwegt musste ich an Stellas Zwinkern denken. Zwinkern, hallo? Mit Ring am Finger und Zwillingen am Bein! Hieß für mich Punkt 1: Ich traf mit meiner Theorie zur weiblichen Psyche so was von ins Schwarze, dass ich gleich am nächsten Tag mit Punkt 2 beginnen könnte: der Praxis. Was macht man, wenn jemand zwei Riesennachteile hat? Richtig. Man löscht sie aus. Facebook macht's vor. Ich ändere einfach Stellas Status. Von der verheirateten Mutter zur Witwe ohne Anhang. Denn, Nachtrag zum Protokoll: Ein Severin S. teilt nicht. Nichts, nie und niemanden. Schon gar nicht mein süßes Stellasternchen.

Ich brauste zurück nach Freiburg. Hätte der Blitzer bei Neuenburg ausnahmsweise bei Nacht und in nördlicher Richtung gewegelagert, er hätte mich mit 115 km/h zu viel, Klebstoffresten und fettem Grinsen im Gesicht dingfest machen können.

Die Kunst dabei war, die Marmelade nicht stichfest werden zu lassen, sondern gerade geleeartig. Mittlerweile aber musste Stella kaum noch auf die Uhr schauen, um zu wissen, wann die Marmelade so weit war. Würziger Duft nach Zimt, Sternanis und Nelke entstieg dem Blubbern im Topf, orientalisch, fast wie in tausendundeiner Nacht. Der Herd sah dagegen aus wie nach tausendundeiner Schlacht. Alles war voller roter Spritzer. Wie Blut. Rot, röter, am rötesten. Stella musste sich beeilen. Nicht mehr lange, dann käme Thorsten aus Basel zurück. Ihm den bevorstehenden Einsatz am Weihnachtsmarkt zu erklären, würde schon schwierig genug. Wenn dann auch noch in der Küche der Krisenherd kochte, dann wäre das sicher das Letzte, was er sich für den finalen Feierabend des Jahres vorgestellt hatte.

Ihr Stecher hat gleich Feierabend. Thorsten. Schafft bei Novartis in Basel, Pharmazeut. Viel verdient er da offenbar nicht, an den Wochenenden lässt er Stella auf einem Adventsmarkt malochen. Der Kerl passt in der Zeit auf die Kinder auf, Zwillinge, fünfeinhalb. Supergelegenheit, die Sache auf einen Streich zu beenden. Weiß ich alles vom Beobachten. Anfangs hatte ich noch kurzzeitig die Vorstellung, das Ganze konventionell lösen zu können. Trennung, Mach-die-Tür-zu-wenn-du-gehst-und-vergiss-die-Kinder-nicht, so was in der Art. Aber dann schnupperte ich ein bisschen im Familien- und Scheidungsrechtseminar und, ohne Übertreibung, jeder fünf Tage offene Schampus ist prickelnder. Kompliziert, kostspielig und vor allem risikobehaftet. Was, wenn Stella außer dem halben Hab und Gut das volle Sorgerecht kriegt? Oder auch nur das halbe? Nein danke! Wenn ich Kinder will, sorge ich selber dafür. Und wenn ich keine will, dann auch. Also. Nicht lange zögern. Kurzer Prozess. Unfall. Ich hatte da an ein kleines Feuerchen gedacht, Advent, Advent, ein Häuslein brennt. Kommt keine Sau auf mich. Und bis die Feuerwehr da ist, kann Stella die Annonce mit schwarzem Rand getrost in Auftrag geben. Schade nur um das Haus. Ist hoffentlich versichert. Für mich wird es übrigens kein Problem sein, da hineinzukommen. Die Menschen sind so einfallslos. Falls der Ersatzhaustürschlüssel nicht unter der Fußmatte liegt, dann irgendwo im Bereich der Blumenkübel oder versteckt in der Eingangslampe – Stellas Variante. Leicht zu merken und null originell. Punktabzug zwar, aber solange sie mir damit Tür und Tore öffnet, finde ich sie trotzdem granatenmäßig-oberaffen-hammerscharf. Selbst wenn sie nur in der Küche steht. Ich stehe übrigens jetzt in ihrem Garten, hatte ich das erwähnt? Nein? Versteckt hinterm Gartenhäuschen. Ziemlich ungemütlich hier, kalt und frostig, Schneeflocken hängen in der Luft. Die Mädchen sind hier, ich könnte sie sofort kaltmachen, aber die heiße Methode gefällt mir besser. Muss ich mir die Finger nur einmal schmutzig machen. Und siehe da, was macht Stella? Macht sich die Finger schmutzig und etikettiert Marmeladengläser! Marmelade, hallo! Das ist es, was ich wissen wollte, wofür ich den weiten Weg aus Freiburg auf mich genommen habe, genau das! Marmelade bedeutet: Stella wird auch morgen wieder auf ihrem Markt trödeln. Und für den Rest der Mannschaft öffnet sich das allerallerletzte Türchen am Adventskalender!

Draußen begann es wieder zu schneien, es wurde dunkel, die Kinder mussten rein.

»... aber freut euch, morgen dürft ihr mit auf den Adventsmarkt«, rief Stella hinaus ins Freie und verdarb damit nicht nur den Kindern den Spaß.

Ich hasse es, wenn mir jemand einen Strich durch die Rechnung macht. Aber wenn jemand meint, ich hätte keinen Plan B, dann hat er die Rechnung ohne mich gemacht.

Von nah und fern strömten die Besucher auf den Adventsmarkt in Geschwend. Untergebracht in einem jahrhundertealten, entkernten Schwarzwaldhof, dem Blasihof, war er einzigartig im ganzen Umkreis. Dicke Holzstämme mit Schwedenfeuer empfingen die Besucher und wiesen ihnen den Weg hinein in die ebenso warme und wohlige Atmosphäre im Innern des Gebäudes. Alles war weihnachtlich geschmückt, Tannenzweige mit Lichtern zierten die Wände und Geländer, der Boden war belegt mit Stroh und Heu. Darauf tummelten sich die Verkaufsstände: Filzwaren, Goldschmuck, Bienenwachskerzen. Man fand ausgefallene Lederwaren, kunstvoll bestickte Weihnachtskarten, handgeblasene Christbaumkugeln oder auch Weidenstöcke, zu Rentieren gebogen. Die Würze vom Eierlikör mit Schwarzwälder Kirsch vermischte sich mit dem Duft von Naturseifen und dem strengen Geruch des Ziegenkäsestands. Überall funkelte und glitzerte es, auf einer zweiten Ebene luden schaffellbezogene Sitzmöbel zu Kaffee und Kuchen ein. Zwischendrin, alle Hände voll zu tun – Stella am Stand des Kindergartens. Gut, dass auch die Kindergärtnerinnen immer ein Auge auf Mia und Hannah hatten. Einmal riefen die Kinder ganz begeistert: »Der Nikolaus ist hier! Bitte, bitte, dürfen wir hin?«

Sie durften. Wieso auch nicht? Es war Weihnachtsmarkt, wer wundert sich da über einen Weihnachtsmann? Noch dazu, wenn er aussieht wie aus dem Ei gepellt?

Bloß später, als keiner mehr sagen konnte, wann und wo man die Zwillinge zuletzt gesehen hatte, da wunderten sich plötzlich alle.

Weihnachten ist vorüber, der Schnee ist Schnee von gestern. Die Tage werden wieder länger. Ich stehe in ihrem Garten versteckt hinterm Gartenhaus und beobachte sie. Stella. Frau G. Wenn ich ehrlich bin, so gut gefällt sie mir nicht mehr. Lässt sich ziemlich gehen. Trägt ständig dieselbe Klamotte, schminkt sich nicht, kämmt sich nicht mal die Haare. Heult, nimmt ab wie ein Straßenköter. Ihren Typen ist sie los, das Problem hat sich von allein gelöst, vor ein paar Tagen hat er seinen Kram gepackt und ab ins Hotel. Ich verstehe das Ganze nicht, zwei Esser weniger auf dieser Welt und deshalb so ein Theater. Dabei könnte jetzt alles perfekt sein.

Naja, c'est la vie. Vielleicht besuche ich mal wieder die Vorlesung vom alten Dingermeyer, mit etwas Glück schaffe ich sogar den Schein. Aber vorher nehme ich mir, was mir zusteht. Wofür habe ich mich sonst ins Zeug gelegt, wenn ich dann nicht wenigstens einmal zum Zug komme? Ich sage nur Eingangslampe.

Mein Name ist Severin S. S wie »Stellababy, bei drei bin ich im Haus. Eins, zwei, … «

Glühweinmarmelade

Für ungefähr 5 Gläser à 250 ml

500 ml trockener Rotwein
200 ml Orangensaft, frisch gepresst
10 Gewürznelken
2–3 Zimtstangen
5 Pimentkörner
5 Sternanis
250 ml Holunderbeersaft, Nektar geht auch
500 g Gelierzucker 2:1
1 Schuss Orangenlikör, optional

Rotwein, Orangensaft und Gewürze in einem hohen Topf (!) kurz aufkochen, vom Herd nehmen und etwa zwei Stunden zugedeckt ziehen lassen. Währenddessen Gläser mit Schraubverschluss in siedendem Wasser auskochen. Gläser umgedreht auf einem Küchentuch abtropfen lassen und bereithalten.

Holunderbeersaft und Gelierzucker zur Rotweinmischung geben, alles aufkochen und ungefähr vier Minuten sprudelnd kochen lassen. Gelierprobe. Schaum abschöpfen, Gewürze unbedingt entfernen, stören sonst später!

Gläser bis zum Rand füllen, fest verschrauben und etwa 20 Minuten umgedreht auf ein Küchentuch stellen.

Etwa 25 Minuten Zubereitung plus zwei Stunden Wartezeit.

MARKUS GUTHMANN

Der Malscher Falke

Hockenheim

»*Draußen ist ein Mädchen, das Sie sprechen möchte. Wonderly heißt sie.*«

»*Eine Kundin?*«

»*Sieht so aus. Sie werden Sie aber auf jeden Fall sehen wollen: Die reißt Sie vom Stuhl!*«

»*Immer herein mit ihr, mein Engel*«, erwiderte Spade. »*Immer herein.*«

»Hören Sie mir denn überhaupt zu?«

Polizeihauptmeister Spät erwachte abrupt aus seinem Tagtraum und erblickte ein langes rotes Kleid. Aber da, wo die High Heels hätten sein müssen, sah er nur ein paar ungepflegte schwarze Lederstiefel.

»Mein Sack ist weg!«, sagte der Mann aufgeregt, genauer gesagt, der Weihnachtsmann.

»Ihr Sack?«, fragte Spät ungläubig und erlaubte sich ein Grinsen.

»Ja, mein Sack. Was gibt's denn da zu grinsen? Sehen Sie sich das mal an.«

Der Weihnachtsmann nahm seine Mütze ab und schob seine weihnachtliche Brillen-Nasen-Bart-Kombination einschließlich der weißen Perücke zur Seite, sodass jeder das bunt schillernde Ei auf seiner Glatze bewundern konnte.

Spät war enttäuscht, denn das war ganz sicher nicht Miss Wonderly. »Kommen Sie doch erst einmal herein«, sagte er und öffnete den Tresen.

Seufzend setzte sich der Weihnachtsmann auf den Stuhl, der gegenüber von Späts Schreibtisch stand. »Ich kann Ihnen sagen: Das war vielleicht ein Tag. «

»Nun erzählen Sie mir mal in aller Ruhe, was passiert ist, und ich nehme das Protokoll auf«, sagte Spät und loggte sich in den Computer ein.

Effie, seine junge Kollegin, puhlte am Nachbartisch gelangweilt mit einer Büroklammer an ihren Fingernägeln herum. »Brauchst du Hilfe, Sam? «

»Nein, ich brauche keine Hilfe, aber du kannst uns mal einen Kaffee holen. «

»Alles klar, Sam. «

»Du sollst mich nicht immer Sam nennen«, rief Spät seiner Kollegin hinterher. Dann wandte er sich an den Weihnachtsmann und zischte ihn leise an: »Du Vollidiot. Ich habe dir doch gesagt, dass du dich hier niemals blicken lassen darfst. «

»Boss, was soll ich denn tun. Die haben mir den Sack geklaut und im Gerangel bin ich mit dem Kopf gegen den Glühweinstand gestoßen. Die haben jetzt meine ganze Ware. «

»Was war denn noch drin? «

»Fünfzig grüne Stofftiere und etwa zehn weiße. Also alle Frösche und Kühe. «

»Verdammt. Sonst noch was? «

»Na, der ganze andere Kram natürlich. All diese Löwen und Affen zum Anklippen. «

»Hast du eine Idee, wer das gewesen ist? «

»Nein, keine Ahnung, aber ich meine den Typ vorher an dem Stand mit südamerikanischer Volkskunst gesehen zu haben. «

»Ich hab's befürchtet«, sagte Spät stöhnend. »Das sind doch die Typen aus Malsch? «

»Genau die«, sagte der Weihnachtsmann.

»Komm mit. Ich denke, wir müssen jetzt etwas richtigstellen«, sagte Spät.

»Sam, wo geht ihr hin? Ich habe euch gerade den Kaffee gemacht«, rief Effie den beiden hinterher.

»Tut mir leid, meine Süße, aber den musst du jetzt allein trinken. Der Weihnachtsmann und ich müssen etwas erledigen.«

»Hast du das Protokoll schon aufgenommen?«

»Nein, dazu ist jetzt keine Zeit, denn es ist Gefahr in Verzug. Du hältst jetzt hier die Stellung. Es kann gut sein, dass ich Verstärkung brauche. Und nenn mich nicht immer Sam.«

»Ist gut, Sam. Du kannst dich auf mich verlassen«, sagte Effie.

»Diese blöde Ziege«, knurrte Spät, als er im Putzmittelraum nach dem Reinigungsbenzin suchte und dem Weihnachtsmann die Flasche in die Hand drückte.

»Also zum Weihnachtsmarkt?«, fragte der Weihnachtsmann, den unverkleidet alle nur unter dem Namen Archer kannten. Spät hatte mal etwas mit seiner Frau Iva gehabt, aber das war Jahre her.

Zügig liefen die beiden uniformierten Männer an der Stadthalle vorbei und steuerten den Marktplatz an. Hier, an der barock anmutenden evangelischen Kirche, war der Geruch von Bratwurst, gebrannten Mandeln und Glühwein allgegenwärtig. Es war kühl, aber nicht unangenehm, und genau die richtige Temperatur für das warme Weihnachtsmarktgetränk. Die Blaskapelle spielte das übliche Weihnachtsrepertoire rauf und runter, und eine erstaunliche Anzahl an Besuchern beobachtete das Schauspiel mit leuchtenden Augen, wobei die Gründe für die Freude unterschiedlich waren – je nach Ergriffenheit oder Alkoholkonsum.

Sie passierten die vier Meter hohe Weihnachtspyramide aus dem Erzgebirge und standen direkt vor einem Stand mit offensichtlich südamerikanischer Volkskunst, der sich unter den vielen Lama-Ponchos, -taschen, -socken und -schals nur so bog. Zwischen den Stoffartikeln standen alle möglichen Tonfiguren, meistens Vögel, in allen Größen.

Der Mann hinter dem Tresen zuckte zusammen, als er Spät erkannte.

»Na, Cairo. Verkaufst du deinen Chinesen-Ramsch mal wieder total überteuert an unschuldige Weihnachtsmarktbesucher?«, fragte Spät und machte ein strenges Gesicht. Archer ging an die Rückseite des Stands und begann zu hantieren.

»Das ist alles echt«, stotterte Cairo, ein kleiner Mann mit Glupschaugen.

»Ja, ja, ich weiß. Du veredelst ja die Vögel in deiner Werkstatt in Malsch.«

»Woher weißt du das?«

»Ich weiß alles über dich.« Spät machte eine Pause und Cairo wurde zunehmend nervöser. »So, und jetzt reden wir mal unter Männern. Wo ist der Sack von meinem Weihnachtsmann?« Cairo zögerte. »Oder soll ich erst meine Kollegen rufen?«

»Nein, nein«, antwortete Cairo und zog den Sack unter dem Tresen hervor. »Aber du musst mir sagen, wo der Falke ist.«

»Der Falke? Von welchem Falken sprichst du?«

»Komm schon, du weißt genau, von was ich spreche. Der Falke aus Malsch. Miss Wonderly war deswegen bei dir.«

»Miss Wonderly?«, fragte Spät ungläubig. Sollte er gestern doch zu viel gepanschten Glühwein abbekommen haben? Aber da war noch dieser Traum. »Du redest vielleicht einen Quatsch daher.«

»Doch, doch. Sie war bei dir und hat eine Anzeige wegen dem verschwundenen Falken gemacht. Sonst wäre das doch alles nicht passiert.«

»Was wäre nicht passiert?«

»Das mit dem Sack und so.«

»Und Miss Wonderly hat eine Anzeige wegen des verschwundenen Tonfalken gemacht? Wusste sie denn nicht, um was es sich handelt?«

»Offensichtlich nicht, sonst wäre sie ja nicht zu dir gekommen«, antwortete Cairo.

»Jetzt gib mir den Sack und ich schaue, was ich machen kann«, antwortete Spät und nickte kaum merklich Archer zu, der für die umstehenden kaum einsehbar ein Feuerzeug zückte und die nun benzingetränkten Ponchos in Flammen setzte. Cairo schrie, denn im Nu hatte sich das Feuer auf die ganze Weihnachtsbude ausgebreitet. Hektisch sammelte er die Tonfiguren ein, aber Spät hinderte ihn daran und zog ihn aus dem Gefahrenbereich. »Willst du draufgehen?«, herrschte er Cairo an.

Ein Mitarbeiter des Sicherheitsdienstes kam mit einem Feuerlöscher angerannt, aber er konnte nicht besonders viel ausrichten. Die Blasmusik war verstummt, dafür schrien einige der Besucher hysterisch in der Gegend herum, während die hartgesottenen fleißig Bilder mit ihren Smartphones machten. Erst jetzt fiel Spät auf, dass der Mann von der Hockenheimer Zeitung ebenfalls fotografierte. Er hatte die Kamera genau auf Spät gerichtet, der ruhig in sein Funkgerät sprach und Verstärkung anforderte. Dann begann er mit lauten Rufen und energischen Gesten die Menschen aus der Gefahrenzone zu treiben. In der Ferne konnte er die Feuerwehr hören. Archer stand in sicherem Abstand und hielt mit beiden Händen den Sack vor den Bauch.

*

Spät hatte am folgenden Tag keine Schicht und saß im Grünen Baum, seiner Lieblingskneipe in Schwetzingen. Kaum hatte er die Speisekarte studiert, so platzte auch schon Archer aufgeregt zur Tür herein. Er trug heute, wie Spät, keine Uniform, aber er wedelte hektisch mit der Tageszeitung. »Hast du das gelesen?« Spät nickte lächelnd, aber Archer las die Topmeldung im Lokalteil laut vor, sodass es jeder in der Wirtschaft hören konnte: »Brandanschlag auf den Weihnachtsmarkt. Polizist behält kühlen Kopf und verhindert Katastrophe.«

»Jetzt beruhige dich mal wieder und setz dich hin.«

»Ja, du hast recht, ich bin jetzt still, denn ich habe einen Riesenhunger.«

»Das muss warten, denn wir kriegen noch Gäste.«

»Gäste? Ich habe mir den ganzen Tag die Füße wundgelatscht.«

»Ja, Gäste. Gestern Abend, als ich wieder auf der Dienststelle war, ist noch der Captain hereingestolpert. Er sah gar nicht gut aus.«

»Und was wollte er?«

Spät antwortete nicht, sondern zog einen großen tönernen, schwarzglasierten Falken aus der Manteltasche. Archer pfiff durch die Zähne. »Also war das doch kein Gerücht.«

»Ah, da kommt ja die Birgit«, sagte Spät laut.

»Das ist doch Miss Wonderly«, bemerkte Archer, als er die schöne Frau im roten Kleid an den Tisch schweben sah.

»Komm, Birgit, sag ihm, dass du nicht Miss Wonderly bist.«

Birgit blickte schlecht gelaunt auf Archer hinunter und nickte. »Ich bin nicht Miss Wonderly.«

»Und im Schlepptau hast du den geheimnisvollen G.«

Birgit nickte wieder.

»Sie dürfen mich Gutman nennen«, nuschelte G.

»Setzt euch, wir haben etwas zu besprechen«, sagte Spät.

Gutman kam sofort zur Sache. »Sie haben etwas, das mir gehört.«

»Sprechen Sie etwa von dem hässlichen Vogel?«

Gutman nickte.

»Aber Sie meinen nicht Ihren glupschäugigen Handlanger.« Archer lachte.

»Sie wissen, was ich meine.«

»Können Sie das auch beweisen?«, fragte Spät und stellte den Falken auf den Tisch.

»Klar kann ich das«, sagte Gutman und griff nach der Tonfigur.

»Das ist prima, denn das interessiert meinen Kollegen Polhaus vom Nachbartisch ganz besonders.«

»Allerdings«, sagte Polhaus, der sich vom Nachbartisch erhob und filmreif mit Handschellen winkte. Gleichzeitig betraten zwei uniformierte Polizisten das Lokal, die routiniert Birgit und den geheimnisvollen Gutman abführten.

»Was ist das denn?«, fragte Polhaus, als er die Figur begutachtete.

»Ein Stoff, aus dem man Träume macht«, antwortete Spät. »Aber das muss ich dir von der Drogenfahndung doch gar nicht erst erklären.«

Polhaus nickte. »Ich hoffe, du steckst da nicht mit drin, Spät.«

»Wie kommst du darauf?«, sagte Spät ruppig. »Effie kann bestätigen, dass der Captain gestern noch die Statue aufs Revier gebracht hat. Ich habe gerade deine Arbeit gemacht, du Flachgeige.«

»Ist schon gut«, antwortete Polhaus und verschwand.

»Was hast du heute verkauft?«, fragte Spät, nachdem sie endlich den Bibbeleskäs und jeweils ein Glas Müller-Thurgau bestellt hatten.

»Alles. Du weißt doch, wie spendabel die Leute an Weihnachten sind. Ich bin die ganzen Stofftiere losgeworden und habe einen guten Schnitt gemacht.«

»Das heißt, du bist die ganzen weißen Kühe und die Frösche losgeworden?«

Archer nickte.

»Super, dann fallen die Weihnachtsgeschenke für Iva dieses Jahr besonders groß aus.« Spät machte eine Pause, bevor er fortfuhr: »Dann kannst du mir jetzt meinen Anteil geben.«

»Klar«, sagte Archer und zog unauffällig ein dickes Bündel Banknoten hervor, das er Spät reichte, der es sofort verschwinden ließ. »Und dass die Konkurrenz jetzt ausgeschaltet ist, steigert unseren Profit noch erheblich.«

»Ja, kaum zu glauben, was aus so einem kleinen Straßendealer wie dir geworden ist. Unsere Weihnachtsmänner sind in ganz Nordbaden unterwegs.«

»Ja, alles dank deiner Protektion.«

»Ich nenne es lieber Management.«

»Und gerade an Weihnachten brummt das Geschäft, weil die Leute sich gerne eine Linie oder einen Joint gönnen«, sagte Archer begeistert. »Ach, guck mal. Da kommt der Bibbeleskäs.«

»Das nennt man hier Weißer Käs, du Schwarzwälder Hinterwäldler.«

Bibbeleskäs

Für 4 Personen
Der Bibbeleskäs, in Nordbaden auch Weißer Käs ge-
nannt, ist eine typisch badische Spezialität, die in keiner
badischen Weinstube oder auf einem Buffet im Fami-
lien- oder Freundeskreis fehlen darf. Als begleitender
Wein kommt ein trockener Riesling oder ein Müller-
Thurgau, gerne vom Kaiserstuhl, infrage.

1.000 g Magerquark
1/2 l süße Sahne
1 mittelgroße Zwiebel
1 Bund Schnittlauch
Kerbel, Liebstöckel oder Borretsch nach Verfügbarkeit
und Belieben
1 Knoblauchzehe, wer's mag
Salz, Pfeffer

Den Quark mit der geschlagenen Sahne mischen. Im
Badischen gibt es auch die Variante mit saurer Sahne
(natürlich nicht geschlagen). Die fein gehackte Zwiebel
und den geschnittenen Schnittlauch dazugeben und mit
Salz und Pfeffer abschmecken. Nach Belieben und Ver-
fügbarkeit können frische Gartenkräuter wie Kerbel,
Liebstöckel und Borretsch den Schnittlauch ersetzen
oder ergänzen. Wer will, der mischt noch den Saft einer
gepressten Knoblauchzehe unter. Die Masse vor dem
Servieren eine Viertelstunde ruhen lassen. Als klassische
Beilage dienen Pellkartoffeln oder frisches Bauernbrot.
Wer es deftig mag, reicht Bratkartoffeln.

BETTINA V. COSSEL

Lasst uns froh und munter sein

Mannheim

Missmutig blickte Peter Blum auf die offene Tür des Adventskalenders neben der schneeglitzernden Tanne. Bereits der vierte Tag, an dem Eva ihm zuvorgekommen war.

»Schau nicht so brummig«, sagte seine Herzallerliebste und gab ihm einen Kuss auf die Wange. »Du sagst doch selbst, dass man als Privatdetektiv in Form bleiben muss. Was willst du mit einer Schokoladenwampe?«

Gespielt abschätzig betrachtete er ihre Kurven. »Und du?«

»Schokolade ist perfekt für meine weiblichen Rundungen.« Sie lächelte, wie es selbst ein Weihnachtsengel nicht schöner konnte. »Außerdem wartet ein köstliches Frühstück auf dich.«

Wo sie recht hatte, hatte sie recht. Evas Frühstück war legendär. Überhaupt legte sie Wert auf reichhaltiges, gesundes Essen – besonders Äpfel. Die seien gut fürs Sexleben, behauptete sie immer.

Einträchtig setzten sie sich an den Frühstückstisch, auf dem ein roter Weihnachtsstern für adventliche Stimmung sorgte. Wie immer faltete Eva als Erstes den Mannheimer Morgen auseinander, um sich ins tägliche Horoskop zu vertiefen. Schmunzelnd bemerkte Peter das Schälchen Apfelschnitze neben seinem Teller. Aha, sie hatte heute Abend also vor, ihn zu vernaschen. Seit Eva mit ihren Äpfeln in sein Leben getreten war, war es ihm in der Hinsicht nie langweilig.

»Soll ich dein Horoskop für heute vorlesen?«, fragte Eva hinter ihrer Zeitung. Wie üblich las sie es eine Sekunde später vor, ohne auf seine Antwort zu warten. »Egal ob Sie sich gerade in der Stadt oder auf dem Land befinden: Vorsicht im Straßenverkehr!«

»Alles Ferz, diese Horoskope«, brummte Peter, Apfelschnitze kauend. »Dass du das glaubst!«

»Bei mir stimmt's immer«, sagte Eva. »Da hat übrigens vorhin ein Guido Stahl für dich angerufen, als du noch im Bad warst. Du sollst ihn zurückrufen. Die Nummer liegt bei dir im Büro.«

Peters Detektivbüro lag praktischerweise gleich neben dem Esszimmer. Mit vollem Magen und dem Schälchen mit den übrig gebliebenen Apfelschnitzen machte er es sich hinter seinem Schreibtisch bequem und wählte Guidos Nummer.

»Hallo, alter Junge«, sagte er, als sein Schulfreund sich meldete. »Long time no see. Was gibt's?«

Stahl hielt sich gar nicht erst mit höflichem Geplänkel über das miserable Adventswetter auf. »Ich habe einen Auftrag für dich.«

Interessiert spitzte Peter die Ohren. Wenn ein stinkreicher Geschäftsmann wie Guido ihn beauftragte, konnte er Eva etwas Tolles unter den Weihnachtsbaum legen.

»Du weißt ja, dass ich vor anderthalb Jahren geheiratet habe«, sagte Stahl. »Gabi ist zehn Jahre jünger als ich. Damals habe ich sie ihrem Freund ausgespannt.«

Aha, ob es deshalb immer noch Spannungen mit ihrem Ex gab?

»Uwe Dreher heißt er«, fuhr Stahl fort. Peter hörte seiner Stimme an, wie er beim Nennen des Namens mit den Zähnen knirschte. »Kurz und gut: Ich habe das Gefühl, dass die beiden wieder etwas miteinander haben.«

»Wie kommst du darauf?«

»Ich habe Gabi in der Nähe der Werkstatt gesehen, in der er als Mechaniker arbeitet«, erklärte er. »An sich ganz harmlos. Aber als ich sie fragte, was sie an dem Nachmittag gemacht hat, log sie mich an. Sie sei mit einer Freundin in Heidelberg gewesen.«

Peter verzog den Mund. Lügen hatten kurze Beine. Ehebruch kam immer schneller raus als gedacht. Dumm so was, gerade jetzt vor Weihnachten. »Ich soll die zwei also überwachen?«

»Ja, und zwar gleich ab heute. Ginge das?«

Peter musste nicht erst über seinen leeren Schreibtisch blicken, um zu wissen, dass er sonst keine Aufträge hatte. In der Adventszeit herrschte bei ihm jedes Jahr tote Hose. Da dachten alle nur an das bevorstehende Fest.

»Kein Problem«, bestätigte er also. »Kannst du mir Einzelheiten geben?«

»Ich fahre in zwei Stunden zu einem Geschäftstermin nach Stuttgart und komme erst am Donnerstag wieder nach Hause – offiziell«, sagte Stahl. »In Wirklichkeit bin ich schon am Mittwoch zurück, am Nikolaustag.«

»Ich soll also Fotos der beiden machen, falls sie sich während deiner Abwesenheit treffen.« Peter zog die Augenbrauen zusammen. »Aber warum kommst du dann heimlich früher zurück?«

»Zwei Detektive sehen besser als einer«, kam die Antwort. »Außerdem möchte ich es gerne mit eigenen Augen sehen, dass Gabi fremdgeht. Wenn du ihnen nachsteigst, weiß ich bis dahin, wann und wo sie sich üblicherweise treffen. Dann komme ich als Überraschung dazu.«

Wenig später steckte Peter im Mannheimer Straßenverkehr fest. Die Fahrt zu Guidos Haus in der Oststadt dauerte statt der üblichen fünfzehn Minuten nun bereits vierzig. Schmieriger Schneeregen prasselte gegen die Windschutzscheibe, gegen den die Scheibenwischer kaum ankamen. Hätte er bloß auf das Horoskop gehört und wäre zu Hause geblieben!

Nach wahren Ewigkeiten hielt er schließlich vor der Riesenvilla im Philosophenviertel. Guido war bereits nach Stuttgart abgezischt, aber seine Gabi war nicht bei der Arbeit, sondern daheim. Die Grippe ... Kein Wunder, im Dezember. Peter betrachtete die kahlen Äste der Bäume, die sich gegen den bleigrauen Winterhimmel abzeichneten. Für ihn war Gabis Erkältung jedenfalls Gold wert. So konnte er sich aus nächster Nähe ein Bild von ihr machen.

Schwungvoll ging er mit hochgeschlagenem Kragen und der Werkzeugtasche in der Hand die Freitreppe hoch, immer zwei Stufen auf einmal, und hechtete unter das Vordach, um sich vor dem eisigen Regen zu schützen. Er drückte auf den Klingelknopf und vertrieb sich die Wartezeit mit der Betrachtung des Adventskranzes, der die Haustür schmückte. Goldkugeln und rote Beeren zierten das zarte Tannengrün. Sehr weihnachtlich. Bloß schade, dass das Wetter nicht mitspielte, aber es waren ja noch ein paar Wochen Zeit bis zum Fest.

»Ja bitte?«, klang es melodiös aus der Sprechanlage.

»Meier Überwachungssysteme«, antwortete er. »Ich soll Ihren Alarm warten.«

»Ach so, ja. Ich weiß Bescheid.«

Peter war froh, dass Guido das so gut eingefädelt hatte. Schon öffnete sie die Tür. Vor ihm stand eine attraktive Blondine vom Typ Heidi Klum in jung. Im Grunde ein Klon von all den Mädels, die Guido schon früher immer am Arm gehangen hatten. Perfekt geschminkt und Körbchengröße D. Nach der kalten Winterluft von draußen schlug ihm ihr Parfum schwül und fast schon beklemmend entgegen. Obendrein war das Haus total überheizt. Im ersten Moment dachte er, er bekomme keine Luft. Wie neulich, als er im Luisenpark ins Pflanzenschauhaus gegangen war. Das feuchtwarme Klima hatte ihn schier umgehauen.

»Entschuldigen Sie meinen Aufzug. Ich bin krank.« Sie tupfte sich mit einem Taschentuch die Nase. »Finden Sie sich allein zurecht?

Instinktiv glitt sein Blick über den samtigen rosa Hausausanzug, den sie trug. Einer von der eng anliegenden Sorte mit Reißverschluss vorn. Eva hatte auch so einen und wenn sie ihn genügend mit Äpfeln gefüttert hatte, zog sie ganz langsam den Reißverschluss hinunter bis ...

»Ja, ich war schon mal hier«, log Peter. »Wenn ich Sie brauche, melde ich mich.« Demonstrativ nahm er den Bewegungsmelder im Flur ins Visier.

Wie erhofft, zog Guidos Frau sich zurück. Ins Schlafzimmer, wie er annahm. Schließlich hatte sie die Grippe. Es dauerte nur wenige Minuten, dann hatte er die kabellose Überwachungskamera installiert, gleich neben dem Bewegungsmelder beim Eingang. Er grinste. Das gute Stück konnte er jederzeit von seinem Computer von zu Hause aus aufrufen. Noch besser: Alles, was sich hier im Flur abspielte, wurde aufgezeichnet. Sobald dieser Uwe zur Tür reinkam, hatte Guido den Beweis, dass die beiden sich während seiner Abwesenheit heimlich trafen.

Der Form halber tat Peter so, als kontrollierte er auch die anderen Bewegungsmelder im Erdgeschoss. Dann ging er polternd nach oben, wo sich die Schlafzimmer befinden mussten. Eine Tür stand weit offen. Sein Blick fiel direkt auf ein imposantes Doppelbett mit seidiger Überdecke, auf dem es sich Gabi Stahl bequem gemacht hatte. Im Schneidersitz saß sie an einen

Kissenturm gelehnt, einen Laptop auf dem Schoß, und tippte, was das Zeug hielt. E-Mails an ihren Geliebten vielleicht? Sofort verwarf Peter die Idee. Der arbeitete als Mechaniker in einer KFZ-Werkstatt, sodass er tagsüber wohl kaum Zugang zum Computer hatte wie zum Beispiel ein Büroangestellter.

»Unten habe ich alles kontrolliert«, sagte er laut, um auf sich aufmerksam zu machen. »Jetzt sehe ich mich hier oben um.«

»In Ordnung«, antwortete sie, ohne von ihrer Tipperei aufzublicken. »Sagen Sie Bescheid, wenn Sie Hilfe brauchen.«

Oben gab es nur einen Bewegungsmelder, auf dem Flur. Peter atmete auf. Er konnte also bald wieder verschwinden. Hier herrschte eine Hitze wie im Affenstall. Ob sie die Heizung wegen ihrer Grippe so aufgedreht hatte?

Im Schlafzimmer klingelte Gabis Handy.

»Tut mir leid, Sandra«, hörte er sie sagen. »Heute gehe ich nicht aus dem Haus, und wenn das mit meiner Erkältung so weitergeht, die ganze Woche nicht.«

Peter grinste. Umso besser, dann hätte er es gleich viel leichter mit der Überwachung. Manchmal waren solche Erkältungen ein wahrer Segen. Lautstark schloss er seine Werkzeugkiste und ging zur Schlafzimmertür.

»Ich geh dann mal wieder«, sagte er. »Der Bewegungsmelder unten im Flur hat einen leichten Defekt, den kann ich aber erst am Montag reparieren. Für den Übergang habe ich eine Kamera daneben eingebaut. Sicher ist sicher.«

»Am Montag ist mein Mann wieder hier. Machen Sie am besten mit ihm einen Termin für die Reparatur aus.« Sie zog ein Papiertuch aus der Box neben sich und schniefte hinein. »Finden Sie allein wieder raus?«

Peter nickte. »Selbstverständlich. Alla, tschüss dann.«

Schon war er die Treppe hinunter und raus. Er holte tief Luft. Keine Ahnung, wie Guido das parfümierte subtropische Klima aushielt. Er war heilfroh, dass Eva Wert auf Frischluft legte und sich nicht schon morgens einsprühte wie ein Filmstar. Dabei war das Zeugs, das diese Gabi benutzte, bestimmt sündhaft teuer.

Nachdem er sich ein Salamibaguette und einen heißen Tee bei Grimminger einverleibt hatte, machte er sich auf den Weg nach Neckarau, wo Uwe Dreher arbeitete. Gottlob war ihm das Glück hold: Genau gegenüber der Werkstatt war ein Parkplatz frei. Peter zog sein Handy aus der Tasche und studierte erneut das Foto, das Guido ihm vorhin per Whatsapp geschickt hatte. Dieser Uwe sah aus wie der leibhaftige Herkules. Solche Muckis bekam man nur durch Berge von Proteinpulver und regelmäßiges Training im Fitness-Studio. Wenn seine Gabi auf solche Kraftmeier stand, konnte Guido natürlich nicht mithalten. Statt dem prallen Bizeps hatte der allerdings eine super prall gefüllte Geldbörse. Doch was Gabi im Falle einer Scheidung von seinem Vermögen abkriegen würde, stand in den Sternen. Wahrscheinlich herzlich wenig. Es wäre schön blöd von ihr, sich mit ihrem Ex einzulassen und ihr tolles Leben in der Oststadt aufs Spiel zu setzen, von ihrem sozialen Status mal ganz zu schweigen. Als Frau des bekannten Geschäftsmanns Guido Stahl stand sie doch ganz anders da als mit einem KFZ-Mechaniker an ihrer Seite, selbst wenn der noch so viele Muskeln hatte.

Kurz nach siebzehn Uhr kam Dreher aus der Werkstatt. Peter rieb sich die Hände. Guido hatte gute Arbeit geleistet. Der Mann sah genauso aus wie auf dem Foto: breite Schultern, gut geschnittenes Gesicht, etwa 1,90

Meter groß. Manchmal bekam er von seinen Kunden dermaßen veraltete Aufnahmen, dass er seine »Objekte« kaum erkennen konnte – besonders jetzt, wo er wegen der abendlichen Dunkelheit bereits auf die Straßenbeleuchtung angewiesen war. Immerhin regnete es nicht mehr.

Dreher schlug den Kragen seiner Steppjacke hoch, steckte die Hände in die Taschen und eilte die Straße entlang. Mist! Die Möglichkeit, dass der Typ als KFZ-Mechaniker kein Auto haben könnte, hatte Peter nicht bedacht. Mit einem abschätzenden Blick in Richtung Himmel verließ er das Auto und folgte in sicherem Abstand. Im Dunkeln war nicht abzuschätzen, ob es womöglich gleich wieder schüttete. Wenn er jetzt Pech hatte, war Drehers Wagen irgendwo um die Ecke geparkt. Bis er dann seinen eigenen geholt hatte, wäre der Mann längst aus dem Blickfeld verschwunden.

Doch anscheinend war der Typ tatsächlich zu Fuß unterwegs. Dreher machte einen kurzen Zwischenstopp in einem Supermarkt, um eine Zeitung zu kaufen. Dann steuerte er die Überquerung zur Straßenbahnhaltestelle an. Wollte er etwa ...? Da kam die Bahn auch schon, in Richtung Innenstadt.

Gut, dass er so gut im Training war! Peter schaffte es gerade noch in die Straßenbahn, bevor die Türen sich schlossen. Ob Dreher zum Wasserturm fahren wollte? Von dort konnte man leicht in die Oststadt laufen, um der schönen Gabi einen Besuch abzustatten.

Doch nein, er hatte sich getäuscht. Stattdessen stieg Dreher bereits am Hauptbahnhof aus. Den Mannheimer Morgen, den er in der Straßenbahn kurz studiert hatte, warf er in den nächsten Mülleimer und bog, nach einem kurzen Spazierweg in Richtung Wasserturm, nach links in die Quadrate ab. Peter folgte ihm unauffällig in einen Handyladen.

»Mein Handy spinnt in letzter Zeit«, hörte er Dreher zu dem Mann hinter dem Tresen sagen. »Mal funktioniert's einwandfrei, mal geht's nicht mal an. Können Sie mir das bitte durchchecken?«

Der Service-Techniker nickte. »Kein Problem. Morgen Nachmittag können Sie es abholen.«

»Wahrscheinlich wird's übermorgen«, sagte Dreher. »Morgen habe ich schon etwas vor.«

Wahrscheinlich ein Schäferstündchen mit Gabi. Peter grinste. Mit ziemlicher Sicherheit war er auch jetzt auf dem Weg zu ihr.

Doch statt in die Oststadt führte Dreher ihn zu einem Fitness-Studio auf der anderen Seite der Planken. Dort blieb er geschlagene zwei Stunden, in denen Peter davon träumte, wie schön es jetzt zusammen mit Eva auf dem Weihnachtsmarkt wäre. Ein Glühwein, ein rot überzuckerter Liebesapfel und dann ... Peter war schon halb eingefroren, als Dreher mit feucht glänzendem Haar und offensichtlich frisch geduscht kurz vor zwanzig Uhr wieder auf die Straße trat. Peter setzte sich bibbernd in Bewegung. Wenn der Typ nicht gleich irgendwo einkehrte, wo er ihm diskret ins Warme folgen konnte, hatte er eine Lungenentzündung.

Gottlob steuerte Dreher das nahe gelegene Kino an, um den neuen Hollywood-Weihnachtsfilm zu gucken, von dem gerade ganz Mannheim sprach. Anscheinend musste man den unbedingt gesehen haben. Erfreut kaufte auch Peter sich ein Ticket und ließ sich unbemerkt in einer Sitzreihe hinter Dreher nieder. Nicht zu nah, falls Gabi hier auftauchen sollte, um den Film gemeinsam mit ihm zu schauen. Schließlich war er erst vorhin bei ihr im Haus gewesen, um die Kamera zu installieren. Nicht dass sie ihn erkannte.

Zu seiner Enttäuschung tauchte Gabi nicht auf. Dafür war der Film klasse und das Kino warm. Zufrieden futterte er also sein Popcorn und gab sich damit ab, dass Dreher und Gabi sich heute wohl nicht mehr treffen würden. So war es dann auch. Nach dem Film fuhr Dreher mit der Straßenbahn zurück nach Neckarau, direkt nach Hause und, da das Licht recht schnell ausging, anscheinend sofort ins Bett.

Als Peter heimkam, schlief Eva bereits wie ein Engel im großen Doppelbett. Er seufzte. Das waren die Nachteile seines Jobs, dass er viele Abende nicht daheim verbringen konnte.

»Kamera installiert«, textete er von der Bettkante aus an Guido Stahl. »Heute kein Zusammentreffen der beiden. Grüße, PB.«

In Herrgottsfrühe stand Peter Blum bereits vor Drehers Haustür, um zu sehen, was der Mann heute geplant hatte. Nicht dass er sich bei der KFZ-Werkstatt krankgemeldet hatte, um den Tag bei Gabi Stahl zu verbringen. Doch nein, Dreher ging brav zur Arbeit, auch heute wieder zu Fuß. Wunderbar, da war er bis zum späten Nachmittag gut aufgehoben. Zufrieden kehrte Peter nach Hause zurück, wo Eva bereits am Frühstückstisch auf ihn wartete.

»Verbringen Sie ein paar Tage im Hotel, gemeinsam mit Ihrem Traumpartner. Die Sterne stehen günstig für die Liebe.« Eva senkte die Zeitung und sah ihn mit blitzenden Augen an. »Super, dein Horoskop! Wie wär's, wenn wir bis morgen einen Nikolausausflug machten, nur du und ich?«

Mist, und ausgerechnet jetzt ging es nicht! Peter sah sie entschuldigend an. »Du weißt doch, ich muss diesen Auftrag für meinen Schulfreund erledigen.«

Vieldeutig blickte sie auf sein Bircher-Benner-Müsli mit geriebenem Apfel. »Wir könnten anschließend fahren.«

Peter grinste. Nicht nur, weil er heute als Erster am Kalendertürchen gewesen war. Mit dem Verdienst für den Auftrag konnte er sie in ein richtig schickes Hotel einladen, mit Frühstück im Bett, adventlichem Wellness-Programm und allem Pipapo. »Versprochen, Liebling. Für dich tue ich doch alles!«

Später im Büro kontrollierte er erst einmal die Kamera, die er in der Stahl'schen Villa installiert hatte. Wie schon gedacht, hatte sie nichts Besonderes aufgenommen. Gabi war zwei-, dreimal unten in der Küche gewesen, um sich etwas zu essen zu machen. Ansonsten war sie im Schlafzimmer geblieben und hatte sich auskuriert. Auch heute blieb sie allem Anschein nach daheim. Praktisch eigentlich, von zu Hause aus arbeiten zu können, wenn man erkältet war. Peter schnaubte in sein Taschentuch. Hoffentlich ging dieser Dreher nachher nicht schon wieder stundenlang ins Fitness-Studio. Laut Wetterbericht würde es heute lausig werden – typisches Dezemberwetter eben.

Er hätte sich keine Sorgen zu machen brauchen. Nach der Arbeit kaufte Dreher wieder die Zeitung und steuerte dann eine Kneipe an. Dort verbrachte er den Abend bei einer feucht-fröhlichen Adventsfeier. Das »Lasst uns froh und munter sein«, das immer wieder angestimmt wurde, klang von Stunde zu Stunde berauschter. Dreher schien ordentlich einen im Tee zu haben, als er schließlich nach Hause ging – und von Gabi keine Spur.

Gerade trat Peter zu Hause in den Flur, klingelte sein Handy: Guido Stahl.

»Haben sie sich getroffen?«

Peter hängte seine Jacke an die Garderobe und verneinte. »Meiner Meinung nach hatten sie nicht mal Kontakt. Dreher arbeitet den ganzen Tag in der Werkstatt und sein Handy ist in Reparatur.«

»Bestimmt emailen sie von zu Hause aus.« Stahl war nach wie vor überzeugt, dass die beiden etwas miteinander hatten. »Morgen komme ich nach Mannheim, dann werden wir sehen.«

Peter zuckte die Achseln. Es würde ihn nicht wundern, wenn Guido sich täuschte. Wer weiß, welche Blondine er tatsächlich dort in der Nähe der Werkstatt gesehen hatte. Vielleicht war Gabi ja wirklich mit ihrer Freundin in Heidelberg gewesen.

6. Dezember. Ein Nikolaustag ohne Schokolade war wirklich zum Heulen. Da half auch der Apfel nicht, den Eva ihm zusammen mit ein paar Goldnüssen in den Stiefel gesteckt hatte. Als Peter sich beschwerte, verwies Eva auf das Horoskop. Auch hier stand, dass er heute nichts Süßes bekommen würde. Als ob es das besser machte – und das sechste Türchen hatte Eva natürlich auch bereits geöffnet und alles aufgefuttert.

Immer noch grummelig bezog Peter gegen Mittag Position vor der Neckarauer Werkstatt. An sich machte es keinen Sinn, schon hier zu sein, wo Dreher doch erst um siebzehn Uhr Schluss hatte. Aber da Guido heute aus Stuttgart wiederkam, wollte er einen guten Eindruck machen. Womöglich tauchte der hier auf, um zu kontrollieren, ob er Dreher beobachtete.

Gerade hatte er seine Spekulatiuskekse vertilgt, als Dreher überraschend auf die Straße trat. Wie immer mit hochgeschlagenem Kragen und den Händen in den Taschen seiner Steppjacke.

Peter traute seinen Augen nicht. »Hat der sich freigenommen oder was?«

Geschwind öffnete er die Fahrertür, um ihm zu folgen. Doch diesmal ging Gabis Ex nicht in Richtung Straßenbahnhaltestelle, sondern zu einem grünen Fiat, der vor der Tür geparkt war. Peter schlug die Tür wieder zu. Gottlob saß er noch im Wagen und konnte sofort den Motor starten.

Es war nicht schwer, dem Fiat unbemerkt durch den Stadtverkehr zu folgen, doch als sie schließlich in der Gartenstadt waren, gab es kaum noch Autos auf der Straße. Hoffentlich bemerkte der Mann ihn nicht im Rückspiegel.

Dreher parkte den Wagen vor einem weiß gestrichenen Haus mit dem Schild »Hotel Gans« und verschwand im Inneren. Zufrieden ließ Peter die Kamera sinken. Jetzt hatte er die beiden! Jede Wette, dass hier gleich die schöne Gabi für ein Schäferstündchen mit Dreher auftauchte. Falls nicht, musste sie bereits im Hotel sein. Auch gut, dann würde er sie eben vor die Linse kriegen, wenn sie wieder herauskam. Die Fotos waren genau das, was er brauchte, um seinen Auftraggeber zufriedenzustellen!

Er lehnte sich zurück, schaltete das Radio an, von wo ihm »Jingle Bells« entgegenschlugen, und stellte sich auf einen längeren Aufenthalt ein. In einem gut gefederten Hotelbett und mit dem Ehemann auf Geschäftsreise würden die beiden sich wohl kaum mit einem Quickie begnügen. Überrascht sah er Dreher bereits zwanzig Minuten später wieder auf die Straße treten, ohne Gabi im Schlepptau. Den Wagenschlüssel in der Hand, eilte er auf seinen Fiat zu – alles von Peter auf Fotochip gebannt.

Was nun? Peter war hin und her gerissen, ob er ihm folgen oder lieber darauf warten sollte, dass Gabi erschien. Viel Zeit zur Entscheidung blieb ihm nicht, denn schon steuerte Dreher aus seiner Parklücke heraus.

Peter ließ ihn fahren. Er hatte den Mann bereits zwei Tage vergebens beschattet, das brachte jetzt überhaupt nichts, ihm nochmal in sein langweiliges Fitness-Studio nachzufahren. Ein Foto von Gabi, die kurz nach ihrem Ex aus dem Hotel kam, war hingegen Gold wert.

Er wartete eine ganze Weile, doch Guidos Frau erschien nicht. Stattdessen raste wenig später ein Krankenwagen mit Blaulicht an und hielt vor der Tür, gefolgt von zwei Polizeifahrzeugen.

»Da brat mir doch einer einen Storch«, murmelte er, als er Karl-Heinz Mannheimer aus einem der Wagen steigen sah. »Der ist doch bei der Mordkommission.«

Peter fackelte nicht lange und verließ den Wagen. Mit Mannheimer war er nämlich auch in der Schule gewesen. Trotz seines Sprints über die Straße war der Kommissar bereits nach oben verschwunden, als er durch die Glastür trat. Mist!

»So ein netter Mann, und jetzt ist er tot!«, hörte er eine Frauenstimme aus dem Zimmer hinter der Rezeption lamentieren. »Er war gerade erst angekommen, vor einer Stunde vielleicht.«

»Wissen Sie, wie er hieß?« Die zweite Frauenstimme musste einer Polizeibeamtin gehören.

»Guido Stahl.« Sie schniefte. »Der Mann, der ihn besucht hat, muss es gewesen sein!«

Peter durchfuhr ein eisiger Schreck. Guido war tot, ermordet von Uwe Dreher? Jetzt gab es für ihn kein Halten mehr. Er musste mit Mannheimer sprechen.

»Ogottogott, die arme Witwe …«, hallte ihm die weinerliche Stimme der Wirtin hinterher, während er die Treppe zum Obergeschoss hochhetzte.

Das Zimmer, in dem die Tat stattgefunden hatte, war nicht zu übersehen. Es wimmelte von Polizei, außerdem stand die Tür sperrangelweit offen.

Ein Polizist stellte sich ihm in den Weg. »Tut mir leid, Sie können hier nicht rein.«

»Ich möchte Kommissar Mannheimer sprechen«, sagte Peter und nannte seinen Namen.

Während der Mann abzog, um den Kommissar zu verständigen, wartete Peter im Korridor.

»Der Mann ist tot«, hörte er den Arzt im Zimmer sagen. »Erschlagen. Der Feuerlöscher hat ganze Arbeit geleistet.«

Nachdem Arzt und Krankenwagenteam gegangen waren, kam Mannheimer zu ihm hinaus auf den Flur.

»So hatte ich mir den Nikolaustag nicht vorgestellt.« Er deutete mit dem Daumen hinter sich. »Weißt du, dass der Tote da drin Guido Stahl ist, unser Mitschüler?«

Peter nickte. »Deshalb wollte ich dich sprechen.«

»Typisch! Er ist keine halbe Stunde tot und schon hast du deine Spürnase in der Sache stecken.« Mannheimer schlug ihm kameradschaftlich auf die Schulter. »Wie wär's mit einer Wurst auf dem Weihnachtsmarkt? Ich bin der Spurensicherung jetzt doch nur im Weg. Dabei kannst du mir erzählen, was dich herführt.«

Bratwurst essend hörte der Kommissar aufmerksam zu, während Peter ihm schilderte, was sich bisher abgespielt hatte – vom Auftrag, den der Ermordete ihm gegeben hatte, bis hin zu Uwe Drehers Aufenthalt im Hotel zur Tatzeit.

Mit dem Handrücken wischte sich Mannheimer einen Tupfer Senf vom Kinn. »Hast du ein Foto von Dreher?«

Peter nickte. »Im Handy. Ich schicke es dir.«

»Gut, das gebe ich sofort der Fahndung durch.« Hastig schob Mannheimer sich den letzten Wurstzipfel in den Mund. »Sonst ist der Kerl über alle Berge. Zu seiner Arbeit fährt der bestimmt nicht zurück.«

Als erklärter Tatort-Fan war Eva sofort dem Täter auf der Spur. »Mord! Ich wette, die Ehefrau steckt dahinter. Das hat die bestimmt mit ihrem Lover zusammen eingefädelt.«

Zwar hatte Eva beim Fernsehgucken eigentlich immer recht, aber dies hier war kein Drehbuch, sondern das wahre Leben. Außerdem wusste Peter, dass Uwe Dreher und Gabi Stahl sich seit Tagen nicht gesehen hatten.

»Papperlapapp«, fegte Eva das Argument vom Tisch. »Keine Frau wäre so blöd, sich vorher mit ihrem Komplizen sehen zu lassen, wenn sie ihren Alten umbringen will. Ist doch klar, dass die jetzt keinen Kontakt hatten – das war alles vorab geplant.«

Peter schob sich ein von Eva selbstgebackenes Nuss-Apfel-Plätzchen in den Mund. »Vielleicht haben sie sich gemailt.«

»Also ehrlich, Schatz!« Seine Süße sah ihn an, als wäre er ein wenig beschränkt. »Ich kann dir jetzt schon sagen, dass die Kripo keine einzige Mail oder SMS oder sonst was findet, was die beiden ausgetauscht haben. Dafür hat Gabi garantiert gesorgt.«

Frustriert nahm Peter einen weiteren Keks. Die waren aber auch zu köstlich! »Wie kommst du denn da drauf?«

»Eine Frau plant so etwas mit Esprit. Wenn *ich* dich umbringen wollte, würde ich …«

»Jetzt ist es aber genug«, sagte Peter. »Wir wissen ja nicht mal, ob die beiden überhaupt etwas miteinander haben.«

Eva sah ihn irritiert an. »Natürlich haben sie ein Verhältnis.«

»Wieso bist du dir da so sicher?«

»Weil Gabis Mann das auch dachte.« Sie lächelte zuckersüß. »Und jetzt ist er tot.«

Nach einer hochromantischen Nacht, in der Eva mal wieder bewiesen hatte, dass das weibliche Geschlecht eben doch das vollkommenere war, wurde Peter vom Bimmeln seines Handys geweckt. 8.30 Uhr, so spät schon?

»Du hattest recht«, sagte er wenig später zu Eva am Frühstückstisch. »Der Karl-Heinz hat vorhin angerufen. Weder auf Gabis Handy noch auf ihrem Laptop gibt es Hinweise, dass sie in letzter Zeit Kontakt mit Uwe Dreher hatte. Bei Dreher das Gleiche. Vorher aber schon, und zwar täglich.«

»Die beiden sind also ein Paar?«

Peter nickte. »Scheint so, aber seit Mitte letzter Woche nicht mehr, sagt sie. Er sagt genau das Gleiche.«

Eva ließ den Grapefruitlöffel sinken. »Sie haben Dreher geschnappt?«

»Bereits gestern Nachmittag, am Flughafen in Baden-Baden. Er wollte sich gerade ans Mittelmeer absetzen.« Peter sah sie nachdenklich an. »Er sagt, es war Notwehr. Er hätte Guidos Auto zufällig vor dem Hotel gesehen und sei reingegangen, um sich mit ihm auszusprechen. Da hätte Guido ihn angegriffen.«

»Das glaubt doch kein Mensch!«

»Aber es erklärt, wie er da hinkommt. Guido selbst hat ihm bestimmt nicht gesagt, wo er abgestiegen ist.« Peter seufzte. »Dass er Guidos Auto zufällig dort sah, halte ich für ein Märchen. Er wusste, wo er hinwollte, und ist zielstrebig zu dem Hotel gefahren.«

»Gabi könnte irgendwie erfahren haben, dass ihr Mann früher zurückkommt und dort absteigt.« Nachdenklich wickelte Eva eine Haarsträhne um ihren Zeigefinger. »Aber wie hat sie das Dreher mitgeteilt, wo sie doch keinen Kontakt hatten? Und wieso ist der überhaupt abgehauen, wenn er tatsächlich so unschuldig ist, wie er tut?«

Peter hob die Hände. »Weil er Panik gekriegt hat. Eine Kurzschlusshandlung. Schließlich war er bis vor Kurzem mit Guidos Frau liiert.«

»Irrtum, er ist immer noch mit ihr zusammen. Notwehr war das bestimmt nicht.« Eva legte den Kopf schief und sah ihn spitzbübisch an. »Warum befragen wir nicht die Sterne?«

Schon griff sie zum Mannheimer Morgen und blätterte bis zum Horoskop vor. »Schütze: Verlassen Sie sich heute ganz und gar auf Ihren Partner! Gemeinsam sind Sie stark!« Triumphierend sah sie ihn an. »Iss noch einen Apfel, Schatz! Und dann fahren wir gemeinsam nach Neckarau, um in Uwe Drehers Fußstapfen zu treten.«

Peter seufzte ergeben. Es würde ihn nicht wundern, wenn sie das Horoskop frei erfunden hatte, weil sie Lust darauf hatte, den Tag als Miss Marple zu verbringen. Aber warum nicht? Mit seinem persönlichen Weihnachtsengel-Detektiv an der Seite löste er den Fall vielleicht nicht schneller, aber auf jeden Fall angenehmer.

»Guck mal, hier steht sogar schon ein Beitrag über die Sache!« Schon riss Eva die Zeitungsseite raus. »Den nehmen wir mit, für alle Fälle.«

Eva hätte sich das Herausreißen der Seite auch sparen können. Kaum traten sie in den Neckarauer Supermarkt, in dem Dreher täglich den Mannheimer Morgen gekauft hatte, schlug ihnen die Stimme der Kassiererin entgegen.

»Den kenn isch doch, dacht isch sofort, als isch des Foto im MM gesehe hab.« Schrill hob sich ihre Erzählung von der süßen Weihnachtsmusik ab, die im Hintergrund ertönte. »Des is doch mein Kunde! Jeden Tag kam der zu uns nei, um die Bildzeitung zu kaufe. Seit Jahre schon.«

»Hast du das gehört?«, fragte Eva.

»Natürlich.« Als ob man das Getratsche der Frau überhören könnte! »Nur dass er den Mannheimer Morgen kauft statt der BILD. Die Frau erzählt was vom Pferd.«

»Glaubst *du*!« Zielstrebig steuerte Eva die Kassiererin an.

Peter sah interessiert zu, wie sie die Menschentraube teilte, die sich um die Frau gebildet hatte. Wie Moses das Meer. Gott allein wusste, wie sie das machte. Was immer Eva der Kassiererin gesagt hatte, das Resultat war allseitiges aufgeregtes Geschnatter. Außer den beiden Zeitungsnamen, die immer wieder fielen, verstand Peter in all dem Geschwatze eigentlich nur Bahnhof. Er war heilfroh, als Eva schließlich aus der Menge auftauchte und ihm gleich einmal einen Kuss gab.

»Ich weiß alles«, erklärte sie. »Das mit dem Mannheimer Morgen ist neu. Bis Donnerstag hat Dreher hier die Bild gekauft, ab Freitag den MM. Sehr verdächtig!«

Peter verzog den Mund. »Jetzt gefällt ihm halt der MM besser. Sowas soll ja vorkommen.«

»Wenn jemand seine Gewohnheiten ändert, kurz bevor er einen Mord begeht, stimmt was nicht«, sagte Eva mit gewichtiger Stimme. »Im Tatort ist das auch immer so.«

»Mord ist geplant«, sagte ihr Liebster. »In diesem Fall sieht es nach Notwehr aus, weil Dreher unbewaffnet ins Hotel gegangen ist.«

»Das beweist gar nichts.« Eva zog ihn in Richtung Ausgang. »Ich habe gestern mal im Internet nachgeguckt: Jedes Zimmer in dem Hotel hat einen Feuerlöscher. Die sind auf den Fotos deutlich sichtbar.«

»Du meinst, Dreher wusste das?«

»Natürlich. Ein Blick auf die Hotelwebsite genügt.«

»Er kann aber nicht gewusst haben, dass Guido dort überhaupt wohnt«, sagte Peter. »Guido hat keinem verraten, wo er absteigt, weil er die beiden in flagranti ertappen wollte.«

Eva zauberte einen Apfel aus ihrer Handtasche hervor und biss herzhaft hinein. »Jetzt ist er aber tot und Gabi die lachende Erbin.«

»Es sei denn, es war doch ein Mord und sie steckt mit drin. In dem Fall geht sie leer aus.«

»Das heißt, wenn man ihr nichts nachweisen kann, geht dieser Uwe für ein paar Jahre wegen Totschlags aus Notwehr ins Gefängnis und dann leben die beiden glücklich mit Stahls Vermögen weiter?« Empört schnalzte Eva mit der Zunge.

Genau in dem Moment hatte Peter einen Geistesblitz. Er ergriff ihre Hand. »Schatz, wir müssen in die Gartenstadt! Mir fällt da gerade etwas ein, das ich gehört habe.«

Frau Gans, die Hotelbesitzerin, war immer noch nicht über den Schock hinweg. Ihre Augen waren ganz rot und verschwollen und der Papierkorb quoll schier über von nassgeweinten Taschentüchern.

»Dass ich das erleben muss, ein Mord hier im Hotel!« Aufgeregt fuhr sie sich durchs Haar, offensichtlich nicht zum ersten Mal. »So ein reizender Mann, der Herr Stahl, und dann das! Er war gerade erst ange...«

»Woher wussten Sie eigentlich, dass er verheiratet war?« unterbrach sie Peter. »Als ich gestern hier war, sprachen Sie von seiner armen Witwe.«

Erstaunt sah sie ihn an. »Weil ich am letzten Donnerstag mit ihr telefoniert habe, natürlich. Ich rufe immer ein paar Tage vorher an, um die Kunden an die Buchung zu erinnern – und da war seine Frau dran.«

»Wie nett, dass Sie sich so um Ihre Gäste kümmern.« Eva schenkte ihr ein strahlendes Lächeln. »Sicher hat er Ihnen seine Telefonnummer gegeben.«

Frau Gans schüttelte den Kopf. »Hat er nicht. Aber auf meinem Telefon ist ein Display, da erscheint die Nummer. Sehr praktisch, so was.«

»Ta dah!« Eva stellte eine Auflaufform mit geradezu köstlich duftendem Inhalt vor Peter auf den Tisch. »Bratäpfel mit Feigen und Marsala!«

Peter lief das Wasser im Mund zusammen. Manchmal konnte er sein Glück kaum fassen. Eva war nicht nur seine Traumfrau, sondern auch noch eine Traumköchin. Und jetzt entpuppte sie sich sogar als Traumdetektivin.

»Diese Äpfel sind ein wahres Gedicht«, sagte er, nachdem sie die Form bis aufs letzte Fitzelchen ausgekratzt hatten. »Zusammen mit den Feigen und dem Wein schmecken sie einfach super!«

Eva lächelte geheimnisvoll.

Aha, bestimmt war gerade diese Kombination besonders anregend für die Potenz. Peter schmunzelte. Seinem Weihnachtsenglein war alles zuzutrauen. Trotz dieser verlockenden Aussichten ging ihm Guidos Tod nicht aus dem Kopf. Dank der Hotelbesitzerin hatte Gabi zwar erfahren, dass ihr Mann dort absteigen würde, aber wie hatte sie das Uwe Dreher mitgeteilt?

»Es ist wie verhext«, sagte er. »Ich habe es auf Kamera: Sie hat die ganze Zeit zu Hause auf dem Bett gesessen und gearbeitet. Woher wusste dieser Typ also, wohin er gehen muss?«

Eva sah ihn interessiert an. »Was macht diese Gabi denn, dass sie so einfach von daheim aus arbeiten kann?«

Er zuckte die Achseln. »Keine Ahnung, aber der Karl-Heinz wird's wissen.« Schon griff er zum Handy, um den Kommissar anzurufen.

»Ich glaub, ich spinne!« Aufgeregt sprang er nach dem Gespräch auf. »Gabi Stahl ist Journalistin. Sie schreibt das Horoskop.«

In einer Sekunde hatte Eva verstanden. Sofort rannte sie zum Papiermüll, um die Zeitungen der letzten paar

Tage zu holen. »Donnerstag hat Gabi erfahren, dass Guido im Hotel wohnt. Das heißt, wir brauchen die Horoskope ab Freitag.«

In Windeseile hatten sie die entsprechenden Seiten aufgeschlagen und auf dem Fußboden ausgebreitet. Nun starrten sie auf die zwölf Tierkreiszeichen. »Weißt du, wann Dreher Geburtstag hat?«

»Karl-Heinz hat das bestimmt in den Akten stehen.«

Minuten später wussten sie, dass auch Uwe Dreher ein Schütze war. Zack, zack schnitt Eva die Horoskope aus und legte sie untereinander.

Achtung! Am kommenden Mittwoch
wartet eine unangenehme Überraschung
auf Sie. Keine Sorge: Anschließend
können Sie in Ruhe entspannen.

Vorsicht vor Stress! Heute Nachmittag
sollten Sie wenn möglich ausruhen und
die Seele baumeln lassen.

Das Leben ist kein paradiesischer Garten.
Nehmen Sie's gelassen. Informationen
bringen die ersehnte Klarheit.

Egal, ob Sie sich gerade in der Stadt
oder auf dem Land befinden: Vorsicht
im Straßenverkehr!

Verbringen Sie ein paar Tage im Hotel,
gemeinsam mit Ihrem Traumpartner.
Die Sterne stehen günstig für die Liebe.

Falls Sie sich vom Nikolaus ganz
viel Schokolade erhofft haben,

werden Sie enttäuscht. Wenigstens
behalten Sie Ihre gute Figur!

Gemeinsam starrten sie mehrere Minuten auf die Horoskope, bis Eva ihrem Schatz plötzlich um den Hals
fiel. »Ich hab's!«

»Im Ernst?« Peter sah sie neugierig an. »Für mich sehen die aus wie ganz normale Horoskope.«

Eva lächelte. »Das sind sie aber nicht. Guck dir mal
die letzen Worte der ersten Zeilen an und reihe sie nebeneinander.«

Sofort folgte Peter ihrem Vorschlag und schrieb die
Worte eins nach dem anderen auf ein Stück Papier.

Mittwoch Nachmittag Garten Stadt Hotel Ganz.

»Mensch Eva, du bist ein Schatz!« Glücklich hob er
sie hoch und wirbelte mit seiner Süßen im Kreis herum.
»Wenn ich das dem Karl-Heinz erzähle!«

Doch das konnte warten. Zunächst einmal musste er
sich in aller Seelenruhe für diese köstlichen Brataäpfel
mit Feigen in Marsala bedanken. Lächelnd trug er Eva
am großen Panoramafenster vorbei ins Schlafzimmer.
Vor der Scheibe tanzten Schneeflocken.

»Guck mal, es schneit«, wisperte sie in sein Ohr.

Er grinste. »Das interessiert mich jetzt gerade überhaupt nicht.«

Hinter ihnen fiel die Schlafzimmertür ins Schloss.

Bratäpfel mit Feigen und Marsala

4 Kochäpfel, mittelgroß
50 g Feigen, getrocknet
150 ml Marsala
50 g Butter, weich
Alufolie

Den Ofen auf 180 Grad vorheizen. Einen Apfelausstecher benutzen, um das Gehäuse der Äpfel zu entfernen. Die Äpfel in eine flache Auflaufform stellen. Die Feigen in die Löcher im Zentrum der Äpfel stopfen. Jeden Apfel mit einem Viertel der Butter bedecken. Nun den Marsalawein darübergießen.

Die Auflaufform leicht mit Alufolie bedecken und circa 30 Minuten lang backen. Die Alufolie entfernen und weitere 10 Minuten lang backen, oder bis die Äpfel weich sind und die Sauce ein wenig reduziert ist. Sofort servieren und die verbleibende Sauce über die Äpfel geben.

Das Gericht schmeckt auch toll zusammen mit Vanilleeis.

BIRGIT HERMANN

Weihnachtsgeld

Dittishausen

Mit entschlossenen Schritten stapfte Lisbeth durch das dichte Schneetreiben, das auf der Anhöhe in einen Sturm überging. Unten an der Mühle war es noch harmlos gewesen. Sie fürchtete sich nicht, im Gegenteil. Seit Monaten hatte sie auf diesen Auftrag gewartet; dem Schmied in Neustadt wie jedes Jahr seinen Weihnachtsstollen zu bringen. Und den selbstgemachten Kirschlikör. Von seiner Schwester, ihrer Meisterin Theresia aus der Papiermühle an der Gauchach bei Dittishausen. Sogar einen Stollen für Lisbeths Mutter in Rötenbach hatte diese mit besten Grüßen eingepackt. Rötenbach lag am Weg. Niemand hatte bemerkt, dass eine zweite Likörflasche im Korb lag. Nur eine Nuance dunkler deren Inhalt. Vor eineinhalb Jahren hatte die Geschichte ihren Lauf genommen.

»Das Mühlrad sperrt, der Kanal ist über Nacht eingefroren.«

Lisbeth wusste, was diese Bemerkung ihres Meisters bedeutete. Die Hoffnung hatte auf dem Frühjahr gelegen, nun war es bereits April und die Mühle konnte noch immer nicht ordentlich betrieben werden.

»Sakra!«, fluchte Meister Fridolin und stieß dem Hund seinen Schuh in die Seite, dass dieser aufjaulte und sich unter dem Tisch verkroch, wo er sich in Sicherheit vor seinem Herrn glaubte.

Lisbeth seufzte. Das hieß, sie würde wieder keinen Lohn erwarten können. Schon den ganzen Winter hatte sie sich vertrösten lassen. Arbeitete für Kost und Logis, konnte nur gelegentlich ihrer kranken Mutter etwas Naturalien bringen. Heimlich zugesteckt von Theresia, ihrer Meisterin. Diese war es auch gewesen, die Lisbeths kleinen Bruder Marx zu Linderung der ärgsten Not ihrem Bruder, dem Schmied Bucher, nach Neustadt vermittelt hatte. Lisbeth kannte diesen Schmied, er half öfters in der Mühle und hielt die Maschinen in Gang, doch sie mochte ihn nicht. Ihr Bruder Marx tat ihr leid. Er war erst zwölf und noch zu jung für die schwere Arbeit in der Schmiede. Der Lohn mehr als karg. Dem Schmied rutschte öfters die Hand aus, wie er offen zugab, wenn er mal wieder den Maulhelden mimte und glaubte, den Dörflern in Dittishausen die große Welt erklären zu müssen. Neustadt war schließlich eine Stadt und hatte den großherzoglichen Amtssitz inne. Er war ein Großmaul und meistens besoffen, wenn er mit seinem Gaul und dem Wägelchen den Heimweg antrat. Dann war es besser, man hielt sich von ihm fern. Er pöbelte die Mägde mit unanständigen Worten an und versuchte, ihnen unter den Rock zu greifen.

Vor Jahren war das Gebäude beim Versuch, das festgefrorene Rad aufzutauen, ein Raub der Flammen geworden. Damals noch unter Meister Roth, dem Erbauer der Papiermühle. Er hatte sie 1839 errichtet und mit damaliger modernster Technik ausgestattet, nur neun Jahre war sie in Betrieb, ehe das Unheil geschah. Der zweite Aufbau brachte ihn an seine Grenzen. Mithilfe seines Bruders konnte er die Fabrikationsräume innerhalb eines Jahres wiederherstellen, für die oberen Stockwerke hatten die Mittel vorläufig nicht gereicht. Die Wohn- und Trockenetagen erbauten sie in den Folgejahren. War die Produktion anfangs noch lohnend gewesen, brach der Markt für die kleinen Leinpapierfabriken allmählich ein. Denn 1844 war es erstmals gelungen, Papier aus Holzfasern herzustellen. Schon zehn Jahre später konnte man durch ein chemisches Verfahren die Holzfasern zu Natronzellstoff aufspalten. Die Papierherstellung aus Holz war nun effektiver und billiger geworden als das althergebrachte Leinkochen. Roth musste schließlich verkaufen. Seither hatten schon zwei Besitzer jeweils nach kürzester Zeit aufgeben müssen.

Lisbeths Meister Fridolin Öschger, ein Schweizer Fabrikant, hatte die Mühle im Glauben, sie modernisieren zu können, erworben. Doch sie warf zu wenig ab, um auf die neue Produktion umzustellen. Es reichte kaum zum Leben.

Als hätte die Meisterin ihre finsteren Gedanken erraten, rief sie aus der Schöpfkammer: »Liesbeth, setz den Schinken auf, der Schmied kommt heute. «

Obwohl kein Feiertag war, hielt man den Schmied mit gutem Essen und einem oder mehreren Kirschschnäpsen bei Laune. Der Konkurs stand unweigerlich vor der Tür. Selbst ein guter Sommer mit viel Regen und somit genug Wasser konnte diese Lücke nicht mehr füllen. Das wusste jeder. Der Lumpensammler hatte gestern auch nur zwei Säcke gebracht. Die Fetzen mussten in Stücke gerissen, gereinigt und gebleicht werden. Dann kochte und stampfte man sie so lange, bis die Fasern sich auflösten und auf Sieben abgeschöpft werden konnten. Anschließend wurden sie gepresst und auf dem Dachboden über wachsimprägnierten Rosshaarseilen getrocknet. Früher hatte man die Masse noch von Hand gestampft. Der fortschrittliche Herr Roth, der eigentlich Ziegler von Beruf war, hatte zwei mühlenbetriebene *Holländer* eingebaut, runde Mahlsteine, nach ihrem Erfindungsland Holland benannt, die das Zerkleinern der Fasern übernahmen.

Der Schinken war noch nicht gar, als Lisbeth die eisenbeschlagenen Räder über die Pflastersteine rumpeln hörte. Ein uralter Weg führte vom Dorf Dittishausen zwischen den Anhöhen Bärenbühl und Hagelsboden zur Mühle hinunter und weiter über die Gauchach hoch nach Waldhausen. Man sagte, die Römer hätten ihn schon benutzt. An dieser Wegstrecke, auf der Kapf, sollte es eine noch ältere Fliehburg gegeben haben. Mauerreste und Grabhügel waren noch zu sehen.

»Schwager, ich sehe schon, du brauchst mal wieder meine Hilfe«, brüllte der Schmied in den Mühlengang, denn das Rad ächzte noch immer und ließ sich nur wenig bewegen. Wie selbstverständlich ließ er den Lehrbuben des Müllers seinen Gaul ausspannen und versorgen. Er warf die Jacke auf seinen Karren und krempelte theatralisch seine Ärmel hoch. Breitbeinig stand der Retter bereit. Dass dieser Retter nicht nur für das ächzende Mühlrad eine Lösung fand, sondern auch gleich am Mittagstisch, nach ein paar Schnäpsen versteht sich, die Rettung der Mühle in Angriff nahm, ließ die Knechte und Helfer lauthals auflachen. Zu verrückt klangen seine Sprüche. Nur der Meister Öschger verzog keine Miene.

Lisbeth wurde am selben Abend zufällig Zeugin, wie der Meister seiner Frau in der Trockenkammer einen dieser neumodischen Geldscheine hinhielt, die es seit einigen Jahren gab. Sie hatten sich auf dem Land noch nicht allzu sehr verbreitet, man war hier gewohnheitsmäßig etwas zurückhaltender mit neuen Dingen als in der Stadt und bezahlte noch lieber mit Münzen, die nicht so leicht einrissen wie Papiergeld.

»Wir sollten es versuchen«, hörte sie ihn sagen. »Dein Bruder hat recht.«

»Fridolin, du bist verrückt«, vernahm Lisbeth die flüsternde Stimme ihrer Meisterin.

»Wir haben nichts zu verlieren. Spätestens in einem Jahr müssen wir unser Bündel packen, uns gehört sowieso jetzt schon nichts mehr. Seit Monaten warten die Knechte und Mägde auf ihren Lohn.«

»Ich weiß nicht.« Sie nahm den Zweiguldenschein in die Hand und befühlte ihn. »Er ist aus Holzpapier. Viel feiner als unser Leinpapier. Man spürt die Fasern nicht. Das geht nicht gut.«

»Der Schmied meint, er kann uns einen Rohling für den Druck besorgen«, fuhr Öschger fort, nicht auf die Zweifel seiner Frau hörend. Diese seufzte ergeben, was sollte sie dagegenhalten. Das Wasser stand nicht der Mühle, sondern ihnen am Hals.

Falschgeld, schoss es Lisbeth durch den Kopf. Die Meisterin hatte recht, das konnte nicht gutgehen, sie würden sich ins Unglück stürzen. Sie biss sich auf die Lippen. Sollte sie ihre Arbeitgeber warnen? Dies war ein Gespinst, dem schnapsgeschwängerten Hirn des Schmieds entfleucht. Doch die Augen Öschgers funkelten, er hatte bereits Feuer gefangen. Es war besser, nichts von den Dingen zu wissen, die sie eben vernommen hatte. Leise schlich sie davon.

Im Herbst, als Lisbeth wieder einmal ins Dorf zur Krämerin ging, verstummten die Stimmen, als sie den Ladenraum betrat.

»Ei, die Lisbeth von der Mühle. Was darf es denn sein?« Die Krämerin war freundlich wie immer, aber die anderen Kunden, zwei Frauen, beäugten sie lauernd. Etwas stimmte nicht, hatte es mit den Machenschaften des Schmieds und ihres Meisters zu tun? Seit dem Frühsommer hockten die beiden in der Maschinenkammer zusammen und tüftelten. Hatten sie das falsche Geld schon gedruckt und unter die Leute gebracht? Sie hatte nichts mitbekommen.

»Zwei Pfund Zucker, Tabak und schwarze Tinte.«

Während die Krämerin wortlos das Gewünschte einpackte, räusperte sich die Schulmeisterin und trat aus dem Hintergrund. Sie wurde nach dem Beruf ihres Gatten benannt, hatte aber einen heimlichen Zweitnamen, 's bes Muul – das böse Maul, weil sie über jeden im Ort herzog, kaum hatte er ihr den Rücken gewandt.

»Mir scheint, der Müller braucht mehr Tinte als mein Mann, obwohl doch er der Schulmeister ist. Hast du nicht schon einmal in diesem Sommer danach verlangt? Ist ja nicht billig, wo ihr doch mehr schlecht als recht von euren Lumpen lebt. Man munkelt, die Gant[1] ist nicht weit. Wozu dann so viel Tinte? Schönt dein Meister die Bilanzen? Für wen? Das fragt man sich doch schon, oder?« Dabei stieß sie ihre Nachbarin so heftig in die Seite, bis diese ihr ergeben zunickte.

Lisbeth reckte das Kinn.

»Der Lehrbub war recht ungeschickt und hat die Tinte verschüttet.«

Man hätte ihr die Lüge abgenommen, wäre die boshafte Schulmeisterin nicht auf eine Sensation aus gewesen.

»Ich hätte die Tinte dem Hallodri vom Lohn abgezogen«, geiferte sie weiter, »aber dein Meister scheint es ja zu haben. Es fällt schon auf, wie oft der Schmied aus Neustadt bei euch unten ist. Darf man erfahren, was da im Gange ist?«

»Er hat die Maschinen umgestellt, damit die Produktion effizienter wird.«

Lisbeth glaubte selbst kaum, was ihr da aus dem Mund kam, *effizient* und *Produktion* klangen oberschulmeisterhaft aus dem Mund einer Küchenmagd. Doch sie hatte der Dame damit vorläufig das Maul gestopft, denn diese verfiel ob der Belehrung sichtlich in eine Schnappatmung. Zeit, dem Laden mit dem Hin-

1 alemannisch für Konkurs

weis, es anschreiben zu lassen, zu entschwinden, ehe sie wieder Luft holen konnte.

Im März darauf stand der Schmied plötzlich mit einem ärgerlichen Gesicht im Hof der Mühle. Er verschwand mit dem Meister wortlos in der Maschinenkammer. Wenig später war von dort ein lautstarker Streit zu vernehmen. Theresia schickte Lisbeth mit einer Flasche Schnaps zu den Streithähnen. »Sieh zu, dass sie nicht die ganze Belegschaft zusammenbrüllen. Es muss ja nicht jeder mitbekommen.«

Als Lisbeth zwei Stunden später wieder herauskam, lagen sich die Streithähne einmütig in den Armen. Die Flasche war leer. Sorge machte ihr allerdings, was sie mitbekommen hatte: Die falschen Scheine waren in Neustadt, Bonndorf und Donaueschingen, wo der Schmied sie nach und nach unters Volk gebracht hatte, aufgeflogen und eine Anzeige an Unbekannt war bei der Gendarmerie eingegangen. Das bedeutete den sofortige Stopp der Produktion. Theresia hatte recht behalten, das Papier war zu grob. Doch damit nicht genug, der Schmied gab sich nicht zufrieden, dass der Versuch fehlgeschlagen war, er wollte von der Idee profitieren. Dem Papierfabrikanten war in seinem benebelten Zustand nicht klar, was der Schmied bereits im Schilde führte. Kein Produktionsstopp, nur eine Umrüstung. Wer würde dem Papiermüller auf die Schliche kommen, wenn er statt Scheinen Falschmünzen prägte?

Ein Rumsen in ihrem Rücken sagte ihr, dass die Schwäger von der Bank gefallen waren. Wenn sie nur nicht tiefer fallen, war ihr Gedanke. Sie hatte, genau wie ihre Meisterin, ein ungutes Gefühl. Die beiden tauschten vielsagende Blicke.

Im folgenden Frühsommer war es so weit. Der Schmied hatte die Gipsmodelle, Stempel, das passende Metall und Rezepte für die Mischungen organisiert. Wieder wurde heimlich in der Maschinenkammer gewerkelt, geschmiedet, mit dem Wasserrad ein Hammerwerk angetrieben. Die Papierproduktion war fast zum Erliegen gekommen, sie spielte keine Rolle mehr. Der Schmied war nun mehr in der Mühle anzutreffen als in seiner Werkstatt in Neustadt, was ihn glauben machte, die Belegschaft seines Schwagers nach Belieben herumkommandieren zu können. Öschger und seine Frau nahmen es schweigend hin. Auch, dass er sich den Mägden unsittlich näherte. Lisbeth war bisher unbehelligt geblieben, dennoch hatte sie Angst vor ihm und wünschte ihm mehr als nur die Krätze an den Hals.

»Aha, das Fräulein Neunmalklug von der Papiermühle.« Lisbeth brauchte sich nicht umzudrehen, um zu wissen, wer ihr in der Gasse bei der Kirche nachrief, sie hatte 's bes Muul bereits an der Stimme erkannt. »Hast es wohl nicht nötig, mit mir zu reden, dabei pfeifen es die Spatzen von den Dächern, welch liederliche Verhältnisse bei euch Einzug gehalten haben. Erst neulich hat sich die Stallmagd bei der Krämerin ausgeheult. Man weiß ja, dass der Schmied jedem Rock hinterher ist. Nicht nur das, er soll sogar seinen Lehrbuben erschlagen haben.«

Nun stockte Lisbeth der Atem und sie wandte sich zur Schulmeisterin um.

»Wer hat das gesagt?«

»Du bist ja mit einem mal so blass, ach, war er nicht sogar dein Bruder?« Die Schulmeisterin nahm Lisbeths Reaktion mit Genugtuung wahr.

»Ihr lügt!«

»Frag den Viehhändler. Er hockt drüben beim Wirt.«

Keuchend erreichte Lisbeth den Schankraum und platzte in eine wortkarge Männerrunde, die sich einem Dämmerschoppen hingab.

»Erschlagen ist wohl etwas übertrieben. Er hat dem Burschen einen Denkzettel verpasst, weil er ihn in seiner Vorratskammer beim Stehlen erwischt hat.« Der Viehhändler aus der Neustädter Gegend gab es ohne weitere Regung von sich. Es war üblich, dass die Meister ihre Lehrbuben züchtigten. Lisbeths Gesichtszüge entspannten sich etwas, obwohl sie wusste, dass ihr Bruder Marx sich nicht ohne Not an fremdem Eigentum vergriffen hätte. »Allerdings«, fuhr er fort, »ist die Faust eines Schmieds wohl recht kräftig für einen so jungen Burschen. Er soll noch das Bett hüten.«

Als Lisbeth nach den Worten des Viehhändlers in eiligen Schritten Rötenbach erreichte, begegnete sie ihrer Tante, die sich bei ihrem Anblick bekreuzigte und mit gesenktem Blick weiterging. Wie im Taumel betrat sie die mütterliche Kammer, es war schwülheiß und der Geruch des Todes hatte sich schon ausgebreitet. Aufgebahrt lag Marx im Raum, sein Kinn seltsam schief, die Augen blau unterlaufen.

»Bewusstlos war er, als der Schmied ihn herankarrte. Ein Unfall. Heute Nacht hat ihn der Herr erlöst.« Ihre Mutter sprach leise, besprenkelte sie und ihren Bruder mit Weihwasser. Lisbeth sank auf die Knie. Unfall! Ihr Herz zog sich zusammen, doch sie schwieg. Das konnte sie der Mutter nicht auch noch antun.

Anfangs war es nur die Wut, doch der Gedanke reifte immer mehr wie die Kirschen um das Haus. Und als die Meisterin sich anschickte, sie für den Weihnachtslikör anzusetzen, wusste Lisbeth, was zu tun war. Das nächste Weihnachtsfest kam bestimmt.

Als dann Öschger und seine Frau auf dem Weg von der Mühle zum Weihnachtsgottesdienst waren, kam ihnen aufgeregt der Sohn des Wirts entgegen.

»Meister Öschger, der Pfarrer schickt mich, euer Schwager, der Schmied Bucher ist letzte Nacht verschieden.« Er bekreuzigte sich zum Ausdruck des Beileids. »Das Herz, es sei aus dem Takt gekommen, meint der Doktor.«

Unterdessen ließen Lisbeth und ihre Mutter sich den Stollen samt Kirschlikör schmecken. Darin war die Meisterin unschlagbar, ihr Kirschlikör war ein Geheimrezept. Ihr Bruder, der Schmied, schwor darauf ...

Nach dem Weihnachtsgottesdienst traf man sich im Wirtshaus. Öschger brauchte dringend einen Schnaps, noch wusste seine Frau nicht, dass sie alles verloren hatte. Die Papiermaschinen mussten zwangsversteigert werden. Vielleicht sogar das Wohnhaus. Und nun stieg der Schmied aus! Fast war er wütend auf ihn, ließ er ihn mit einem Halbwissen hocken. Was sollte er nun tun?

Immer wenn du denkst es geht nicht mehr, kommt von irgendwo ein Lichtlein her.

Als Öschger aufblickte, saßen zwei Gestalten an seinem Tisch. Den Sonnenwirt aus Bräunlingen kannte er, er war ein Freund seines Schwagers. Der andere stellte sich als Regenschirmmacher aus Geisingen vor.

Bis zum Abend hatten sich neue Geschäftsverbindungen aufgetan. Der Regenschirmmacher konnte Zinn und Instrumente besorgen, der Sonnenwirt hatte ein Säckel voll seltener Münzen; Vereinstaler, Gulden und Halbguldenstücke, schweizerische Doppelfranken und italienische Lire. Münzen, die zwar bekannt waren, aber niemand wirklich kannte. Man wollte nach Weihnachten mit der begonnen Produktion weitermachen, den Gewinn zu gleichen Teilen.

Als Lisbeth nach Silvester über die verschneiten Felder der Mauchachschlucht zu und schließlich über Dittishausen in die Gauchachschlucht wanderte, war sie zufrieden. Die Nachricht vom Tod des Schmieds war nach Rötenbach gedrungen und hatte sie so überhaupt nicht überrascht. 30 süße schwarze Kirschen im Likör, von dem Strauch, der in der Gauchach wuchs, hatten gereicht. Ein halbes Jahr eingelegt in Schnaps. Ein süßer Tod, ein toller Tod, warum man die Kirschen auch Tollkirschen nannte.

Binnen eines Jahres sollten die Falschmünzer auffliegen, man fand unterschiedliche Münzen im Wert von 1.110 Gulden und 23 Kreuzern in ihrer Werkstätte. Öschger musste fünf Jahre ins Zuchthaus, die beiden Helfer je dreieinhalb und Theresia, die das falsche Geld auf den Märkten umsetzte und dabei auffiel, weil sie einen Stand öfter ansteuerte, bekam sechs Monate Kreisgefängnisstrafe.

Und Lisbeth? Sie hatte das Geheimrezept des wahren Kirschlikörs gefunden und verdiente damit auf den Weihnachtsmärkten ihr Weihnachtsgeld.

Die Papiermühle existierte wirklich und die Geschichte mit der Falschmünzerei ist so in alten Chroniken überliefert. Der Schmied starb kurz vor der Endfertigung, sodass die beiden anderen Ganoven kurzfristig aufsprangen. Ob es Lisbeth und ihren Bruder gab? Zumindest wachsen Tollkirschen in der Schlucht ...

Kirschlikör

500 g Kandiszucker
1.000 g Kirschen
2 Stangen Zimt
4 ganze Nelken
3 Flaschen Korn à 0,75 l

*Je 250 Gramm Kandiszucker in zwei Weckgläser geben,
je 500 Gramm frische entsteinte Kirschen darüber, je
eine Stange Zimt, je zwei Nelken. Das Ganze mit Korn
(Wodka, Kirschwasser) übergießen, sechs Wochen
an der Sonne stehen lassen, hin und wieder schütteln.
Kann drei Jahre aufbewahrt werden, je älter, desto aro-
matischer.*

MARKUS GUTHMANN

Aller Laster Anfang

Mannheim

»Die Weihnachtsbeleuchtung wird jedes Jahr kitschiger«, sagte Yücer.

»Und der Glühwein ist auch wieder teurer geworden«, antwortete die frischgebackene Polizeimeisterin Diana Kehlmann.

»Mir egal, ich trinke keinen Alkohol.«

»Und du feierst kein Weihnachten, was dich im Kollegenkreis äußerst beliebt macht, weil du mal wieder freiwillig Dienst an Weihnachten schiebst.«

»Die Feiertagszulagen sind auch nicht schlecht und meistens ist wirklich weniger los. Höchstens mal ein Familienstreit mit Pistole, weil das Geschenk so mickrig ausgefallen ist, oder ein besoffenes Ehepaar, das sich an die Gurgel gehen will, weil der Mann angeblich zu lange bei der Nachbarin Eier borgen war. Euer Weihnachten ist ein wahres Fest der Liebe.«

»Ich will dich nicht daran erinnern, wie grantig du manchmal während des Ramadan bist.«

»Das ist doch etwas ganz anderes«, protestierte Yücer.

Sie hatten gerade eine Gruppe jugendlicher Obdachloser kontrolliert und hätten einen alten Bekannten beinahe auf die Wache mitgenommen, weil er sich aggressiv verhalten hatte und wegen Drogenhandel vorbestraft war. Zum Glück war ein Sozialarbeiter eingesprungen und hatte sich um die Kinder gekümmert. Im Grund war das die beste Lösung gewesen, denn es war in solchen Fällen nicht ausgeschlossen, dass die Halbstarken weiter randalierten und ins Auto kotzten. Die Kerle hatten sich noch mit einem gegrölten »Fröhliche Weihnachten« und ausgestrecktem Stinkefinger verabschiedet.

»Da ist er wieder!«, rief Kehlmann aufgeregt. Sie waren wieder auf ihrer täglichen Streifenfahrt, die sie über die Konrad-Adenauer-Brücke in das andere Bundesland nach Ludwigshafen führte, wo sie an der alten Rheinschanze abbogen und bei der Walzmühle wieder die Auffahrt auf die B37 nach Mannheim nahmen.

»Wer ist wo? Von was sprichst du?«

»Du bist doch total begriffsstutzig. Da war wieder der Typ mit den Football-Klamotten, genau hier am Ende der Brücke, wo das Werbeplakat für den Mannheimer Weihnachtsmarkt hängt. Der verhält sich echt komisch. Jetzt fahr mal rechts ran, ich geh nachsehen. Ich will wissen, wo der immer hinläuft, wenn wir kommen.«

»Du siehst Gespenster. Ich habe gar nichts gesehen.«

»Du fährst ja auch beschissen Auto und verteidigst deine Religion. Kein Wunder, dass du quasi blind bist.«

Yücer schaltete das Blaulicht an und stoppte mitten auf der rechten Fahrspur. Kehlmann griff nach ihrer Mütze, stieg aus dem Auto und lief ein Stück zurück dorthin, wo eine Treppe zu den unter der Brücke liegenden Fuß- und Radwegen führte. Yücer folgte ihr.

»Hier ist er hinuntergelaufen.«

»Bist du sicher?«

»Ja, und er haut immer ab, wenn er ein Polizeiauto sieht. Irgendetwas stimmt nicht mit ihm.«

»Das kann Zufall sein. Warum sollte er abhauen, wenn er uns sieht? Das macht ihn doch total verdächtig.«

Kehlmann nahm zwei Stufen gleichzeitig auf ihrem Weg nach unten.

»Was hast du eigentlich nach Dienst vor? Ich meine, wollen wir uns mal treffen? Ich gehe mit dir auch auf den Weihnachtsmarkt und trinke einen Kinderpunsch.«

»Yücer, lass es gut sein, wir sind Kollegen und sonst nichts.«

»Ja, ja, du hast ja recht. Kolleginnen sind keine Frauen.«

»Du bist ein dämlicher Chauvi. Lass mich einfach in Ruhe.« Sie waren am Treppenfuß angelangt. Hier unten gab es etliche Nischen in den Bauwerken und wuchernde Sträucher, die viele Verstecke boten.

»Da!«, rief Kehlmann und deutete auf einen durch den Brückenpfeiler und einen Busch geschützten Platz. Ein verdreckter Militärschlafsack, Pappe und ein paar zerknautschte Tetrapacks, die ehemals irgendeinen billigen Rotwein enthalten hatten, waren zu sehen.

»Der typische Unrat von irgendeinem Berber. Woher willst du wissen, dass hier dein Mann pennt?«

»Du bist echt blind«, sagte Kehlmann und bückte sich nach einem schlaffen, beinahe luftleeren amerikanischen Football. »Und was ist das hier?«

»Okay, aber wo ist der Typ? Komm, wir gehen. Und lass das liegen! Nicht dass du noch irgendeiner armen Sau das Lieblingsspielzeug klaust.«

Kehlmann fügte sich knurrend.

*

Heute würde es klappen, da war sich die in ein schwarzes Football-Trikot gekleidete breitschultrige Gestalt sicher. Darunter trug sie einen schwarzen Kapuzenpulli, und wen der muffige Geruch und die unangenehme Erscheinung nicht störte, konnte ahnen, dass die ausladenden Schultern von Protektoren unter der Kleidung stammten. Sie stand wie schon die ganze Woche vor dem Weihnachtsmarktplakat und wartete. Wartete auf eine bestimmte Situation, die sie genau geplant hatte. Sie spürte, dass die Gelegenheit heute kommen würde.

13 Uhr 41. Der Verkehr auf der Brücke brummte. Gleich würde es so weit sein. Und genau, das Timing stimmte. Am Anfang der Brücke in Ludwigshafen, wo auf der Brückenrampe der Radweg am S-Bahnhof entlang führte, erschien ein Radfahrer. Schon von Weitem konnte man die Sicherheitsausrüstung erkennen, den signalfarbenen Überzug des Helms, die Warnweste und die Hosenklammern, die alle im Dunkeln noch das letzte bisschen Restlicht reflektierten. Die moderne LED-Beleuchtung des perfekt gepflegten Tourenrads brannte auch am Tag und die absolut StVZO-taugliche Ausstattung wies den Fahrer als äußerst umsichtigen und akribischen Mann aus. Das würden auch später alle Freunde, Bekannten und Kollegen bestätigen: Ein auf Sicherheit und Umsicht bedachter Mann, der in seinem Beruf aufging und höchste Erwartungen an sich und alle anderen stellte.

Die Gestalt im Football-Trikot atmete durch. Der Radfahrer kam schnell näher. Ein Lastwagen fuhr die Rampe hinauf und das typische Geräusch des Turboladers bezeugte die optimale Beschleunigung des Vierzigtonners. »Er ist zu schnell«, murmelte die Gestalt und handelte unverzüglich, indem sie die Hände aus den Hosentaschen nahm und dem Radfahrer entgegenrannte.

Auf der Höhe des Radfahrers schlug die Gestalt einen Haken und rammte ihn mit aller Wucht in die rechte Seite, sodass dieser mit brutaler Gewalt vom LKW erfasst wurde, durch die Luft wirbelte, auf dem Asphalt aufschlug und mitsamt seinem Fahrrad unter den Rädern des notbremsenden Ungetüms verschwand.

Es ging alles so rasch, dass selbst die Gestalt im Football-Trikot ungläubig die Blutspritzer aus dem Gesicht wischte, obwohl sie diesen Augenblick in Gedanken schon so oft durchgespielt hatte. »Aller Laster Anfang ist die Stoßstange«, zischte die Gestalt und rannte in jene Richtung davon, aus der sie gekommen war.

*

»Wo bist du gewesen, verdammt noch mal«, brüllte Yücer, als Kehlmann in den Streifenwagen stieg.

»Sorry, ich habe mich nicht mal fünf Minuten verspätet. Ich musste Monnemer Dreck als Weihnachtsgeschenk besorgen und den richtigen gibt's nicht überall. Du weißt doch, dass meine Familie kurpfälzische Weihnachten feiert.«

»Verdammt, ausgerechnet heute kommst du zu spät zur Schicht. Wir haben einen Großeinsatz«, brüllte Yücer aufgeregt, knallte den Gang rein und raste mit Blaulicht und Martinshorn los.

»Du hast einen gut bei mir«, versuchte Kehlmann ihren Partner zu besänftigen. »Was ist denn passiert?«

»Auf der Konrad-Adenauer-Brücke hat es einen schweren Unfall mit Personenschaden gegeben, dessen Umstände dubios sind. Ein Radfahrer ist unter einen LKW geraten und dabei hat wohl jemand nachgeholfen.«

»Okay, so etwas hatten wir noch nicht«, antwortete Kehlmann und versuchte unberührt zu bleiben.

In diesem Moment wurde über Funk ihr ursprünglicher Auftrag von der Leitstelle geändert. Statt bei der Sicherung der Unfallstelle und Verkehrsregelung zu helfen, sollten sie sich an einer Personenfahndung an der Rheinpromenade und im Waldpark beteiligen. »Gesucht wird eine männliche Person, circa 1 Meter

75 bis 80 groß, 20 bis 25 Jahre alt, breitschultrig. Bekleidet mit einem auffälligen schwarzen Football-Trikot mit der Aufschrift »Athletic Team«, schwarzem Kapuzenpulli und schwarzer Hose. Die gesuchte Person wirkt verwahrlost und könnte gefährlich sein.«

»Das gibt's doch nicht!«, rief Kehlmann.

»Nein, das gibt's wirklich nicht«, sagte Yücer und schaltete eine Verbindung zur Leitstelle. »Wir haben den Typ gestern gesehen.«

»Du hast wirklich etwas gut bei mir«, sagte Kehlmann, als das Gespräch zwischen Yücer und der Leitstelle beendet war. »Überleg dir was Schönes.«

»Sag mal, du magst doch badische Hausmannskost so gerne. Ich würde dich gerne zu selbstgemachten Maultaschen einladen.«

»Maultaschen? Du kannst Maultaschen machen? Das will ich sehen, da sage ich nicht Nein«, hörte sich Kehlmann antworten und brachte es sogar fertig, Begeisterung in ihre Stimme zu legen.

»Was, du sagst Ja? Und ich dachte schon, ich fahre mir wieder einen Korb ein. Ich freue mich und werde dir die besten badischen Maultaschen von ganz Mannheim servieren.«

»Dann werden es aber kurpfälzische sein, und die musst du bei mir machen, denn ich habe heute keinen Hundesitter«, antwortete Kehlmann lächelnd, während sie darüber nachdachte, ob es wirklich eine gute Idee war, auf die Avancen ihres Kollegen einzugehen.

*

Es war ein anstrengender Tag gewesen, als Kehlmann die Tür zu ihrer Wohnung aufschloss und stürmisch von ihrem alten schwarzen Labrador begrüßt wurde.

Auf Weisung der Leitstelle hatten sie sich an der Fahndung beteiligt. Auf der Rheinpromenade, diesmal beim Fahnenmast vor dem Ruderclub, trafen sie auf die gleiche Gruppe Halbstarker wie ein paar Tage zuvor. Ihr Benehmen hatte sich nicht gebessert, aber die Polizisten hatten keine Zeit für eine Kontrolle, geschweige denn für weitere Maßnahmen. Obwohl sie mit etlichen Streifenwagen das Gebiet zwischen Mühlauhafen und Reißinsel sowie die angrenzenden Stadtviertel rund um das Schloss und den Lindenhof systematisch abgefahren hatten, war ihre Suche erfolglos geblieben. Bei Kehlmanns anschließender Zeugenvernehmung durch einen Kollegen von der Kripo schlug sie den Einsatz eines Mantrailer-Hundes vor, der aber daran scheiterte, dass die Habseligkeiten des mutmaßlichen Football-Killers im Versteck unter der Brücke verschwunden waren. Kehlmanns Aussage wurde durch Yücer unterstützt und sie erfuhren den Namen des Opfers: Peter Sattler, Lehrer an einem Gymnasium in Ludwigshafen, der beinahe jeden Tag zur gleichen Zeit die Strecke über die Konrad-Adenauer-Brücke zu seiner Wohnung in der Oststadt fuhr.

Der Labrador sprang an ihr hoch. Sie hatte ihn aus dem Tierheim, um wenigstens ein lebendes Wesen um sich zu haben. Zu lange hatte sie nur mit den Toten gelebt. Mit Janina, ihrer besten Freundin, die sich vor ein paar Jahren umgebracht hatte. Oder Leschi, der, kaum dass er den Motorradführerschein besaß, aus unerfindlichen Gründen gegen einen Baum geknallt war.

Nachdenklich streichelte sie das Tier. »Danke, dass du mir deinen Ball geliehen hast. Hier, ich habe ihn dir wieder mitgebracht.« Schwanzwedelnd schnappte sich der Hund den zerknautschten Football und ließ sich weiter kraulen. »Du musst heute brav sein, denn wir bekommen noch Besuch.«

Sie hatte sich gerade geduscht und umgezogen, als es an der Tür klingelte. Yücer stand davor, einen Blumenstrauß in der einen und eine Einkaufstüte in der anderen Hand. Sie begrüßten sich ein wenig linkisch.

»Stell die Lebensmittel in die Küche«, sagte Kehlmann und freute sich über die Blumen, die sie in einer Vase arrangierte. Es war das erste Mal, das ihr ein Mann Blumen schenkte. »Willst du was trinken? Ich habe Orangen- und Multivitaminsaft.«

»Was trinkst du?«

»Ein Glas Weißwein.«

»Den nehme ich auch.«

»Ich dachte, du trinkst keinen Alkohol?«, sagte Kehlmann erstaunt.

»Stimmt ja auch. Ich trinke keinen puren Alkohol, aber verdünnt schon.«

Kehlmann musste lachen, brachte zwei gefüllte Gläser und lehnte sich an die Küchentheke.

»Du hast ja gar nicht für Weihnachten geschmückt«, stellte Yücer fest.

»Kommt noch«, wich Kehlmann der Frage aus.

»Du, noch etwas Dienstliches«, fuhr Yücer fort. »Ich dachte, das interessiert dich vielleicht. Ich habe den Lehrer durch den Computer gejagt. Der stand mal vor Gericht.«

»Ach ja? Weswegen denn?«

»Kindesmissbrauch. Er war bis vor etwa zehn Jahren Lehrer an der berüchtigten Bergstraßenschule.«

»Dort, wo über Jahre hinweg die Schüler aus dem Internat missbraucht worden sind?« Kehlmann hatte einen Kloß im Hals. »War er auch so ein Schwein?«

Yücer zuckte mit den Schultern. »Vor Gericht wurde er mangels Beweisen freigesprochen, weil die Hauptbelastungszeugin, ein dreizehnjähriges Kind, dem Druck nicht standgehalten und sich in den Neckar gestürzt hat.« Yücer machte eine Pause. »Du könntest sie kennen, denn sie wäre heute so alt wie du und kommt auch aus Feudenheim. Eine Janina Soundso.«

»Ich habe damals von ihr gehört. Schrecklich, aber ich habe sie nicht gekannt. Die war ja wohl im Internat und ich nicht.« Sie musste an Leschi, ihren ersten Freund denken, dem sie wenige Jahre zuvor fast noch übler mitgespielt hatten. Er hatte große Hoffnung in den Prozess gesetzt, aber er selbst wollte nie aussagen. Nach dem Tod von Janina hatte er sich der Verantwortung entzogen und war gegen den Baum gefahren.

Yücer nippte am Wein. »Klar, Monnem ist ja auch groß. Aber komisch ist das schon.«

»Was ist komisch?«

»Dass du wahrscheinlich den Täter gesehen hast.«

»Du doch auch.«

Yücer schüttelte den Kopf. »Nein, ich wollte dir nur gegenüber den Kollegen helfen.«

»Was soll das heißen?«

Yücer schien zu überlegen und blickte nachdenklich den Hund an, der auf dem alten Ball kaute. Ganz so dämlich, wie Kehlmann ihn sonst empfand, war er wohl doch nicht. »Ach, nichts«, sagte er dann und gab sich einen Ruck. »Ich phantasiere nur rum. Lass mich an die Arbeit gehen und dir die grandiosesten Maultaschen von ganz Mannheim zaubern.«

Kehlmann lächelte, während Yücer die Lebensmittel auspackte und sie im Kopf die Optionen durchspielte. Die Sporttasche mit den stinkenden Klamotten und den Schlafsack, die noch im Kofferraum ihres Autos lagen, würde sie morgen früh im Rhein versenken. Sie würde zu Fuß gehen und das Smartphone daheim lassen. Sollte die Tasche jemals wieder auftauchen, dann wären wohl kaum noch Spuren von ihr nachzuweisen sein. Dass sie verspätetet zum Dienst kam? Na und, was sollte das beweisen?

Okay, der weitere Verlauf des Abends würde zeigen, ob sie Plan B benötigen würde. Ihr Blick wanderte zu ihrer Dienstpistole, die auf dem Schuhschrank im Flur lag ...

Badische Maultaschen

Für 4 Personen

Es wird behauptet, Maultaschen seien die verbesserte Raubkopie italienischer Ravioli. Wie dem auch sei, Maultaschen sind weit verbreitet und können auch nicht nur von den Schwaben vereinnahmt werden, zumal ein Freiburger vor einigen Jahren den wichtigsten Maultaschenpreis der Republik gewonnen hat. Im unten genannten Rezept empfiehlt der Autor, Maultaschen beim Metzger des jeweiligen Vertrauens zu kaufen, denn ihre Herstellung ist aufwendig. Auf alle Fälle darf zu dem leckeren Gericht ein Gläschen Badisch Rotgold nicht fehlen, einem für Baden einmaligen Rotling, der aus Grau- und Spätburgunder verschnitten wird.

12 Maultaschen vom Metzger des Vertrauens
1-2 säuerliche Äpfel
2-3 große Zwiebeln
100 g geräucherter Speck
100 g Butter, 1 Tasse Gemüsebrühe
1 Bund Schnittlauch

Den Speck in Würfel sowie die Zwiebeln und die Äpfel in Ringe beziehungsweise in Scheiben schneiden. Zuerst die Zwiebelringe mit dem Speck anschmelzen und nach einer Weile die Apfelringe zugeben. Die Zwiebelringe sollten nach Geschmack braun geröstet werden. Die Maultaschen in einer anderen Pfanne mit Butter circa fünf Minuten goldbraun anbraten und am Schluss mit der Gemüsebrühe ablöschen. Die Maultaschen werden auf den Tellern mit dem Speck, den Zwiebelringen und Apfelscheiben angerichtet und mit Schnittlauch bestreut. Dazu wird badischer Kartoffelsalat und grüner Salat gereicht.

Autoren

Lilo Beil

wurde 1947 in Klingenmünster / Pfalz als Tochter eines Pfarrers geboren. Nach dem Abitur 1966 in Landau studierte sie Anglistik und Romanistik in Heidelberg und unterrichtete 36 Jahre lang Englisch und Französisch an der Martin-Luther-Schule in Rimbach / Odenwald. Sie hat drei erwachsene Töchter und einen Enkel und lebt mit ihrem Mann in Birkenau-Hornbach.

Veröffentlichungen: zehn Kriminalromane (zumeist um Kommissar Friedrich Gontard) und fünf Erzählbände, außerdem zahlreiche Beiträge, vor allem Kurzkrimis, in Anthologien (hauptsächlich im Wellhöfer-Verlag). Die Themen der Autorin bewegen sich vorwiegend im gesellschaftspolitischen und sozialen Bereich.

Bettina v. Cossel

Seit sie eine Leiche unter ihrem Hotelzimmerfenster fand – und Jahre später ein blutverkrustetes Messer in der Holzwolle ihres Biedermeierstuhls – lässt sie der Krimi nicht mehr los. Außerdem schreibt sie unter verschiedenen Pseudonymen Kurzgeschichten für Anthologien und Zeitschriften. Bettina v. Cossel ist Mitglied der Mörderischen Schwestern.

Kriminalromane: »Tod in den Dünen« (Wellhöfer-Verlag), »Todesspiel auf Juist« (Wellhöfer-Verlag), »Totkäppchen« (Wellhöfer-Verlag), »Die hässliche Ente« (HML Media Edition), »Mörderische Schnitzeljagd« (HML Media Edition)

Jürgen Dieter (Dominick Mondorff)

Dominick Mondorff ist im Jahr 1955 in Hessen geboren, unweit der badischen Grenze. Er hatte dort die längste Zeit des Lebens seinen Lebensmittelpunkt, bevor es ihn nach Wiesbaden zog. Mondorff ist Jurist. Seinen Namen hat er sich selbst ausgedacht, nachdem er spät zu schreiben begonnen hatte.

Mit seiner Geschichte »Der Kiebitz am Warmen Damm« veröffentlichte er zum ersten Mal im Jahr 2015 eine kleine Geschichte. 2016 leistete er in der Anthologie Hortus Delicti seinen Krimibeitrag »Zweimal dieselbe Zeugin«.

Johannes Diez

57 Jahre, las als Kind in der Zeitung zuerst die Meldungen über Verbrechen, Unfälle und Katastrophen (heute ist das anders). Er lebte an mehreren Orten in Baden-Württemberg, darunter zehn Jahre in Emmendingen und inzwischen in Freiburg. Er arbeitete früher als Gymnasiallehrer, heute ist er Sonderpädagoge.

Seit einigen Jahren schreibt und veröffentlicht er Kurzkrimis, unter anderem in »Breisgauner« (Wellhöfer, 2013). Sein erster Roman war »Für das Schweigen bezahlt«. Er ist verheiratet und hat drei erwachsene Kinder, die gerne Korrektur lesen. Bei den Lesungen begleitet ihn oft seine Tochter am Cello.

Anne Grießer

ist aufgewachsen im Odenwald, studierte Ethnologie und Germanistik, bevor sie auf die schiefe Bahn geriet. Nach einigen Ausflügen ins seriöse Berufsleben (Bibliothekarin, Redakteurin) schreibt sie heute hauptsächlich über Mord und Totschlag. Als Autorin (Kurzgeschichte, Roman, Hörspiel, Theater), Herausgeberin und Krimi-Entertainerin (Live-Krimis in der Brauerei, Hör- und Fühlkrimis im Stockdunkeln) schwingt sie in Freiburg die Feder und so manches blutige Theaterrequisit. Zuletzt gab sie für den Wellhöfer-Verlag die Schwarzwald-Krimianthologie »Tannenduft und Totenglocken« heraus. www.anne-griesser.de

Markus Guthmann

1964 in der Hinterpfalz geboren, hat sich seit vielen Jahren der Krimischreiberei verschrieben, weil es ihm einfach viel mehr Spaß macht als das mühselige Schreiben von Fachartikeln und Fachbüchern. Heute im Rhein-Neckar-Dreieck verwurzelt, liebt er nichts mehr, als historische Anekdoten mit Wein und skurrilen Kriminalfällen zu verweben. Dabei geht es durchaus hart zur Sache, wobei das Gute immer irgendwie siegen muss. Die Reihe der erfolgreichen

Weinstraßenkrimis stammen aus seiner Feder, aber die meisten seiner Kurzgeschichten sind im Wellhöfer-Verlag erschienen und behandeln das mörderische Treiben links und rechts des Rheins.

Susanne Hartmann

lebt als Journalistin und Autorin in Freiburg. Sie studierte Ethnologie, Volkskunde und Romanistik. Für ihre Promotion forschte sie in Mexiko und Guatemala. Herumgekommen ist sie auch in vielen Berufen. Nach populärwissenschaftlichen Publikationen schreibt sie an Kurzgeschichten und einem Thriller. Ihr Gewinnertext des Literaturhauses Zürich erschien 2015. Weitere Veröffentlichungen im Belletristischen.

Birgit Hermann

Sie liebt ihre Heimat, den schwarzen Wald, mit all seinen unheimlichen Geschichten aus alten Tagen. Darum ist sie auch dort geblieben samt Gatten, Kater, großen Kindern und kleinem Enkel und stöbert weiter in altem Gemäuer und dunklem Tann. Hin und wieder erzählt sie eine kurze Geschichte, manchmal auch eine gaaanz lange ... www.birgit-hermann.de

Volker Hesse

1968 im ostwestfälischen Detmold geboren und im kleinen Dorf Merlsheim am Teutoburger Wald aufgewachsen. 2003 haben seine Frau und er ihre Heimat in dem von Weinreben umgebenen Wettelbrunn nahe dem malerischen südbadischen Staufen gefunden.
Mit »Der 7. Lehrling« (Jugend / Fantasy) hat 2006 alles angefangen, auch die Fortsetzung »Waldanda« erfreut sich einer großen Leserschaft. Seit 2011 sind außerdem Kurzgeschichten ein fester Bestandteil des Repertoires geworden. Mittlerweile sind sechs Kurzgeschichten in Anthologien des Wellhöfer-Verlages veröffentlicht; mit »Der Kindsmord von Grunern« konnte er 2016 den Schwarzwälder Krimipreis gewinnen. www.volker-hesse.de

Regine Kölpin

1964 in Oberhausen geboren, lebt aber seit ihrer Kindheit in Friesland an der Nordseeküste. Schreibt Romane und Kurzgeschichten für Erwachsene, Kinder und Jugendliche, gibt auch Anthologien heraus und ist als Referentin in Schreibworkshops tätig, unter anderem für die »Schule des Schreibens«, der größten Autorenschule Deutschlands. Wurde mehrfach ausgezeichnet.

Sie ist verheiratet mit dem Musiker Frank Kölpin. Sie haben fünf erwachsene Kinder, mehrere Enkel und stehen gern gemeinsam mit ihrem musikalischen Leseprogramm auf der Bühne. Kölpin ist Mitglied im Verband Deutscher Schriftsteller, bei *Delia*, *Homer* und bei den *Mörderischen Schwestern*.

Kerstin Lange

wurde 1966 in Bergneustadt geboren. Nach dem Gymnasium begann sie eine kaufmännische Ausbildung und bildete sich zur Bilanzbuchhalterin weiter. 2009 traf sie die Entscheidung, sich ganz auf das Schreiben zu konzentrieren. Mittlerweile wurden 9 Bücher und über 50 Kurzgeschichten – einige preisgekrönt – veröffentlicht. www.kerstinlange.com

Ulrich Maier

1951 im badischen Karlsruhe geboren und im württembergisch-fränkischen Heilbronn aufgewachsen, studierte in der Schwabenmetropole Stuttgart Geschichte, Sprach- und Literaturwissenschaften und lebt heute am Bodensee. Als pensionierter Gymnasiallehrer arbeitet er noch als Landeskundebeauftrager in der Lehrerfortbildung, schreibt historische Sachbücher, Jugendbücher, landesgeschichtliche Aufsätze, historische Romane und satirische Kriminalromane.

Sarah Geraldine Nisi

geboren in Hildesheim, Master of Arts in Creative Writing, Wirtschaftsjuristin, hat viele Jahre in Düsseldorf gewohnt. Zurzeit lebt und arbeitet sie in London. Ihre Leidenschaft für das Schreiben hat sie schon als Kind entdeckt und ausgelebt. In den letzten Jahren erfolgten zahlreiche Veröffentlichungen ihrer Kurzgeschichten in Anthologien verschiedener Verlage. Sie gewann den zweiten Platz beim Agatha-Christie-Krimipreis 2014 und ist Mitglied bei den *Mörderischen Schwestern*. www.sarah-geraldine-nisi.de

Alexa Rudolph

geboren und aufgewachsen am Fuße des wildromantischen Wehratals im Schwarzwald, lebt heute in Freiburg, war zwanzig Jahre als freischaffende Malerin tätig. Seit 2006 schreibt und publiziert sie, am liebsten Kriminalgeschichten, die in ihrer Heimat angesiedelt sind. »Hier kenne ich fast jeden Baum und Bach, ich mag die Menschen, ihre Sprache und Eigentümlichkeiten. Dabei geht es mir nicht in erster Linie um die Aufklärung eines spektakulären Mordfalls, ich erzähle vielmehr Geschichten, in denen auch Menschen ohne jegliche Moral vorkommen, die aber gerade deshalb meine Fantasie als Autorin beflügeln.« www.alexa-rudolph.de

Claudia Schmid

Jahrgang 1960, lebt zwischen Mannheim und Heidelberg. Die Germanistin schreibt Kriminelles, Historisches und Reiseberichte. Neben sechs Büchern hat sie bisher über vierzig Kurzgeschichten veröffentlicht und mehrere literarische Preise erhalten. Für ihre historischen Texte recherchiert und schreibt sie gerne über Persönlichkeiten aus der Kurpfalz. Sie ist als Dozentin im Kommunikationsbereich und Redakteurin von kriminetz.de tätig. Mit Vorliebe spielt sie kleine Rollen in Fernsehkrimis.
www.claudiaschmid.de und www.kriminetz.de

Ursula Schmid-Spreer

Ehemalige Lehrerin, zahlreiche Veröffentlichungen in Anthologien, Fernseh- und Literaturzeitschriften, die teilweise vertont wurden. (Mit-)Herausgeberin zahlreicher Anthologien im Wellhöfer-Verlag, vier Kriminalromane, erschienen bei Edition Oberkassel, Düsseldorf. Mitglied bei den *Mörderischen Schwestern* und im

Bundesverband junger Autorinnen und Autoren. Organisatorin des Nürnberger Autorentreffens und Seminaren verschiedener Genres. Mitbegründerin der *Wortklauberei*, Vernetzung von fränkischen Autoren. www.schmid-spreer.de

Sylvia Schmieder

geboren 1966 in Frankfurt am Main, studierte Germanistik, Musikwissenschaft und Philosophie mit Abschluss Magister Artium. Arbeitete als Werbetexterin, Journalistin und in der Öffentlichkeitsarbeit. Seit Januar 2016 konzentriert sie sich auf das literarische Schreiben. An der Pädagogischen Hochschule Freiburg doziert sie im Bereich Literatur und Schreiben, leitet einen Schreibkreis am Literaturbüro Freiburg, nimmt seit mehreren Jahren an einer Schreibwerkstatt der Autorin Annette Pehnt teil und präsentiert ihre Texte regelmäßig bei Lesungen. Literarische Veröffentlichungen in Literaturzeitschriften, Anthologien und bei Wettbewerben. Mit ihrem Lebensgefährten betreibt sie seit Juli 2016 ein regionales Informationsportal für literarisch Schreibende und Literaturbegeisterte, freiburger-schreibkiste.de.

Dagmar Werthebach

geboren 1966 in Siegen, ist verheiratet und Mutter zweier erwachsener Söhne. Nach dem Abitur und einer Ausbildung zur pharm.-techn. Assistentin entwickelte sie eine Umzugsleidenschaft, die sie durch Nordrhein-Westfalen, Bayern und Baden-Württemberg führte. Wenn sie nicht gerade Medikamente empfiehlt, dann mordet oder schmachtet sie sich gerne in diverse Anthologien hinein. Mit ihrer Familie lebt sie im südbadischen Schopfheim.

Badische Grabschäufele

von Anne Grießer (Hrsg.)
218 Seiten, Euro 12,95

Knöpfle, Brägele, Schäufele, Leberle. und als Zwischen-
mahlzeit 22 raffinierte Mördle aus badischen Küchen!
Die Krimiautorin Anne Grießer hat Kolleginnen und
Kollegen eingeladen, in die Töpfe und Pfannen ihrer ba-
dischen Heimat zu schauen. Gebraten, gebacken und
gebrutzelt wurden 22 skurril-heitere, abgründige und
spannungsgeladene Geschichten, garniert mit köstli-
chen Rezepten aus der Regio.
Mit: *Annette Dressel, Gitta Edelmann, Antje Fries,
Anne Grießer, Thomas Häbe, Bettina Hellwig, Birgit
Hermann, Renate Klöppel, Regine Kölpin, Ralf Kurz,
Hans Peter Roentgen, Christoph Rück, Barbara Sala-
din, Ursula Schmid-Spreer, Gudrun Wilhelms, Sibylle
Zimmermann*
Mörderisch & lecker!